本书为 2017 年国家社会科学基金西部项目
"清初福建遗民文人心态及其创作研究"（立项编号：17XZW013）阶段性成果

陈轼研究

张小琴 著

社会科学文献出版社
SOCIAL SCIENCES ACADEMIC PRESS (CHINA)

图书在版编目（CIP）数据

陈轼研究 / 张小琴著. -- 北京：社会科学文献出
版社，2021.10
ISBN 978 - 7 - 5201 - 9060 - 2

Ⅰ.①陈… Ⅱ.①张… Ⅲ.①陈轼（1617 - 1694）-
古典文学研究 Ⅳ.①I206.2

中国版本图书馆 CIP 数据核字（2021）第 187499 号

陈轼研究

著　　者／张小琴

出　版　人／王利民
责任编辑／刘　荣
文稿编辑／程丽霞
责任印制／王京美

出　　版／社会科学文献出版社（010）59367011
　　　　　地址：北京市北三环中路甲 29 号院华龙大厦　邮编：100029
　　　　　网址：www. ssap. com. cn
发　　行／市场营销中心（010）59367081　59367083
印　　装／三河市尚艺印装有限公司

规　　格／开　本：787mm × 1092mm　1/16
　　　　　印　张：23　字　数：320 千字
版　　次／2021 年 10 月第 1 版　2021 年 10 月第 1 次印刷
书　　号／ISBN 978 - 7 - 5201 - 9060 - 2
定　　价／148.00 元

目 录
contents

绪　论

一　选题缘由

1644 年，明、清、大顺、大西等各个政权针锋相对，崇祯帝在烽火连天、内忧外患的政局动乱中自缢身亡，史称"甲申国难"。"这是一个动荡与繁荣、死亡与新生并存又先后交替的历史时期。"①

在这一鼎革之际，无数仁人志士抱节守志，坚持汉民族文化立场。他们心怀明朝君王，不肯屈服于清廷统治，更不愿入仕清廷，而是以明朝臣民自居，并倾尽心力对抗清廷的统治，是为明遗民②。传统的华夏至上的民族意识、建功立业的理想与愿望，使遗民文人

---

① 周明初：《晚明士人心态及文学个案》，东方出版社，1997，第 2 页。
② 关于"遗民"的概念，《辞源》解释："亡国之民。……改朝换代后不仕新朝的人。"〔广东、广西、湖南、河南辞源修订组，商务印书馆编辑部编《辞源》（修订本），商务印书馆，1988，第 1680 页〕随着历朝历代遗民本身、遗民研究专家知识水平和思想意识的进步，遗民概念经历了由表象到本质、由单一到多元、由外在到内在的发展历程。明末清初时期，对明遗民的定义尤其注重其不仕新朝，标明民族文化立场，表现政治思想意识及人格品质等因素。不少专家、学者指出，遗民概念的理解应从思想心态、精神归属、身份认同上进行阐释。"她（指李瑄）认为，遗民身份的界定除了大家都认同的不仕新朝之外，还应该有一个核心因素，就是'遗民意识'。据不仕新朝、遗民意识两条件，考虑不同人在复杂情况下人生不同阶段的表现，给予个别的判断，或者更符合于遗民群体的复杂性与丰富性。使遗民身份的界定，既不悖于其基本的准则，而又更富于弹性。"（罗宗强：《序》，载李瑄《明遗民群体心态与文学思想研究》，巴蜀书社，2009，第 4 页）

形成一种心理定式。而时代巨变却使明遗民的才能与抱负无从施展，他们的内心充满无可奈何的忧愤、苦闷与哀痛，心情十分复杂。

但他们也直面现实人生，沉痛地反思历史。遗民作家挥笔抒写自己对于现实的感受，或表达反清复明的愿望，或抒发隐逸山林的心志，他们的思想智慧由此得到空前的发挥。反映在文化艺术上，便是这一时期出现了诸多著名的遗民作家。他们著书立说，工于创作，成果累累。诸如李渔、顾炎武、黄宗羲、王夫之等，即世人皆知的遗民作家。他们以创作表露自身眷念明朝、献身明朝的人生理想，具有强烈的社会责任感和深厚的民族忧患意识。这是清初遗民文人共同的心理状态。

地处东南沿海的福建，曾是遗民志士抗清斗争的重要阵营地。福建背山靠海，偏安一隅，远离政治中心，形成"远儒性"的文化特征和山海结合的地域特征。这造就了知识分子所特有的强烈的叛逆思想与拼搏冒险的性格特征。同时，又因宋代朱熹理学思想的植入，福建知识分子极为尊崇儒家所倡导的道德伦理以及抱节守志、忠君爱国的思想。鼎革之际，福建遗民文人集"远儒性"与"崇儒性"于一身，他们的反抗精神尤为强烈，其忠义精神也极为突出。闽地一批遗民志士声气相通，形成一股具有闽地地方特色的抗清守节力量，影响十分深远。

明末清初福建遗民文人矢志抗清的民族气节及其文学创作，在南明史上、清代文学史上乃至当今社会弘扬优秀传统文化方面具有举足轻重的作用，值得我们关注与研究。而时局的动荡不安导致许多福建遗民文人的聪明才智不被察知，他们的创作成果尚未得到广泛关注。这无疑影响了遗民文人本身应有的身份地位，同时也影响了明末清初思想文化成果在中国思想史、文化史上的整体高度。

因此，本书以学术界尚未给予充分关注的明末清初福建遗民作家陈轼为研究对象，结合闽地地域文化特征，综合运用文学、历史学、社会学和传播学等学科理论方法，进行个案研究，对陈轼及其遗民朋友圈进行整体观照，论述明末清初福建遗民文人群的心态特征及其精神品质，探究陈轼的遗民身份意识及其创作在传承和传播道山文化中的承上启下作用。

陈轼（1617~1694），字静机，号静庵，福建侯官人，明崇祯十三年（1640）进士，授番禺知县，南明隆武朝擢御史，永历时官苍梧道参议，入清后不仕，归隐侯官道山草堂，以遗民自居，践行民族气节，擅诗文，工词曲，集文人、志士于一身。陈轼一生交游广泛，致力于诗、文、词、曲等创作，著述颇丰，是明末清初重要的遗民文学家。鼎革之际归隐后，陈轼常与遗民志士宴集酬唱，抒发亡国之恨，表现出浓厚的遗民身份意识。陈轼现存可考的作品有诗文词集《道山堂集》和剧本《续牡丹亭》（又称《续牡丹亭传奇》）及与金铉、郑开极等合纂的《福建通志》（六十四卷，康熙间刻）。

陈轼的好友，如邓绪卿、黄处安①和林平山等，都是清初福建遗民的代表。陈轼的《道山堂集》中也有不少诗文是为这些遗民朋友而作的。陈轼的创作倾向自然受鲜明的遗民意识影响，但清初复杂多元的社会思潮也如一股洪流影响着陈轼的创作。一方面，他注重在作品中体现其高尚的遗民品质与强烈的民族主义意识，主张作品必须具有鉴古喻今、惩恶扬善的实用功能。其诗文词集《道山堂集》，尤其是《朝廷处分已定论》《遹田者说》《三案论》《穴虫说》等文，鲜明地体现了遗民文人身上所特有的强烈的愤世情怀与救世意识，寄托着深沉的遗民之思。另一方面，陈轼也注重对朱熹理学所倡导的传统伦理道德思想的宣扬。这些思想意识体现在他的《续牡丹亭》之中。陈轼著述所折射的思想行为，实际上是包括陈轼在内的遗民群体思想共鸣的反映，传达了很强的时代声音。对陈轼及其作品进行全面、系统的个案研究，可从中窥见具有闽地地方特色的遗民群体风貌及整体文化心态，具有重要的学术价值和应用价值。

---

① 《道山堂集》中有"处安""处庵"等写法，考其作品内容，应为黄处安同一人。因此，本书统称为"处安"。

从总体上看，目前学术界有关陈轼的研究以单篇论文为主，大多停留在局部研究或一般性介绍的层面，还缺少系统、全面、深入的学理性研究和论述；研究视角也较为单一，对陈轼做综合性、学理性研究的成果尚显不足。作为明末清初的福建遗民文人，陈轼不仅能诗、擅文、工词、作剧，而且交游广泛，具有志士情怀与民族气节。陈轼在明末清初时期的福建这一特殊的地域环境中，具有特殊的存在意义。因此，全面研究陈轼的家世渊源、遗民心态、著述内容及创作风格，有利于加深世人对陈轼及其著述的认识与了解，对福建遗民文学的研究也具有一定的意义。陈轼及其著作研究的全新成果，对拓展遗民文学学术空间、促进学术交流具有现实意义。陈轼著作的思想性和批判性极为强烈，从中可体会其浓厚的遗民情怀与人格理想。陈轼归隐后，修筑道山草堂，与遗民志士宴游酬唱，抒发遗民心志，从中可窥见明末清初福建地域文化特征影响下的遗民群体风貌。

《道山堂集》灌注了陈轼对明末清初社会和人生的深刻认识与思考，鲜明地体现了遗民文人身上所特有的强烈的愤世情怀与救世意识，以及其不凡的胆识气魄与深沉的遗民之思。其作品风格清雅，措辞委婉，笔力劲健，感情自然真切，精警动人。更为可贵的是，陈轼敢于对社会种种弊端加以批判，其作品真切地反映了明末清初诸多史事。对《道山堂集》进行深入研究，对我们研究明末清初遗民文人的心态具有重要意义。陈轼的《续牡丹亭》，通过对戏剧情节结构的安排反思晚明的政治生态，通过人物形象的正反对照、文武映衬寄托他的人格理想与身世遭遇。《续牡丹亭》深刻地反映了清初遗民文人复杂的心路历程与精神风貌。认真研读、剖析陈轼的著作，对研究明末清初文学、史学、政治、福建地域文化及遗民士人的精神品质等，具有以点带面的作用，对传承和传播福建地域文学，促进福建地域文化的交流和发展，具有一定的价值。基于此，对陈轼及其著述加以研究显得富有意义和必要性。

第一，福州陈氏家族自古以来冠冕相承、名士辈出，陈轼受家族文化熏陶，具有民族气节和问学精神。对陈轼进行研究，可了解他在家族中的地位与影响，了解他为家族发展做出的贡献及对后代的影响。

第二，陈轼于崇祯年间任番禺知县，永历时任苍梧道参议，明朝灭亡后，他回乡隐居，钻研学问。陈轼一方面具有传统的儒家入世思想，另一方面又具有民族气节和问学精神，是明遗民的代表。他的思想行为具有很强的时代特征与现实意义，因此，其在易代之际的心路历程值得探讨。

第三，陈轼交游广泛。考察陈轼的交游活动，关注陈轼友人的身份与共同嗜好，不仅可以对陈轼做整体系统的研究，正确评价其社会地位与影响，而且对深入研究明末清初福建遗民文人群体的心态及其文学创作也有重要意义。

第四，陈轼的著述有诗、文、词、剧，同时，他也参纂了《福建通志》。陈轼的著述成果为福建文学的发展做出了贡献。同时，这些著述涉及明末清初的不少遗民文人、朝廷史事和政治背景等。对陈轼家世渊源、生平思想及其交游情况进行深入研究，可为研究陈轼著述奠定基础；深入解读陈轼的著作，可从中探析其思想内容与创作风格，客观评价其创作成就对福建地域文学发展、道山文化传承和传播的贡献。对陈轼及其作品加以研究，对深入探讨明末清初的政治、经济、文化特征和社会风气等，都有不可忽视的价值。

在鼎革之际，陈轼以自身特有的方式表达忠贞的遗民心志，其著作聚焦忠孝仁义、民族气节等传统优秀文化主题，凝聚着高度的遗民身份意识与救世思想，体现了鲜明的民族文化思想与道德操守。深入剖析和解读陈轼的著作，对当代知识分子保持高风亮节的人格精神、追求高远的人生境界具有借鉴和启示意义。从家族史、思想史、遗民史、文学史、学术史等角度来看，对陈轼及其作品加以研究，都是有意义的。

二 研究现状

清代即有许多学者开始关注明末清初遗民文人的生存境遇与文学创作。20世纪80年代以来，明遗民文人的创作生活及其生存心态等逐渐受到学术界关注。福建地处东南沿海，其特殊的背山面海的地域特征，为遗民文人的反抗斗争创造了特殊的地域文化环境。因此，对福建遗民文人进行研究很有必要。

目前，学术界对福建遗民作家的研究，主要将视角集中在家喻户晓的遗民作家身上。明末清初福建遗民志士黄道周、林古度、曹学佺、李世熊等受到学术界的关注较多，学术界也有相当的研究成果。其中，富有代表性的研究成果有：孙英龙等《黄道周与洪承畴》（1981）、孙英龙主编《黄道周研究文集》（1997）、侯真平和娄曾泉校点《黄道周年谱》（1999）、张锡庚编写《硬笔临写古代法书名帖·黄道周》（2001）、林韬等主编《黄道周行楷二种》（2005）、翟奎凤编《以易测天——黄道周易学思想研究》（2012）、朱百钢《条幅名品精选·原寸复制高清大图：黄道周》（2012）、杨毓团《天人秩序视野下的晚明儒学重建——黄道周思想研究》（2013）、林跃奇《黄道周》（2013）、孙英龙编著《中国历史名人黄道周》（2014）、陈良武《黄道周学术思想与文学研究》（2015）、许卉《黄道周哲学思想研究》（2016）、宣家鑫《黄道周孝经颂》（2016）、沈舜友《黄道周》（2016）、孙英龙编著《黄道周——道德文章 一代完人》（2016）、李斌《黄道周研究文集》（2018），陈庆元《林古度年谱简编》（2010）、韩健《林古度研究》（2013）、王超《林古度著作及刻书研究》（2018），陈超《曹学佺研究》（2007）、许建昆《曹学佺与晚明文学史》（2014）、陈庆元《曹学佺生平及其著作考述》（2016）、李梅《曹学佺诗歌研究》（2017）、于莉莉《曹学佺家世生平考三则》（2017）、陈庆元《同年诗友的交游与赠答诗——以金门蔡复一与侯官曹学佺为例》（2018）、王强编《曹学佺文献辑刊》（2019），张凤英《李世熊：一个明遗民的世界》（2008）、李茜茜《李世熊家世研究初探》（2010）、潘承玉《清初散文中枢：从李世熊看明遗民散文创作网络》（2013）、刘根发《明末清初方志家李世熊》（2017），等等。清初福建其他的遗民作家，如林之蕃、许友、孙学稼等，则仅有少数专家、学者对其加以关注和研究。较有代表性的有：郑珊珊《明代侯官文人许友的才名与气节》（2015）、吴可文《闽中明遗民诗人孙学稼考》（2015）、吴可文《遗民诗与清初福建诗风的嬗变》（2016）、张金颖《林之蕃生平及其绘画艺术》（2019）等。以上研究成果，从清初福建遗民作家的生平事迹、遗民情怀、思想心态、书画词作、交游唱和等方面进行研究论述，诸家各抒己见，为福建遗民文学学术研究增添了宝贵的资料。难能可贵的是，周银华《闽籍寓闽明遗民及其著述研究》（2015）和赵冉《〈四库全书总目·别集〉选录清代闽籍作家作品研究》（2016）二文，对清初福建遗民文人加以整体观照和研究，为学术界进一步研究清初福建遗民作家提供了颇多宝贵的文献资料。

　　而从研究现状看，无论是综合性的研究还是个案研究，学术界对清初侯官陈轼这一遗民作家的关注度都尚显不足。陈轼作为明末清初遗民文人群这个特殊群体之一员，能诗、擅文、工词、作剧，集文人、志士于一身。解读陈轼的诗文词曲，可从中领会其浓厚的遗民心境与忠于故明的志士情怀。陈轼入清后隐居于道山草堂第一山房，陈轼的《道山堂集》中，不少作品与其所隐居的道山草堂密切相关，这些作品为构建道山圣地形象，传承道山文化奠定了文化基因。因此，对其生平事迹及其作品进行深入研究，不仅具有重要的文学价值、史学价值，更具有重要的思想价值。目前国内外对陈轼及其作品的记载与研究主要有以下四个方面。

（一）陈轼及其著述情况等的资料性记载与评价

　　目前所见，记载、评价陈轼的相关文献资料有永瑢、纪昀主编《四库全书总目提要》、郑杰撰《闽中录》、郭柏苍辑《全闽明诗传》、黎士弘撰《托素斋集》、谢章铤撰《赌棋山庄全集》、北婴编著《曲海总目提要补编》、谭嘉定编《中国文学家大辞典》、叶恭绰

编《全清词钞》、林庆熙等编注《福建戏史录》、《中国方志大辞典》
编辑委员会编《中国方志大辞典》、齐森华等主编《中国曲学大辞
典》、郭英德编著《明清传奇综录》、邓绍基主编《中国古代戏曲文
学辞典》、邹自振主编《闽剧史话》等。以下略做阐述。

郭柏苍辑《全闽明诗传》卷四十七"陈轼"条记载:

> 陈轼,字静机,侯官人,崇祯十三年进士,由南海县擢御
> 史。桂王时,官苍梧道。……诸书载轼淹贯博洽,尤长于诗。
> 解组归,茸乌石山故居,著书一室,有《道山堂前后集》。①

郭柏苍引郑杰《闽中录》云:

> 先生早岁成进士,即出宰剧,继分宪岭表。鼎革后归里,
> 构道山数椽,课子孙读书其中。破砚残卷,外无长物,闲赴里
> 社文酒之会;青鞋布袜,优游里巷五十余年,日事著作,有
> 《续牡丹亭》一书,文、诗余若干卷。②

同时,此书又引《柳湄诗传》云:

> 轼早岁登第,初为南海令,未仕。即有宅在乌石之第一山,
> 故其集呼《道山堂》,逍遥里闬数十年,所与游者黄处庵、王平
> 叔、林涵斋、林天友、陈平夫、陈子盘,皆其族弟,又好与
> 僧游。③

以上文献资料指出陈轼仕途升迁情况及鼎革后其回乡读书、创作、
交游、赴宴等情况。

黎士弘撰《托素斋集》卷五收入《陈静机道山堂遗集序》一

---

① 郭柏苍辑《全闽明诗传》(五十五卷),福建师范大学图书馆藏,光绪己丑(1889)
  侯官郭氏闽山沁泉山馆刊本,第3~4页。
② 郭柏苍辑《全闽明诗传》(五十五卷),第3~4页。
③ 郭柏苍辑《全闽明诗传》(五十五卷),第3~4页。

文。该序文也见于福建师范大学图书馆藏清康熙甲戌年刻本《道山堂集》。清代谢章铤撰《赌棋山庄全集·词话续编一》对陈轼的遗民志节给予评价："静机胜朝遗老，采薇不出，盖气节之士。"① 北婴编著《曲海总目提要补编》及谭嘉定编《中国文学家大辞典》有关陈轼的记载，与《全闽明诗传》中所记载的内容大致相同。叶恭绰编《全清词钞》（上）也记载有陈轼相关资料，并录入陈轼词《苏幕遮》一首。《福建戏史录》录入陈轼《元宵观采茶出塞诸杂剧有感》一诗，并载："上录诗文系作者（指陈轼）描写福州新春元宵赛会时妆扮《采茶》、《出塞》等戏曲故事。"② 这是目前所见文献中单独对该诗做出评述的资料。《中国方志大辞典》对陈轼参纂的《福建通志》评价较为客观、公允。该辞典对陈轼参纂的《福建通志》做了详细的评述，认为康熙甲子（1684）刊行的《福建通志》弥足珍贵，并将其与《八闽通志》做比较，指出其增添的内容，同时点出它的不足之处。郭英德编著《明清传奇综录》（上册，卷四）对陈轼的记载及评述较为完整，该文献不仅指出陈轼的著作有《道山堂集》和《续牡丹亭》，而且提及陈轼的生卒年、生平事迹，并评价陈轼诗文的风格特征，但其中有关陈轼生卒年的记载尚待进一步加以讨论。《四库全书总目提要》提及陈轼明亡归隐，认为陈轼入清后不仕，以遗民自居，这与前述郭柏苍、郑杰的观点相一致。《中国古代戏曲文学辞典》将陈轼列为明末清初戏曲作家，将《续牡丹亭》归入清代戏曲作品之列。由此可见，该辞典的编纂者认为《续牡丹亭》是陈轼入清后的作品。《闽剧史话》中的《陈轼撰〈续牡丹亭〉》记载陈轼生于1613年，这也与实际不符。该文对陈轼生平事迹阐述较为详细，且提及"陈轼故宅在福州市道山路第一山，即

---

① 沈云龙主编《近代中国史料丛刊·续编》（第十五辑第一百四十七册），（台北县）文海出版社，1975，第2069页。

② 福建省戏曲研究所编，林庆熙等编注《福建戏史录》，福建人民出版社，1983，第60~61页。

今邓拓故居"①。笔者曾前往福州市参观道山路第一山房,确实能感受到第一山房浓厚的文化氛围。

文献记载的陈轼及其著述的相关资料,既有相同之处,又各有侧重点,有的观点之间也有一些分歧。其相同之处为进一步研究陈轼及其著述提供了线索,而其分歧之处,则应成为本选题加以辨析的关键点。

(二) 对陈轼生卒年、生平事迹及其《道山堂集》进行考述

学术界对陈轼的研究,主要集中于其生卒年及其生平事迹的研究,学理性的研究成果并不多。关于陈轼的生卒年的记载,学术界存在一些分歧。邓长风《四位明末清初戏曲家生平考略》、陆勇强《清代曲家疑年考辨》、华玮《"情"归何处——陈轼〈续牡丹亭〉述评》和程华平《明清传奇编年史稿》②等对陈轼生卒年的考述持相同的主张,均认为陈轼生于 1617 年,卒于 1694 年。而《天一阁藏明代科举录选刊·登科录》则记载:"《易》五房。甲子年十二月初四日生。侯官县人。丙子二十一名,会试一百八十一名,三甲七十六名。工部观政,庚辰八月授阳春知县。"③ 该文献认为陈轼出生于甲子年十二月初四,也即 1624 年十二月初四。如陈轼于 1640 年(庚辰)任阳春知县,如此推算,则陈轼时年才 17 岁,这并不符合实际情况。根据陈轼《道山堂集》中的诸多记载,陈轼于崇祯十三年(庚辰,1640)与诸多好友一同参加会试。④ 黄周星《道山堂集序》也有明确记载:"往庚辰南宫之役,余同籍士三百人,而八闽乃

---

① 邹自振主编《闽剧史话》,海峡文艺出版社,2008,第 41 页。

② 邓长风:《四位明末清初戏曲家生平考略》,载《明清戏曲家考略三编》,上海古籍出版社,1999;陆勇强:《清代曲家疑年考辨》,《戏曲艺术》2004 年第 1 期;华玮:《"情"归何处——陈轼〈续牡丹亭〉述评》,载王评章、叶明生主编《福建艺术理论文集》,中国戏剧出版社,2005;程华平:《明清传奇编年史稿》,齐鲁书社,2008。

③ 龚延明主编,毛晓阳点校《天一阁藏明代科举录选刊·登科录》(下册),宁波出版社,2016,第 659 页。

④ 有关陈轼在《道山堂集》中述及与友人庚辰年同去应试的具体论述,参见本书第二章。

居四十。时静机衮然为英妙之冠。盖其齿才廿四耳，余时亦将及三旬，似皆可备或、庄、韬、偓之数者，而是科竟不选庶常。"① 黄周星述及他与陈轼于庚辰年同时参加科考，时年陈轼24岁，正值"英妙之冠"。如此推算，则陈轼应出生于1617年。且古人常有"三十老明经，五十少进士"之说，陈轼于24岁第二次参加会试时考取进士，确实算年轻有为，如若陈轼出生于1624年，则陈轼考取进士时只有17岁，且第一次参加会试时只有14岁，这不符合明代科举考试之常规。邓长风《四位明末清初戏曲家生平考略》一文，也根据黄周星所作《道山堂集序》和黎士弘所作《道山堂集序》，对陈轼的生卒年进行详细的考证，认为陈轼生于1617年，卒于1694年。陈轼所作之《劬庵弟寿序》曰："从弟劬庵嘉平四日为悬弧之辰，年六十有五矣。余长弟七岁，马齿亦同此日。"② 由此可知，陈轼比其从弟陈劬庵年长七岁，且他们"马齿"同日，也即同一日出生。"嘉平四日"即农历十二月初四。由此可推知陈轼具体的出生日期应为1617年（万历四十五年，丁巳）十二月初四。黎士弘《道山堂集序》说："残年望八，应诸公子之请，自幸得序先生遗稿，仍悔不早数月序先生，使先生一见之。其发无涯之叹，当不知更何如也。康熙甲戌十月，长汀年家同学弟黎士弘顿首拜识。"③ 黎士弘应陈轼诸子之请，为陈轼《道山堂集》作序，时为康熙甲戌十月，即此序完成于1694年十月。而在黎序完成前的几个月，陈轼即已驾鹤西归，因此，黎士弘深感遗憾和愧疚。由上观之，陈轼具体的生卒年已经很明了。

邓长风《四位明末清初戏曲家生平考略》在考证陈轼生卒年的同时，也对陈轼的生平事迹进行了考述。此外，陆勇强《〈四库全书总目提要〉订补》一文指出《四库全书总目提要》在部分作者的生

① 黄周星：《道山堂集序》，载陈轼撰，张小琴点校《道山堂集》，广陵书社，2016，第1页。
② 陈轼撰，张小琴点校《道山堂集》，第195页。
③ 黎士弘：《道山堂集序》，载陈轼撰，张小琴点校《道山堂集》，第148页。

平事迹、著作等论述中存在某些疏误乖违，进而依据地方志及《道山堂集》等相关资料，考辨《四库全书总目提要》所载陈轼"入国朝，官至广西苍梧道"的记载有误。他认为陈轼入清后并未出仕清廷，其"官苍梧道"应在永历朝。最后，他对清康熙年间刻《道山堂集》的卷数、文体等进行了简略概括。①

黄曾樾《道山堂集书后》，根据陈轼与其挚友邓绪卿、黄周星等的交往与诗文记载，对陈轼的生平事迹加以考索："在崇祯朝官知县，隆武朝擢御史，隆武亡至粤。永历朝，官苍梧道，迨永历走广南，轼未扈从，始归里。"② 有关陈轼归闽后的事迹，《榕城纪闻》相关记载认为陈轼曾因贪功招安而被监禁，黎士弘、黄曾樾等对此事亦有评价。有关陈轼招安之事，本书将在第二章进行分析论述。

（三）陈轼著述版本概述

1. 《道山堂集》版本概况

据考察，清康熙间刻《道山堂集》分别藏于福建师范大学图书馆、国家图书馆、复旦大学图书馆及上海图书馆等，但各图书馆所藏《道山堂集》卷数、册数均不一。

福建师范大学图书馆所藏《道山堂集》刻本并未完整收录陈轼的全部诗、文、词等作品。《四库全书总目提要》记载："《道山堂前集》四卷，后集七卷。"又说："是编前集文一卷，诗三卷，诗余附之。后集文二卷，诗三卷，诗余二卷。"③《福建通志·艺文志》亦云"前集四卷，后集七卷"。黄曾樾认为《四库全书总目提要》和《福建通志》有关陈轼《道山堂集》的记载有误，应作"前集二卷，后集十卷"。④ 同时，黄曾樾在《道山堂集书后》一文中对《道

① 陆勇强：《〈四库全书总目提要〉订补》，《暨南学报》（哲学社会科学版）2003年第6期。
② 黄曾樾：《道山堂集书后》，载陈轼撰，张小琴点校《道山堂集》，第419页。
③ 永瑢、纪昀等编纂《四库全书总目提要》（卷181），福建巡抚采进本。
④ 黄曾樾：《道山堂集书后》，载陈轼撰，张小琴点校《道山堂集》，第418页。

山堂集》的相关情况进行了述评。"明末清初，候①官陈轼所著诗、词、散文，初刻者曰《道山堂集》。诗词一卷，文一卷。每卷首页首行标'道山堂集'，第二行署'闽中陈轼静机著'。诗按体排纂，附以诗余；文按说、论、序、志、表、记编次，冠以黄周星序，盖轼所自刻者。其目录作《道山堂前集诗目》《道山堂前集文目》者，其后人刻后集时所加也，故字体与正文不同。后刻者曰：'《道山堂诗集》五卷，前三卷分体诗，后二卷诗余。'曰：'《道山堂文集》五卷，前四卷分类文，卷五皆寿序、颂序之类。'首页首行下有小字'俱代言'三字。每卷首页第二、三行之间，署'闽中陈轼著，男宗柏、宗咸、宗丰、于侯同辑'，冠以黎愧曾序。序云：'轼殁后，其子宗柏兄弟所刻也。'"② 目前，学术界对《道山堂集》的版本、收录、缺录等情况的研究尚有待进一步深入。

2. 传奇《续牡丹亭》版本概述

据考察，陈轼目前的存世剧本只有《续牡丹亭》。《续牡丹亭》，藏于南京图书馆、国家图书馆及中国艺术研究院等。南京图书馆藏清三槐堂刻本，二卷，四册，四十二出；国家图书馆藏民国古吴莲勺庐抄本，二卷，四十二出，约 4.2 万字。现有殷梦霞选编、国家图书馆出版社出版的《郑振铎藏古吴莲勺庐抄本戏曲百种》（影印本）。此外，傅惜华藏《续牡丹亭》今藏于中国艺术研究院戏曲研究所。其中，清三槐堂刻本卷首录入陈轼第五子陈于侯、第七孙陈汉及第十二曾孙陈世贤的题词。王汉民辑校《福建文人戏曲集·元明清卷》录入《续牡丹亭传奇》，并根据陈世贤题词"去春幸捷，备员粉署"及其为雍正八年（1730）进士，认为若陈世贤题词撰于此书刊刻之时，则三槐堂本当刻于雍正九年。③

目前，学术界关于《续牡丹亭》版本的记载及介绍性的资料，有齐森华等主编《中国曲学大辞典》、陆勇强《清代曲家疑年考

---

① 此版本《道山堂集》中均作"候"。
② 黄曾樾：《道山堂集书后》，载陈轼撰，张小琴点校《道山堂集》，第 418 页。
③ 王汉民辑校《福建文人戏曲集·元明清卷》，海峡文艺出版社，2012，第 124 页。

辨》、邓绍基主编《中国古代戏曲文学辞典》、华玮《"情"归何处——陈轼〈续牡丹亭〉述评》及庄小珊《明清福建曲家考》等。从整体上看，学术界对《续牡丹亭》的版本进行深入、细致考究的成果尚显不足。

3. 陈轼参纂的《福建通志》版本概况

陈轼参纂的《福建通志》（六十四卷），今存有清康熙二十三年（1684）刻本。国家图书馆、中国科学院南京地理与湖泊研究所、上海师范大学图书馆、江苏省地理研究所图书馆、四川大学图书馆等均有收藏。《北京图书馆古籍珍本丛刊》据清康熙二十三年刻本缩印，收录于该丛刊史部地理类。此外，上海图书馆亦有收藏《福建通志》清康熙二十三年刻本，共 32 册，但缺第六十四卷。作为明清之际的福建省志，其政治、经济、文化等诸方面的记载，对于我们了解易代之际福建地区的社会整体概况作用非凡。但甚为遗憾的是，在福建省内未有相关单位收藏清康熙间刻《福建通志》。关于该志的版本问题，也少有学者关注。

综上所述，陈轼的著述不仅数量多，且种类丰富，诸体兼备。对其《道山堂集》《续牡丹亭》及其参纂的《福建通志》的版本问题，学界应给予进一步的关注。

（四）对《续牡丹亭》的著录、剧情介绍及创作意图探讨

1.《续牡丹亭》著录现状分析

清雍正年间笠阁渔翁（吴震生）著《笠阁批评旧戏目》载："《续还魂》，静庵作。"[①] 姚燮《今乐考证》之"国朝院本"载："静庵所撰传奇一种，《续还魂》，一名《续牡丹亭》。"[②] 清代黄文旸《重订曲海总目》及今人郑振铎《西谛所藏善本戏曲目录》也均著录《续还魂》。据此可知，《笠阁批评旧戏目》所指《续还魂》即

---

① 中国戏曲研究院编《中国古典戏曲论著集成》（第七集），中国戏剧出版社，1959，第 305 页。

② 俞为民、孙蓉蓉编《历代曲话汇编：新编中国古典戏曲论著集成·清代编》（第四集），黄山书社，2009，第 381 页。

《续牡丹亭》。庄一拂著《古典戏曲存目汇考》记载:"静庵:姓名、里居未详。《续牡丹亭》:《今乐考证》著录。钞本。《考证》著录作《续还魂》。其他戏曲书簿未见著录。见《西谛善本戏曲目录》。"①该文献在著录《续牡丹亭》的同时,简略介绍了其版本情况。《福建戏史录》记载:"静机即陈轼……其所著《续牡丹亭》传奇一种,当为入清后所作,惜未见传本。"② 此文献资料著录《续牡丹亭》,并认为其创作时间应在入清后。齐森华等主编《中国曲学大辞典》中有关《续牡丹亭》的著录与《古典戏曲存目汇考》所记载内容一致。郭英德编著《明清传奇综录》将《续牡丹亭》列入明清传奇发展期,即清顺治九年至康熙十九年(1652~1680)的作品。《中国古代戏曲文学辞典》也将陈轼《续牡丹亭》列为清代戏曲作品。《中国古代戏曲文学辞典》载:"《续牡丹亭》,传奇名。明末清初陈轼撰。北婴《曲海总目提要补编》记有此剧,谓作者字静机,福建人,明崇祯十三年(1640)进士,官部曹,入清不仕,晚年流寓江浙,著有传奇数种(按:未载名目)。"③《郑振铎藏古吴莲勺庐抄本戏曲百种》著录《续牡丹亭》。郑振铎《钞本百种传奇的发现》概述了传抄《续牡丹亭》之始末,具体情况将在本书第二章加以阐述。

2.《续牡丹亭》剧情概况及评述

对《续牡丹亭》剧情介绍较为详细的是郭英德编著《明清传奇综录》。官桂铨《陈轼撰〈续牡丹亭〉》一文在简述汤显祖《牡丹亭》的基础上,也对陈轼《续牡丹亭》的剧情进行了总体介绍。该文还附有《续牡丹亭》卷上第一折"开宗"的钞本书影,上有"清陈静庵撰"字样。④邹自振《陈轼与〈续牡丹亭〉传奇》一文,对剧本的著录情况、剧情等加以论述。⑤ 刘湘如《福州名人与明清传

① 庄一拂编著《古典戏曲存目汇考》(下),上海古籍出版社,1982,第1500页。
② 福建戏曲研究所编,林庆熙等编注《福建戏史录》,第62~63页。
③ 邓绍基主编《中国古代戏曲文学辞典》,人民文学出版社,2004,第858页。
④ 官桂铨:《陈轼撰〈续牡丹亭〉》,载邹自振主编《闽剧史话》,第40~41页。
⑤ 邹自振:《陈轼与〈续牡丹亭〉传奇》,《福建文史》2018年第3期。

奇》一文对陈轼写的《续牡丹亭》给予了较高的评价。①

3. 对《续牡丹亭》创作意图的阐述与辨析

目前学术界对陈轼《续牡丹亭》的创作意图已有一定的关注，并有较多独立成篇的文章出现。

第一，北婴编著《曲海总目提要补编》、郭英德编著《明清传奇综录》、邓绍基主编《中国古代戏曲文学辞典》、官桂铨《陈轼撰〈续牡丹亭〉》等文献资料，认为陈轼作《续牡丹亭》出于戏笔，是为反对汤显祖所载柳梦梅乃极佻达之人而作。

第二，有的学者认为陈轼作《续牡丹亭》意在抒怀写愤，借古喻今。主要有华玮《"情"归何处——陈轼〈续牡丹亭〉述评》、赵天为《〈牡丹亭〉续作探考——〈续牡丹亭〉与〈后牡丹亭〉》、郑政和王汉民《明清福建文人戏曲研究》、庄小珊《明清福建曲家考》等。赵天为认为："《牡丹亭》续作基本叙杜丽娘和柳梦梅姻缘后事，但是，汤显祖原作中的主要人物形象，到此都发生了翻天覆地的变化。作者借古喻今、寄托怀抱，同时也将一部'生生死死为情多'的《牡丹亭》，变成了一曲忠臣义仆、清官贤妇的颂歌，成为一部理学的教科书。"②

综上所述，目前有关陈轼及其著述的研究成果，主要集中在对陈轼的生卒年、生平事迹及《续牡丹亭》创作意图等方面。这些研究成果为本选题的深入研究提供了可资借鉴的宝贵资料。

三　研究内容

除绪论、结论和附录外，本书主体部分分为八章，分别对陈轼的家学渊源、求学仕进、宦海沉浮、著作版本、交游情况及著述的思想意蕴与艺术成就等进行论述，研究陈轼的文学书写在构建传统

---

① 刘湘如：《福州名人与明清传奇》，载邹自振主编《闽剧史话》，第 38~39 页。
② 赵天为：《〈牡丹亭〉续作探考——〈续牡丹亭〉与〈后牡丹亭〉》，《东南大学学报》（哲学社会科学版）2010 年第 3 期，第 91 页。

文学记忆链中的承上启下作用。

　　本书绪论部分首先对明末清初社会背景进行整体介绍，说明选取陈轼作为个案研究的缘由与意义；其次，对目前学术界研究陈轼的现状进行总结概述；最后，对本书的内容框架及创新点进行阐述。

　　第一章，陈轼的家学渊源。福州陈氏家族显赫，自古为名门望族，声名远播。第一节，先辈的影响。此节对陈轼本族和外族先辈略加考索。他的曾祖父、祖父、外祖父和父亲、姨丈均以教书为职，都是知识广博、文采出众者，具有一定的名望。他的叔父陈伯骐工诗，著述颇多。陈轼读书创作，求取功名，还有其廉洁清正的为官思想及遗民情怀，在一定程度上受到家族文化的熏陶。第二节，对同辈及后辈的勉励。陈轼的同辈及其子孙后代，也能继承先辈之志，在科第仕途、品德修养和医学知识等方面颇有声望。陈轼的家族背景，对其一生的影响是极大的。

　　第二章，求学宦海，笔耕不辍。主要对陈轼的求学仕进和宦海沉浮经历、生平思想和著述成就、著述版本等加以考索。第一节，求学仕进与宦海沉浮。从陈轼著作的原始资料及相关文献资料入手进行综合研究，大致考察其一生的行为轨迹。陈轼经历明清易代，其阅历极其丰富，对社会和人生的认识与思考极为深刻。陈轼在宦海沉浮的人生经历中，仍坚守遗民道德品质，对遗民身份高度认同。第二节，著作版本考述。陈轼一生著述丰富，有诗词，有散文，还有传奇剧本，文学形式多样。他的诗文集《道山堂集》、剧本《续牡丹亭》在明末清初的文坛上有重要的地位，其参与编纂的《福建通志》在福建史志中也享有盛誉。该章对以上著作的编纂、数量、版本等情况加以考述，以期为进一步研究其作品的思想内容与创作风格奠定基础。

　　第三章，离散、记忆与遗民身份认同的书写。在明末，陈轼被授予番禺知县，南明隆武帝时任御史，永历朝任苍梧道参议。入清后，陈轼归隐侯官道山草堂，其漂泊离散的书写尽显遗民之思。第一节，离散、记忆与陈轼的遗民情怀。陈轼在漂泊流离的被弃置感中，往往以自己的笔力重构他经历过的人、事、物，形成一种经验的记忆，激发自己对遗民身份的认同。虽然颠沛流离，但他仍坚守遗民气节，体现出一位遗民志士鲜明的文化立场和对故明王朝的记忆。第二节，陈轼及志同道合者的身份认同意识。陈轼在流寓过程中认识了不少遗民友人，交游十分广泛。陈轼与遗民志士们声气相通，在互相交流、互相理解中产生了思想共鸣，形成一股强有力的抗清精神力量，也在思想意识、创作著述上互相影响，互相促进。与遗民群体交游的经历，使陈轼进一步加深了对遗民身份的认同。深入分析其著述创作，即能体会陈轼的遗民文化立场。

第四章，园林情结与遗民心境的自解。陈轼归闽后，心怀归隐情结，于侯官建筑道山草堂，在此教授子孙课业，并召集遗民士子尤其是侯官遗民文人雅集酬唱。这实际上是其内心情境的自解与实践。陈轼为遗民文学尤其是清初福建遗民文学的发展做出了积极的贡献。该章以园林酬唱为视角，以陈轼及其道山草堂为中心，辅以陈轼所参加的园林宴集，对陈轼园林情结的形成，园林建筑对遗民文学创作、发展、传播的作用等进行探讨，并从中挖掘遗民文人如何将自己的复杂心境付诸园林酬唱，如何以园林的建筑空间诠释自己的遗民精神处境。第一节，陈轼的园林情结。陈轼回闽后修葺道山草堂，并卜居于此教授子孙课业，也邀请遗民志士宴集酬唱。同时，他也常游访遗民群友的园林。园林宴游酬唱是陈轼对自我内心情境的践行与体验，寄寓着其对园林的观照及深刻的历史感怀。根据陈轼《道山堂集》中的作品及其遗民群友的相关文献资料，可阐释陈轼园林情结的形成及园林酬唱的价值意义。第二节，园林酬唱与遗民精神的寄托。陈轼及其遗民群友建筑园林，雅集酬唱，寄寓其对园林空间的感怀，是遗民心境的写照。园林建筑的物质空间承载着陈轼及其友人对自我精神的解读和对遗民士人人格理想的追求。本节以陈轼所游访的园林为考察对象，深入探讨陈轼园林书写的特征、园林酬唱与遗民士人内心情境的互动关系，挖掘其创作的思想内涵、创作特色及精神意义。

　　第五章，寄慨遥深的诗词书写与艺术风貌。诗歌的内容和形式都与诗人的思想精神、个性气质密切相关，不同诗人的思想精神、个性气质浸透于诗歌的内容与形式中，从而形成各自不同的风格特点。第一节，抒怀写志的遗民之诗。陈轼身处乱世，思想复杂，他的诗作往往抒怀写志，反映深沉的遗民之思和深刻的人生哲理，同时，也传播鼎革之际的时代声音，寄慨遥深。第二节，隐喻寄托的诗歌书写模式。陈轼诗歌的风格特征，或凄婉悲慨，或清雅淡和，或富有禅理，或兼而有之。在艺术技巧上，陈轼善于采用借景抒情、托物言志的方法，将自己的思想感情和遗民志向寄托于景、物的描写中，达到寓情于景的浑融境界。在表现手法上多用典故、比喻、对比等方法，使其诗歌的艺术成就更为突出。第三节，意内言外的遗民词作。陈轼的词作主要可分为闺怨愁情词、写景记事词、述志咏史词和赠别祝寿词等四类。这些词作，一方面继承了传统词作的抒写功能，另一方面扩大了词的实用功能和交际功能。在创作艺术上，他善于运用比兴寄托手法，常使事用典及以日常口语入词。陈轼以其创作实践，继承和发扬了中国古典诗词的艺术风格。

　　第六章，鉴古喻今，斐然文章。陈轼的《道山堂集》包括论说文、序文、传记文及墓志铭、墓表、辞赋、游记文等。其古文内容颇为丰富，思想也极其深邃。这些古文辞赋颇能反映明末清初遗民文人的思想心境、朝廷史事和政治背景。对陈轼的辞赋文章加以研究，对深入探讨明末清初的政治、经济、文化特征和社会风气具有不可忽视的作用。第一节，论说文：抒怀写愤的胆识与气魄。陈轼的论说文可分为三类：第一类，通过历代君臣执政之正反面史事，揭露弊政，以达谏言目的；第二类，直接摹写现实，揭露当朝社会弊端及统治阶级的内部矛盾；第三类，寓言之作，借动物危害社会讽刺贪官污吏等黑暗势力的丑恶品行及其危害社会之深。这些论说文颇能体现陈轼作为遗民士子，发愤抒怀，敢于揭露明末清初社会混乱的胆识与气魄。第二节，序文：对志同道合者的推崇与追怀。其序文主要可分为两类：第一类，寿序，对做寿者的生平事迹、个性气质进行赞美，表达祝愿；第二类，诗序、语录序、文集序等，表达对亲友问学精神与文学才识的钦佩与欣赏。陈轼为亲友所作的寿序、诗序、语录序和文集序中蕴含着其对遗民身份的认同。第三节，传记文及其他：遗民立场的诠释。陈轼的传记文包括传、墓表、墓志铭等。陈轼通过叙述亡友的姓名、籍贯、生平事迹，对逝者的一生给予评价，表达对亡友的悼念和赞颂，抒发其人生感慨。此外，游记文、辞赋散文也能体现陈轼渊博的学识、严谨的问学精神与敏锐的思辨能力。总体上看，陈轼的古文寄寓着鲜明的遗民文化立场，体现了时代特征与社会历史现实，情感含蓄委婉，又显得真挚自然、韵味深厚。

第七章，《续牡丹亭》的情节、人物与创作主旨。陈轼的《续牡丹亭》在继承汤显祖《牡丹亭》创作思想的基础上进行了创新。剧本通过忠奸有报的情节结构、正反人物形象的改写与增添，体现陈轼创作此剧的深刻寓意。第一节，忠奸有报的情节结构。《续牡丹亭》以伪学党祸为中心，描述许及之、赵师罨等人掀起党争，正义之士被折磨、被流放，而癞头鼋金阶上奏，使得皇帝下旨为柳梦梅平反，把许及之、赵师罨之流革职拿问。这一情节的安排体现了陈轼忠奸有报的伦理思想和清正廉洁、光明磊落的执政理想。由此可见，陈轼如此安排剧本情节结构的目的是为其创作主旨服务。第二节，正反、雅俗对照及文武映衬的人物形象。《续牡丹亭》沿用原剧中的人物，但其中之主要人物形象发生了很大的变化。同时，陈轼增添了招步玉、渔父及许及之、赵师罨等正反面人物。陈轼通过上、中、下三个阶层的官吏之间的对比，揭露明末清初腐败黑暗、行贿受贿的执政常态，体现了遗民文人身上强烈的愤世情怀与救世意识。第三节，寓意深刻的创作主旨及文化史意义。陈轼《续牡丹亭》显然继承了汤显祖隐喻寄托的创作方法。但其中所蕴含之创作旨意与原剧差异很大。他将"以情抗礼"为主旨的《牡丹亭》，续写成一部蕴含深刻政治意味的剧作。剧本以杜丽娘、招步玉等女性角色才能的突出，暗示明末清初男性执政能力的下降，并以此预示由男性主宰的封建王朝衰亡的必然性。同时，剧本寄寓着作者坎坷的身世遭遇与强烈鲜明的理学思想，也流露出陈轼隐逸山林的遗民心志和天命无常的复杂思想。

第八章，道山文化的建构与传衍。以陈轼为代表的明末清初遗民士人对道山文化的融合与传衍做出了极大的贡献，他们的文学书写，使道山文化得以代代传衍，传统民族文化与福建地域文学也因此得以传承和传播。第一节，从胜地景观到圣地形象的道山文化建构。乌山上有参天之古榕、嶙峋之怪石、错落有致之亭榭、清幽静雅之古寺，山上古迹历史悠久，景致十分优美，自然风景绝佳。侯官道山经历代文人雅士题写刻字及建筑亭台楼观，形成了富有浓厚文化气息的胜地景观。道山的这些胜地景观，为后人奉祀、追忆先贤，构建圣地形象创造了审美空间。第二节，道山文化的融合与传衍。在圣地形象的构建过程中，瞻仰者、凭吊者逐渐形成共同的经验期待和吟咏习惯。他们将道山文化以诗文书写的形式进行保护和延伸，使其在民族文化发展过程中不断得以融合、交流，获得社会现实意义。陈轼隐居于道山第一山房，并开展文学创作活动，不断发展道山文化，使第一山房的圣地形象得以进一步确立，其在传承和传播道山文化中的承上启下作用是不可忽略的。第一山房的文化记忆作为一种精神符号，鼓舞着中华民族子孙后代，使中华文化得以代代相传，使遗民的忠义气节形成不断延伸的文化记忆符号。也因此，四方游客到福州无不观赏、瞻仰道山第一山房，道山文化在胜地景观与圣地形象的构建中，得以不断融合、传承和发展。

本书的结论部分，主要对陈轼及其著述进行总结概括。陈轼的著述内容丰富、思想深刻，在一定程度上反映了明末清初错综复杂的社会政治状况，展现了遗民文人抱节守志、不仕新朝、隐逸出世的思想心态。其诗、文、词、剧各具特色，成就显著。陈轼的著述成果为福建文学的发展做出了极大的贡献，也应是中华传统文化瑰宝的重要组成部分。因此，陈轼的著述成就具有深远的意义。

综上，《陈轼研究》一书，旨在结合相关文献史料及陈轼的存世作品，对陈轼的家世背景、求学仕进、宦海经历、著述版本及交游情况等进行研究梳理，了解陈轼在易代之际的社会地位及创作成就，正确评价陈轼及其著述的地位与影响，加深世人对陈轼及其著述的认识与了解。笔者重点对其著述所体现的时代地域特征、复杂多元的遗民心态及遗民身份意识、忠义精神、遗民精神对后世的影响等进行研究论述。

第一章 陈轼的家学渊源

福州陈氏家族显赫，自古为名门望族。陈轼家族人才辈出，声名显赫。他的外祖父和父亲、姨丈均以教书为职，都是知识广博、文采出众者，具有一定的名望。他的叔父陈伯骈工诗，著述颇多。陈轼受家族环境的熏陶，读书应试，求取功名，著述颇丰。陈轼的同辈及其子孙后代，也能继承先辈之志，在科第仕途、品德修养和医学研究等方面颇有声望。

第一节 先辈的影响

陈姓居中华民族十大姓的第五位，仅次于李、王、张、刘四姓，为中华民族的繁荣发展做出了很大的贡献。陈姓发源于河南一带，历史悠久，是我国最古老的姓氏之一。周初，虞思的后裔遏父，又称阏父，任陶正之官。周武王将长女大姬嫁给阏父之子妫满（谥胡公），封于陈，以取代虞遂之后的陈国。都宛丘（今河南省周口市淮阳区），以奉舜帝之祀，国号仍叫陈，为侯爵。于是，妫满又称陈胡公满，成为陈氏得姓的开山祖。胡公后裔，一本千枝，繁衍昌盛。

福建长乐陈氏家谱记载，福州陈姓在唐乾符年间因避乱迁入福建，卜居福唐县新丰里南阳村，宋代时期迁入长乐县。陈氏家族以躬耕研读为业。《长乐陈氏诗系序》记载："闽中诗人陈伯骈，示余以先代之诗曰《四朝诗系》，其称诗也，自《香草堂集》以下四十余家；其叙系也，自信州公以下二十余世。终明之代，成进士及举于乡者，百有余人，凡两尚书、一侍郎，禁近方面若干人，又多贤而能文，几于人人有集。盛矣乎！近古未有也！考其渊源，则三忠实始基之。所谓'三忠'者，宋景炎中诏天下勤王，陈氏之祖曰荣者，率子弟起义兵，以行军司马知福清县，与元兵力战而败。荣及其子宗传、侄吉成皆死之，陈氏之族死者一百七十七人。其后人遂无仕元者，多隐居教授，躬修于家。至有五世同居者，世德之所培甚远。至明初，仲进首膺荐辟，仲完继入翰林，浸昌浸大。迄于明亡，甲科乃绝，家运与国祚相为盛衰。吁！亦异矣。河出于昆仑，济出于王屋，皆潜行百千里而复出，其蓄厚，其力全，故沛然莫之能御。人见陈氏三百年来科名禄位之盛，而不知其根于忠孝大节，潜德弗耀，百年而后兴，故能若斯之光显也。今其族虽稍不振，而子姓多贤，家学未坠。"[1] 陈轼所作《寿安逊庵语录序》提及其家族入闽情况："余家自东瓯玉苍，入闽二百余年，登朝结绶，连镳接轸。"[2] 从宋代至现代，陈轼家族人才辈出，多有忠孝节义之士，科考仕进一门簪缨。陈轼家族子孙繁盛，时贤云集，与其祖辈广积善德及家族风范具有很大关系。陈轼的祖上陈仲完、陈登、陈全等皆授翰林院官职，参修传世巨著《永乐大典》，世称"一门三举三内翰"。对陈轼家族先辈及后学进行考索，意在以知人论世的方法，对陈轼的家学渊源进行研究，这有助于更为客观地了解陈轼作为遗民士人的精神特质及其对后世的影响。

一　陈轼本族先辈

"陈轼，曾祖志，岁贡，将乐县训导，赠尚宝司少卿。祖一新，

---

①　潘耒：《长乐陈氏诗系序》，载《遂初堂集》（文集卷七），清康熙刻本。
②　陈轼撰，张小琴点校《道山堂集》，第29页。

岁贡，荐举，见任云南定远知县。父全，庠生。"①《天一阁藏明代科举录选刊·登科录》记载了陈轼曾祖父、祖父及父辈的求学仕宦情况。陈轼家族至少从其曾祖父开始即注重求学进取，仕宦簪缨。浓厚的家族文化氛围、接二连三的科第中式与一脉相承的书香世家，成为陈轼求取文章名节、仕途升迁的精神动力。

陈轼父全，太仆，举孝廉。陈轼父亲与晋安紫岩交谊笃厚。陈轼在《陈母黄孺人七十寿序（代）》中说："余父孝廉公，素侍函丈，执弟子礼有年，稔知孺人家教皆本莲矩之辉，而分花砖之影者。……余父曾游晋安，与紫岩结缟纻之欢。为余言紫岩韫韣道术，思绪云骞，非时辈可匹。"② 陈轼父亲的好友紫岩精通道法，文思泉涌，豪迈不拘，时人很少能与之比拟。陈轼父亲及其好友的才学与进取精神，对幼年的陈轼起了思想上的引领与指导作用。不幸的是，陈轼父亲早逝，他由母亲林氏含辛茹苦地养育成人。陈轼在《周母蒋安人墓志铭》一文中谈及这一情况："余与给谏周梓庵同举进士。余早孤，余母林太淑人含辛饮蓼，备极艰难。"③ 在古代社会，妇女的地位十分卑微，陈轼的母亲却要承担养育子女的重任，无怨无悔地教导子女，其中之艰辛与劳累，可以想见。陈轼母亲的榜样作用无疑成为其人生道路上无形的精神支柱，促使他在仕途上不断进取。

在陈轼家族中，像陈轼母亲一样勤勉持家、任劳任怨地养育子女的女子还有不少。《长乐陈氏诗系序》曰："伯驹与其兄伯然④能发扬其母夫人之节行，闻于天下。"⑤

陈伯驹母即陈轼之叔祖母。陈轼在《弟妇郑孺人寿言》中提及其叔祖母邓氏节孝贞烈、辛勤操持家业的妇道人格。"坤之六二以'无成有终'为义。盖内则之职，无所用其聪明才辨，惟是日用行

---

① 龚延明主编，毛晓阳点校《天一阁藏明代科举录选刊·登科录》（下册），第659页。

② 陈轼撰，张小琴点校《道山堂集》，第235~236页。

③ 陈轼撰，张小琴点校《道山堂集》，第248页。

④ 疑应为"熊"。

⑤ 潘耒：《长乐陈氏诗系序》，载《遂初堂集》（文集卷七），清康熙刻本。

习，必勤必慎。其事不外草虫阜螽之微，烹醯纫缋之细，极之足以召祯祥而光彤史。余家自叔祖母邓氏以节孝闻，当其携遗孤于风雨飘摇之际，集蓼尝檗，备极艰难。今者子孙蕃衍，家业日隆，推原所自，盖邓孺人节孝之报云。"① 邓氏恪尽职守、贞节刚烈和兢兢业业养育子孙，是陈轼家族人丁兴旺、家业兴隆的关键因素。陈轼的母亲恪守家规家训，承传其叔祖母的优良品德，为陈轼家族子孙树立了典范。

陈轼的叔祖母、母亲等家族女性长辈勤俭质朴、坚强忠贞的精神也影响了陈轼的同辈及后辈女性。如陈轼的弟妇、侄妇等，都能秉持家族女性前辈贤淑仁慈、志节坚贞的品质。陈轼受家族女性精神品质的启发，也为此倍感自豪，因此，多有作品歌颂她们。

从《道山堂集》记述中，可知陈轼的伯父名汀生公，育有四子，其第三子名曰陈劬庵。"弟为伯父汀生公第三子。汀生公经明行修，规重矩叠，乡邦之士，推为先生长者，详载郡县志中。丈夫子四，弟及希古、文夫、熙从，金昆玉友，孝敬一堂，蔼然善也。……汀生公雅负经济才，尤谙计然修备知物、范蠡择人任时之法。然一本于仁义，非第废著鬻财而已。"② 陈轼的伯父博通经学，品行高尚，为人讲究规矩法度，通经致用，善于理财、经营，才华出众而富有仁爱正义精神，因此，深得乡人敬重和拥戴，其生平事迹被载入郡县志中。陈轼的伯父是其家族的典范人物，也自然为陈轼人格的养成树立了榜样。

陈轼的三位叔父，分别为陈伯熊、陈伯驹和陈湛苑，皆是学问博杂、才气横溢之士。陈伯熊，名瀚，有诗名，龚芝麓称其"渊雅简洁，有仁孝之风"③，时人共推重之。陈轼在《侄妇郑孺人传》一

---

① 陈轼撰，张小琴点校《道山堂集》，第 196～197 页。

② 陈轼撰，张小琴点校《道山堂集》，第 196 页。

③ 孟昭涵编（民国）《长乐县志》（卷二十五，列传五），民国六年铅印本，第 6 页。

文中谈及自己的叔父陈伯熊："余叔伯熊自塞外归，偕姊氏隐于溪湄。"① 陈轼的叔父陈伯熊，晚年从塞外羁旅归乡即隐居溪湄。这种遁迹山水田园的隐居生活方式，展示了陈轼家族在鼎革之际绝意仕清的隐逸风气。这对陈轼隐逸思想的形成也具有一定的影响。

陈轼与叔父陈伯骢和陈湛苑关系尤为密切，与他们之间除了叔侄关系之外，更是情谊深厚的密友。陈伯骢，名骦，顺治（1644～1661）间岁贡生。性聪颖，幼即工诗。中年纵游燕、齐、吴、越，著作颇富。陈伯骢曾同黄处安等友人移居苏州常熟一带，康熙十五年丙辰（1676）回闽，晚年偕兄陈伯熊隐居溪湄。陈伯骢"与其从孙昌箕，访求先集，于兵火之余，手抄口诵，勒成一编，传诸不朽"②，著有《雪鸿堂诗集》（十卷）、《南雅堂纪事诗》、《金陵怀古》、《中轩集》、《蓟游草》等。陈伯骢的诗笔才华、创作成就及喜好游览山川名胜、结交四方同志等对陈轼的创作及交游具有极大的影响。

陈伯骢才华出众，交游十分广泛。陈伯骢宦游江浙时，曾结识柳州词派盟主曹尔堪。曹尔堪（1617～1679），字子顾，号顾庵，华亭人，博学多闻，工于诗词，与宋琬、沈荃、施闰章、王士禄、王士禛、汪琬、程可则并称"海内八大家"或"清八大诗家"，有《南溪词》230 余首传世。曹尔堪曾赠陈伯骢词作《贺新郎·题郎官山雪霁图，赠陈伯骢》：

> 黑雾迷南裔。赋归来、公乎无渡，重关昼闭。漂泊天涯供啸咏，诗律少陵偏细。狂欲叱、高岑奴隶。寒夜饮酣空八极，检美囊、酒脯当除岁。山水癖，暂留憩。
>
> 远游可耐风尘际。忆家乡、数峰明灭，郎官青髻。袍笏堆床推望族，旧是江田门第。还不少、绿瓜丹荔。飓毋波恬潮信

---

① 陈轼撰，张小琴点校《道山堂集》，第 241 页。
② 潘耒：《长乐陈氏诗系序》，载《遂初堂集》（文集卷七），清康熙刻本。

小，倚危楼、松竹交戏。蔽归去，梦雪初霁。①

曹尔堪叙写时局动荡，关塞不通，陈伯骐流寓漂泊江浙的境遇。同时，他也庆幸他们因此相识，又志趣相投，喜好游山玩水。他们常酣畅饮酒，唱和往还。曹尔堪评价陈伯骐诗作风格趋于杜甫，一方面希望陈伯骐能继续暂居江浙与诸友吟咏唱和，另一方面对陈伯骐的远游思乡之情十分理解，因此作词赠之。

又有明末清初江苏无锡人钱肃润，为陈伯骐和赠《满江红·题金治文秋林诗思图和陈伯骐韵》：

> 秋水盈盈，几回望、海流川曲。谁道是、臣之居也，非舟非屋？之子在焉呼不出，人遐尚喜音毋玉。待书成、万卷映缥缃，登芸局。
>
> 何必种，王猷竹？何必采，陶潜菊？但枫林橚橚，声和琴筑。醉后厌寻槐穴蚁，梦来懒覆蕉湟鹿。任优游，永日以忘年，唯君独。②

钱肃润，字础日，明亡后隐居不仕，被笞折胫，因此自号跛足。著有《道南正学编》《尚书体要》《十峰草堂集》等。该词抒发作者以海为家的高远志向，表达其旷达隐逸的胸怀，后又以连续两句反问，表达其对声乐琴韵高雅环境的追求。作者希望与陈伯骐无忧无虑地优游唱和，也对陈伯骐德才兼备和乐而忘忧的豪迈气概充满敬慕之情。

陈伯骐流寓江浙时，还结识了被誉为清初苏州画家"四王"③之首的王翚（1632～1717）。王翚，字石谷，号耕烟散人、剑门樵客、乌目山人、清晖老人等，江苏常熟人，又被称为"清初画圣"。

---

① 南京大学中国语言文学系全清词编纂研究室编《全清词·顺康卷》（第三册），中华书局，2002，第1343～1344页。
② 钱肃润：《十峰草堂词》，载侯晰辑《梁溪词选》卷八，浙江图书馆藏清刻本。
③ 清初苏州画家四王：王翚、王时敏、王原祁、王鉴。

王翚的画作一直是鉴赏家和收藏家颇为重视的珍品，清代的康熙皇帝、皇亲贵族、高洁之士等无不为其高超的画艺所倾倒，许多轩冕才贤视其画为珍宝，并研习其画风，形成"虞山派"，门艺鼎盛。蒋宝林曾赞叹："吾邑石谷一派，百余年来衣钵相承不绝。"①

王翚以其精湛高妙的画艺，继承古代优秀传统文化，并善于自我创新，引领一大批时贤走向画坛的巅峰。董邦达、宋骏业、杨晋和李世卓等无不在王翚的艺术实践指导下推陈出新，自树一格。可以说，王翚在清代画坛上具有不可或缺的重要地位，他对时贤及后世的山水画家产生了极为深远的影响。

1676 年（康熙十五年，丙辰），流寓江浙多年的陈伯驹拟从虞山回乡。一大批时贤名士或作画或和诗以赠，表达对陈伯驹的不舍与挽留，更有祝愿和期望。王翚就曾精心为其创作《晴峦晓别图》（又称《送陈伯驹去毗陵图》，大概是陈伯驹回闽须经过毗陵，故以此名之）作为送行之礼。画卷款识为"奉送伯驹尊先生之毗陵，写此为赠。乌目山中人王翚"。如此一位美名盛扬的画圣愿意倾心为友人回乡而创作一幅珍宝，可见陈伯驹与王翚之间的感情非同一般，可以说是情同手足。从其款识看，王翚称陈伯驹为"尊先生"，可见王翚对陈伯驹十分敬重。

更令人惊叹的是，此画得到当时寓居苏州的黄处安、顾湄、余怀、赵㷆等十位文坛名流的题诗唱和，成为诗画一体的登峰造极之珍品，这也成为彰显情谊的佳话。一方面，这说明王翚画艺高妙，赢得众名士的钦慕与唱和题诗；另一方面，这也说明陈伯驹在文人荟萃的江浙之地，与名士们诗词唱和、切磋学艺，关系十分融洽。陈伯驹的诗笔才华与为人修养得到当地名士的敬仰与钦慕，因此，他回乡之时才得以受赠诸多诗词画作。

画卷《晴峦晓别图》著录于《王石谷年谱》，秘藏于过云楼。

①　转引自张之望、张嵋珥《过云楼秘藏王翚〈晴峦晓别图〉考》（上），《文物鉴定与鉴赏》2015 年第 3 期，第 21 页。

清代词人、收藏家、书法家顾文彬（1811～1889，字蔚如，号子山，晚号艮盦、艮庵、过云楼主）将其著录于《过云楼书画记》。

此画卷后归藏于庞元济，庞氏于 1905 年将其转赠给笃友费念慈。费念慈曾亲自在画卷上提笔曰："乌目山人晴峦晓别，同时题者十家，虚斋赠此怀藏，乙巳（1905）二月九日雨窗记。"后又由近代大收藏家诸仲芳珍藏。此画卷尺寸为 30cm×95cm，跋 32cm×268cm，保存至今，用"无价之宝"来形容当名副其实。2014 年，热爱家乡的苏州顾氏偶然见到此画卷，毅然以重金购回，并将之置于过云楼博物馆。此画卷彰显了陈伯骕与王翚及十位名流雅士之间的深厚情谊，其曲折的传承轨迹也记录了后代收藏家之间以画卷互赠来表达深情厚谊的历史影迹。

今有张之望、张嵋珥对此画卷进行研究论述之作《过云楼秘藏王翚〈晴峦晓别图〉考》（上、下）两文对王翚的画作及十位名流雅士为陈伯骕送行的题画诗一一加以分析论述，进一步加深了我们对陈伯骕和王翚及十位江南名流的认识。

"《晴峦晓别图》画的是岸渚津渡、绿树红蓼、堤岸滩头，隔岸望去烟波浩渺，微云轻风，淡抹飘渺。画中有一扁舟，料想客于其中时，左琴右书，一似笑我劳劳尘网者，令人羡煞。通卷笔墨苍秀，林壑繁复又不失明爽之致，凡开合纷披，皴擦勾斫，渲染点运之法无不得自黄鹤山樵之神髓，虽一树一木，无不与古人血脉贯通。"①而卷后之名家雅士所赠题跋唱和，与"他们飘逸潇洒的书法，与王翚清雅隽秀之画作交相辉映，浑然天成，可谓是诗书画完美的结合"②。张之望、张嵋珥对《晴峦晓别图》的描述与评价可谓恰如其分而又经典极致。

从画卷看，为陈伯骕赠题跋诗的第一位名家是与他同乡又同流

---

① 张之望、张嵋珥：《过云楼秘藏王翚〈晴峦晓别图〉考》（上），《文物鉴定与鉴赏》2015 年第 3 期，第 21 页。

② 张之望、张嵋珥：《过云楼秘藏王翚〈晴峦晓别图〉考》（上），《文物鉴定与鉴赏》2015 年第 3 期，第 21 页。

寓虞山的黄处安。黄处安（1615～1689），名晋良，字朗伯，号处安，又号井上老人，精研诗文书法，官至工部主事。与陈伯骈同为福建闽县人，陈伯骈和陈轼叔侄与黄处安之间的关系十分密切。他们都有流寓江浙的经历，在异地他乡的漂泊离散体验又进一步加深了他们之间的相互理解与思想共鸣。陈轼《道山堂集》中涉及黄处安的作品极多，其中，《和黄处安咏其先人所遗宋砚》一诗对黄处安的黄庭彩笔、饱墨神功给予极力赞扬。

黄处安为陈伯骈的题跋曰："丙辰秋七月十八日集灵璧轩分韵，奉送陈伯骈先生移笈毗陵。"其诗云：

> 久客何论聚与违，栖乌但觉数分飞。频年楮墨如加齿，是处山川可采薇。古寺深钟非易别，孤舟残月定相依。多情只有黄安在，独泛花溪老不归。

> （处安黄晋良。钤印：黄晋良印、处庵、塞翁）①

从其题跋可知，该赠诗作于1676年七月十八日，是黄处安与诸友宴集灵璧轩时赠贺陈伯骈移居毗陵之作。黄处安与陈伯骈同为流寓他乡的羁客，与陈伯骈离别，诗作中本应表现一种难分难舍的惆怅伤感，但出乎意料的是，黄处安以一种旷达的语气宽释好友。他以同栖树枝的候鸟常南北分别来比喻好友聚散离合也是常事。黄处安劝慰陈伯骈不必过于在意朋友间的离别，看似他自己并不在意人生中的离别聚合，但诗作后半部分以所寓居之兴福禅寺的钟声及孤舟、残月等意象，设想陈伯骈离开后他将要自己承受孤独寂寞，其内心的怅惘与难过已溢于言表。黄处安对陈伯骈的不舍之情也在这些意象的巧妙运用之中尽显。

第二首赠和诗为宋实颖所作。宋实颖（1621～1705），字既庭，号湘尹，江苏长洲人，博通经史，文才出众，被誉为"江东独秀"，

---

① 转引自张之望、张嵋珥《过云楼秘藏王翚〈晴峦晓别图〉考》（下），《文物鉴定与鉴赏》2015年第4期，第16页。

兴化县教谕。著有《老易轩集》《读书堂集》《玉磬山房集》等，《清史列传》并传于世。

宋实颖曰：

> 高秋云物淡菰芦，良友清樽一驻车。闽越烽烟人尽老，江山鼓角信尝疏。孟公惊座方投辖①，丁卯诗成又易居。明日布帆天际远，萧梁官阁好相于。毗陵府罢，系武梁旧宅。
>
> （老易轩宋实颖。钤印：广平宋颖、字既庭、一生好入名山游）②

深秋时节，天高云淡，宋实颖与诸友驾车来到水边，以清纯的香酒为陈伯玑送行。但闽越一带仍然烽烟不断，家乡音信难传，宋实颖奉劝陈伯玑暂且缓行。因此，宋实颖用"孟公投辖"的典故，表现自己殷勤挽留陈伯玑的诚挚心意，可见他们是情真意笃的好朋友。但陈伯玑已有行程计划。想到天亮之后，陈伯玑即将行舟远走他方，他不禁感慨万千。宋实颖的惆怅惋惜难以用诗语形容，也许这就是此赠别诗直到丁卯时辰才完成的缘由。这也说明这场饯别酒会持续了整整一个晚上，可见诸位名流不惜通宵达旦为陈伯玑送行。

第三首赠和诗为顾湄所作。顾湄，字伊人，号抱山，江苏太仓人，承传父亲治经之业，工诗文，与黄与坚等人并称为"娄东十子"。著有《水乡集》，具有清丽婉约之风。其诗曰：

> 烽火关山杳莫通，天涯歧路数西东。一编酌古推同甫，四海倾心说孟公。外地几经杨柳绿，故乡遥隔荔枝红。挥杯欲别难为别，此去依然又客中。

---

① 《汉书·陈遵传》："遵耆酒，每大饮，宾客满堂，辄关门，取客车辖投井中，虽有急，终不得去。"辖，插在车轴中间的键。陈遵，字孟公，后以"投辖"指殷勤留客。

② 转引自张之望、张嵋珥《过云楼秘藏王翚〈晴峦晓别图〉考》（下），《文物鉴定与鉴赏》2015 年第 4 期，第 16 页。

（太仓社小弟顾湄。钤印：顾湄私印、伊人、小织帘）①

诗作提及闽越正处于烽火连天的战乱中，陈伯骖被"天涯歧路"所阻隔难以回到家乡，诸友纷纷作诗挽留陈伯骖。诗作以南宋爱国诗人陈亮写《酌古论》的典故表达诸友对陈伯骖才学的肯定，又以"孟公瓜葛"②的典故说明他们之间建立了深厚的情谊。后半部分想象闽地杨柳依依与特产荔枝遥挂枝头的景象，寓情于丰收的想象中，又从想象中回到宴会举杯饯别的现场，表达诸友对陈伯骖远行的不舍之情。

第四首赠和诗为清初著名的文学家余怀所作。余怀（1616～1696），字澹心，一字无怀，号曼翁、广霞，又号壶山外史、寒铁道人，晚年自号鬘持老人，祖籍福建莆田黄石，居于金陵，因此自称江宁余怀、白下余怀。晚年隐居吴门，与杜濬、白梦鼐齐名，时称"余、杜、白"。其诗曰：

> 故乡烽火隔关山，樽酒离亭往复还。今古登楼千日醉，乾坤带甲几人闲。丹枫落月论心事，黄菊凌霜怆别颜。后会定知仍不远，相逢休讶鬓毛斑。
>
> （莆阳会弟余怀书于吴郡之广霞堂中。钤印：余怀之印、澹心氏、白沙翠竹江村）③

诗作关心的仍然是家乡的战火烽烟将影响陈伯骖的回程。他们在离别的亭子上反反复复地敬酒饯别，这让作者回忆起古今文人雅士登楼饯别的场景，又感慨其与眼下的送别情境之相似，这就更增添了

---

① 转引自张之望、张嵋珥《过云楼秘藏王翚〈晴峦晓别图〉考》（下），《文物鉴定与鉴赏》2015 年第 4 期，第 17 页。

② 见"陈公投辖"，指情真意笃的朋友交往。陈遵，字孟公。辛弃疾《贺新郎·同父见和，再用韵答之》词："老大那堪说。似而今元龙臭味，孟公瓜葛。"（辛弃疾撰，邓广铭笺注《稼轩词编年笺注》，上海古籍出版社，2007，第 246 页）

③ 转引自张之望、张嵋珥《过云楼秘藏王翚〈晴峦晓别图〉考》（下），《文物鉴定与鉴赏》2015 年第 4 期，第 17 页。

朋友分别的难以割舍之情。但值得庆幸的是他们还有这样悠闲的时光用以诗酒钱别，而又有多少身穿铠甲披荆斩棘的战士奋战于战场，来不及与亲友告别呢？因此，虽是丹枫落叶、黄菊凌霜，但他们还能与挚友畅叙幽情，感叹离别的悲怆，已是万幸。作者以劝慰的语气和退一步海阔天空的心态表达了即将与陈伯驹分别的心情。作者最后似乎在劝慰陈伯驹一定要相信不久的将来他们定会重逢相聚，但时不我与，岁月催人老的矛盾心境已然流露在"鬓毛斑"中。

第五首赠和诗为明末清初诗文家许之渐所作。许之渐（1613～1700），字松龄，又字仪吉，号青屿，晚号可园老人，江苏武进人，许鼎臣之子，历任户部主事、江西道监察御史。工于诗文，著有《茶马事宜》《槐荣堂奏稿》《槐荣堂诗抄》《槐荣堂诗文集》《骞帏行纪诗》等。其跋曰："伯驹年道翁属题，即次过兴福见访韵示正。"其诗云：

> 孟公投辖地，踵至已同云。日冷寒柯影，冰衔埼岸纹。江山安客梦，风雨重论文。怆别人何处，河梁袂欲分。
>
> （嘉平①十日毗陵许之渐草。钤印：许之渐印、青屿、无诤三昧）②

诗写陈伯驹寓居在虞山，所结识的朋友们如孟公般好客重义，即使是飞雪蒙蒙的冰雪寒冻天气，朋友们仍接踵而来为陈伯驹送别。作者告诉陈伯驹他本可以安心地寓居于朋友云集的好客之地，即使风雨云集，朋友们仍能相聚唱和，论诗作文，让羁客的内心得以安定自如。但千言万语仍改变不了即将离别的现实，因此，作者只好劝慰陈伯驹，即使朋友们各奔东西，他们之间也永远心心相印，互相惦记对方。最后句化用杜甫之"河梁幸未坼"句，表现作者与陈伯

---

① 嘉平：腊月的别称。因此，此诗应作于丙辰（1676）腊月十日。
② 转引自张之望、张嵋珥《过云楼秘藏王翚〈晴峦晓别图〉考》（下），《文物鉴定与鉴赏》2015年第4期，第17～18页。

驺之间真挚的情谊。

第六首赠和诗为沈世奕所作。沈世奕，字韩伯，号竹斋，江苏吴县人，官至詹事府太子洗马，顺治十五年（1658）会试同考官。诗曰：

> 早慕相如作远游，三吴胜概喜全收。蔗浆已白萦乡梦，荔子将丹过客舟。诗卷赠来朋旧句，画图携对海山秋。七闽重得歌清宴，为赋旋归送太丘。
>
> ［丁巳（1677）上元，伯驺年道翁将归闽中，赋此送别并正。吴门弟沈世奕草。钤印：臣世奕、韩倬氏］①

沈世奕将陈伯驺比作擅辞赋的司马相如，对他的博闻强识表示倾慕和敬仰。沈世奕指出，陈伯驺远道而来，寓居吴地，吴地的名流喜不自胜。而在闽地甘蔗丰收、荔枝成熟的季节，陈伯驺倍加思念家乡，也即将乘船回乡。诸友纷纷作画题诗以赠别，朋友精心创作的画卷山水映照，美如仙境。不仅如此，朋友们还举行雅集盛宴，清歌醇酒，以庄重的仪式为陈伯驺饯别。在沈世奕的心中，陈伯驺的道德人格堪比东汉以清廉高洁著称的名士陈寔②。沈世奕确实对陈伯驺的人格品质高度钦慕，这同时也说明陈伯驺为人品行得到朋友们的高度认可与赞许。

第七首赠和诗为明末清初文学家、隐士曾灿所作。曾灿（1622~1688），原名传灿，字青藜、止山，自号六松老人，江西宁都人。少年即显诗名，与魏禧、魏礼、彭士望等并称"易堂九子"，著有《止山集》《六松草堂文集》《过日集》《西崦草堂集》等。其诗曰：

---

① 转引自张之望、张嵋珥《过云楼秘藏王翚〈晴峦晓别图〉考》（下），《文物鉴定与鉴赏》2015 年第 4 期，第 18 页。

② 陈寔（104~187），字仲弓，颍川许县（今河南省许昌市）人，东汉名士。陈寔出身寒门，以清廉高洁之品德享誉于世，历任都亭佐、督邮、西门亭长、大将军府掾属等。与荀淑、钟皓、韩韶并称"颍川四长"。司空黄琼辟选人才，补闻喜县令，治理闻喜半岁；复除太丘长，后世称为"陈太丘"。与其子陈纪、陈谌被时人誉为"三君"。

　　河桥初涨柳花新，落日东风执手频。天地何年容作客，山川终日送归人。愁心久断乡园梦，绝塞空传战伐尘。此别不堪回首处，画图看取六朝春。

　　（丁巳花朝①送伯驷先生归闽并政。虔州弟曾灿稿。钤印：曾灿私印、止山）②

1677 年二月，曾灿与陈伯驷共度花朝节，他们在潮涨柳开、春风拂面的日暮时节携手观赏百花。这本应是其乐融融、笑逐颜开的美好时光，但因陈伯驷回乡计划已定，曾灿倍感伤怀，他移情于景，感到周围的山川在不停地送走羁旅的客人。陈伯驷回乡的计划已持续一段时间，只因闽地战乱频仍而不能成行，曾灿也因陈伯驷的回乡梦总被打断而生发忧愁之情。而陈伯驷此次终于要远行回乡，这次的分别也许将成为不堪回首的往事，因此曾灿借取画笔将这次的观花赏景聊作六朝春禊以当饯行。

　　第八首赠和诗为徐宾所作。徐宾，号东海学人，字用王，别字秀夫，江苏常熟人，善诗工文，与钱谦益、柳如是等关系甚好，著有《历代党鉴》。诗曰：

　　萧馆张清宴，离情知几何。尽怀方共遣，酌酒岂须多。芳草江南落，白云闽海孤。相看珍重意，后会莫蹉跎。

　　（集宋夫子诸同人送别伯驷先生分韵之作并政。灵璧主人徐宾具草。钤印：东海学人、别字秀夫、深心托豪素）③

---

① 花朝节，简称花朝，俗称"百花生日""挑菜节""花神节""花神生日"，汉族传统节日，流行于华东、华北、东北和中南等地，一般于农历二月初二、二月十二或二月十五举行。节日期间，人们结伴到郊外游玩观赏百花，俗称"踏青"。姑娘们剪五色彩纸粘在花枝上，称为"赏红"。从款识"丁巳花朝"来看，此诗应作于 1677 年二月。

② 转引自张之望、张嵋珥《过云楼秘藏王翚〈晴峦晓别图〉考》（下），《文物鉴定与鉴赏》2015 年第 4 期，第 18 页。

③ 转引自张之望、张嵋珥《过云楼秘藏王翚〈晴峦晓别图〉考》（下），《文物鉴定与鉴赏》2015 年第 4 期，第 18 页。

听闻陈伯骕将要远行回乡，徐宾在萧馆置办清雅宴会为其送别。朋侪齐聚，以醇香美酒尽情倾吐惜别之情。作者以白云的漂泊不定喻示陈伯骕回乡行程的艰辛，更担心陈伯骕与诸友分离后生发孤寂心情，因此劝慰他珍重身体，不要虚度余生的光阴。

第九首赠和诗为赵燨所作。诗曰：

> 吴门客里送君行，舍弟居停为寄声。因树茅亭商位置，引泉茶灶好经营。远公同泛清觞雨，虎阜分听别路莺。莫向四陵城上望，闽山缥缈不胜情。
>
> （圣予席上送伯骕先生移寓敝里舍弟宅。赵燨稿。钤印：赵燨之印、旦公字行醒、己心喜）①

赵燨与陈伯骕同寓吴门，恰逢陈伯骕将归闽，作此志别。高尚的友情并不在乎物质的多寡，作者能与陈伯骕这样一位有如晋代高僧慧远一般高尚纯洁的名士泛舟共饮，赏听娇莺歌舞，在精神上倍感自足。而一想到陈伯骕即将回闽，作者就不敢想象登上四陵（金陵、兰陵、广陵和海陵）远眺闽山时产生的缥缈难收的忧情。我们从中可深切体会到作者对陈伯骕回乡的不舍之情。

最后一首赠和诗为杨宾所作。杨宾（1650～1720），字可师，号耕夫，别号大瓢山人、小铁，世称"杨大瓢"，浙江山阴人，戊午（1678）寓居吴门。少负奇才，博通经史，八岁能作擘窠书，曾随父戍守，熟习地理山川、风土人情，著有《柳边纪略》《塞外诗》《大瓢偶笔》《杂文》《力耕堂诗稿》等。其诗曰：

> 送客芦花渚，西风破晚烟。群贤返汉社，双屐迎晴川。野涵庭中雁，天真忆放船。诗成谁最蚤，沈宋自当年。南国犹烽火，天涯尚卜居。遥怜庄舄梦，又入晋陵书。风雅存吾道，闲

---

① 转引自张之望、张嵋珥《过云楼秘藏王翚〈晴峦晓别图〉考》（下），《文物鉴定与鉴赏》2015 年第 4 期，第 18 页。

情赋子虚。声名惊宇宙，不得混樵渔。

（山阴同学小弟杨宾。铃印：取马子吟）①

杨宾所选的送别陈伯骖的时间是日暮时分，地点在芦花渚，这样的时间、地点尤易引发离别的感触。诗作既有不舍，又有劝慰。虽然群贤所坚守的汉族文化道路十分曲折，但他们坚信总能见到光明。作者将陈伯骖与天真纯洁的大雁作比，十分了解陈伯骖归乡心切的心情。才华出众的名流雅士们接连和诗作别，他们就如初唐的沈佺期、宋之问辈，声律音韵不相上下，而诗作在内容上又都体现对陈伯骖回乡将遇战火的担忧与惆怅。因此，众友纷纷劝告陈伯骖暂居虞山。而陈伯骖却如同身在楚国心在越的庄舄，作者认为他暂居虞山恐是难成之事。因此，作者最后以朋友们追求风雅、闲情赋辞和高洁品行等共同的精神特质勉励自己和陈伯骖，以精神上的思想共鸣宽释离别的愁情。

从以上赠和题跋诗的内容及款识看，这十位名流雅士为陈伯骖所作之赠和诗，并非一时一地之作，而是从最早的丙辰（1676）秋七月十八日黄处安题跋赠诗开始，到同年深秋宋实颖和余怀赠诗，到腊月十日许之渐赠诗，到次年丁巳（1677）元宵佳节沈世奕赠和，再到丁巳二月花朝节曾灿和诗，记录了明显的时间轨迹。其余和诗虽没有明显的时间，但据上述诸和诗的排序可推测，这十位名流之作应以时间为顺序排列。作为一位寓居异地他乡的羁客，陈伯骖能赢得诸多名流雅士接连不断地为他赠和题诗，确实是陈伯骖个人魅力与实力的体现，可见陈伯骖绝非等闲之辈。当然，这些赠和诗的最关键因素是陈伯骖与王翚之间深厚的感情，王翚为陈伯骖题画的行为为名流雅士们和诗提供了共有的谈资。

对陈伯骖与名流雅士之间往来交流以及他们的思想境界、创作风格与为人品行，陈轼当十分了解，并感触颇深。陈伯骖的一些好

①　转引自张之望、张嵋珥《过云楼秘藏王翚〈晴峦晓别图〉考》（下），《文物鉴定与鉴赏》2015 年第 4 期，第 19 页。

友，如为其题跋赠诗的黄处安，也同时是陈轼的好友，他们在思想意识、精神层面具有共鸣之处。陈伯驷对陈轼的人生轨迹应具有极大的启迪与典范作用。

陈轼在《道山堂集》中多次提及"伯驷叔"，称字不称名，且在其字后加称谓。他们之间应该年龄相差不大，但陈轼对陈伯驷十分敬重。陈伯驷早年曾赴职潮州，陈轼作《送伯驷叔之潮州序》。序中陈轼对叔父任职潮州表示钦羡："明珠翠羽之奇，犀象沉檀之美，有所歆羡于中欤？"[①] 同时，序中也有晚辈对长辈只身远行、任重道远的难舍与担忧："昔昌黎为潮州刺史，上表云：'过海口，下恶水，涛泷壮猛，难计程期，飓风鳄鱼，祸患不测。'"[②]

陈轼流寓江浙期间，恰逢陈伯驷吴门之行，陈轼作《吴门遇伯驷叔》：

> 昔年房子古城头，倏忽离筵四易秋。不谓驱辕幽冀路，更同赏酒锦帆游。哀时庾信多新句，落魄冯骥惜蒯缑。莫羡将军书记选，雁征总为稻粱谋。[③]

陈轼与陈伯驷已有四年时间未见，两人偶然相逢，不拘礼法，恣情纵酒。陈轼十分理解陈伯驷吴门之行的任重道远，因此宽慰他不必过分欣羡那些看似很有名望的官职，其实外出流寓者就像大雁一样需要为求取生存而辛劳漂泊。在从政思想上，此时的陈轼表现出更为理性豁达的态度。

陈伯驷从吴门回乡，陈轼作《瑶花·题伯驷叔郎官雪霁图祝寿》曰：

> 雾蒙林屋，雪沍支硎，正峥嵘时序。沉吟诗卷，费浪仙、

---

① 陈轼撰，张小琴点校《道山堂集》，第166页。
② 陈轼撰，张小琴点校《道山堂集》，第166页。
③ 陈轼撰，张小琴点校《道山堂集》，第116页。

此日劳神酒脯。绳床冷锉，满衣夹、清风如栩。听爆声、全管①初回，恰是嘉名初度。

溪湄数点寒沙，望白港轻舟，江村渔浦。唅呀指爪，晴岚染、插遥天孤峰云护。揩篱碧径，莫辜负、邵平瓜圃②。趁归期、及早青春，拼受兰皋竹坞。③

陈伯骖回闽后恰逢其生日，陈轼赠和词作，表达对陈伯骖芳名远播的祝贺，更以"金管"一词高度赞誉陈伯骖忠孝两全的道德品质。陈伯骖回乡后隐居于侯官溪湄。陈轼以"邵平瓜圃"这一典故劝慰陈伯邹趁早功成身退，在家乡享受兰皋竹坞的幽雅环境，过高尚纯洁、闲适旷达的隐逸生活。整首词看似祝寿贺词，实则寓含作者厌倦官场、急流勇退的隐逸思想。

陈伯骖回闽隐居于福州长乐溪山溪湄草堂，陈轼曾到溪湄草堂拜访他，他们诗酒唱和，抒发感想。《题伯骖叔溪山无尽图》诗曰："绝壑门前万木纷，书签药臼未曾焚。何时共作青春伴？更访溪湄数白云。"④ 诗歌第四句十分明显地表达了陈轼归隐山林的愿望。

由此可见，陈伯骖与陈轼不仅是一般意义上的叔侄，更是具有共同的思想基础的密友。陈伯骖的诗笔才华、人格气节及善于与文化名流交游等无疑对陈轼及其创作产生了深刻的启迪与影响。

---

① 金管：饰金的毛笔管。孙光宪《北梦琐言·韩定辞诗中僻典》载："昔梁元帝为湘东王时，好学著书，常记录忠臣义士及文章之美者。笔有三品，或以金银雕饰，或用斑竹为管。忠孝全者用金管书之，德行清粹者用银笔书之，文章赡丽者以斑竹书之。故湘东之誉，振于江表。"［孙光宪撰，林艾园校点《北梦琐言》（逸文卷二），上海古籍出版社，2012，第148页］

② 邵平瓜圃：邵平为秦东陵侯。秦亡后，他即隐居于长安城东青门外种瓜。其瓜味甜美，时人称为"东陵瓜"。后人以"邵平瓜圃"赞誉辞官归隐者的瓜田。

③ 陈轼撰，张小琴点校《道山堂集》，第145页。《楚辞·离骚》曰："步余马于兰皋兮，驰椒丘且焉止息。"宋朱熹《离骚集注》载："泽曲曰皋，其中有兰，故曰兰皋。"竹坞：竹舍，竹楼。唐刘沧《访友人郊居》诗曰："登原过水访相如，竹坞莎庭似故居。"《醒世恒言·卢太学诗酒傲王侯》曰："水阁遥通竹坞，风轩斜透松寮。"

④ 陈轼撰，张小琴点校《道山堂集》，第128页。

　　陈轼还有一位叔父陈湛苑。《道山堂集》中有关陈湛苑的诗作有五言律诗《湛苑叔父静海罢官归舟至严滩不值作诗以寄》（四首）、五言绝句《寄湛苑叔》（二首）、五言古诗《寿湛苑叔七十》、五言律诗《冬日同黄处安谢青门蔡中旦湛苑叔访林克溥克千兄弟赏梅花》等。从这些诗作可知，陈轼与陈湛苑之间一直往来，联系极为密切。他曾师从陈湛苑，并极为推崇其才学，在其仕途受挫时给予忠诚的劝慰，表达关切之情。

　　陈湛苑曾到静海为官，后因未得到重用而辞官回乡，陈轼为其作《湛苑叔父静海罢官归舟至严滩不值作诗以寄》（四首）：

　　　　阔想劳晨夕，孤征欲奋飞。碧云明绣岭，白鹭下渔矶。王粲依人去，陶潜解绶归。如何江上路，咫尺竟相违。

　　　　吾家冷落甚，大半不如前。原隰无膏壤，诗书有蠹编。御冬惟枕柸，仰屋总窥天。世态秋云里，谁能更乞怜？

　　　　露草寒螀聚，空山落木秋。暮帆随岫紫，野碓向溪幽。直道方难入，微名且暂休。眼前诸弟妹，未了尚平愁。

　　　　寥廓山河迥，怜予直北行。板桥看雪峤，塞月度秦筝。趁幕寒鸦路，经霜古戍程。何时濒海侧，白发侍躬耕。[①]

诗作第一首以白鹭勤勉奋飞，晨夕奔走于水边岩石之景，对陈湛苑在仕途上积极进取的精神表示敬佩。然后作者转而以王粲有贤才却没有得到重用、陶渊明解下绶印辞去官职等典故，对陈湛苑静海罢官一事给予劝慰。第二、三首以低洼的原野上贫瘠的土壤、破旧的书籍、寒冬枕柸御寒、屋破可窥天等破败不堪的景象表现事态变化，家族没落，却无人同情的悲惨困境。同时，以深秋的鸣虫相聚露草，

隐喻自己愿与叔父同甘共苦，共同承担仕途曲折所带来的惆怅与忧伤。但作者身不由己，北行征程尚未结束，他为此感到矛盾与愧疚。因此，诗作最后一首表达自己希望早日回乡陪叔父过隐居躬耕的田园生活的心情，笔端饱含悠悠不尽的慨叹与忧愁。

此后，陈轼作《寄湛苑叔》（二首）：

> 泉冽有修绠，稻肥且截颖。何为淄水中，漂流作桃梗。

> 陶令归来时，宅边五株柳。登山采栩实，还胜金龟钮。①

汲水的长绳也可获得泉水，不必当淄水中的桃梗任人摆布。陈轼以此隐喻，劝慰陈湛苑不必过分在意朝廷官职高低，而应淡忘朝廷纷繁复杂的政务，像陶渊明一样，弃官回家，自由自在地过隐逸舒适的田园生活。作者既劝慰陈湛苑，表达对他深切的怀念之情，同时也流露出自己厌倦仕途，渴望隐居山林的思想。

陈湛苑七十大寿时，陈轼作了长达五百字的五言古诗《寿湛苑叔七十》为其祝寿。诗作开头即表达对其七十大寿的祝愿与祈福："叔氏撰初潜，今入耆旧传。观颐养正吉，福绥饶锡羡。"② 接着对其一生的品德修养和为人处世等倍加称赏与赞美：

> 大德信普淖，避名耻鬻衒。销愁近晚香，赏时采黄钿。含饴弄诸孙，绿野堂前宴。素交与齐契，顿空人我见。合睦重天伦，隔邻和四援。明信自章洁，行潦诚可荐。③

陈湛苑辞官回乡，虽在江湖之远，却有子孙满堂为其祝寿。他不仅重视父子兄弟等亲属关系，且与周围邻居和睦相处，互相帮助。其品行不仅赢得了亲戚朋友的尊敬，而且足可让浑浊、混乱的世道远

---

① 陈轼撰，张小琴点校《道山堂集》，第 86 页。
② 陈轼撰，张小琴点校《道山堂集》，第 316 页。
③ 陈轼撰，张小琴点校《道山堂集》，第 316 页。

离自己的生活。

诗作中间部分则对其为官期间的功绩给予高度赞扬：

> 壮岁歌鹿苹，委贽事北面。神明良大夫，华毂临赤县。旋
> 鸣宓子琴，种花蒲芳甸。官锱无溢余，甑中尘常遍。忠勤抚残
> 黎，生平塞未变。渤海勒碑碣，名字犹倩蒨。[1]

陈湛苑恪尽职守，为国为民，却因受奸佞小人陷害，弃官回乡，但
他的芳名已深入百姓的脑海中。

诗作第三部分对其弃官后的隐居生活进行描述：

> 辛苦为黎元，不合郎投传。陶令彭泽归，拂衣辞帐殿。掇
> 撷自幽异，俯仰寓英盼。秋浦荡白鸥，花艒频缱绻。昏俗如乱
> 鬓，浊世蜣螂转。吾道轻玑琲，习尚专白选。消长戏俳场，荣
> 林水回漩。坦怀任攘诟，超然离纲胸。已矢烟霞期，不省葫芦
> 缠。渺视肉食徒，只坐井中见。腰包游汾晋，山川恣曼衍。安
> 乐当高车，荷衣鄙服裋。茹草差可饱，莫间蛮触战。[2]

陈湛苑辞官后，成为隐居的幽异之士，虽不能享受佳肴美馔，却能
在精神上获得安乐。

陈轼也因此回忆童年时期自己朝夕跟随陈湛苑埋头苦读的生活，
对其才华大加赞赏：

> 忆昔童嬉时，直至加冠弁。晨夕余追随，濡首攻笔砚。时
> 对圣贤语，举目瞩万卷。麟次傍名峦，金石声朗练。宵映挼天
> 藻，妙思织黄绢。风泉涌白云，美材郁东箭。文轴驰子昂，蕴
> 籍爱卢绚。盛节势奔壮，道真更澡炼。侪辈学修辞，少年多不
> 贱。倏忽成沧桑，晷影泡飞电。余更早投簪，久谢金闺彦。江

---

① 　陈轼撰，张小琴点校《道山堂集》，第316页。
② 　陈轼撰，张小琴点校《道山堂集》，第316页。

　　海怅飘零，逸翮渐飞倦。①

由此可见，陈轼从小受到其文学才气的熏陶与感染。其博闻多才、品德修养对陈轼的影响至深。陈轼也因此感慨万千，感叹时不我与，并对漂泊流离的生活倍感疲倦。言下之意是，他希望早日还乡隐逸山林。

　　诗作结尾写：

　　　惟有至性亲，白首还眷恋。叔氏杖履健，日长如添线。旧幕结枳篱，呢喃乌衣燕。轮扁尚斫轮，楚丘裘带便。八月霜纨湿，疏雨秋声颤。时值览揆日，德音雅独擅。考钟异伐鼓，佳气临竹院。瑶圃光炯碎，莺簧音百啭。绮筵具肴核，仙家麟脯馔。一幅松石图，亲串皆雷忭。小子咏南山，愿为举觯先。②

陈轼即景抒情，表达对陈湛苑真挚的祝愿与敬仰之情。陈湛苑从品德修养、为国为民的执政思想、诗文研学及归隐心态等方面影响了陈轼的一生。而在其仕途受阻时，陈轼也以隐逸山林的思想极力劝解和宽慰他。

　　由上观之，陈轼的父亲、伯叔等在诗学素养、为人声誉、择友之道、仕途理想、笃义气节及人格精神等方面对其产生了潜移默化的影响。陈轼在先辈们的精神指引下为后代学人在文学著述、志士情怀等方面树立了典范。

二　陈轼外族先辈

　　陈轼的外族先辈中也人才辈出。陈轼在《郑元定传》中即提及他的外祖父：

　　　余外王父昆明长石鼓林公，博洽鸿儒，掉鞅艺苑。诸后进

---

① 陈轼撰，张小琴点校《道山堂集》，第316页。
② 陈轼撰，张小琴点校《道山堂集》，第316页。

昕夕追随，无不以文艺互相劘切。故同门僚婿，皆有文章之誉。[1]

据此可知，他的外祖父是一位博学多才者，善于与人交流，切磋文章，因此追随者络绎不绝，其弟子及子婿们对其赞誉有加。陈轼外祖父具有才学兼修、德高望重的长者风范，这对陈轼养成虚心问学、与人为善的精神品质具有典范的作用。

陈轼还有一位外伯祖林学博，曾任职于寿宁、龙岩二邑，后迁任漳州，具有祈神造米之功。林学博以造福百姓、为民排忧解难为执政宗旨，具有悲天悯人的忧国忧民思想。《舅氏林岳宗传》[2] 即提及其外伯祖林学博之神奇事迹：

> 余读王虞石先辈作《学博林公翼廷碑记》，言崇祯丙子岁，龙岩大饥，公署邑篆，梦观世音大士指示邑后屏山可以救人。公至其处，启发地孔，果有米粒涌出，活数千人。余观古所载，神农时雨粟；仓颉造书，而天雨粟；汉建武陈留雨粟蔽地，视谷形若粱而黑；宣帝地节雨粟。史不绝书，然未有自地涌出者，或者地之功不让于天，以大士之力不可思议，涌出米粒，亦无有异也。学博者，余之外伯祖，而岳宗舅氏即学博之子也。学博任寿宁、龙岩二邑，迁于清漳，则舅氏与偕。[3]

由此可见，陈轼的外伯祖林学博治理饥荒的行为、乐于为民的为政理想在他的心中留下了深刻的印象。外伯祖林学博的人格典范，成为陈轼塑造"清正廉洁、执政为民"的朝廷官员形象的指路灯塔。

林学博之子林岳宗，即陈轼之舅父。陈轼说：

> 舅氏潜心力学，籍甚胶庠，与郡邑之学者，昕夕讲究，以

---

[1]　陈轼撰，张小琴点校《道山堂集》，第 231 页。
[2]　此题目原作《舅氏林乐宗传》，据文章内容提及"岳宗舅氏"改为《舅氏林岳宗传》。
[3]　陈轼撰，张小琴点校《道山堂集》，第 234 页。

求无负于学博之教。其时郡邑之学者，于学博则师也，舅氏则友也。鼎革以后，舅氏决志终隐。时而乘犊山薮，扶藤野外。华条以当璇室，翠叶以代绮窗。忽见茅茨暧暧有人，则海滨隐者在焉。乡有力役勾稽，身董其事。自迁海令行，地狭而赋不足，人散而差愈繁起，徒役者无论岁之上下、地之墽恶，愁叹之声，比户皆然。舅氏以一老书生，伙助其间。遮道痛哭，诉于上官，役以得蠲。至今绛县之老，得免城杞。舅氏有德于乡，不既深与？且也末俗浇讹，尊祖敬宗之义不讲，无以观孝而悌让。舅氏念乡井迁徙，大宗之祠，夷于灌莽，因议创建，择地清远里军山之麓，崇阶广除，有严有翼。子孙宗老，得以勤趋跄，莫曩莘。夫人当琐尾之时，所亟者庐井之安而已。然干止未遑，而先谋及于祖先，可谓得本计矣。余稽径江为福唐右族，冠盖相望，络绎不绝。余犹及见侍御心宏公抗疏忤珰，切谏天子孤立之祸，以王守澄、仇士良为比，风采凛凛，与应山诸公齐名。幸其杖而未死，后以殉节闻。嗣是省垣双城公主试东省，有欧阳得人之誉。以舅氏之长德懿行，必有继是而起者。余因喜而为之传。①

林岳宗随其父亲到漳州任职，不辜负林学博的期望，潜心问学，并教授郡邑后学。他们父子俩与学生之间建立了融洽的师友关系。明清鼎革之后，林岳宗抱节守志，归隐山林，但他仍传承其父亲林学博忧国忧民的思想，极力救助乡民，为民众减轻赋役，乡民们对他感恩戴德。林岳宗还具有尊祖敬宗的美德，他择地创建家族宗祠，使林氏子孙门庭兴旺，冠盖相望。因此，陈轼将其与抗疏忧国的侍御林心宏相比拟，对其殉节守志与德行修养表达敬慕之情。林岳宗在改朝易代之际抱节守志并决志终隐的行为，为陈轼坚守遗民气节起了榜样和先导作用。

---

① 陈轼撰，张小琴点校《道山堂集》，第 234～235 页。

陈轼的姨丈郑元定，同陈轼的父亲一样，也以教书为职。《郑元定传》说：

> 余父先太仆早世，同襟连袂者三人，而郑君元定年尚少于余。虽余视之为丈人行，不啻如曹耦之相得也。①

郑元定是陈轼的姨丈，但年纪比陈轼小。因此，陈轼与郑元定之间的关系无异于同辈，更易于交流。据陈轼介绍：

> 郑君讳启焜，字元定，别号止庵。先世自训公由荥阳入闽之莆田，数传至乐山公。由福唐迁三山，再传至吁斋公、正崇公，俱覃心理学，君即正崇公之家嗣也。弱不好弄，日诵数千言，于曲台之学，尤为专门名家，甫冠补弟子员。②

郑氏家族迁入莆田后，家族日益兴盛，郑元定为弟子员外郎。

> 余外王父昆明长石鼓林公，博洽鸿儒，掉鞅艺苑。诸后进昕夕追随，无不以文艺互相劘切。故同门僚婿，皆有文章之誉。而君以少年英异厕其间，娇客玉润，无与为比。外王父尝器重之。③

郑元定英异绝伦、才华出众，深得博通经史、德才兼备的陈轼外祖父的器重。

> 至于应接酬酢，款洽备至。平日慷慨然诺，曾以千金贷友朋之急，岂非丰诩中节者与？夫殖德树行，不以隐显为屈伸。苟其履仁蹈义，无不合于绳墨。④

---

①　陈轼撰，张小琴点校《道山堂集》，第231页。
②　陈轼撰，张小琴点校《道山堂集》，第231页。
③　陈轼撰，张小琴点校《道山堂集》，第231页。
④　陈轼撰，张小琴点校《道山堂集》，第232页。

郑元定不仅才学优异，而且善于应酬接洽，慷慨豪迈，救友朋于水火之中，因此，陈轼认为郑元定讲究仁义之道堪与绳墨之质相比。[①]郑元定"信道笃而自守严"，"虽栖息蓬蒿而志致盖远"[②]，其严于律己、笃信道义、志存高远的高尚品德，对陈轼具有精神上的鼓励与鞭策作用。陈轼与郑元定之间感情深厚，因此，他对郑元定的"无疾而逝"感到极度悲伤：

> 十余年间，诸姨丈相继凋谢，而君康强健饭，矍铄犹昔，不意于小春某日无疾而逝。夫以钱起之哭曹钧，辄兴残阳邻笛之悲；休文之伤谢朓，每作尺璧何完之恨。彼缔欢兰茝，尚如斯之追悼不已，而况谊属亲串、尊并父列者哉？[③]

字里行间寄寓着陈轼对姨丈郑元定深切的悼念与缅怀。

由上文可知，陈轼家族和外族先辈中，不乏才气名流与德才兼优者。他们从生活态度、品德修养、思想意识和诗文创作等方面影响了陈轼的一生。

第二节　对同辈及后辈的勉励

陈轼出自书香门第，他的同辈及子孙后代继承先辈的优良传统，在科第仕途方面享有盛誉。同时，他们之中也不乏修仁行义及医术高明之士，颇受人钦羡。

与陈轼交往较为密切的有两位弟弟和一位从弟。陈轼的弟弟陈莲石年轻有为。陈轼在《孝廉邵长倩传》中曾述及陈莲石在学业方面的显著成绩：

---

① 《礼记·经解》曰："故衡诚县，不可欺以轻重；绳墨诚陈，不可欺以曲直；规矩诚设，不可欺以方圆。"
② 陈轼撰，张小琴点校《道山堂集》，第232页。
③ 陈轼撰，张小琴点校《道山堂集》，第231页。

> 余弟莲石总角，时以塾课就正先生，于稠人中拔置第一，决其必售。后莲石以二十二岁领云间守，报以千金，乡人争羡之。[①]

陈莲石 22 岁即任云间太守，且功劳卓著，得到嘉奖，乡人无不钦羡他的才华。

陈轼另一位弟弟名天亮。陈轼流寓真定时，陈天亮曾从高阳赴真定，他们即此相逢，陈轼作《天亮弟自高阳来真定》：

> 肌骨冲寒大茂来，匣琴响泣朔风哀。青鞋布袜还称健，镂管银毫未作灰。麦饭凄凉亭畔水，中山潦倒雪前杯。故园穷腊遥相忆，此日梅花已尽开。[②]

寒风刺骨的冬天，陈轼兄弟漂泊在外至少已有一年。陈轼从家乡蜡梅尚未开放之时即一路北上前往真定，也常回忆与兄弟们在家乡共赏蜡梅、促膝相谈的情景，而眼前梅花盛开时能与弟弟相逢，即使青鞋布袜、麦饭凄凉、酒杯潦倒，却也倍感相聚的温馨与欣慰。陈轼以梅花开放的历程表示他们离别的时间之久，同时也以梅花象征他们如梅花般的高尚纯洁与不屈的人格精神。

陈天亮复从真定回高阳，陈轼又作《送天亮弟还高阳》：

> 白昼沉阴驿骑疲，黄榆野戍乱云披。杜门早已推周党，击筑还能吊渐离。落日关河歧路阔，白头兄弟梦魂期。尘沙北望孤城上，颛顼祠前有所思。[③]

陈轼以驿马、乱云、落日、尘沙等意象渲染他与陈天亮即将分别时的惆怅心境，更以"渐离击筑"之声音的悲壮抒发离别的哀思。而后他又借"颛顼祠"表达对陈天亮回高阳后建功立业的期望。诗作

①　陈轼撰，张小琴点校《道山堂集》，第 238 页。
②　陈轼撰，张小琴点校《道山堂集》，第 113 页。
③　陈轼撰，张小琴点校《道山堂集》，第 114 页。

表达的既有不舍之情又有作为兄长的勉励之情。

　　陈轼在《道山堂集》中也提及自己的从弟陈潜夫。陈潜夫与陈轼感情真挚，在思想认识上有共通之处。他们共同拥护南明政权，也都曾应南明王朝皇帝之征召，到岭南地区为官任职，建立功勋。陈轼对陈潜夫的为政、仕途寄予殷切的期望，并对其执政功绩、才学书法等给予高度肯定。他们也常与其他友人一起游赏风景名胜，互相切磋诗文，促膝交谈，互勉互进。《道山堂集》中涉及陈潜夫的诗作有五言律诗《送潜夫弟之武陟》（二首）、七言古诗《清明林武林邀同郑肇修王平叔潜夫弟游虎阜》《潜夫弟案头见黄处安临欧王法帖作为此歌》《送潜夫弟之高明任》等。

　　《送潜夫弟之武陟》（二首）系陈潜夫将调往武陟，陈轼为其送行所作。诗曰：

　　　　江介春方晚，离亭且共斟。鸡声将母梦，马首弃襦心。修畛翔云翮，斜阳落剑镡。惠连今远去，劳我十句吟。

　　　　此别分南北，扬舲过浊河。丽词梁苑胜，盘陇太行峨。乡国连烽火，天涯隔笑歌。巡檐应有约，梅下共婆娑。①

暮春傍晚江岸的亭子，在空间环境上就已渲染了离别的愁情。陈轼与陈潜夫互斟共饮，依依惜别，看到凌云高飞的鸟，即想到陈潜夫往武陟建功立业的超迈气概。陈轼称陈潜夫为"惠连"，这一方面是对他的美称，另一方面，陈轼也将其视为具有超逸精神的谢惠连。第二首诗则道出他们即将南北分别的不舍之情，以闽地战火未消的现实进一步渲染离别的悲情。

　　此后，陈潜夫应南明王朝征戍，去岭南高明一地任职，陈轼作七言古诗《送潜夫弟之高明任》赠别，其中有言：

---

　　①　陈轼撰，张小琴点校《道山堂集》，第81页。

春陵诗思风堪采，恻怛真情一例看。但得循良能保障，鱼苗海气始安澜。①

陈轼对陈潜夫提出殷切的期盼，希望他奉公守法，为社会安定做出应有的贡献。可见，陈轼在执政思想上对陈潜夫给予了切实的指导。

陈轼还有一位从弟，即前文所述其伯父汀生公之第三子陈劬庵。其《劬庵弟寿序》曰：

从弟劬庵嘉平四日为悬弧之辰，年六十有五矣。余长弟七岁，马齿亦同此日。顾念余通籍仕宦，适陵谷变迁，中历坎壈，长为山泽之癯。而弟身安缝掖，蝉脱尘壒之表，享有田园乡社之乐。视世界菀枯得失，不以动其心，何其志气超旷，翛然自适也？庄生曰："平易恬淡，则忧患不能入。故其德全而神不亏。"弟之谓欤？弟为伯父汀生公第三子。……丈夫子四，弟及希古、文夫、熙从，金昆玉友，孝敬一堂，蔼然善也。弟少颖异，颀然玉立。及读书未遇，自谓读兔园之册，嚅首呕心，无所见长，遂从辟咡之前，画理家事。……弟惟悃愊无华，勤俭有则，尝有良士瞿瞿之意。气平而躁释，行安而节和。然本柱下之守雌，得北叟之晚福，颐神任运，可以养生，可以延年，弟其庶几于道者也。至于抚教诸侄，义方备至。或升成均，或登黉序，莺翔鹄峙，咸著侪肸之誉。行将染彤管，吐洪辉，珥貂簪笏，指日可俟。诸孙、曾绕膝舒雁行列，今者񂆼韝鞠跽，左右彩舞。诸侄因乞余言以当祝禧。余惟《行苇》之诗，其言：曾孙酒醴，以祈黄耇。《既醉》之诗，则曰：厘尔女士，从以孙子。弟高明昭朗，景命有仆，引翼寿考，介福所归。余则歌《行苇》、《既醉》，以申颂祷之。②

① 陈轼撰，张小琴点校《道山堂集》，第 323 页。
② 陈轼撰，张小琴点校《道山堂集》，第 195～196 页。

陈轼的从弟陈劬庵比他小七岁，陈轼出生于 1617 年十二月四日，因此可知陈劬庵生于 1624 年十二月四日。陈轼任广西苍梧道参议期间，处于鼎革之际，境况困顿不堪，陈劬庵对他顾念尤甚，足见他们手足情深。在社会动荡之际，陈劬庵却处乱不惊，静心学习，摆脱污浊的尘俗世道，尽享田园隐逸之乐，明显具有隐士的高超旷达心境。因此，陈轼引庄子之言，表达对陈劬庵在喧嚣世俗环境中却能练就温和平静、不慕名利、抛弃凡俗忧患的心灵境界的钦慕。陈劬庵与诸友相善，敬爱兄长，才华出众，聪慧过人，为人诚恳而不虚浮，品行温和，具有谦谦君子之涵养。他的品德修养也影响了其子孙后代，因此，陈劬庵之子嗣均能升就高等学府，学有所成，仕途通达，且俊雅端庄。适值陈劬庵六十五大寿，陈轼以《行苇》《既醉》等宴饮之诗描绘族人聚会时其乐融融的祝寿盛况。

陈轼的弟妇郑孺人，婚配给比陈轼小一岁的五从弟。郑孺人出身名门望族，但从小养成贤淑孝顺、勤恳好学的习惯。郑孺人严格要求诸子刻苦勤奋学习，专精诗文。陈轼的侄子江如、汉如、济如、洪如等，在郑孺人"和丸画荻"①般的教导下，学有所成，尽显才华。陈轼感佩郑孺人的恩惠德泽，因此作《弟妇郑孺人寿言》曰：

> 若余弟郑孺人，则邓之冢孙妇也。郑八世科名，为吾闽望阀。孺人生长名家，幼娴闺范。年二十归五从弟。邓孺人在堂，晨昏起居，日承色笑，及奉公姑亦如之。五从少余一岁，幼同师傅，凭依讲肆，互相劘切者一十五年。五从笃志嗜学，比于董生之下帷，数十年如一日。孺人刀尺之声，与南窗咿唔相讽沓也。至于督课诸子，焚膏继晷，夜分乃已。昔薛播之母通经史，善属文，授经诸子。杨凭之母训导有方，长善文辞，与弟

---

① 和丸：用熊胆和制的药丸。《新唐书·柳仲郢传》曰："母韩，即皋女也，善训子，故仲郢幼嗜学，尝和熊胆丸，使夜咀咽以助勤。"后以"和丸""丸熊"为母教的典实。画荻：宋欧阳修四岁而孤，家贫，母郑氏以荻管画地写字，教其读书。见《宋史·欧阳修传》，后以"画荻"为称颂母教之典。

凝、凌皆有名。古之文人隽士，得于姆教居多，谁谓古今人不相及哉？诸侄江如、汉如、济如，俱攻苦力学，蜚声黉序。洪如诸侄能文，皆得孺人和丸画荻之教。指日显庸光大，殆未有艾。此皆孺人之大节，可为世之法程者也。至于平昔清俭自持，惟茹蔬粝，服缝浣，绮缟粉墨，不供箧笥，又好习劳苦，先人而作，后人而息。天性惠爱，常怜贫乏，不吝解推，德之厚者，流光自远，不信然欤？①

郑孺人不仅教子有方，而且勤俭自持、吃苦耐劳、宽仁慈爱，为陈轼家族文化增添了光辉。陈轼对郑孺人了解至深，也源于陈轼与其五从弟师出同门，从小互相切磋交流，感情尤为深厚。

陈轼有子五个，现存可考名字的仅有四人。《四库全书存目丛书·集部·道山堂集》后集各卷卷首均标有"闽中陈轼著，男宗柏、宗咸、宗丰、于侯同辑"字样。南京图书馆藏《续牡丹亭传奇》题词载：

> 吾家著集多矣，其旁及传奇杂剧则自先大夫始也。元曲首推《西厢》，续者或病其不称。明曲首推《牡丹亭》，而先大夫续之，黄九烟年伯顾独加鉴赏，此岂私阿所好哉！侯少遵庭训，攻举子业，窃志古文词而未逮。至若《啸余》、《九宫》诸谱，则茫未有得。捧此益抱徒读父书，不知通变之愧焉。五男于侯谨识。②

由此可见，于侯为陈轼第五子，而《道山堂集》中只有宗柏、宗咸、宗丰、于侯等为其作品辑校。另有一子缘何失传，尚待考察。陈轼的第五子于侯，遵守庭训，继承父志，攻举子业，使陈氏家族在易代之际仍能继承祖业。

---

① 陈轼撰，张小琴点校《道山堂集》，第 197 页。
② 静庵编，褪翁阁《续牡丹亭传奇》（卷首），南京图书馆藏，清三槐堂刻本。

结合《道山堂集》的相关作品进行考察可知，陈轼除了五个儿子以外，可能还有两到三个女儿。《王孝廉传》云："孝廉卒年七十有八，子二云云。余忝姻戚，聊摭其行实而为之传。"① 陈轼说王孝廉有两个儿子，没有提及其女儿，很可能王孝廉没有女儿，但他们之间又有姻亲关系，据此可知，陈轼可能有一女婚配与王孝廉之子。《林平山传》载林平山有"子六人存三人"②。又《林平山八十寿序》云："康熙甲子岁，菊月四日，余同年平山姻翁林公，值渭水载车之年。"③ 陈轼记载林平山只有三个儿子，没有提及女儿。同理，很可能林平山没有女儿。他们两家又有姻亲关系，则说明陈轼可能有一女嫁与林平山之子。陈轼《文学孙受庵传》云："余与同籍给谏孙鹤林结朱陈之好。"④ 陈轼与孙鹤林两家也有姻亲关系，但是陈轼之子娶孙鹤林之女，还是陈轼之女嫁与孙鹤林之子，目前无从考察。

与陈轼子女同辈的还有陈昌乔、陈昌奇、陈昌式、陈昌季、陈昌义、陈秋庵、陈朝舆、陈大生等，他们或诗文辞藻、仕途科第负盛名，或尊祖敬宗、关心民瘼，或忠孝节义、品行高洁。陈轼曾为侄子们作《昌奇侄四十》、《送昌式侄北上》、《寄昌季侄瓯宁广文》、《西园九日红梅碧桃盛开和侄昌义二首》（有序）、《寿秋庵侄》、《朝舆侄新建南阳宗祠原系少卿一水公道山草庐故址作诗以美之》、《大生侄自山中迁还玉尺楼居和黄处安》等。陈轼的侄子或庆寿，或远行，或宴集，或寓居异乡，或践行忠孝，或回乡，陈轼均以诗赠之。从中可见陈轼对家族子侄关爱倍加。

陈轼的家族中，有不少男子早卒。家族中的女子忠贞贤淑、勇敢义气的优良品质，因此表现得尤为突出。上文述及陈轼的父亲早逝，陈母林氏任劳任怨、尽心尽力地承担家庭重任，养育子女。陈轼的从侄，即其叔父陈伯熊之冢孙陈昌乔也早夭。其侄妇郑氏继承

---

① 陈轼撰，张小琴点校《道山堂集》，第231页。

② 陈轼撰，张小琴点校《道山堂集》，第226页。

③ 陈轼撰，张小琴点校《道山堂集》，第185页。

④ 陈轼撰，张小琴点校《道山堂集》，第232页。

陈母贞洁贤良的优良品质，以生命示忠贞。《侄妇郑孺人传》云：

> 余叔伯熊自塞外归，偕婶氏隐于溪湄。有冢孙昌乔夭殁，孙妇郑氏随于次日自经以殉。按郑氏名瑄，宋郑广文梓之侄女孙也。早孤，母丘氏抚二女，而氏居长。九岁入塾，知书，性淳谨，不妄颦笑，十八归昌乔。昌乔病，刲股和糜以进。及昌乔亡，而从夫九原也，仅逾六时而已。独计氏以闺帏弱息，无见闻扩充、师友陶淑之力，而能达于大节，则其得于天性也厚。且伉俪未久，年力未深，乃从一而终，直行不顾，绝无濡忍巽懦，姑缓旦夕之意，则其成仁也速，而赴义也勇。此盖须眉丈夫望而却步，而人伦之大，借之以不灭也。邑之大夫亲临祭奠，为请旌表其闾云。外史氏曰："余读家乘，知节孝秦氏之贤，即叔父伯熊母也。秦以小星侧微，提携二孤于襁褓之中，历试诸艰，有功于宗祊甚重。今郑复以烈闻，是存孤与死节，婴杵之所就不同，而其志则一也。信吾家之多贤媛哉。"[1]

郑氏重节轻生、从一而终、刚烈果敢的精神品质，让陈轼感慨"信吾家之多贤媛哉"。

寿安逊庵和尚是陈轼的族孙，他是一位云游学道的僧人。其德行修养及参禅悟道的精神，颇使陈轼引以为豪。陈轼于丁巳春即1677年春天，与寿安逊庵相会于吴门涌莲净室，作《寿安逊庵语录序》：

> 余家自东瓯玉苍，入闽二百余年，登朝结绶，连镳接轸，从未有探性海、建毒鼓，阐大雄之教，而踞法王之座者。何选官之易，而选佛之难与？寿安逊庵和尚，余之侄孙也，云游学道已三十春秋。余向未知踪迹，今春过吴门，相值于涌莲净室，始知其得法芙蓉，举扬宗旨，称人天之师，盖已久矣。是余家

---

[1]　陈轼撰，张小琴点校《道山堂集》，第241页。

二百余年所仅见之一人也。夫以选佛之一人，不可见而仅见之，则其功德利益，必万倍于选官之人。一笻一钵，虽文轩丹毂，不与易也。虽然，今天下之选佛，流弊极矣。世尊说法，弟子多所授记，而灵山拈花，惟以正法眼藏付嘱迦叶。……夫选官不得其人，则嚅呫媕阿，赇赂相尚，必至蠹政害民，而其祸中于国家；选佛不得其人，则支离跛挈，讹谬流传，执土缶为警铃，误毒卉为药地，势必坏教灭宗，而佛祖之苦心大力，遂剥烂而无余。然则三百赤带之刺，其在今日之祇林，为更甚也。……今之出世为人者，求正法之行，必先救末法之弊。倘知其弊，而不为之所，则将流而不止。吾愿逊庵修而益修，证而益证。成天下之材，而持之以严；启方来之悟，而择之以慎。障狂澜于既波，延暑景于将昃。千圣一线，其将赖之矣。余以告逊庵，且以告诸方也。①

从该序内容获知，陈轼对寿安逊庵和尚厚爱有加。由于生逢乱世，陈轼在吴门遇见寿安逊庵之前，他们的交往并不多，甚至陈轼尚不知寿安逊庵参禅一事。他们于吴门相见时，寿安逊庵和尚云游学道已有三十年之久。但作为宗族亲戚，他们不因时间的流逝而产生隔阂。陈轼对寿安逊庵的德行修养给予高度赞扬与评价。他认为陈家自东欧玉苍入闽二百余年来，仅寿安逊庵一人得称人天之师。陈轼针对佛教盛行且其流弊已达到顶峰的境况，提出了自己的观点。他认为朝廷选官不得其人，必然会蠹政害民，而祸中于国家；选佛不得其人，也势必坏教灭宗。而寿安逊庵则"净行纯白，功力完熟，学无不贯，道无不彻。读其语录，寂照具足，德用双融，至理设于空假，妙谛寓于权实"②。陈轼在看到当时佛教盛行所暴露的流弊时，富有针对性地指出寿安逊庵具有参禅为佛的高尚品行。同时，他对寿安逊庵和尚寄予深切的期望和勉励：在佛教流弊盛行的危急

① 陈轼撰，张小琴点校《道山堂集》，第29~30页。
② 陈轼撰，张小琴点校《道山堂集》，第30页。

关头，应担当重任，多行善事，真正参禅悟道，修成天下之才，将优秀的佛教文化传于社会。

陈轼的后代，有记载的还有第七孙陈汉、第十二曾孙陈世贤等，他们曾对陈轼的创作之思想意旨进行解读，并对陈轼高度崇敬和钦慕。

> 临川复其师云：师言性，弟子言情。旨哉言乎！俞宁世先生尝惜临川之才未竟其用，四梦盖自写其生平。此定论矣。先王父由县令起家，陟谏垣，晋卿贰，方将大有可为，亡何遭时不偶，漂泊归隐五十余年。则兹编之续，毋亦夺酒杯以浇块垒者欤！第七孙汉谨识。①

> 先大王父历官中外及林下五十余年，手不释卷，非深有得于仕学兼资理者，不能也。至今著作如林，堪垂不朽。兹游戏剩技，见推风雅若此。小子贤去春幸捷，备员粉署，而腹笥空空，覆𫗧是惧，未能努力以绳武聊效抗怀以述德云尔。第十二曾孙世贤谨识。②

值得一提的是，陈轼的旁系族孙中，有一位是被誉为福建古代四大名医之一的陈修园。伍琳《清代福建名医陈修园医籍考论》一文为我们提供了宝贵的信息：

> 台屏，名瀚，字伯熊，用炯长子，大司马龚芝麓称其"渊雅简洁，有仁孝之风"。台宣，名骊，字伯骎，顺治间岁贡生，游学两京。兄弟均负诗名，有集行世。……台屏生克衍，克衍生梦白。梦白，字昌泰，邑庠生。梦白生天弼、天凤。天弼，字居廊，乾隆丁丑岁贡生，陈修园的祖父。……天弼生延启、

---

① 静庵编，被翁阁《续牡丹亭传奇》（卷首）。
② 静庵编，被翁阁《续牡丹亭传奇》（卷首）。

延焰、延光。延启，字巨源，号二如，陈修园父。①

据此可知，陈修园系陈轼的叔父伯熊之来孙，也应属陈轼的旁系族孙之列。陈修园善于整理古典医籍，功力深厚，涉猎广泛，并博采众长，见解独到。

综上所述，陈轼家族人才辈出，他继承先辈之志，在科第仕途、著述创作上努力进取，其同辈及子孙后代中也颇有享盛誉者。陈轼的家族背景，对其一生的影响很大。

---

① 伍琳：《清代福建名医陈修园医籍考论》，福建师范大学硕士学位论文，2012，第7~8页。

第二章　求学宦海，笔耕不辍

陈轼一生经历明清易代，他的生活阅历极其丰富复杂，他对社会和人生的认识与思考也较为深刻。崇祯朝时，陈轼任知县；隆武朝时，任御史；隆武政权灭亡后，陈轼赴广东；永历政权时，官广西苍梧道参议。入清后，陈轼回闽，后又流寓江浙一带，直到1677年才结束漂泊离散的生涯，回闽居住于道山第一山房。陈轼的一生处于宦海沉浮中，却笔耕不辍。陈轼因丰富复杂的仕途经历生发诸多深刻的感想，并坚守遗民身份；也因漂泊流寓，结识诸多志同道合之士。陈轼与朋友们互相切磋交流，促进了遗民文学发展和传播。陈轼著有诗文词集《道山堂集》、剧本《续牡丹亭》，并与金铉、郑开极合纂《福建通志》。研究陈轼的身世经历与宦海轨迹，对进一步研究他的遗民志节、创作思想及风格特征，乃至明末清初福州遗民文人群的整体心态及传统文学的发展和传播等，都是有必要且有意义的。

第一节　求学仕进与宦海沉浮

明朝自朱元璋于洪武元年（1368）开国起，经过250年，到了万历末叶，已经衰败不堪，民族矛盾和阶级矛盾都趋向激化。明万历四十五年（1617），陈轼出生于福建侯官。他活到78岁，人生经历十分丰富复杂。清初文网甚密，现存有关他的直接生活资料极为有限。这给我们研究这位明代遗民的生平事迹带来了一定的困难。幸运的是，我们可从陈轼著作的原始资料及相关佐证文献资料入手进行综合研究，大致考察其一生的行为轨迹，并对其宦海沉浮的际遇加以观照，从中探索陈轼是如何在复杂多变的政局中坚守遗民身份的。

陈轼的一生大致可分为四个阶段：第一，24 岁以前，即从出生到 1640 年，是他读书应试、求学仕进的青少年时期；第二，25～35 岁，即 1641 年到 1651 年，是他宦海沉浮、面临鼎革的壮年时期；第三，35～61 岁，即 1651 年到 1677 年，是他颠沛流离的中年时期；第四，61～78 岁，即 1677 年到 1694 年，是他隐居道山草堂、酬唱著述的老年时期。

一　24岁以前（1617～1640），读书应试、求学仕进的青少年时期

陈轼幼年时，受到了很好的家庭教育与文化熏陶。其外祖父博学多才，具有很好的学识修养，善于指导后进。其父亲、姨丈也以教书为职，且善于结交文人雅士。良好的家庭文化环境，对陈轼的人生观的形成及文化修养的提高起到了重要的作用。

陈轼在受教育的过程中，受到两位先生的教导。一为方汝典，一为郑垒阳。这在其《道山堂集》相关作品中叙述得甚为清晰。《力锦溪哀辞》云："余少时与力锦溪同受业方汝典老师之门。"① 陈轼少年时曾与力锦溪师从方汝典。《郑垒阳文集序》则更具体翔实地体现了陈轼对郑垒阳的敬仰与追怀。

> 余乡漳浦相国，立朝大节与夫殉难本末，炳烁天地间，而生平所相信者，莫如垒阳郑先生。流连于患难之际，痛哭于君

---

① 陈轼撰，张小琴点校《道山堂集》，第 250 页。

父之前，至于触忌讳、受谴谪而不少悔，古今交谊之深，未有逾于漳浦者也。然此可以知先生之为人矣。余幼时读先生制义，私意为一代文人，及披从信录，读先生《谏留中疏》，风采奕奕，知先生非但以文名也。当时逆奄方煽，履霜始凝，先生逆知异日必有黄门北寺之祸，疏中伏戎援奥，直擿其奸，继与湛持相国同被削籍。迨钩党狱起，先生变服易名，遨游于匡庐、罗浮之间，如夏馥逃亡林虑，申屠蟠绝迹梁砀，其不随杨、左诸公于地下者，盖有天幸焉，珰祸既解，先生召还，而乌程当国，忌先生柄用，罗织罪案，违众特纠政府弹章，创自乌程。其以私臆陷先生，路人而知之也，及莫须有狱成，无不为先生惜者。噫，婵媛申申之詈，始于妒嫉，遂为刀锯屠割之所伏。先生虽死，而先生之名如木兰之不陨，宿莽之不枯。彼威福熏灼、肆力搏噬者，亦既捷径窘步，而其骨亦已朽，其与先生得失孰多哉？余读漳浦相国之志先生也，曰："余惟峚阳忠孝而遭显祸，文士而蒙恶声，自古有之，而未有如是之甚者也。"此足以尽先生矣。余客毗陵萧寺，乃先生太翁仪部公所舍宅，因与先生长君素居游，尽取先生之集而竟读焉。盖先生学无所不该，而才无所不赡，微之性命，显之经济，明体适用，膏沃而光晔。至于出《风》入《雅》，音节舂容，虽烦冤菀结，不能自直，而绝无侘际（傺）忳郁，近于怨诽之所为。是达于死生之义，非《怀沙》《哀郢》所得而比也。先生不但以文名，而读其文，亦可以尚论其人也夫。①

郑峚阳与明末清初著名的抗清英雄黄道周交善。黄道周以身殉国的精神与尽忠守节的人格品质世人皆知。郑峚阳与黄道周友情笃深，他们具有相同的遗民道德操守与忠义节气的精神。陈轼幼年时即接受郑峚阳的教诲，拜读其诗文，熟识其文章风采。郑峚阳

① 陈轼撰，张小琴点校《道山堂集》，第36～37页。

因黄漳浦的抗清殉节而受牵连，被削籍，后被奸佞诬陷，不幸被处死。陈轼以"木兰之不陨，宿莽之不枯"比之郑垒阳千秋不朽的遗民志节。陈轼流寓毗陵期间，曾客居于郑垒阳曾祖父之居所萧寺，与郑垒阳之长兄交游切磋，因此有缘拜读郑垒阳之文集。陈轼认为郑垒阳之文集具有经世之学的价值，明体适用而又颇具文采，其诗文堪与《风》《雅》相比，且具有哀而不怨之志。郑垒阳之文集，质实可读，其高尚的遗民人格品质，对陈轼的著述创作取向与个人志向有深远的影响。

陈轼与林缮之同年参加乡试并中举，得以结识其弟林似之，与林似之共事两年。《林似之文集序》曰：

> 余与林缮之同贤书，得交其弟似之。嗣丁丑公车还，与似之同笔研两载尔。时古学芜废，操觚家执，兔园旧册，句剿字窃，遂已标榜名高。似之兄弟独能沉酣经史，倡明古学，术华佩实，在河图琰琬之间，望者辟易。已而似之亦登丙戌（戌）贤书高等。①

陈轼于"丁丑公车还"，即 1637 年入京参加会试后回闽。一般认为乡试在会试前一年的秋天举行，因此，陈轼与林缮之中举时间应为 1636 年的秋天。陈轼回闽后，与林似之共事两年。林似之兄弟博通经史，力倡古学，创作内容上讲究务实致用而又在艺术风貌上经营辞藻。陈轼任番禺知县时，林缮之赠书给他："余忆为令时，缮之贻余书曰：'祖士雅、虞忠肃，本书生也，尔其勉之。'"② 陈轼在求学仕进时期，得到林缮之兄弟的勉励，这对他余生笔耕不辍地创作著述是极为重要的精神鼓励。

从陈轼的另一些文章记述可知，1637 年的会试，陈轼并没有中式。为实现仕途升迁的理想与愿望，两年后，他又与邓绪卿一起再

---

① 陈轼撰，张小琴点校《道山堂集》，第 155～156 页。
② 陈轼撰，张小琴点校《道山堂集》，第 156 页。

次进京参加会试，两人也因此结为师友。《比部邓绪卿传》写："邓为望族星聚，以丙子介从，以己卯同上公车，一门之中自为师友，亦彬彬一时之盛也。"① 己卯即 1639 年，但陈轼第二次参加会试的时间应为 1640 年。会试与殿试同一年进行，会试的时间在春天，因福建与京城距离遥远，陈轼与邓绪卿大概在举行会试的前一年即 1639 年就启程进京赶考。

陈轼到京城赴试，不仅科举上榜，还结识了同时中式的友人，如黄周星、林平山、周梓庵、林殿飏、董汉桥、毛亶鞠、吴蓼堪、杨鸣玉、赵止安等。这在其《道山堂集》相关作品中有明确的交代。黄周星《道山堂集序》亦云："往庚辰南宫之役，余同籍士三百人，而八闽乃居四十。时静机衰然为英妙之冠。"② 《林平山传》述及林平山："崇祯庚辰始举进士。"③ 《周母蒋安人墓志铭》云："余与给谏周梓庵同举进士。"④ 《玺庵杂咏序》云："四明林殿飏与余庚辰同籍，京邸一晤。"⑤ 《董汉桥孤山踏月诗序》云："余庚辰京邸，得晤董汉桥先生。"⑥ 《兵部职方司主事赵公止安墓表》云："余同籍进士，其在毗陵者四人，曰毛公亶鞠、吴公蓼堪、杨公鸣玉、赵公止安。自亶鞠以吾闽学使者殉难，建溪三公，尚优游林下。及余甲寅恒阳归，过访其地，而三公墓木俱已拱矣。遗老零落，惋惜久之。"⑦ 陈轼在此期间，结识了不少友人，并与诸友互相切磋，意欲建功立业，可谓年轻气盛，奋发有为。但由于"主爵越次"，其被授"北平迁安"⑧。此后，陈轼幸得友人周梓庵照顾，改选东粤，以就近迎养母亲。《周母蒋安人墓志铭》云："梓庵特疏参纠，余得改选

---

① 陈轼撰，张小琴点校《道山堂集》，第 222 页。
② 黄周星：《道山堂集序》，载陈轼撰，张小琴点校《道山堂集》，第 1 页。
③ 陈轼撰，张小琴点校《道山堂集》，第 225 页。
④ 陈轼撰，张小琴点校《道山堂集》，第 248 页。
⑤ 陈轼撰，张小琴点校《道山堂集》，第 159 页。
⑥ 陈轼撰，张小琴点校《道山堂集》，第 160 页。
⑦ 陈轼撰，张小琴点校《道山堂集》，第 43 页。
⑧ 陈轼撰，张小琴点校《道山堂集》，第 248 页。

东粤，就近迎养，少遂将母之私，梓庵之德于吾母也至矣。"①

综上，陈轼于1636年中举，1637年赴京参加会试，但没有中式，回闽后与林似之共事两年。1639年，他与邓绪卿启程赴京再次参加1640年会试，进而参与殿试，得中进士。陈轼24岁前，处于读书求学、储备知识、追求仕进的时期，这也可以说是他创作的准备时期。这一时期他所拜师傅如方汝典、郑垒阳辈，对他产生了深远的影响。陈轼的同辈师友也成为他积极上进、求取仕宦的典范。陈轼的诗文著述及为人品行等，深受师友们的指导和启发。

二 25～35岁（1641～1651），宦海沉浮、面临鼎革的壮年时期

陈轼赴东粤任职之后，结识了许多友人。《黄协先诗序》云：

> 余前后宦粤十年，而南海黄子协先，余壬午分较所取士也。余自辛卯归闽，已二十七年。岭海知交，零落贻尽。独协先尚绾墨绶，种花甘陵。②

陈轼述及自己前后宦粤十年，辛卯（1651）回闽，可知他1642～1651年主要任职于粤地，黄协先是陈轼到东粤后较先认识的一位友人。同治《番禺县志》卷八《职官表一·知县》之崇祯朝记载："陈轼，福建侯官人，十五年任。饶元璜，江西南昌人，举人，十七年任。"③ 由此可见，陈轼于崇祯十五年（1642）至崇祯十七年任番禺知县。陈轼任职时才26岁，他建功立业、执政为官的理想已得到初步实现。陈轼任番禺知县时，常游览名园东皋。其诗作《过东皋》有序云："东皋者，南海陈侍御园也。余为令时常游其地。"④

---

① 陈轼撰，张小琴点校《道山堂集》，第248页。
② 陈轼撰，张小琴点校《道山堂集》，第156页。
③ 李福泰修，史澄、何若瑶纂（同治）《番禺县志》，《中国地方志集成·广东府县志辑》（6），上海书店出版社，2003，第59页。
④ 陈轼撰，张小琴点校《道山堂集》，第56页。

从《周母蒋安人墓志铭》中，我们还可得知，陈轼任番禺知县与给谏周梓庵的帮助有很大的关系。

> 梓庵受主知，拜言官，而余止循例补令。时主爵越次授余北平迁安，梓庵特疏参纠，余得改选东粤，就近迎养，少遂将母之私，梓庵之德于吾母也至矣。今计通籍之时，沧桑几易。余与梓庵邂逅舟次，梓庵以其母蒋安人墓铭，命余一言。顾念梓庵有德于吾母，则梓庵之母犹吾母也，余为属笔，愀乎有余恫焉。①

陈轼本被安排任往北平，在周梓庵的上疏谏言下，得以任职东粤，因此有机会兼顾赡养母亲之职。

1644年，李自成率领大顺军进驻北京城，清军入侵中原地区，大型屠杀事件不断发生，全国各地的汉族民众竭尽全力抵抗清廷的统治。陈轼从番禺知县解任回闽，饶元璜接任番禺知县。陈轼开始过避兵流离、奔波流寓的艰辛生活。

1645年闰六月，唐王朱聿键于福州称帝，改元隆武，建立南明政权。陈轼在奔波流离中，与挚友黄周星再次相见。二人同效力于朱聿键，陈轼任御史。黄周星《道山堂集序》云：

> 嗣是河山阻越，绝不相闻。至乙酉秋，板荡间关，崎岖岭海，余乃复得与静机相见于榕城。榕城，固静机家乡也。余时以羁绁至，裋褐麻鞋，憔悴枯槁，而静机顾独踔厉飞扬，意气轩举。余睹之茫若有所失也。已复得追随后尘，左右囊笴。未逾期而板荡又见告矣！②

黄周星所言与陈轼所述正互相映衬。陈轼在《黄九烟传》中说：

---

① 陈轼撰，张小琴点校《道山堂集》，第248页。
② 黄周星：《道山堂集序》，载陈轼撰，张小琴点校《道山堂集》，第1页。

九烟初仕户部主事，适中原鼎沸，二京沦没。麻鞋入闽，授礼科给事中。仙霞不守，九烟落拓无依，漂泊嘉禾、松江之间，以卖文为活。九烟之文，伉爽奇肆，出入唐宋诸大家，自传记、诗赋，以至词曲、诗余、翰墨、篆刻，无不各极其妙。但时俗日下，混琪树于菉葹，等巴沦于云门，重货贿而轻文章，仅足糊口幸已。戊午岁有荐其博学弘词于朝者，当事促之应辟，九烟投井中而死。外史氏曰："余与九烟同官谏垣，乱离后，别三十余载，乃得晤于吴阊，相对扼腕，辄为泣下。"①

"仙霞不守"，指顺治三年（1646）八月，清军度过仙霞关，擒杀朱聿键于汀州，南明隆武政权自此覆灭，亦即黄周星序中所云"未逾期而板荡又见告矣"。陈轼与黄周星"同官谏垣"即指他们共事于隆武政权的经历。

隆武政权覆灭后，陈轼的御史生涯告终。他于丙戌（1646）再度入粤，重游南海东皋。此时的东皋，已非昔日名园，而是成为废墟。因此陈轼作诗感怀："阔绝曾几时，物象已非故。瓦砾堆道旁，不见桥边树。踟蹰试延伫，归鸦日欲暮。"② 其物是人非的悲凉愁闷心境溢于胸中。

关于陈轼再度入粤后的经历，《比部邓绪卿传》云："余与比部邓绪卿同寓粤峤五载，辛卯归里门，比邻而居。"③ 而邓绪卿"乙酉以征辟，擢刑部河南司主事。是时国难方殷，时局草创"④，后又"佐郡琼海，兼署儋、万诸州，复试新兴令"⑤。其解组归里后，陈轼以"邦之寿耇、世之遗民"⑥ 视之，云："数十年来，安贫乐道，

① 陈轼撰，张小琴点校《道山堂集》，第 221~222 页。
② 陈轼撰，张小琴点校《道山堂集》，第 56~57 页。
③ 陈轼撰，张小琴点校《道山堂集》，第 222 页。
④ 陈轼撰，张小琴点校《道山堂集》，第 223 页。
⑤ 陈轼撰，张小琴点校《道山堂集》，第 223 页。
⑥ 陈轼撰，张小琴点校《道山堂集》，第 223 页。

有如一日。靖节之高卧北窗，其在斯乎，其在斯乎?"① 陈轼称邓绪卿为遗民。根据史载，顺治三年（1646）十一月十八日，朱由榔于肇庆称帝，以次年为永历元年。《福建通志·文苑传》记载："陈轼，由知县入为御史，历广西苍梧道参议。解组归，葺道山故居，著书一室以终。"② 又记载："《广西通志·职官表·苍梧道》，明至国朝均无轼名，则轼入国朝后未尝登仕籍明甚。"③ 由此推知，入清后，陈轼未曾任职，陈轼与邓绪卿"同寓粤峤五载"④，并非任职于新朝，而是投靠称帝于肇庆的永历帝，他任苍梧道参议应是在永历政权。

陈轼再度宦粤后，曾作《哀猿赋》曰："顺治庚寅春三月，沅洲贡一猿，黑面通臂。贡使归，猿忽泪下，哀鸣数声而绝。"⑤ 由此可知，1650 年，陈轼 34 岁，在粤东作《哀猿赋》，借哀猿抒发鼎革之际身世境遇之悲哀。

由上述可知，1642 年至 1644 年是陈轼宦粤交游的第一阶段。这一阶段他任番禺知县。1644 年，陈轼自番禺知县任上解组后回闽，开始过避兵流离、奔波不定的生活。1645 年闰六月，朱聿键于福州称帝后，陈轼于福州投靠隆武帝，与好友黄周星共事之。1646 年秋，隆武政权灭亡，他再度入粤，投靠永历帝。在永历政权期间，陈轼官广西苍梧道参议，并与邓绪卿友好共事五载。至辛卯（1651），他们一道回闽，并比邻而居。

1651 年陈轼缘何归闽，据计六奇撰《明季南略》卷十三所载可略知一二。永历四年（1650），永历帝梧江西奔。

> 十月初七日（辛巳），永历挽舟梧州城外；闻羊城尽失，俱各奔窜。移舟西上，不五里遂抢杀遍行。上至藤县，分为两股：

①　陈轼撰，张小琴点校《道山堂集》，第 223 页。
②　陈寿祺等纂《福建通志》（卷 213），道光十四年（1834）刻本，第 618 页。
③　陈寿祺等纂《福建通志》（卷 213），第 618 页。
④　陈轼撰，张小琴点校《道山堂集》，第 222 页。
⑤　陈轼撰，张小琴点校《道山堂集》，第 213 页。

从永历者上右江，若严起恒、马吉翔等是也；余则入容县港，若王化澄等是也。上右江者，至浔州道上，兵各溃散；永历呼之不应。入容县港者，于北流境上，为土寇劫夺。①

永历帝仓皇西逃，百官四处逃亡。陆勇强说："陈轼大约也是散失的官员之一，不得已自粤还乡。"② 因此，陈轼《劬庵弟寿序》云：

> 从弟劬庵嘉平四日为悬弧之辰，年六十有五矣。余长弟七岁，马齿亦同此日。顾念余通籍仕宦，适陵谷变迁，中历坎壈，长为山泽之癯。③

由此可知，陈轼任广西苍梧道参议期间，局势动荡不安，他仕途受挫，其从弟对他的仕宦境遇担忧不已。

让陈轼感到欣慰的是，在此期间他结识了不少朋友，与同僚们建立了深厚的友谊。如袁彭年即其中一位良友。其五言古诗《粤归别袁特丘时特丘将归公安》一诗曰：

> 百泓淬堤岸，横流没平原。独掌埋巨河，安能无倾翻？念昔侍黄门，左右同宫垣。连轸粤水滨，三载属橐鞬。七星北斗悬，穹窿穷天根。羚峡古战场，鱼龙互吐吞。山川骋游览，花晨常酒樽。阮籍托冥契，醢蒌重一言。转盼物态变，羝羊还触藩。进退两无据，豺狼惊心魂。岭外秋云生，辞君归南园。濯足洪江流，隐几歌羲轩。思君苦无见，何繇共扳援。朝暮黄牛路，空岩啼夜猿。④

袁彭年，字述之，号特丘，湖北公安人，明代著名文人袁中道的长

---

① 计六奇撰，任道斌、魏得良点校《明季南略》，中华书局，1984，第438页。
② 陆勇强：《〈四库全书总目提要〉订补》，《暨南学报》（哲学社会科学版）2003年第6期，第105页。
③ 陈轼撰，张小琴点校《道山堂集》，第195页。
④ 陈轼撰，张小琴点校《道山堂集》，第57～58页。

子。明崇祯七年（1634）进士，曾任淮安府推官、礼部主事等职。永历时官都察院左都御史，是楚党的核心成员，"五虎"（其他四人为金堡、丁时魁、刘湘客、蒙正发）之一。此诗回忆两人三年来在粤水之滨同官于永历朝时的密切往来，抒发了离别时的惆怅之情。①

综上，陈轼在永历朝及之前的仕途经历甚为明了。黄曾樾的《道山堂集书后》概括云："轼在崇祯朝官知县，隆武朝擢御史，隆武亡至粤。永历朝，官苍梧道，追永历走广南，轼未扈从，始归里，斑斑可考。"②

三　35～61岁（1651～1677），颠沛流离的中年时期

陈轼中年时期的生活，大部分处于颠沛流离的状态。陈轼1651年归闽，1659年受监禁，至1677年，其生计无依，四处奔波。陈轼受尽生活中的种种苦难与挫折，但仍孜孜不倦地致力于著述创作。人生的经历和感悟为其创作奠定了基础，也使他的创作内容质实可读，感情丰富，且诸体兼备。

陈轼自1651年回闽后，与邓绪卿比邻而居，友好相处，感情笃深。同时，与孙鹤林、孙受庵、郑如水、叶霞浦等亲友密切往来，宴饮酬唱。他的五言古诗《闽雪》有序言"丙申灯夕饮曾远公池亭，雪下三尺，吾闽从古所未有也"③，由"丙申"二字可知此诗作于1656年。又，清人郭柏苍《全闽明诗传》卷四十七载："闽雪，按顺治十三年正月十五、十六大雪三尺，见《邵标春集》，又见林之蕃诗。"④ 由此可见，陈轼于1656年元宵佳节与诸友共饮于曾远公池亭，却遇闽地自古未有之三尺厚雪。积雪使得周围的自然景物异乎寻常，在座的宾客也深感恐慌，此三尺厚雪的到来是祸是福未可卜

---

① 陆勇强：《〈四库全书总目提要〉订补》，《暨南学报》（哲学社会科学版）2003年第6期，第105页。
② 黄曾樾：《道山堂集书后》，载陈轼撰，张小琴点校《道山堂集》，第419页。
③ 陈轼撰，张小琴点校《道山堂集》，第60页。
④ 郭柏苍辑《全闽明诗传》（卷四十七），第4页。

69

知。而最后一句"相对各叹惜，聊尔尽余觞"① 则道出了作者心中不可抑制的伤感。

根据《榕城纪闻》记载可知，1659 年，陈轼与李率泰等人发生冲突，被判以勾结盗贼之罪，监禁于江苏大丰。

> 巡抚固山并三司道主议，令乡绅前往招安国姓。有原任广东道陈轼同生员林芝草、林叔器三人贪功，往任其事，再至未果，部院李率泰以通贼罪之，监禁候旨。②

李率泰（1608～1666），字寿畴、叔达，本名延龄，努尔哈赤赐名率泰，李永芳之次子，辽东铁岭人，隶属汉军正蓝旗，清朝将领，赠兵部尚书衔，谥忠襄。李率泰随多尔衮入关，攻打李自成的军队及南明永历政权，1663 年，进驻厦门、金门，攻打郑经军队，立下功劳。李率泰为博取清朝统治者的赏识，不择手段地陷害明朝臣民。陈轼也因受其陷害而遭监禁。这对陈轼而言无疑是一次重大的打击。

陈轼被监禁将近一年，直到 1660 年六月，因干旱田荒，才得幸被放出。《榕城纪闻》载：

> （庚子十七年六月）自己亥七月三十日大风雨后，旱至本年四月，各乡田荒。大丰引旧例，放出前往招安海兵乡绅陈轼、林芝草、林叔器。③

不幸的是，陈轼被放出一年后，又于 1661 年七月十三日被监禁候旨。《榕城纪闻》载：

> （辛丑十八年）自六月部院搬住，按司署李率泰怪其聒耳，

---

① 陈轼撰，张小琴点校《道山堂集》，第 61 页。
② 海外散人撰《榕城纪闻》，陈支平主编《台湾文献汇刊》（第二辑第十四册），厦门大学出版社、九州出版社，2004，第 156 页。
③ 海外散人撰《榕城纪闻》，陈支平主编《台湾文献汇刊》（第二辑第十四册），第 162 页。

令勿打。数日后，鼓楼即被火。前数日有僧沿街敲梆，云："七月初一日诸佛下降，城中有灾，各人修省。"至初一后不见。

　　招安海外乡绅陈轼、林芝草、林叔器已放。上本批审。七月十三日复监候。①

陈轼于何时重被释放，笔者尚未得知。但根据他所作《鼓山为霖和尚五十寿序》一文推知，陈轼曾为为霖和尚五十大寿作序，时值1664年二月二日，则陈轼至迟在1664年一月底即被释放。

　　陈轼被冠以"贪功往招安"之罪遭监禁，难免引发争议，甚至有人认为陈轼遭监禁是咎由自取。黄曾樾《道山堂集书后》记载：

　　《纪闻》云："贪功往招安。"黎序云："当先生在岭表，久为四民爱戴，时年才逾三十，又四宇太平，使功名之念未销，不难濡足骞裳，冀用其所不足。而先生不尔不则，以先朝遗旧，易为名高。肆志微文，亦足附西山之高义，而先生又不尔。"观此则轼不独以遗老自居，且与丧节卖国之周亮工②盘桓（见黎序）。故往招国姓事即以被迫论，亦轼或有以自取者矣。《纪闻》作者隐其名为"海外散人"，乃一极爱国之士，目轼此举为贪功也，固宜。③

对于黄氏的评价，有三点应加以说明。

　　首先，陈轼被诬陷"贪功往招安"而受监禁，这是清军将领李率泰为邀功所为，上文已说明。

　　其次，黄氏述及陈轼"不独以遗老自居，且与丧节卖国之周亮工盘桓（见黎序）"，此处应进一步加以斟酌分析。为此，有必要对

---

①　海外散人撰《榕城纪闻》，陈支平主编《台湾文献汇刊》（第二辑第十四册），第168页。

②　周亮工（1612～1672），字元亮。

③　黄曾樾：《道山堂集书后》，载陈轼撰，张小琴点校《道山堂集》，第420页。

黎士弘其人其事及其《道山堂集序》加以阐述。

黎士弘（1618～1697），字愧曾，长汀濯田陈屋人，14 岁补博士弟子员，36 岁中举人。1662 年（康熙元年，壬寅）任广信府推官。黎士弘比陈轼小一岁，为政清廉公正，立朝刚毅，英明决断，审理案件无数，释放无辜者众，世称"黎青天"。1671 年（康熙十年，辛亥），黎士弘升任巩昌、甘州司马，多次上疏减轻百姓赋税，后升任常州知府，因平定吴三桂战乱功勋卓著，又提任陕西布政司参政。黎士弘诗文兼善，钱谦益、徐世溥誉其为"海内名士"。著有《托素斋文集》《理信存稿》《仁恕堂笔记》《西陲闻见歌》等。1679年（康熙十八年，己未），黎士弘辞官回乡，居于汀州西门外，日以诗文词赋为事，雅士文人登门造访，无不赤诚接待。1697 年（康熙三十六年，丁丑），黎士弘病逝，葬于汀城东郊坑。黎士弘虽仕宦清朝，但他具有刚正不阿、为国为民之高尚风范。黎士弘任常州知府时，也正是陈轼流寓江浙一带之时，且黎士弘与陈轼为同时代人，对陈轼当时的心境应甚为理解。综观黎士弘为陈轼所作之《道山堂集序》，他对陈轼之为人品行及其著述充满钦慕之情。

三山陈静机先生殁数月，令子宗柏兄弟汇集先生遗稿若干卷，将次第授刻，谓余托交于先生也素，当一言卷末。先生高文秀德，为闽中硕果，一旦云亡，仅此数行，不致风流顿尽，其生人感叹何穷乎？先生蚤岁成进士，出宰剧县，政成报满，改官言路，继分宪岭表，晋擢卿寺。值鼎革，归来优游里巷之间者五十余年。当先生在岭表，久为四民爱戴。时年才逾三十，又四宇太平，使功名之念未销，不难濡足褰裳，冀用其所不足，而先生不尔；不则以先朝遗旧，易为名高，肆志澄文，亦足附西山之高义，而先生又不尔。淳心道味，抱朴含贞，故其发为文章，大雅春容，言也可思，歌也可咏，有合于古人不怨不伤之旨。先生家贫甚，结庐道山之侧垅，前代黄氏之隐居也。当门石壁数仞，所书长句二十八字，虽数百年物，刻画如新。先生意甚安之，随构数椽，课子孙读书其中，破砚残卷之外无长物。闲一赴里社文酒之会，青鞋布袜，携朋约乎道旁，不识其为贵人。天下贤士大夫足为乡邦矜式者，岂必在高言阔步、昂首轩眉，譬如对三代鼎彝，正使不言，而自生人肃穆之气。先生真可谓一代之典型矣。余为诸生久，始自癸酉，每三岁一赴试会城。从众人中曾得望见董公崇相、孙公子长、曹公能始，所得友事者，陈道掌、曾弗人、林守一三先生。继壬辰从周公元亮游，得交莲峰郭公、孔硕林公及静机先生。时戊辰，吊座主榕园邵夫子之丧，重来同人修举社事，检点旧籍，止静机先生一人在耳。今先生又往矣。六十年间，浑如弹指，何待令威千年化鹤归来，始有城郭人民之感哉！残年望八，应诸公子之请，自幸得序先生遗稿，仍悔不蚤数月序先生，使先生一见之。其发无涯之叹，当不知更何如也。

　　康熙甲戌十月，长汀年家同学弟黎士弘顿首拜识。①

黎士弘评价陈轼高文秀德，且对其宦海沉浮的身世际遇颇为理解和同情。黎士弘认为陈轼在广东岭表任职期间受百姓拥戴，其为人淳朴忠贞，文章有《大雅》之风范，诗文皆可歌、可咏、可思。陈轼诗文多记录明末清初史实，蕴含深刻的人生认识与思考，而又有不怨不伤之雅正基调。黎士弘以"令威千年化鹤归来""城郭人民"②之典故，高度赞颂陈轼心系社会兴亡、情关民生忧患的胸怀，以及表达物是人非的沉痛感伤。黎士弘因有缘为《道山堂集》作序而深感荣幸，却也因不能早数月在陈轼去世前完成序言而颇感遗憾。黎士弘在款识上称"弟黎士弘顿首拜识"，足见其对陈轼敬重有加。整篇序言也颇能让人体味黎氏对陈轼的敬慕与赞许。而根据其序文中所言之"继壬辰从周公元亮游，得交莲峰郭公、孔硕林公及静机先

---

① 黎士弘：《道山堂集序》，载陈轼撰，张小琴点校《道山堂集》，第 147～148 页。
② 《搜神后记》卷一："有鸟有鸟丁令威，去家千年今始归。城郭如故人民非，何不学仙冢垒垒。"

生"可知，黎士弘意在说明他与周亮工、郭莲峰、林孔硕、陈轼之间的往来交流，并非黄氏所理解之陈轼与周亮工盘桓。因此，黄氏所言之陈轼"不独以遗老自居"似有曲解之意。

最后，追求功名仕途是古代士人的崇高理想。陈轼进士出身，存有功名之念实属正常。时局动荡对个人的思想意志、行为举止产生影响是在所难免的。从陈轼受监禁前所作诗文思想内容及其与家族先辈们的道义忠孝精神来看，陈轼倾心故明王朝，以遗民自居才是他的本意。陈轼主动招安国姓，也说明他在经历思想斗争后，仍坚持遗民文化立场。此后的诗文也多能体现其鲜明的遗民身份意识。

从前文所述陈轼的宦海经历看，陈轼在入清后并没有成为官宦乡绅，至于《榕城纪闻》将陈轼视为"海外乡绅"，则尚待在今后的研究中给予更多的关注。

陈轼获释后，生计无依，经济困顿。他为谋求生存，流寓江浙一带达十四年（1664～1677）之久。在流寓期间，他与故友重逢，也结识了不少遗民文人。这对他的遗民品质、遗民思想的塑造也起了一定的促进作用。

1674年，陈轼从恒阳往毗陵，途中过访其同籍进士赵止安之墓，作《兵部职方司主事赵公止安墓表》：

> 余同籍进士，其在毗陵者四人，曰毛公亶鞠、吴公蓼堪、杨公鸣玉、赵公止安。自亶鞠以吾闽学使者殉难，建溪三公，尚优游林下。及余甲寅恒阳归，过访其地，而三公墓木俱已拱矣。遗老零落，惋惜久之。①

陈轼称其同籍进士为"遗老"，且亲访墓地追悼，深切表达对友人的惋惜之情。由此可见，陈轼对诸友的遗民品质是十分认同的。

陈轼客居毗陵期间，结识了郑垒阳、杨组玉、陆孝标、唐闻川、蔡元宸等志同道合之士。《郑垒阳文集序》云：

---

① 陈轼撰，张小琴点校《道山堂集》，第43页。

余乡漳浦相国，立朝大节与夫殉难本末，炳烁天地间，而生平所相信者，莫如崒阳郑先生。……余客毗陵萧寺，乃先生太翁仪部公所舍宅，因与先生长君素居游，尽取先生之集而竟读焉。[1]

《贺杨母张孺人八十序》云：

余客毗陵萧寺，与杨君组玉则比邻也。组玉为余年友，鸣玉介弟，则悉同籍之好也。组玉博通今古，于治乱得失兴坏之理，无不照烛，风声气烈，可以卷波洑凌丘阜。[2]

《陆孝标寿序》云：

吾于毗陵得孝标陆先生。……先生追踪先烈，雅以经济自见。世变之后，幅巾里门，视夫物态凉薄，日以更易，在凡人不胜其感愤抑塞，先生处之若无与焉。然而持向郇之节，盖三十余年如一日也。……先生侃朗旷远，博洽多闻，凡先朝之掌故，人材之可否，取诸腹笥，无不历历道其所以然。……兹以仲秋七日为先生悬弧之辰。余在羁旅，得交先生，谨以此一言当祝嘏焉。[3]

《唐闻川孝廉七十寿序》曰：

毗陵闻川唐先生，所谓守之数十年而如其一日者也。……先生贯穿经史，阆中肆外，早岁登贤书，适丁国难，绎于"龙德而隐"之义，深自韬晦。……晚年更号为懒云道人，以自明志云。今观先生如鸣昆丘，饮砥柱，而为千仞之翔也。又如百丈之松，孤直耸秀，萧萧然神王也。吾于是始信先生之为全人

---

① 陈轼撰，张小琴点校《道山堂集》，第36～37页。
② 陈轼撰，张小琴点校《道山堂集》，第37页。
③ 陈轼撰，张小琴点校《道山堂集》，第38～39页。

也。……首春人日，为先生岳锡之辰，今且当楚丘披裘之岁矣。其为天下之全人，可贺也。它日赐杖就室，如东园、绮季，衣冠甚伟，可贺也。余从羁旅之中得交先生，聊述先生所以自重而重于天下者，以当修盟之意。[1]

《户部主事靖公蔡公墓志铭》云：

余客毗陵，得交孝廉唐闻川、民部蔡靖公，恨相见晚。二公享靖节田园之乐，怀皋羽恸哭之思，见其言论风采，可以廉顽立懦。乃促膝未几，二公相继捐馆，顾念三十载以来，志节之士，沦没于丛榛莽草之中，只今所称遗民伏叟者，尚有几人？……甲申假归，三月，北都失守南渡。时公就选民部主事，摄郎中事。是时贵阳当国，专树党以倾正人，引用时辈，必欲出其门下。……迨两亲继没，公遂决意终隐焉。……公病剧，先取历书选择，指八日庚辰，曰："吾将以是日归。"又曰："吾将以是日下舂归。"其方寸不乱如此。呜呼！公之得为完人，至盖棺而始定也已。[2]

从上述这些文集序、寿序和墓志铭等，即可深切感受陈轼流寓毗陵期间与诸友的感情十分深厚。流寓毗陵期间，生活虽艰辛，但陈轼也因此结识了诸多友人，这些友人在他的精神生活中起到支撑与鼓舞的作用。陈轼与诸多友人的交流互动，使其增进了学识，丰富了阅历，为其创作提供了诸多有意义的素材。

1675 年，陈轼寓居吴地，曾与郑桐庵唱和往来，作《和郑桐庵乙卯元旦》：

欲挽颓流不涉波，休论八十易蹉跎。逢萌带眚幽居早，刘向传经著述多。吴苑烟浓花夹路，锦帆春到柳垂河。年年此日

---

①　陈轼撰，张小琴点校《道山堂集》，第 39～40 页。
②　陈轼撰，张小琴点校《道山堂集》，第 40～43 页。

常称健，蛮触何心斗小螺？①

大概于同年秋天，陈轼与谢稏升相逢于虎丘。次年三月，陈轼再次寻访毗陵时，又与即将北迁真定的谢稏升相见，作《送谢稏升之真定》：

> 旧年吴阊月正秋，与君相逢在虎丘。今年对酌毗陵城，春雨溶溶乌鹊愁。江南三月桑阴薄，海棠妩媚桃花衮。②

陈轼每到一地，都能与当地的文人士子交游酬唱。他经过松陵时，为友人作《改亭集序》：

> 余过松陵，见甫草次君希深，神采奕奕，绰有父风，随举《改亭遗集》，问序于余。余得而竟读焉。③

从 1674 年到 1677 年，陈轼一直流寓苏州一带。1677 年春天，陈轼与寿安逊庵相会于吴门涌莲净室，并作《寿安逊庵语录序》。序言：

> 寿安逊庵和尚，余之侄孙也，云游学道已三十春秋。余向未知踪迹，今春过吴门，相值于涌莲净室，始知其得法芙蓉，举扬宗旨，称人天之师，盖已久矣。是余家二百余年所仅见之一人也。④

1677 年冬天，陈轼很重要的一次交往显然是与其相识多年的挚友黄周星相逢于吴门。

> 未逾期而板荡又见告矣！于是复苍黄与静机相失。今忽忽

---

① 陈轼撰，张小琴点校《道山堂集》，第 115～116 页。
② 陈轼撰，张小琴点校《道山堂集》，第 103 页。
③ 陈轼撰，张小琴点校《道山堂集》，第 149 页。
④ 陈轼撰，张小琴点校《道山堂集》，第 29～30 页。

> 三十三年矣！地老天荒，杳然隔世。曩所谓同籍三百人，盖廑有
> 存者。至今年丁巳冬，乃忽与静机相见于吴门。噫，醒耶？梦耶？
> 真耶？幻耶？相与拊手一拜，凄然不知涕之何从也。……兹余于
> 静机既感其晤合之奇，复叹其文章之妙，欣慨交并，曷能自已。
> 适静机以《道山堂集》属余序，因亟为数语识之。①

陈轼与黄周星意外相晤，似真似梦，惊喜交加，涕泗横流。相同的
身世遭际体验与流离漂泊经历，使他们具有深刻的思想共鸣，因此，
他们对意外相遇激动不已。由陈轼邀请黄周星为其《道山堂集》作
序可知，陈轼于1677年已完成《道山堂集》前集的创作。

此后不久，陈轼即结束羁旅流寓的奔波生活，于1677年冬天启
程回福州。他途中经过姑苏城，又遇见即将回乡的南海故友黄协先。
陈轼作《黄协先诗序》以叙别，并回忆他们在东粤宦游期间的难忘
时光。

> 余前后宦粤十年，而南海黄子协先，余壬午分较所取士也。
> 余自辛卯归闽，已二十七年。岭海知交，零落殆尽。独协先尚
> 绾墨绶，种花甘陵。余流寓姑苏，策寒值北，相对握手，悲喜
> 交并。回思珠海潮奔，花田香喷，恍如梦事。……盖协先深情
> 至性，以为捧毛义之檄，不如回王阳之车。此岂可于今人中求
> 之也？协先诗稿一帙，笃厚深至，得风人之旨。……余马首且
> 南，而协先亦将归粤。聊书数言，以叙离别。知吾两人相与有
> 成，则在乎泽畔行吟②之际矣。③

陈轼于1651年（辛卯）回乡，作此序时距与黄协先相遇已有二十七
年，因此，此序应作于1678年，也即陈轼启程回闽的次年。时陈轼

---

① 黄周星：《道山堂集序》，载陈轼撰，张小琴点校《道山堂集》，第1~2页。

② 《史记·屈原贾生列传》载："屈原至于江滨，被发行吟泽畔。颜色憔悴，形容枯
槁。"［司马迁撰《史记》（卷八十四），中华书局，1959，第2486页］

③ 陈轼撰，张小琴点校《道山堂集》，第156~157页。

尚在回闽途中，与黄协先相逢，作此诗序以纪。序文最后以"泽畔行吟"之典故，揭示他与黄协先同被流放落魄失意的境遇。

综上观之，陈轼从 35 岁到 61 岁处于颠沛流离的生活中。其间还因"招安"一事被监禁。奔波不定的生活，一方面使陈轼备尝人生的艰辛与苦楚，另一方面，他也因此结识不少文人志士，增长了学识，加强了对历史和人生的理解。丰富的阅历为他的诗文创作提供了十分鲜活生动的素材。

四 61~78 岁（1677~1694），隐居道山草堂、酬唱著述的老年时期

陈轼于 1677 年冬天自姑苏启程，1678 年春天抵达故乡。此时的陈轼已过花甲之年。他回闽后即隐居于道山草堂，参禅悟道，教育子孙后代，并与邻里故友饮酒酬宴、唱和往来。

归闽后，陈轼看到鼓山寺庙风气颓废，十分希望寺庙宗风再振。因此，他很快就向为霖和尚寄去《与鼓山为霖和尚书》一文，恳请其住持鼓山寺。

陈轼一方面参禅学佛，另一方面与邻里故友频繁往来，为不少友人作传记、序文、墓表及墓志铭等。《林平山八十寿序》《寿林平山》《双头莲·寿林平山》《翁恭人传》《寿为霖和尚》《黄处安工部七十序》《井上述古序》《黄处安传》等，就是其此时期的作品。

1680 年，陈轼于道山故居作七言律诗《庚申除夕》和词《柳初新·庚申元旦》等作品。《柳初新·庚申元旦》曰：

> 世事相填惟是恩。不待更央詹尹。花畦药白，鸡坰豚栅，兼有宝书玉轸。且任春来嘲哳。须却避，一堆蝼蚓。
>
> 早识浔阳遗隐，久忘怀、楚辞天问。抽梢竹种，斗香梅影，全向东君索韵。此日椒盘花酝，一般儿繁华芳讯。[1]

---

[1] 陈轼撰，张小琴点校《道山堂集》，第 408 页。

观此词，则知陈轼年老归闽后，以宽容忍让的态度处理世事。他不再过奔波劳累的生活，而是在鲜花绿草、鸡坶豚栅等田园风光的陪伴下，过着闲适自得的书斋生活。陈轼借"浔阳三隐"① 的典故，表达他对隐逸山林、参禅学道生活的向往与追求。

比起中年奔波不定的生活，陈轼在闲适自得的书斋生活中，有更多的时间体会和感悟人生。又由于人到老年，他十分珍惜有限的生命。每过一次春节，他就觉得离生命的终结又靠近一步。童年时期常常盼望的春节，对于老年人来说，已是被动地接受它的到来。1681 年，陈轼已 65 岁。这一年，他连续创作了多首关于元旦、除夕的诗作。如《辛酉元旦》《元旦次日久雨初晴》《辛酉长至》《辛酉除夕》等。《辛酉除夕》诗云：

> 春来方五日，岁旧自今朝。天已更蓂荚，时初离北枵。雨寒宜衣褐，厨饱幸炊雕。自笑管宁帽，年年对客骄。

> 嗣纪须明曙，长筵竟夕荧。蜗鱼藏秘册，寒鸟憩空亭。濑石依岩谷，咀花引岁龄。欢呼传火市，偏照老人星。

> 羲卦今过一，渐看日月新。冀同孤鹤皓，心与白云亲。琅史翻银漏，青袍贳酒缗。来朝百卉发，又是一年春。

> 熙攘如蚍虱，纷纷一例看。指囷谁鲁肃，主铸任钟官。迅晷催流电，衰颜仗紫丹。峥嵘听燀炽，园竹欲檀栾。②

这首组诗表达了作者对百花盛开，自己却年老力衰生发的时光易逝

---

① 南朝萧统《陶渊明传》记载："时周续之入庐山事释慧远，彭城刘遗民亦遁迹匡山，渊明又不应征命，谓之'浔阳三隐'。"周续之入庐山拜高僧慧远为师，刘遗民也隐匿于庐山，陶渊明不愿接受征召令。因此，世称周续之、刘遗民和陶渊明为东晋"浔阳三隐"。

② 陈轼撰，张小琴点校《道山堂集》，第 335 页。

的深刻感慨。陈轼虽然感叹时光易逝，自己年老力衰，但他并没有消极地对待人生，而是在田园生活中寻找乐趣充实生活。1682 年，陈轼所作《壬戌元旦》（其二）诗云：

> 海错回纶入，汪洋禁网宽。提筐捕月蛤，沽酒醉天裔。闲坐乌皮几，频欹翠叶冠。迩来多雨泽，春至老农欢。①

此诗表达了作者闲适自得的心境。同时，他还经常与好友互相往来，赠予好友酬唱宴饮之作。

1684 年，适逢林平山八十大寿，陈轼作《林平山八十寿序》《寿林平山》《双头莲·寿林平山》，并为其夫人作《翁恭人传》。同年，正值为霖和尚七十大寿并重返鼓山，陈轼为其作五言古诗《寿为霖和尚》，表达对为霖和尚七十大寿的祝贺，更对其重返鼓山表示欢迎，其中蕴含着自己对参禅学佛的向往与追求。由此可见，陈轼年老时，禅道思想倾向颇为明显。

陈轼虽年老，但他并不忘用自身的文学才识为亲朋好友祝寿、作传。这一年，他还为交情笃深的好友黄处安作《黄处安工部七十序》和《满江红·寿黄处安》。陈轼与黄处安曾同朝共事，同甘共苦，他们在苦难颠沛的生活中结下了深厚的友谊。《承德郎工部营缮司主事处安黄公偕配林恭人墓志铭》云："余偃蹇归田，与工部黄公处安风晨月夕，晚晼相依。"② 1689 年，黄处安去世，陈轼作《井上述古序》表达其沉痛的哀思。不仅如此，黄处安去世一年后，陈轼还亲到黄处安坟墓悼念亡友，作《黄处安传》。

身边好友的相继逝去，使陈轼内心充满了苍凉感，他倍感自己也正走向衰亡。黄处安去世后，陈轼与外界的往来渐少，一直寓居于道山第一山房。1694 年，这位人生充满坎坷的遗民与世长辞。他完成的著作有近 30 万字。这些著作大多写于国变后，寄慨深远，融

---

① 陈轼撰，张小琴点校《道山堂集》，第 336 页。
② 陈轼撰，张小琴点校《道山堂集》，第 244 页。

入了陈轼对社会、人生和历史的深刻思考,是一份颇有价值的文化遗产,值得后人品读、珍藏。

总之,陈轼晚年主要隐居于道山第一山房,晚年生活以教育子孙、酬唱宴饮、读书著述为主。陈轼一生读书著述、交游广泛,也因正逢鼎革,宦海沉浮,险遭不测。陈轼所交往的友人大多是遗民文人或僧人。他们在交往中互相学习、互相影响,在明末清初特殊的时代格局中,他们在思想上产生了共鸣,在人生取向上以坚守遗民志节和禅道禅宗为主。从其创作著述中,可窥见陈轼及友人鲜明的志士情怀与遗民心态。陈轼因生逢鼎革,也曾一度为谋生计而遭监禁,流寓他乡。但这样坎坷的人生经历让他更坚定了对遗民志节的坚守,也让他丰富了人生阅历,为其著述提供了现实题材。从某种意义上说,宦海沉浮、波澜起伏、漂泊流离的人生经历,使他成为一位阅历丰富、思想深刻的遗民文人。

第二节　著作版本考述

陈轼一生求学仕进,宦海沉浮,同时,笔耕不辍,著述丰富。他的著作有诗词,有散文,还有传奇剧本,文学形式多样,诸体兼备。他的诗文词集《道山堂集》、剧本《续牡丹亭》在明末清初文坛上有重要的地位,其参与纂写的《福建通志》在福建史志中也享有盛誉。下文对其著述略加考述。

一　《道山堂集》

(一)《道山堂集》编辑及作品数量

陈轼的《道山堂集》(分前集、后集)具体的编辑时间已不可考。从黄周星的《道山堂集序》中所说的"至今年丁巳冬,乃忽与静机相见于吴门。……适静机以《道山堂集》属余序"① 观之，《道山堂集》应于康熙十六年丁巳（1677）冬之前初步编定。从现存版本的诗文内容来看，《道山堂前集》应是陈轼自己编定的。康熙三十三年甲戌（1694）陈轼去世后，其子孙汇集其诗文，请黎士弘作序，目录上明确标注"道山堂后集目"，即后人所称的《道山堂后集》。两集共收录陈轼的古文 175 篇，诗歌 593 首，词作 145 首。

《道山堂前集》附有黄周星序，未分卷，作品分文、诗（含诗余）两部分。"道山堂前集文目"列古文 38 篇，实际收录古文 37 篇，其中《虎山东岳庙记》有目无文。"道山堂前集诗目"列诗歌 295 首，其中古乐府 12 首、五言古诗 45 首、五言律诗 49 首、五言排律 4 首、五言绝句 16 首、七言古诗 29 首、七言律诗 88 首、七言绝句 52 首；词作 47 首，其中小令 24 首、中调 13 首、长调 10 首。

《道山堂后集》附有黎士弘序，共十卷，其中，古文五卷 138 篇，卷一古文 24 篇，卷二古文 25 篇，卷三古文 23 篇，卷四古文 32 篇，卷五古文目录 35 篇，实际收录 34 篇，（王郡尊寿序）《又序》有目无文；诗歌三卷共 298 首，卷一五言古诗 40 首、七言古诗 18 首，卷二五言律诗 56 首、七言律诗 136 首，卷三五言排律 11 首、五言绝句 5 首、七言绝句 31 首、四言诗 1 首；词二卷共 98 首，卷四长调 59 首，卷五小令 11 首、中调 28 首。

（二）《道山堂集》版本

现存最早的《道山堂集》版本为清康熙甲戌年（1694）刊刻本，前集不分卷，后集十卷。目前所见，关于《道山堂集》前、后集诗文的卷数说法不一。现将诸家著录《道山堂集》的情况进行概述。

第一，《四库全书总目提要》载："《道山堂前集》四卷，后集七卷。""是编前集文一卷，诗三卷，诗余附之。""后集文二卷，诗三卷，诗余二卷。"②《福建通志·艺文志》、谭嘉定编《中国文学家

---

① 黄周星：《道山堂集序》，载陈轼撰，张小琴点校《道山堂集》，第 1 页。

② 永瑢、纪昀等编纂《四库全书总目提要》（卷 181），福建巡抚采进本。

大辞典》、陆勇强《〈四库全书总目提要〉订补》等文献所载内容与此相似。

第二，黄曾樾《道山堂集书后》载："初刻者曰《道山堂集》。诗词一卷，文一卷。……后刻者曰：'《道山堂诗集》五卷，前三卷分体诗，后二卷诗余。'曰：'《道山堂文集》五卷，前四卷分类文，卷五皆寿序、颂序之类。'"黄曾樾认为《四库全书总目提要》《福建通志·艺文志》关于《道山堂集》诗、文卷数说法"皆误，应作'前集二卷，后集十卷'"①。

经考察，《道山堂集》有康熙间刻本存于国内各大图书馆，分别为国家图书馆藏刻本、复旦大学图书馆藏刻本、上海图书馆藏刻本以及福建师范大学图书馆藏刻本。

（1）国家图书馆藏清康熙间刻《道山堂诗集》六册，《道山堂集》（前集一卷后集二卷）八册，版心为单鱼尾，上下白口，四周单边。

（2）复旦大学图书馆藏清康熙间刻《道山堂集》（前集不分卷，后集七卷）一函十二册，《道山堂前集》六册，文、诗各三册；《道山堂后集》六册，文二册，诗及诗余四册。

（3）上海图书馆藏清康熙间刻《道山堂集》（不分卷）二册，系《道山堂前集》诗歌部分，分体排列，依次是古乐府、五言古诗、五言律诗（包括五言排律）、五言绝句、七言古诗、七言律诗、七言绝句及诗余等。

（4）福建师范大学图书馆藏清康熙甲戌（1694）闽中陈氏刊刻《道山堂集》六册，前集不分卷，后集十卷。《四库全书存目丛书》第 201 册据之影印。

以上各图书馆所藏《道山堂集》，均为康熙间刻本，但其卷数、册数不一。福建师范大学图书馆藏清康熙甲戌刻本，正文板框大小为高 165 毫米、宽 140 毫米。版心为单黑鱼尾，上下白口，四周单边。列款为每面 9 列，每列 19 字。字迹为端正宋体。福建师范大学

---

① 黄曾樾：《道山堂集书后》，载陈轼撰，张小琴点校《道山堂集》，第 418 页。

图书馆藏刻本与复旦大学图书馆藏刻本于"道山堂前集文目"之前，有《道山堂集序》一篇。序文题目下方附有钤印，且序文结尾署"钟山年弟黄周星题"，有黄周星钤印。序文版心与正文相同，每面6列，每列14字，共10面，字体与正文略有不同，且字号比正文字号稍大，版心刻"道山堂集黄序"字样。两者相比，复旦大学图书馆藏刻本保存较为完好。

复旦大学图书馆和福建师范大学图书馆藏刻本，在"道山堂后集目"之前，也有《道山堂集序》一篇。序文题目下方仍有红色钤印，序文结尾署"康熙甲戌十月长汀年家同学弟黎士弘顿首拜识"，且钤有黑底白字"黎士弘"印。此序版心与正文相同，上下白口，四周单边，但不见鱼尾，也无"道山堂集黎序"字样，每面6列，共9面，字号大小不一，每列11字、12字、13字不等。

从福建师范大学图书馆藏康熙间刻本看，该刻本前、后集存在较为明显的差异。《道山堂前集》不分卷，分别辑录陈轼文、诗、诗余等。《道山堂前集·文》正文首页首列及每面版心标"道山堂集"，第二列署"闽中陈轼静机著"，下方无钤印。正文部分按文目所列说、书、论、文、传、序、志、表、记等顺序依次编排。"道山堂前集诗目"下方有钤印。"道山堂前集文目"下方无钤印。"道山堂前集诗目"版心及正文首页首列标"道山堂集"，第二列署"闽中陈轼静机著"，并附有钤印。正文按古乐府、五言古、五言律（排律）、五言绝句、七言古、七言律、七言绝句、诗余等顺序排纂。正文版心除了标"道山堂集"以外，还依上述诗体以小字号加以标注。每一诗体开篇均另取一页，开篇诗作题目的前一列标明诗体。诗余还按小令、中调、长调等顺序编排。此三种词体开篇皆另取一页，首页首列标"诗余"，第二列标明词体。

与《道山堂前集》相比，《道山堂后集》有以下显著特点。

第一，《道山堂后集》分为十卷。其中文五卷，前四卷按序、寿言、疏、启、论、赋、说、传、志、辞、小引、跋、书、小影等依次排纂。第五卷主要为颂序和寿序，另分别有一篇引和寿文。正文开篇首列"道山堂文集卷五"之下有小字"俱代言"字样。诗集五卷，前三卷为诗作，后二卷为词作。诗按（卷一）五言古、七言古，（卷二）五言律、七言律，（卷三）五言排律、五言绝句、七言绝句及四言等顺序编排。诗余按（卷四）长调，（卷五）小令、中调等顺序排录。从内容上看，《道山堂集》前、后集所收录文种与诗体不甚一致，且各种文体、诗体的编排顺序也不一致。从数量上看，后集收录作品数量明显比前集多。

第二，《道山堂后集》中有辑录者与校对者的署名。每卷卷首第二列与第三列署"闽中陈轼著，男宗柏、宗咸、宗丰、于侯同辑"。

此外，《道山堂后集》除了文集卷五，诗集卷二、卷三、卷五等无署校对者之外，文集卷一正文首页第四列与第五列署"年侄汤永宽、林茵同校"。文集卷二和卷四正文首页第四列与第五列署"年侄林茵、年家姻晚生黄鸷来同校"。文集卷三、诗集卷一和卷四正文首页第四列与第五列署"年侄汤永宽、愚侄祈广同校"。

由此可见，《道山堂集》前、后集的辑录者并不一致，且其前集刊刻前没有进行校对。其后集皆为陈轼的四个儿子所辑录。

第三，《道山堂后集·文》正文版心根据各卷卷数，以稍小字号标记于"道山堂集"下面，使当页内容所属的卷数更为明显。诗余则按长调、小令及中调等顺序，以稍小字号标记于版心。

此外，《道山堂集》前、后集相同之处则在于两者诗集目下方均有钤印，文集目下方均无钤印。《道山堂后集·文》卷一、卷三及卷五的开篇首列均有钤印，卷二及卷四开篇首列无钤印。《道山堂后集·诗》除卷一开篇首列有钤印之外，其余均无钤印。

从版本内容看，福建师范大学图书馆藏康熙甲戌刻本的不少作品只有题目刻于目录中，正文中却未见其内容，且目录题名与正文题名在个别文字上也存在较大差异。由此可见，康熙甲戌刻本并未全面收录陈轼的诗、文、词，陈轼的作品在流传过程中，有不少已散佚。由此也可进一步推断康熙甲戌刻本《道山堂集》并非同一人所刻录。表2-1为其目录与正文收录作品的对比结果。

表 2 - 1　福建师范大学图书馆藏康熙甲戌刻本
《道山堂集》目录与正文对比结果

序号	目录	正文	备注
1	《虎山东岳庙记》	无此文	道山堂前集·文
2	《送潜夫弟之武陵》	《送潜夫弟之武陟》	道山堂前集·诗
3	（王郡尊寿序）《又序》	无此文	道山堂后集·文（卷五）
4	《黄处安工部七十寿序》	《黄处庵工部七十序》	道山堂后集·文（卷二），正文内容亦录"吾友黄处庵"
5	《丁文宗兴颂序》	《丁学道舆颂序》	道山堂后集·文（卷五）
6	《卞抚台寿序》	《寿序》	道山堂后集·文（卷五）
7	《辛酉除夕六首》	《辛酉除夕》	道山堂后集·诗（卷二），正文只有四首诗，说明已有两首散佚
8	缺录	《壬戌元旦》	道山堂后集·诗（卷二）
9	《望江南·晓起》	无此词	道山堂后集·诗余（卷五）
10	正文前无"诗余"二字	正文前录"诗余"二字	道山堂后集·诗余（卷五）
11	少令	小令	道山堂后集·诗余（卷五）

由表 2 - 1 可知，福建师范大学图书馆藏康熙甲戌刻本缺录《虎山东岳庙记》与（王郡尊寿序）《又序》二文及《望江南·晓起》一词。同时，各版本均存在文字差异或个别字迹模糊现象。如"窗""真""宫""吕""别"等，在刻本中或以"窻""眞""宫""吕""别"等出现。

因此，为方便诸家审阅，本书中所引陈轼作品，均出自 2016 年广陵书社出版的陈庆元主编、笔者点校的《道山堂集》点校本。该点校本以福建师范大学图书馆藏清康熙甲戌闽中陈氏刊刻本为底本，前集不分卷，后集十卷，以国家图书馆藏清康熙间刻本、复旦大学图书馆藏康熙间刻本和上海图书馆藏康熙间刻本为校对本，进行点校。① 底本所缺录之《虎山东岳庙记》与（王郡尊寿序）《又序》二文，则根据国家图书馆藏康熙间刻本进行补录。《望江南·晓起》的内容各本均未见著录，故在目录中删去。点校本中，序文、正文均加标点，题目及

---

① 陈轼撰，张小琴点校《道山堂集》，"凡例"第 1 页。

题下简注不加标点。诗中的书名、篇名不加书名号。①

二 《续牡丹亭》版本

陈轼的剧作，目前留存下来的只有《续牡丹亭》。齐森华等主编《中国曲学大辞典》、陆勇强《清代曲家疑年考辨》、邓绍基主编《中国古代戏曲文学辞典》、华玮《"情"归何处——陈轼〈续牡丹亭〉述评》、赵天为《〈牡丹亭〉续作探考——〈续牡丹亭〉与〈后牡丹亭〉》及庄小珊《明清福建曲家考》等，对《续牡丹亭》有涉及，但均未详考。

据笔者所知，《续牡丹亭》藏于南京图书馆、国家图书馆及中国艺术研究院等。南京图书馆藏清三槐堂刻本。国家图书馆有民国古吴莲勺庐抄本，即红丝栏抄本。现有殷梦霞选编、国家图书馆出版社出版的《郑振铎藏古吴莲勺庐抄本戏曲百种》（影印本，2009）。此外，傅惜华藏《续牡丹亭》抄本，今藏于中国艺术研究院戏曲研究所。

关于清三槐堂刻本和古吴莲勺庐抄本的版本情况，王汉民在《福建文人戏曲集》中已做了详细论述：

> 三槐堂刻本署"静庵编，被翁阅"，剧前有陈轼第五子陈于侯、第七孙陈汉、第十二曾孙陈世贤题词。陈世贤题词中有"去春幸捷，备员粉署"，查朱保炯、谢沛霖《明清进士题名碑录索引》，陈世贤雍正八年进士，如果陈世贤题记撰于此书刊刻之时，则此本当刻于雍正九年。页上评语50余处，估计为被翁所评。抄本署"清初静庵撰"，目录后抄者注云："此种作者姓名待考。上有半闲居士拙存。序撰于乾隆丁亥二月上浣七日。"可知莲勺庐抄本据乾隆三十二年丁亥（1767）序本抄录。上卷草书抄写，潦草难辨；下卷楷体抄写，工整清楚。校阅二种版本，莲勺庐抄本无陈轼子孙题词、无评点，文字亦与三槐堂刻

---

① 陈轼撰，张小琴点校《道山堂集》，"凡例"第2页。

本略有出入。比较明显的是刻本第十五出下场诗，第三十一出
《尾声》及下场诗，抄本均无；刻本有多处刊落字句，致语意不
畅，如第二十四出、第二十五出多处，而抄本则完整顺畅。此
外，各出文字相异处亦多，如第二十九出、第三十出等。在称
呼上，刻本杜丽娘呼柳梦梅为"柳郎"，抄本为"相公"。刻本
杜丽娘呼父母"爹娘"、"爹妈"、"妈妈"均有，而抄本则为
"爹娘"、"娘娘"。笔者认为抄本所据的乾隆三十二年序本并非
三槐堂本，或为经过修订后的版本。①

据此，笔者查阅傅惜华藏《续牡丹亭》抄本，发现此抄本也未抄录
三槐堂刻本陈轼子孙题词、第十五出下场诗、第三十一出"尾声"
及下场诗的内容。其称呼与古吴莲勺庐抄本一致。

殷梦霞在《郑振铎藏古吴莲勺庐抄本戏曲百种》的出版说明中，
对包括《续牡丹亭》在内的 97 种戏曲剧本的来龙去脉进行了详细阐
述。古吴莲勺庐戏曲剧本原为清末至民国时期的平江（今苏州）人
张玉森所传抄收藏。

> 张玉森，又名玉笙，别署宛君，号莲勺庐主人，室名莲勺
> 草庐。……近代戏曲抄藏家、谜学家、昆剧名票。②

张玉森生前酷爱词曲，只要遇见传奇剧本，就不惜巨资购买。后来他
寓居北京期间，与许之衡辈交从甚密，他们兴趣相投，志同道合地致
力于戏曲事业的发展。张玉森也因此有机会接触更多的珍稀戏曲剧本。

> 张氏将半生搜集购买及借阅到的戏曲珍本用刻有'古吴莲
> 勺庐钞存本'的专用竹册格纸认真地抄录校勘，对珍稀者，张
> 玉森不仅自己作题记跋语，更注意转录许之衡、吴梅、姚华、

---

① 王汉民辑校《福建文人戏曲集·元明清卷》，第 124~125 页。
② 殷梦霞选编《郑振铎藏古吴莲勺庐抄本戏曲百种》（影印本），国家图书馆出版
　社，2009，出版说明页。

王孝慈等名家的序跋，其中转录保留许之衡的序跋最多，如本书第六册《玉梅亭》中不仅转录了许之衡所作序文，还完整抄录了许氏对该剧的"修订说明"。这些题记跋语或考订作者，或校勘讹误，或比对版本，或交代源流，是近代戏曲研究的珍贵史料。张玉森又为所抄存的每部剧本一一撰写提要，成《传奇提纲》八卷，涉及戏曲传奇二百八十二种。①

张氏所撰之《传奇提纲》即包含《续牡丹亭》提纲，今藏于苏州博物馆。张氏为《续牡丹亭》故事的流传做出了宝贵的贡献。

张氏所传抄之古吴莲勺庐戏曲抄本流散到苏州古籍书店。同样热爱戏曲的郑振铎闻讯，立即从上海赶往苏州搜索该传抄本。《续牡丹亭》古吴莲勺庐抄本的被发现与流传至今，与郑振铎"颇致力于中国古代剧本的搜集"② 有很大的关系。郑振铎《钞本百种传奇的发现》一文中记有《续牡丹亭》，并记录了他发现包括该剧本在内的百种以上的传奇与杂剧的重大喜事。1931 年 5 月 11 日，郑先生因在上海一家旧书店读《牡丹亭》，恰书店的店员对他说："苏州寄来了一张单子，都是抄本的传奇，说是给郑先生看的。""这个书目共载有四百余种书而说明都是抄本。"郑先生惊讶于这个"不平常的书单"，他"连续不断的见到了近百数十种的久欲见而终于未得见到的传奇的名目"，因此，"将自己所欲得的传奇名目，一种一种的抄录了下来，并在原书单上做了符记"。郑先生"再三的吩咐伙计们立即将原书单寄回苏州"，他原想委托他人代购这百十种传奇抄本，"并说明价目即贵些也不妨"。但他在惊喜之余仍不放心，于是"决定在第二天绝早，即到苏州去"。郑先生亲自到苏州寻访书店，他有幸在杨先生、宋先生的引导下顺利找到售书之家，他们"细心的选拣出自己所要的百十种传奇杂剧"，其中即包括陈静庵之《续牡丹亭》。这"百十种的传奇与杂剧的抄本是并不易得的"，郑先生继续叙述了

---

① 殷梦霞选编《郑振铎藏古吴莲勺庐抄本戏曲百种》（影印本），出版说明页。
② 郑振铎：《钞本百种传奇的发现》，《编辑者》第 1 期，1931 年 6 月 15 日，第 9 页。

自己得到抄本之后如梦似幻的惊奇感受：

> 是诚大可惊奇的发见！若信若疑的"梦境"是终于实现了！经了好久的论价，与杨寿祺君的慨然的有力的帮助，这个不平常的交易是终于成功了！在归车中，我是"满载而归"。

> 儿童时代以后，从来不曾有过像这样不倦的喜悦的旅行。①

郑先生在得到百种传奇抄本之后如获至宝的喜悦心情于此可见。从中我们也可领会，郑先生对包括《续牡丹亭》在内的百种传奇抄本，从搜集、整理、收藏到保护都付出了极大的心血和努力。《郑振铎藏古吴莲勺庐抄本戏曲百种》为当今学人研究明末清初的戏曲提供了宝贵的文献资料。郑先生为戏曲事业兢兢业业的奉献精神值得后代学人感佩。而国家图书馆藏古吴莲勺庐抄本戏曲，则得益于中山大学黄仕忠的敏锐发现。由此我们也可领悟，古典戏曲文化事业的繁荣与发展，离不开一代代戏曲爱好者、戏曲专家严谨治学、孜孜不倦的问学精神和无私奉献。殷梦霞所编之《郑振铎藏古吴莲勺庐抄本戏曲百种》，则汇集了张玉森所撰 282 篇《传奇提纲》与郑振铎藏古吴莲勺庐抄本及郑振铎《钞本百种传奇的发现》等珍贵史料，由国家图书馆出版社于 2009 年影印出版，为戏曲研究者、戏曲爱好者们提供了翔实的抄本戏曲史料，也为本书研究《续牡丹亭》提供了不可多得的宝贵文献资料。

三　陈轼参纂的《福建通志》概述

陈轼参纂的《福建通志》，今存有清康熙二十三年（1684）刻本，共 64 卷。国家图书馆、中国科学院南京地理与湖泊研究所、上海师范大学图书馆、江苏省地理研究所图书馆、四川大学图书馆等

---

① 郑振铎：《钞本百种传奇的发现》，《编辑者》第 1 期，1931 年 6 月 15 日，第 9 页。

均有收藏。《北京图书馆古籍珍本丛刊》据清康熙二十三年刻本缩印，收录于该丛刊史部地理类。此外，上海图书馆亦有收藏《福建通志》清康熙二十三年刻本，共32册，但缺第六十四卷。

目前所见，有《中国方志大辞典》、《闽剧史话》和庄小珊《明清福建曲家考》等文献资料记载有陈轼参纂的《福建通志》。而关于该志的版本问题，则尚未有学者涉及。下文将对国家图书馆藏清康熙二十三年刻《福建通志》的版本情况略做描述。

该刻本分《福建通志·上》（卷一至卷三十）和《福建通志·下》（卷三十一至卷六十四），共32册，依次载入以下内容：舆图、星野、建置、山川、疆域、城池、祀典、户役、田赋、学校、兵防、公署、封爵、职官、名宦、选举、人物、方技、仙释、迁寓、列女、土风、物产、恤政、艺文、古迹、杂记、外岛等。

正文之前附金铉《叙》、马斯良《全闽通志序》、丁蕙《福建通志叙》、"福建通志纂修姓氏"、"凡例"、"福建通志目录"等。各篇序文字体不一，金铉撰《叙》首页字迹残缺，字号稍大，列款每面5列，每列9字。马斯良撰《全闽通志序》为端正楷体字。丁蕙《福建通志叙》为端正粗体字。此两篇序，每面均为6列，每列12字。从字迹看，三篇序文出于不同刻工之手。其相同之处在于序文均为粗、细双线条版框，版心无鱼尾。且每列首格空出，遇"圣""命""皇""简""乾""诏"等字，则在当列另取顶格刻写。

纂修该刻本的作者分主修、监修、协理、督修、纂修总裁、同纂、分纂等。其中主修为金铉，纂修总裁为郑开极和陈轼。

正文版框高223毫米，宽164毫米，版心都是单鱼尾，上下白口；列款为每面10列，每列19、20字不等。遇需要解释的内容，则将当列字迹缩小一半，每列又分刻两列字。正文虽为端正宋体字，但仔细检查可以发现，其字迹不尽相同，且有的卷首或卷尾钤印"京师图书馆藏"，有的则无钤印。因此，刻本应出于多个刻工之手。

关于陈轼参纂的《福建通志》的内容，评价较为客观、公允的是《中国方志大辞典》：

（康熙）福建通志：此为继明弘治《八闽通志》之后，第一部以福建省名定名的省志。修纂并刊行于清康熙甲子（1684）。福建巡抚金鋐（曾任秘书院编修，参加过《续资治通鉴》的纂修）主修，郑开极、陈轼主纂。本志刊印甚少，几至失传，后世多不及见。现仅北京图书馆、上海市图书馆、上海华师大图书馆各藏一部，弥觉珍贵。全书共六十四卷，统二十七门。一仿通志和一统志的先例，以事为纲，而隶以八府一州。内容较八闽志有较多的增添，如对山川形势、户口徭役、赋税钱粮、土风民俗都补充了大量新材料，并对前志疑误之处，作了核实，诚如丁蕙在序文中所说："事例宁核勿冗，记载宁详勿略。……大之忠臣、孝子、名宦、列女之必详道存鼓励，小之艺文、方技、名胜、物产亦必登识博名[①]。"特别是最后设外岛一门，更为其他志书之所无；但戎备一门，失之过简，既列名宦、方技、仙择（释）、迁寓、列女诸门，而又另立人物一门，且独置名宦于选举、荐辟之前，也是归类不当，自乱其例。不过以整体言之，仍为瑕不掩瑜之作。[②]

此文献对陈轼参纂的《福建通志》做出了较详细的评述，认为康熙甲子年刊行的《福建通志》十分宝贵，并将其与八闽志做比较，指出其增添的内容，同时点出它的不足之处。但其中提到"仅北京图书馆、上海市图书馆、上海华师大图书馆各藏一部"，据笔者所知，中国科学院南京地理与湖泊研究所、江苏省地理研究所图书馆、四川大学图书馆等也藏有该志。

---

① 《北京图书馆古籍珍本丛刊》作"物产之必登识资博采，无非以鸣"〔（康熙）《福建通志·丁蕙序》，北京图书馆古籍出版编辑组编《北京图书馆古籍珍本丛刊》，书目文献出版社，1988，第1252页〕。

② 《中国方志大辞典》编辑委员会编《中国方志大辞典》，浙江人民出版社，1988，第268页。

第三章　离散、记忆与遗民身份认同的书写

　　自 1644 年甲申国变后，士人们的社会政治地位受到极大的冲击，他们对未来的仕途理想和身份归属感到极度焦虑和不安。遗民士人在原有的乡土领域已无法继续生存，身在清朝而心在明朝，不愿看到原属于明朝的乡土被侵占的事实。因此，他们流徙的心路历程也由此开启。离散，成为明末清初遗民文人生涯中不可避免的人生经历。在清朝政权统治北方初期，多数遗民文人往南方迁徙，离散于东南沿海边陲。他们在南方纷纷拥立明朝宗室所建立的南方政权。1644 年，朱由崧在南京称帝，是为弘光政权。不久后，南京失陷，弘光帝被俘。1645 年，郑芝龙、黄道周等在福州拥立唐王朱聿键，改元隆武。随后郑芝龙降清，隆武政权局势恶化，隆武帝被俘绝食而死。遗民士人在危机重重的险境中，逃往西南边陲，拥立朱由榔。1646 年，朱由榔在广东肇庆成立永历政权。东南沿海地区，以郑成功为首的抗清队伍也乘势崛起，东西两面形成强有力的抗清力量。而清军势如破竹南下，南明政权内部矛盾加剧，加上 1661 年吴三桂降清，永历帝于次年在昆明被处决，永历政权灭亡。郑成功趁清军攻打西南之际，顺势北伐，取得数次大捷，但最终失败，最后返回厦门，稳定了东南沿海的局势，并东征台湾收复失地。在南明政权存续期间，遗民士人拥护南明诸政权，迁徙、离散于天南海西，或隐匿于东南沿海尚未受清军觊觎的地域。这样的迁徙、离散的人生体验与心路历程，在前朝历史上是不多见的。艰难的迁徙生

涯和乱离体验也成为遗民士人诗文书写的转捩点。

明末清初遗民个体的离散经验同时也伴随着群体的交流与互动。因此，离散书写、交游书写往往交织在一起。无论是遗民个体还是群体，他们的诗文书写都包括社会兴亡与复明之志。遗民士人以文学书写呈现其生存处境和离散交游的审美观感，为后人留下了可传可述可感的宝贵文学遗产。

陈轼作为明末清初福州遗民群体中的重要一员，曾在崇祯、南明政权时期辗转于福建及西南地区，其个人的迁徙流离心路及其与志同道合之士的思想共鸣体现于其诗文书写中。《道山堂集》中离散、交游之作体现了陈轼及其遗民朋友强烈的遗民身份认同意识，反映了以陈轼为代表的遗民群体因朝代更替而不得已漂泊离散、旅居他乡的心理体验，及由此带来的缺乏安全感和身份归属的心灵困境。因此，以离散、交游为切入点，将陈轼的离散经历与交游情况与身份认同的相关文学理论相结合，对其文学书写进行探讨、分析，可从中窥见传统汉族文化、遗民文化在异族政权统治的文化境遇下发展、传续和共融互渗的特殊现象。

第一节 离散、记忆与陈轼的遗民情怀

陈轼在离散生涯中所书写的诗文，既是他流离他乡的生命轨迹的记录，也是明末清初遗民文学的重要组成部分。陈轼在南明政权时期参与朝政，辗转于福建及西南边陲，入清后流寓江南一带，后归闽隐居于道山第一山房。他从南明政权的乱离及受招安争议的处境中，以自身对汉族儒家传统文化的赤诚怀念与对忠君爱国思想的深刻理解，努力塑造遗民文人的精神形象。陈轼的离散生涯轨迹，展现了一代遗民士人在鼎革之际仍深深眷恋故明王朝的忠义情怀。陈轼的离散生涯体验，成为他进行文学生产的精神资本，也成为我们了解清初福建遗民文人群体风貌的重要渠道。

　　明末清初混乱的政治格局与清朝入主中原的现实，给遗民正常的生存秩序造成极大的冲击和破坏。遗民诗人们在离散生涯中书写着家国不幸带来的漂泊体验。陈轼在《泊白沙驿》一诗中说：

　　　　隔夜家乡远，孤征烟水愁。落红浮雪浪，宿莽泛霜洲。次第宾鸿羽，洄沿白鹭秋。停舻一眺望，村市驿楼头。①

漂泊流寓所付出的代价自然是孤独寂寞、愁情满怀的境遇与对故土的无限思念。孤烟、愁水、霜洲、鸿羽、秋鹭、停岸的舳舻、驿站等意象正是陈轼漂泊异乡的内心惆怅情绪的写照，由此带来的是曾经的精神世界所归依的乡土空间被占据与传统汉族文化被割裂的创伤体验。

　　无论是辗转于南明政权还是在清朝文化统治的视域下，离散都是一种应对动荡格局与逃避被弃置感的无奈之举。陈轼的《宿下渡》说：

　　　　古巷藤山路，江头正暮晖。桑麻成战垒，榛草几家归。泫露凌疏木，新蟾上白扉。主人犹剪韭，辛苦迓征骓。②

漂泊流离的旅程充斥着苦不堪言的离愁别恨，况且所流寓的现实地理空间充满战争的硝烟。离散所带来的现实观感与逃避动乱政局的目的形成强烈的反差，古巷、暮晖、桑麻、榛草等意象，堆积在作者的心灵深处，刻印在其漂泊离散的生命轨迹中。

　　在离散漂泊的心路历程中，陈轼的笔端总环绕着浓烈的"客愁"。其《过延津怀林六英》写道：

　　　　晚帆孤屿转，芰苇绿波深。为客惊衰鬓，思君恋旧林。仙山人迹少，龙洞石床阴。独有溪云白，愁听月夜砧。③

---

①　陈轼撰，张小琴点校《道山堂集》，第77页。
②　陈轼撰，张小琴点校《道山堂集》，第72页。
③　陈轼撰，张小琴点校《道山堂集》，第77页。

《寒食过雒阳》也说:

> 去岁幔亭逢上巳,今年寒食向三川。剪桐封土惟衰草,入洛春流仍旧澶。新柳犹然思向日,废宫何事更藏烟。一闻闽语半城市,孤客泫然故国牵。①

异地他乡抒发客愁在古典诗学中本是极为常见的,著名的山水田园诗人王维就写下了千古传诵的名句"独在异乡为异客,每逢佳节倍思亲"。王维在一句诗中同时用了两个"异"字,足以让人体会其处于异乡又是举目无亲的异客的孤独的内心情境,"每逢"二字也足以表达其在外当"异客"的时间已不是三天两日。这两句诗满溢着王维在外为异客的孤独凄然之境与怀乡思亲之情。但王维笔下的"客愁",是在天下太平的盛唐时期游人士子异域空间的直接心灵体验,而陈轼笔下的"客愁",却是他作为明朝的遗民,漂泊异地他乡,魂牵梦萦、挥之不去却又无法挽回故明王朝的愁怀。可以说,陈轼在每一句客愁诗中,都为自己心灵深处的哀痛留下了注脚。"晚帆""孤屿""衰鬓"已然刻画了迟暮之年漂泊在外的孤独无奈,实际上他是以外在的景象与自己的容貌说明生命历程的短暂,这自然令他想起衰亡的故明王朝。人既衰老又无所依附,身体漂泊的艰辛尚能忍受,而精神上无所寄托,心灵因离散而缺乏归属感,才是无法排遣的伤痛。在如此艰难的境地,陈轼还要承受月夜独听砧声的精神折磨,面临随时被卷入战场的危机。这种只有身处其境的遗民士子才能体会的困顿与伤痛,呈现在文学作品中,也就具有了深刻的历史文化意义,给人以极深刻的人生思考。

陈轼每到一处,几乎都有诗作对自己的行程轨迹进行记录,而且这种以诗的形式呈现的离愁别恨与遗民情怀,反映的不是他一己的顾影自怜与困顿不堪,而是代表着鼎革之际一代文人士子和赴边战士置身异域的愁惨凄凉与滚滚的思乡情愫。其《恒阳至夜闻箫》

---

① 陈轼撰,张小琴点校《道山堂集》,第111页。

诗云：

> 镇州城中风凛栗，霜堡阴沉笳声急。一线渐长愁事添，寒
> 云渡雪到直北。穷鸟随林且学栖，枯鱼苟活不作泣。座中有客
> 善吹箫，宫商含和嶰谷律。新歌暗度悲且清，贯穿连珠互络绎。
> 哀猿唳鹤不胜情，渐响奔流势推激。宛疑梅花落陇头，更似卷
> 芦吹觱篥。窈渺参差烛影摇，乡思缠绵还永夕。候气方飞葭管
> 灰，占祥愧乏书云笔。复亨刚反竟何如？且向天心说周易。①

寒风、霜堡已然是游人心境在天气中的反映。而边外笛声紧急，战
事严峻，背井离乡的愁情又增添了一份紧张不安、无处安身的焦急
感。穷鸟尚且能在山林野外筑巢栖息，枯鱼尚且坚强地忍辱求生，
举步维艰的边疆战士也应有这种奋力求生的精神。但悠扬的洞箫越
发令人感触到悲切凄凉的情境。猿鹤如泣如诉，扣人心弦，零落的
梅花如芦苇做成的觱篥，音声不胜悲戚。这一切悲凉的情境越发引
起离散漂泊的遗民、战士的乡土情怀，再一次催生游子回乡的渴望。
但故乡在何处？"永夕"暗喻的是征人心中的故明王朝已日落西山。
边疆叛乱四起，战事能否取得最后的胜利，一切只能在《周易》中
求占。陈轼流寓恒阳见景抒怀，一切景语的描绘都在为自己的内心
情境做铺垫，遗民游子的思乡之情与忧患思想始终在异域的视野中
荡漾萦绕。陈轼在恒阳的所见所闻，皆是身处乱离世局的离散漂泊
者共同的飘零创伤体验。这些诉诸笔端的离散体验，代表着一代遗
民士子的离愁别恨与对山河破碎、战乱频仍对人民心灵摧残的哀诉。

　　陈轼在漂泊离散中既充满对未来异域空间的想象和希冀，同时
也往往因离散生涯中的所见所闻产生对过去时日的追忆。王德威教
授指出："（他们）一方面强调时间断裂、一切俱往的感受，一方面
又流露绵绵不尽的乡愁；一方面夸张意义、价值前无来者的必要，

---

　　① 陈轼撰，张小琴点校《道山堂集》，第94页。

一方面又不能忘情正本清源或追求终极目的的诱惑。"① 现实的离散生涯情境往往触发流离士子筛选和过滤从前时日的景观、风物与当下的观照体验进行对比，从而生发今昔相比物是人非的感慨。如前所述之《寒食过雒阳》的诗句中，陈轼由"今年"之寒食在外的流离失所，联想"去岁"寒食节之情景，开笔即将情绪带入回忆的画面。而"衰草""旧瀍""废宫"与"孤客"形成了相互映照的记忆媒介，提醒作者回想曾经的明朝。对于遗民而言，现实空间的景观具有提醒他们身份的独特作用，也具有提醒他们重塑过去以服务于情感表达需要的作用。诗作中的景观无不笼罩着陈轼内心漂泊异乡的惆怅情绪，也凸显了其对念兹在兹的故明王朝的人事的牵挂与怀念。

对于遗民而言，他们往往在离散的空间景观中尤为敏感地捕捉到历史遗迹或富有忠贞之志的先贤遗迹。他们在追怀先贤古迹的过程中，往往将先贤们的人格精神或才华能力与现实中自己的怀才不遇、落魄孤零相比拟，于是便在自己的内心情志中产生相当大的冲击。陈轼的《挂剑台》诗云：

> 属镂一赐子胥绝，湛卢去楚王僚灭。吴人得剑作厉阶，枉使纯灵铸金铁。惟有翩翩号延陵，剑霜偏向交情热。四牡飘征上国宾，欲许徐君心已结。归来白日冷崇丘，棘径松烟转凄咽。脱剑殷勤挂树头，此心死生无分别。萧条乔木鸟莺巢，金星宝锷清光彻。古人义重原如此，始信交情非戏蝶。昔闻让国邻诸樊，敝屣千乘继高节。观乐能知列国风，历历兴衰皆剖析。况复气谊出伦俗，肝胆照耀如冰雪。我今孤蓬到兖河，裴回古岸长流侧。乱鸦来去叫残秋，野上荒榛见遗碣。眼中三尺蒯缑寒，欲决浮云向谁说？②

① 王德威：《后遗民写作》，麦田出版、城邦文化事业股份有限公司，2007，第8页。

② 陈轼撰，张小琴点校《道山堂集》，第92~93页。

陈轼流寓彭城，造访挂剑台，以 196 字之七言古诗来深情缅怀挂剑台的感人事迹。吴国国君的公子季札出使鲁国，途经徐国拜会徐君。徐君目不转睛地注视着季札腰间满溢祥光的佩剑，内心十分喜欢却不好意思向季札说出来。季札决定在完成使命之后就将佩剑送给徐君。可不幸的是，当季札大功告成后回去找徐君时，徐君已辞世。季札感到极度悲伤惆怅。他来到徐君的坟墓前，将佩剑挂在树上并鞠躬而拜，内心默念祈祷，希望徐君在九泉之下能望见这把佩剑。季札身上所体现的是古代君子对诚信道义精神的坚守，季札的人格品质也因此千古传诵。陈轼回忆这段历史，从历史的情境中生发感怀："古人义重原如此，始信交情非戏媒。"季札还具有让国给兄长的高风亮节。陈轼由此生发议论：观乐知国风，兴衰由此明。他因此将两千年前的史实与现实相联系。他也曾经像季札一样满腔抱负，仗剑为国，而现实却令他孤零徘徊于异域他乡，故明王朝已经衰亡，也没有像徐君一样的朋友欣赏他的佩剑，空有理想报负，又能向谁诉说呢？眼前的乱鸦、残秋、荒榛俨然是时局动乱的心理体验的映射。有志不得伸，有剑也无人送的心灵创伤，尽在这一历史遗迹的地理空间呈现。陈轼对挂剑台史迹的回忆与再现，是自我反省、自我勉励的文化心理机制的反映。离散的记忆过程，也是借助历史先贤事迹和离散的空间景观，强化遗民士子对道德节操的坚守与生命价值取向的选择历程。离散者的记忆空间所存储演绎的正是其浓厚的乡愁与遗民悲情。

离散生涯的孤独飘零与枯萎衰竭的现实景致，给离散者带来极大的内心怆痛。漂泊异域，是一种被原有生存空间弃离而不得已的体验。离散本为了到异地他乡寻找一处得以安顿身心的净土，而现实往往与想象和理想相乖违，这就更加强化了遗民士子对原来让自己得以安身立命的故明王朝的追忆与怀念，其思而不得的理想破碎感更令人产生孤独悲怆的心灵体验。这也提醒我们应重新审视遗民士子离散书写的审美价值意义。

第二节　陈轼及志同道合者的身份认同意识

　　《孟子·万章下》曰："一乡之善士斯友一乡之善士，一国之善士斯友一国之善士，天下之善士斯友天下之善士。"① 由此可见，自古以来志同道合者方能成为真正的朋友，善士方能与善士产生思想上的共鸣。因此，从一个人所交往的朋友圈，即可了解其道德品质与精神面貌。陈轼博览群书，沉潜学问，同时也注重交友，善于交友。其为人与交友情况对其创作产生了极大的影响。据《道山堂集》及同时期文学家的作品可知，陈轼交游的对象有名流雅士、布衣之士，也有佛教僧人，他们具有清正耿直、疾恶如仇、志行高洁等优良品质。在这些友人中，有的不仅与陈轼性格相似、政见相同、思想一致，而且仕宦生涯也相似。他们在改朝换代之后不仕清廷，以遗民自居。因此，他们与陈轼唱和诗文，互相阐发，互相鼓励，彼此推崇，从各个不同的角度对陈轼的性格特征、为人处世、著述成就等产生了不同程度的影响和启发。特别是陈轼及其友人在遗民情怀及身份认同意识上具有诸多相似之处。

　　陈轼与朋友的交游书写，充分体现了他们在遗民身份建构过程中产生的身份焦虑意识与遗民身份归属的诉求。与陈轼结交的挚友，如林平山、张子瞻、黄处安、林天友、邓绪卿、黄周星等，不仅学识渊博，诗文著述丰富，而且秉性率真，与陈轼志趣相投。陈轼与他们融洽相处，唱和往来，切磋砥砺。同时，陈轼为其友人立传、赋诗、作词以贺寿。朋友之间的友好相处与融洽交流，也为陈轼的文学创作积累了厚实的资源。陈轼常在寄情山水中创作，磨炼诗艺，陶冶性情。他结识的僧人，如为霖和尚及寿安逊庵和尚，均是博雅卓识、志行高洁之士。陈轼通过为僧友们作传，与他们唱和诗文，

---

　　① 罗炳良、赵海旺编著《孟子解说》，华夏出版社，2007，第209页。

参禅问道，既寻求心灵的慰藉，也感悟和体验神秘的生命意趣。这也是陈轼著述取得成就的重要因素。

因此，考察陈轼的交游情况，不仅能了解陈轼交游的基本状况，认识陈轼的择友之道与交友观念，从中挖掘陈轼及友人对遗民身份的体认，而且能了解明清之际的遗民文人声气相通的情况，感知明末清初社会各阶层人士的精神风貌。本节主要从陈轼的著述中择其行实可稽且对陈轼影响较大者加以考论。

一 林平山

林平山（1605～1688），名日光，字开鸿，号平山，福清人，明末曾任工部主事、苍梧副使，与陈轼关系十分密切，感情深厚。这不仅缘于其两家为"朱陈之好"，而且缘于陈轼对林平山的钦佩、崇敬。陈轼称林平山为"公"，不仅为林平山作传，而且在林平山八十大寿时为其作序、吟诗、赋词，同时为其作品写序，有《林平山传》、《林平山八十寿序》、《寿林平山》（四首）、《双头莲·寿林平山》及《林平山集鸥草序》等。从这些作品中即可见他们之间具有特殊的密切关系。

陈轼为林平山写传曰：

> 枭副林公讳日光，字开鸿，号平山。原籍福清某里，迁会城。大王父某公、王父某公明经博士，后先师幄，与父东里公，俱精曲台之业。余辑郡乘有三世经学傅，即公先世也。公少英异，成童时即能文章。笃志绵绌，洽闻强记。抽锋擢颖，超然出类。年二十以儒士举天启甲子乡试。主司顾瑞屏先生，评其文如河汉而无极。崇祯庚辰始举进士。是时天子念中原鼎沸，博咨方略。策试后拔四十人，召对文华殿。公侃侃条对，称旨，擢上第。公以寒畯书生，初衣未释，即上阎阖、登紫阁，敷陈忠谠，罄所欲言，洵异数也。及拜工部主事，榷南新关，芟蠹别弊，蠲烦涤苛。待诸估人如哺赤子，政行而税辨，商感其仁，

国益其赋。暇则集诸生儒校，论文艺，每月考课，品藻甲乙。越固多才，受公教化薰陶，莫不咏德造、歌寿考焉。秩蒲晋苏州太守，吴门与武林咫尺，叱驭旦夕可至。平江素称佳丽，油壁青骢、楼船箫板，杂沓鞿鞈于篁阴水渍之际，宦斯土者，无不侈为壮游，公处之漠然。适祖母太夫人病笃，返驾里门省视，移补江右南康。公之辞膻荛，甘淡泊者，类多如此。然公性至直，从不脂韦滑泽以媚悦要路。中贵人行部至浙，考核粮饷，抚院藩臬以下奉命惟谨。公独与之抗，缟纻弗修，酒浆弗设。珰怒未有以报也。因陪京初政，珰势大张，遂罗织劾公罢职。迨直指使者白公冤状，奏入，而金陵已不守矣。公忠厚长者，恟恟然若不胜衣屦，而狷介廉隅，为山岳之所不能撼。明季党部日盛，士大夫据垒树帜，互相排击。吴越声气联络，尤为党人渊薮。公孑然孤立，绝不依篱傍户。以故秩仅平进，无躐等超拜之格。洎（泊）唐藩继统，止例升苍梧副使而已。鼎革后，杜门不出，衡泌自娱。啸咏赋诗，瑰迈高古，在樊南、长庆之间。晚年更著四书，《戴经解说》、《诠释》、《大全》及《传注》。训迪后学，功又宏巨。八十余精力强健，手不释卷，夜分翻阅，尤见灯火荧荧云。子六人存三人，孙十人，曾孙十一人。诸子若孙，或升成均，或入庠序。商彝周鼎，玉树重叠，皆廊庙之上珍也。卒年八十四。外史氏曰："《洪范·九五》'福一'曰'考终命'，若君者，洵所为考终者也。"公委赟入朝，年未强仕，使席泰交、履平运，无难跻列公卿，如文潞公宿德元老班宰相，上乃玉步忽改，历数十年高尚其事，名曰"遗民"，身隐而道弥彰，未可谓不幸也。史称管宁名行高洁，望之若不可及，即之熙熙和易，年八十四，公其幼安之流。与余忝同籍，且附朱陈之好。谨摭其本末而为之传。①

---

①　陈轼撰，张小琴点校《道山堂集》，第225～226页。

陈轼从林平山的家世、为人处世、仕途经历、性格特征、创作才能、遗民品质及后世子孙情况等方面，对林平山一生进行周全、详尽的记录，并给予林平山高度的评价与赞扬。

由传记内容可知，林平山"年二十以儒士举天启甲子乡试"。天启甲子，即 1624 年，林平山参加乡试，时年 20 岁。因此，林平山应生于 1605 年，比陈轼大 12 岁。《林平山八十寿序》则更细致地记载了林平山的出生日期："康熙甲子岁，菊月四日，余同年平山姻翁林公，值渭水载车之年。"① 康熙甲子菊月四日，即 1684 年九月四日，时值林平山八十大寿。据此可知，林平山生于 1605 年九月四日。又据上文《林平山传》可知，其"卒年八十四"，则林平山的卒年应为 1688 年。陈轼为林平山作传时，已是七十古来稀。他们同为崇祯庚辰进士，且"公侃侃条对，称旨，擢上第"。陈轼对林平山在科考中的应对能力及其才华非常钦佩。此后，林平山即任工部主事，他对待晚辈如自己的子女，也常召集学生讨论交流，品藻文艺。林平山对学生富有爱心又要求严格。因此，受林平山之教化熏陶者，无不极力赞颂他的人格品质。

林平山不仅在仕途上有功名，而且孝敬长辈。林平山在担任苏州太守时，恰逢其祖母生病，他亲自回家乡探望，以示孝心。此外，林平山性情耿直，关心民生疾苦，敢于同不正之风抗争。"公榷关武林，惠商恤民，劳绩最著，时有织造中使横恃威福，挟制有司，公独抗不为礼。"② 也因其耿直狷介、不媚权贵的性格特征，林平山曾经被罢官。

陈轼认为林平山为人忠厚仁爱，是位可亲可敬的长者。明末党社运动日盛，士大夫互相排挤，吴越地区成为党人渊薮。而林平山则"能毅然自断，不为世俗之所惑。……无所攀附"③。明亡后，林平山归隐山林，杜门不出，专职于赋诗作文，挑灯夜读，手不释卷。

---

① 陈轼撰，张小琴点校《道山堂集》，第 185 页。
② 陈轼撰，张小琴点校《道山堂集》，第 186 页。
③ 陈轼撰，张小琴点校《道山堂集》，第 185～186 页。

他以遗民自居，陈轼评价其"身隐而道弥彰，未可谓不幸也"。林平山有子六人，仅三人存活，曾孙十一人。其子孙均为朝廷之上才。由此可见，陈轼不仅对林平山的一生给予高度的评价，而且对其家学渊源、子孙后学也十分了解，并非常敬佩。

林平山超凡的才能、高尚的处世风范及遗民品质，无疑给陈轼树立了学习的典范。对林平山的生平事迹的了解与认知，使陈轼更加坚定抱节守志的信念，也使他们在思想上对遗民志节与遗民身份具有更为深刻的认同感。他们坚守几十年友谊的精神纽带也在于此。

陈轼为林平山八十大寿所作诗歌，也体现了他对林平山遗民身份的认同。《寿林平山》（其一）：

> 屈指京华四十秋，软裘快马曲江头。浮名我已轻槐蚁，适意君还狎水鸥。湛露洒庭河宿烂，凉蝉绕树管弦悠。况兼并蒂芙蓉发，偕隐还看霜叶稠。①

诗写作者和林平山在明朝履职期间，朝廷给予其轻裘快马的生活待遇。而改朝换代后，荣华富贵无常，一切功名利禄都不值一提。林平山归隐山林，夫妻白头偕老，关系融洽。他们与水鸥为伴，在树下倾听蝉鸟歌唱，享受管弦之乐，生活十分闲适安逸。这才是人生应该追求的生活境界。陈轼在对林平山晚年生活的描述中，寄寓着对隐逸闲适生活的追慕，字里行间折射出对遗民身份的价值体认与追求。

> 褰裳②久已慕黄轩，半在城西半在村。泽际鸬鹚飞草舍，林中鹈鹕噪丘樊。奇花盘谷神仙现，老树柽峰铁干存平山常游梅溪。

---

① 陈轼撰，张小琴点校《道山堂集》，第 346 页。
② "褰裳"一典在《战国策·宋卫策》及《淮南子·修务训》中均有记载。《散骑常侍·表》记载："昔墨子诸生褰裳求楚，鲁连隐士高论却秦，况乎谬蒙知己，宁无感激！"[欧阳询撰，汪绍楹校《艺文类聚》（卷四十八），上海古籍出版社，1965，第 871 页]"褰裳"一词后来被用以表示不辞劳苦，急于为国事奔波。

秉未尽堪延岁月，不须再访石山源。①

　　风条雨叶见秋棱，菊圃霜深晚色增。鉴水临池推贺老，北山读易拟孙登。歌随嬴女颜如雪，宴列曾孙酒似渑。自是玉京多胜会，一堂欢舞即迦陵。②

陈轼以"黄轩""褰裳"的典故，说明他曾不辞辛苦，为国事奔波，希望自己能学习黄帝轩辕氏敦厚能干，以统一华夏族群为己任的精神品质，但时局的动荡与变迁让他已然无法挽救明朝的危亡。因此，陈轼内心矛盾不已，他既想继续效劳于南明朝廷，又生发归隐山林之心。而后陈轼显然做出了抉择，他十分羡慕林平山隐逸旷达、闲适淡然的晚年生活状态。鸬鹚从天际飞回草舍，比喻人老也希望落叶归根。"老树""秋棱""菊圃""晚霜"等一系列意象寓指林平山年老的境况。而林平山虽已年老，却不孤单，满堂子孙为其祝寿，最后两句通过寿宴的盛况表达林平山晚年虽隐逸却其乐融融的生活情景。陈轼对林平山晚年生活的肯定与赞赏，体现了他们两人相同的生活态度与人生价值观。

林平山作《鸥草》诗，以鸥草自喻。陈轼为其作序云：

　　鸥无心，而与水上下泛然任性而无患，亦犹逍遥而游于无穷也。今观平山之言，皆托之于诗。……惟感之有心而应之以无心，任东西所届而不得其影响。此鸥之所以名也。夫鸥或在浦溆，或在苍洲，或去或来，或浮或没，无定迹也。言诗者，亦若是而已矣。平山澹然无竞，自得其适。回想数十年前，徽缠于冠，盖攀缘于朝陛。握征榷之权，则护佑人为赤子；鉴北寺之祸，则嫉奄宦为仇雠。其能息机忘形如鸥也哉。或曰："鸟兽草木，诗所以多识也。兔雁见于风，振鹭见于颂。"集鸥云

---

①　陈轼撰，张小琴点校《道山堂集》，第347页。
②　陈轼撰，张小琴点校《道山堂集》，第347页。

者，犹得古诗之体云。①

陈轼认为"平山之言，皆托之于诗"。林平山借鸥草"任性而无患""逍遥而游于无穷""任东西所届而不得其影响"及其生存境地的漂泊不定等特点表达自己不仕新朝、不为政局所左右的坚韧不屈的精神。陈轼为林平山《鸥草》诗作序，说明他十分推崇林平山的遗民品质，对林平山的遗民身份给予极大的认同。同时，这也说明他们之间的友好关系，不仅因为"朱陈之好"，更深层的原因在于他们之间的思想共鸣。

此外，陈轼与林平山的关系之密切还体现在陈轼为其妻子作《翁恭人传》。

> 翁恭人，福唐瑟江人，宪副林平山之配也。平山举天启甲子孝廉，公车归，始结缡焉。平山为孝廉十五年，恭人篝灯佐读，黾勉有加。及庚辰掇上第。恭人谦抑自下，无贵倨之态。榷税武林，恭人追随官署，以清慎相勖。平山广陵置妾，恭人推诚相与，恩及小星。《诗》称后妃无嫉妒之心，喻以樛木下垂，而葛藟自累而系，以其有逮下之仁也。板荡之季，时事日非。恭人与平山蒿目而忧，不啻漆室之叹，婺纬之恤。迨宗社既屋，平山就征不赴。恭人曰："缟衣綦巾，聊乐我贞。此我志也。与子偕隐，尔其勉之。"恭人持躬整肃，婉而能顺。闺门之内，不苟言笑。敬其翁姑，洗腆以时，晨夕不懈。小而斋盐井臼，大而燕飨祭祀。小心周慎，罔敢不饬。至于旨蓄以教勤，害浣以教俭，其天性也。阅历沧桑，当漂摇风雨之辰，而能支拄家事，不致陨落。内外奉其规模，莫敢陕输嬉谑，以越教令。若其保抱提携，教诲式毂，诸子若孙，或登成均，或升庠序，皆恂恂质行，博综图史，南窗之声，咿唔不绝。今且曾孙济济，舒雁行列，蕃衍为极盛焉。夫洪范五福起于《河》《雒》，凡人

所得于天，有一不备，不足以颂纯嘏而称履祥。恭人距于归之岁，已六十春秋。受珩璜袆翟之锡，而遂鹿门宾敬之乐。始而为妇，既而为母，为祖母、为曾祖母。年跻八十而诸福悉备，此岂人间恒有之数乎？今以初秋遽尔生天，音容虽不可即，而福泽之所贻远矣。余忝姻娅，素闻其行实，援笔而为之传。①

陈轼在此传中谈及"平山举天启甲子孝廉，公车归，始结缡焉"。由此可知，林平山与翁恭人于天启甲子即 1624 年结成夫妻。又"恭人距于归之岁，已六十春秋。受珩璜袆翟之锡，而遂鹿门宾敬之乐"，陈轼写此传时，距翁恭人与林平山结成夫妻已有 60 年。由此可见，陈轼作此传的时间为 1684 年，正值林平山八十大寿，同时也是翁恭人"年跻八十"，可见林平山与翁恭人夫妇同岁。翁恭人通情达理、贤淑温顺、宽容大度、相夫教子、勤俭持家的优良品质在此传中体现得尤为真切。更为陈轼钦佩的是，翁恭人对林平山选择以遗民自居一事给予极大的鼓励："缟衣綦巾，聊乐我贞。此我志也。与子偕隐，尔其勉之。"当林平山抱节守志，不与清廷合作时，翁恭人表现出坚定的信心和勇气，并与林平山同甘共苦，隐逸山林，给林平山以极大的支持和理解。

由上文可知，陈轼与林平山关系十分密切。两人的经历具有相似之处。他们在明朝都曾在苍梧任职，明王朝灭亡之后，他们抱节守志，不与清廷合作，归隐山林，以遗民自居。林平山比陈轼年长，陈轼对林平山敬重有加，他们之间的密切往来，可从以上作品窥见一斑。从陈轼为林平山所作诗文的类型看，一类是祝寿诗文，一类是林平山作品的序文。而无论是祝寿诗文，还是作品的序文，陈轼对林平山的印象与评价都离不开对其遗民身份的认同与追慕。陈轼希望通过对遗民友人的道德品质进行评价，寻找自身的身份归属，消解内心"不合时宜"的尴尬与身份的焦虑感。陈轼以遗民友人的

---

① 陈轼撰，张小琴点校《道山堂集》，第 241～242 页。

身份静观林平山对遗民价值取向的选择，求证自己对遗民文化立场选择的正确性。

二　张子瞻

陈轼与张子瞻同乡，他们交情深笃，关系尤为密切，是真正的同道相知者。陈轼在《萱草堂诗序》一文中指出：

> 张子瞻，吾乡奇士也。与予交最密，其嘉言懿行，为人所钦仰者，俱不赘。①

张子瞻为人处世为周围人所钦佩、敬仰。陈轼对张子瞻称赏有加，不幸的是张子瞻怀抱大志而卒。陈轼对此深感遗憾："亡何赍志而逝，予心甚憾。"②

张子瞻对陈轼隐逸生活及遗民思想的形成产生了重要影响。陈轼拜读张子瞻遗稿，一唱三叹，认为张子瞻文如其人：

> 近又与其惟奎游，出所藏遗稿，读之一唱三叹，如见吾子瞻焉。昔白乐天经柴桑，过栗里，思其人，访其宅，尝曰："只（不）见篱下菊，但余墟中烟。每逢姓陶人，使我心依然。"夫村落山川动人寐叹，留连不能已，况乎门第宛然，风流犹在者哉？书此感怆，如读《五柳传》，而目想心拳，何以异斯？③

陈轼用白居易崇拜、敬仰陶渊明的典故，表达自己对张子瞻的思念与仰慕。白居易十分崇拜陶渊明，深受陶渊明归隐田园的精神感召，将陶渊明的隐逸情怀与生活情趣引入自己的生存方式之中。他不仅亲访陶渊明故居，而且以大量诗文表达自己对其旷达超脱、冲淡平和的文化人格和精神气质的敬仰。《萱草堂诗序》提到白居易《访

---

① 陈轼撰，张小琴点校《道山堂集》，第170页。
② 陈轼撰，张小琴点校《道山堂集》，第170页。
③ 陈轼撰，张小琴点校《道山堂集》，第170页。

陶公旧宅》一诗，意在说明陈轼对张子瞻遗民人格与遗民身份的认同和倾慕，与白居易对陶渊明的敬慕之情是可以相比拟的。由此可见，张子瞻隐逸山水，以遗民自居的思想和行为，对陈轼遗民意识及人格思想的形成产生了深刻的启发和影响。

三　黄处安

黄处安世居闽县鼓山莲村。他天性笃孝，生平慷慨。

> 大父仙洲公，登嘉靖癸酉榜，仕云南建水州守。父楚白公，仁心惠质，慷慨有大节。子三，而公其季也。公少聪警，沉酣经史，衔华佩实。在河图琰琬之间，与仲兄翰伯掉鞅文坛，蜚声庠序。时人比之云间二陆云。①

黄处安明季官工部主事，入清尝参军幕。工古文词，沉酣经史，勤于写作校勘，长于书法，善画竹石。遍游齐、楚、吴、粤间，晚号东叟，还居三山之井上草堂，又号井上老人，卒年七十五，有《翠岩集》、《井上述古诗》（八十二首）等。

陈轼的《道山堂集》中，与友人交往的作品甚多，其中涉及与黄处安交往的作品数量和种类最多。陈轼诗作涉及与黄处安唱和交游的有 30 首，其中五言古诗 4 首：《虎阜访黄处安》、《立夏后一日社集荔水庄邀楚黄叶慕庐部曹和黄处安》、《重九日道山南阳祠雅集和黄处庵张屺园陈紫岩诸子》（二首）；七言古诗 2 首：《潜夫弟案头见黄处安临欧王法帖作为此歌》《清明日林靖庵黄处安祝林天友寿兼别顾梁汾》；五言律诗 11 首：《春日同吴香为黄波民黄处安伯驹叔集林天友别驾署中分得真字时天友病初愈处安将归闽中》、《集林立轩池亭和黄处安》（二首）、《小春二日诸公宴集山园和黄处安》（二首）、《仲春三日顾梁汾招集道山书院因见谢斗生为梁汾拟古写照及

---

① 陈轼撰，张小琴点校《道山堂集》，第 227～228 页。

读二少年壁上新诗和黄处安》（二首）、《立秋后二日黄处安招集荔水庄看莲午后微雨分得斋字陶字》（二首）、《冬日同黄处安谢青门蔡中旦湛苑叔访林克溥克千兄弟赏梅花》（二首）；七言律诗13首：《怀黄处安》、《黄处安郎栴季自闽来迎处安归赠别二首》、《和黄波民过黄处安山楼夜话兼叙别思四首》、《和黄处安移居》（二首）、《大生侄自山中迁还玉尺楼居和黄处安》（二首）、《和黄处安咏其先人所遗宋砚》（二首）。另外，还有传、序、跋文等5篇：《黄处安传》《黄处安工部七十序》《黄处安三老诗题跋》《翠岩集诗序》《井上述古序》；诗余1首：《满江红·寿黄处安》。从这些作品中可见陈轼与黄处安交情非同一般。

陈轼与黄处安为同乡，两人曾同朝共事。《黄处安传》说："余与公往昔同朝，知公有经营四方之志，未竟其用。"[1] 他们的交往时间很长，并且互相了解，互相影响。黄处安有经营四方之志，希望为国效力，但明亡后，黄处安与陈轼均以遗民身份闭门村居，诗酒交游，创作著述。陈轼与黄处安所处的社会环境相似，生活状态也相似。这使他们有共同思考的问题、共同面对的困境，也促使他们的思想价值追求与心理状态具有趋同性。黄处安昭彰大义、褒善贬恶，以民族气节为念，以眷怀故明为隐秘追求。这是他让陈轼感到钦佩的主要原因。

陈轼与黄处安同任明末官职，时值中原纷乱，形势险恶。《黄处安工部七十序》说：

> 余畴昔与处安同朝，在中原荆棘之时，处安振缨奋袖，发愤上书，似少陵天宝末献《三礼赋》，以文章遇主知，更念国家数十年水火之衅，在于柄用者重门户不念君父，报私仇不思国恤，以致神州陆沉，海宇糜烂不可复问。及召对文华，痛切尽言，天子为之改容。[2]

---

[1] 陈轼撰，张小琴点校《道山堂集》，第229页。
[2] 陈轼撰，张小琴点校《道山堂集》，第186页。

陈轼认为黄处安"振缨奋袖，发愤上书"的行为，如同杜甫天宝末献《三礼赋》。黄处安对时局混乱的原因给予一针见血的揭露，以至天子为之动容。黄处安耿直进谏，不惜牺牲自己来为朝廷效力的精神酷似杜甫。由此可见，在入清前，陈轼对黄处安忠君爱国的思想行为已有很深入的了解。

陈轼曾亲访黄处安处所，作《虎阜访黄处安》，诗曰：

> 虎据地灵胜，停舟恣穷搜。鲜云翳林岨，喧鸟时唧啁。晴岚结青冥，骀荡惠风柔。寂寂对峰影，澹澹听春流。翻帙散余香，人在山上楼。幽花吐火树，清景日以悠。亭古法长在，剑隐光尚浮。寄迹珣珉宅，旷然销百忧。①

陈轼对黄处安居所幽雅清静、旷然自适的环境氛围进行描述，以景寄情，最后表示因与黄处安相见而轻松愉快、忧愁顿解。"珣珉"更体现作者对黄处安的杰出才华的敬仰之情。

由于南明王朝危在旦夕，士人们感到正面迎击清朝统治者的刀枪利剑已不能挽救明朝。因此他们选择以隐逸山林、不仕新朝的行为方式表现抱节守志、不为清朝统治的抗争姿态。入清后，黄处安先于陈轼归闽，陈轼作《黄处安郎柟季自闽来迎处安归赠别二首》以赠：

> 间关茧足访庭闱，膝下相逢世所希。都道山川成异域，却从荆棘出重围。几年逋客思桑土，是处清溪有钓矶。此日叶舟归梦近，莫愁世事与心违。

> 去年准拟青春伴，今岁君归我未归。乡国那堪征战苦？驿程况值路人稀。神鹰终欲寒空去，怒马还能飒沓飞。回首虎丘丝管里，一坞晴绿正芳菲。②

---

① 陈轼撰，张小琴点校《道山堂集》，第70页。
② 陈轼撰，张小琴点校《道山堂集》，第123～124页。

第一首诗表达陈轼十分珍惜与黄处安相处的时光。"莫愁世事与心违"句，以劝慰的语气，为黄处安宽解胸中之愁，表达对朋友的关切之情。第二首诗写黄处安将要归闽，而自己却还需继续征战，不能同黄处安一同回乡，因此感到酸楚无比。驿程上的路人稀少无比，这就更增添了友人之间依依难舍之情。陈轼从中寄寓他对家乡故土的怀念之情。

南明王朝与清朝统治者抗争时期，陈轼征战时经过自己的家乡，与黄波民过访黄处安寓所，作《和黄波民过黄处安山楼夜话兼叙别思四首》，诗曰：

> 双鬓相看白发何？锦裘金玦梦中遇。见愁南国戈铤满，不禁春来雨雪多。商洛好招芝谷伴，狙狯堪作竹溪歌。慢亭峰上松篁路，羡早归山访薜萝①。

> 倦翮终思入旧林，凄凄衰凤学闲吟。吹箫作伴商音促，采药相携草露侵。白舫红亭春岸绿，寒猿古木故山深。遥看斥堠仙关去，宛在伊人水曲寻。

> 车帷零落付埃尘，泽畔逡巡倍怆神。谁作剑歌回易水，只令郢客和阳春。三山夜月明孤嶂，千里寒潮起白蘋。回忆江南杨柳色，苏台尚有未归人。

> 刀环明月望征烟，几载春光岁序迁。吴楚烟花留胜概，江山词客应前缘。斜阳远墅新莺唤，急濑寒溪白鹭眠。飞桨剑城知渐近，牵衣绕膝更欣然②。

---

① 薜萝，借指隐者或高士之居所。南朝梁吴均《与顾章书》："仆去月谢病，还觅薜萝。"唐韩偓《雪中过重湖信笔偶题》："道方时险拟如何，谪去甘心隐薜萝。"
② 陈轼撰，张小琴点校《道山堂集》，第124～125页。

第一首，黄处安回闽后以遗民身份隐居极大地触动了陈轼对归隐生活的向往。陈轼对黄处安归隐山林的生活极为羡慕，他以此诗表达自己希望早日归隐的愿望。衰鬓之年，再加上南国战乱频仍，他的锦衣玉食之梦已然破碎。"幔亭峰上松篁路"，陈轼也曾坚持为朝廷效忠，但"春来雨雪多"，时局骤变，兵戈抢攘，不如退隐山林，与隐者高士为友，因此陈轼说"羡早归山访薜萝"。陈轼将黄处安之居所喻为"薜萝"，可见其对黄处安隐逸山林的遗民立场表示赞许。

第二首，作者以飞鸟思念旧林表达自己思念家乡、眷念故明王朝之情，也含有叶落归根的传统思想。"凄凄衰风学闲吟"，暗含自己虽境况不佳，却仍希望过隐逸闲适的生活。但现实情况却是侦察敌情的士兵已经远去，悲凉哀怨的商音一阵紧似一阵，似乎在催促自己加快步伐去征战。现实与理想产生矛盾，更突出诗人对隐居生活的憧憬与向往。

第三首，前两句描绘自己在征程中偶与友人短暂相聚却又马上要分别的场景，表达其因顾虑徘徊不前而生悲怆痛惜之情。"三山夜月明孤嶂"则点明此诗的创作地点在福州。末两句用江南杨柳依依的景色联想和追忆因征战而未能早日回乡的羁客朋友，心情极为惆怅。

最后一首，诗人描绘了其征战之辛酸苦楚，更让人倍感与友人促膝相望之欣慰与来之不易。

这四首诗不仅是陈轼与黄处安之间深厚友谊的充分体现，更是陈轼隐逸山林思想的表达。他们具有共同的隐居山野的价值追求和敢于独立、闭门村居的精神勇气。

陈轼归闽后，与黄处安交往更为频繁，两人常作诗唱和往还。《小春二日诸公宴集山园和黄处安》云：

> 清风开阁待，鸣雀噪山樊。长箪朱弦静，新诗玉露繁。烟凝修竹坞，客饱腐儒餐。不厌吾庐寂，时时过席门。

淹留欣竟日，通墅落香氛。藤影分棋阵，床头起瓮云。礼
疏成阮籍，庄美愧崔群。安得如曼碨，笼鹅报右军。[1]

从诗歌内容看，陈轼于寓所宴请黄处安诸友，并和黄处安作此二首
诗。黄处安诸友不嫌弃作者的寓所简陋贫寂，时常到其寓所品尝素
食陋餐。此诗写出了诗人的歉疚之心，同时也体现了主客之间融洽
的氛围，流露出真挚、浓郁的友情。末两句以阮籍、王羲之的典故
赞誉黄处安不慕荣华富贵、安贫乐道的道德操守与隐逸读书、善写
书法的思想意趣。[2]

黄处安归闽后乔迁新居，陈轼即作《和黄处安移居》（二首）：

小筑幽栖秋草闲，书签药灶未教删。似迁赤甲东屯日，更
访浔阳谷口间。扫径张琴寒杵急，褰帷试墨白云还。从来石隐
能成癖，不待移文有北山。

古巷城南仲蔚家，当窗新竹绿筠斜。侵霜不厌双蓬鬓，绕

---

[1] 陈轼撰，张小琴点校《道山堂集》，第 332～333 页。

[2] 阮籍在政治上有济世之志，他对司马氏集团心怀不满，感到政局已无法挽救，因
此采取明哲保身的态度，或游山玩水，或闭门静心研读儒家诗书，表明以安贫乐
道、隐逸旷达的古代贤者为榜样，不慕荣华利禄。王羲之善书法，又生性爱鹅，
时人皆喜其字。《晋书》卷八十《王羲之传》记载："（王羲之）性爱鹅，会稽有
孤居姥养一鹅，善鸣，求市未能得，遂携亲友命驾就观。姥闻羲之将至，烹以待
之，羲之叹惜弥日。又山阴有一道士，养好鹅，羲之往观焉，意甚悦，固求市
之。道士云：'为写《道德经》，当举群相赠耳。'羲之欣然写毕，笼鹅而归，甚
以为乐。其任率如此。尝诣门生家，见筐几滑净，因书之，真草相半。后为其父
误刮去之，门生惊懊者累日。……其书为世所重，皆此类也。每自称'我书比钟
繇，当抗行；比张芝草，犹当雁行也'。曾与人书云：'张芝临池学书，池水尽
黑，使人耽之若是，未必后之也。'"笼鹅，以笼置鹅。后以"笼鹅"指王羲之
以字换鹅事。王羲之曾任右军将军，后称王羲之为"右军"。唐张彦远《法书要
录》卷一引南朝齐王僧虔《论书》："庾征西翼书，少时与右军齐名。"唐高适
《途中寄徐承事》诗："空多箧中赠，长见右军书。"又因王羲之爱鹅，后以"右
军"作为鹅的别名。宋高承《事物纪原·虫鱼禽兽·右军》："晋右将军王羲之
好鹅。在会稽山阴，道士养群鹅，羲之每就玩之。道士曰：为写《黄庭经》，当
以相赠。羲之欣然写毕，笼鹅而去。今人误以鹅为'右军'，缘此故。"

舍还栽并蒂花。座上蚁浮频醉客，江头潮落九回车。近闻笳鼓声初偃，草榻应无烟雾遮。①

从第一首诗可知，陈轼对黄处安甚为了解，黄处安并不愿意接待那些伪装隐居以求利禄的文人。他们具有共同的志向——出世隐逸，不追求功名利禄。这也是他们之间的友谊得以维系的思想基础。第二首诗交代黄处安移居后家庭温馨、夫妻和睦的情景。同时，也交代了战乱结束，他们不必担心留客住宿时外面会传来硝烟味，又适逢黄处安乔迁新居，因此，他们以酒助兴，其乐融融。

陈轼与黄处安的唱和诗还有《大生侄自山中迁还玉尺楼居和黄处安》（二首）：

何处溪山载舫来，一条玉尺赤虹开。巾车旧业留书篋，琴瑟余音出草莱。关塞初停亭障戍，阶庭数举掌中杯。绀瞳素发还称健，似奏梅峰铁笛回。

西平泮壁正英年，篹业曾拖五岭烟。海外文章浮岛屿，炎荒尊酒共云天。佩鱼未遂题华省②，避缴犹堪慕昔贤。几许沧桑人不改，相逢应识火中莲③。④

陈轼为黄处安和此二诗时，适逢边关战火初息，关塞亭障的戍卫回

---

① 陈轼撰，张小琴点校《道山堂集》，第 347 页。
② 佩鱼：指唐朝五品以上官员所佩带的鱼袋。《新唐书·车服志》："中宗初，罢龟袋，复给以鱼。郡王、嗣王亦佩金鱼袋。景龙中，令特进佩鱼，散官佩鱼自此始也。"宋曾慥《高斋漫录》："给舍旧为一等，并服赪带排方佩鱼。"华省：指清贵者的官署。晋潘岳《秋兴赋》："宵耿介而不寐兮，独展转于华省。"宋刘克庄《转调二郎神·三和》词："仅留得、老子婆婆，怎不拂衣华省。"清吴伟业《送沈绎堂太史之官大梁》诗："云间学士推二沈，布衣召见登华省。"
③ 火中莲：火里生长出来的莲花，喻虽身处烦恼中而能解脱，达到清凉境界。唐罗虬《比红儿》诗之三五："常笑世人语虚诞，今朝自见火中莲。"宋苏轼《陆莲庵》诗："陆地生花安足怪，而今更有火中莲。"
④ 陈轼撰，张小琴点校《道山堂集》，第 355 页。

乡休假。陈轼与黄处安得幸相聚于庭院。他们举杯相祝，抒发感慨。诗人借用"佩鱼""华省"等典故，表达他与黄处安仕途未遂的惆怅心情，但同时又用"火中莲"这一典故，赞誉黄处安虽深陷逆境，遭遇不幸，但仍能保持高尚超然、洁身自爱的道德品质。

陈轼常在道山祠与诸友相会互唱，曾作《重九日道山南阳祠雅集和黄处庵张屺园陈紫岩诸子》二首：

> 绛叶飞不已，西风转萧械。山川停战鼓，野屦城南隙。……

> ……清秋怜鹤发，殊信日月促。不知筋力异，且覆杯中渌。朋侪结胜会，礼数少羁束。山光晚多态，空岩更欣瞩。孤亭澹夕晖，归阴尚余缛。①

黄处安和诗《道山祠雅集》曰：

> 山半宏开景行堂，乐游还喜近羹墙。巾车暇日欣倾盖，扶老连朝愧杖乡。四面云峦围白日，万家烟火压骄阳。此时嘉礼犹真率，会见骚坛意味长。②

雅集宴会为他们提供了精神交流的场所与展示文学才华、抒发遗民内心焦虑的机会。陈轼与黄处安在精神上互相支撑，思想上互相认可，他们共同表达了对挚友相会和无拘无惧的雅集宴会的珍惜与留恋。遗民志士内心的压抑与积愤之情虽强烈，但因他们互相慰藉，互相认可对方的遗民身份，遗民志士所追求的身份归属感因雅集酬唱得以寄托。

黄处安七十大寿时，陈轼为其作词《满江红·寿黄处安》及《黄处安工部七十序》等。

---

① 陈轼撰，张小琴点校《道山堂集》，第 311~312 页。
② 转引自郭柏苍纂，福州市地方志编纂委员会整理《乌石山志》，海风出版社，2001，第 111 页。

> 吾友黄处安，以今年小春（农历十月）十一日为七帙览揆
> 之辰。诸亲友以祝禧之辞属余。①

黄处安生于 1615 年，则其七十大寿时应为 1684 年十月十一日。由
此可知上述序和词应作于 1684 年十月前。

　　陈轼与黄处安之间交情笃深，从以上交游事迹可以得到印证。
非但如此，黄处安去世后，陈轼仍对黄处安寄予深切的怀念之情。
《黄处安传》云：

> 余与公往昔同朝，知公有经营四方之志，未竟其用。及脱
> 腕，因依鸡豚，同社还念，酒后耳热，剧谈未已。绝琴弦于渌
> 水，伤宿草于黄垆，能无故人山阳之感哉？遂次其生平而为
> 之传。②

宿草，指隔年的草，语出《礼记·檀弓上》："朋友之墓，有宿草而
不哭焉。"③ 陈轼借此典故，表达对故友无限的追思与悼念之情。黄
处安比陈轼大两岁，他们的年龄差别不大，陈轼称其为"公"，足见
陈轼对他的尊崇。

　　陈轼评价黄处安致力于文章著述，勤勤恳恳，长年累月孜孜不
倦地刻苦攻读，态度极其认真。

> 公忘情圭组，益肆力于文章。凡夫金版玉匮，瑶笺怪牒，
> 莫不穷其要渺。穷年继晷，灯荧耿耿。④

由此可见黄处安的学习精神可嘉。

　　黄处安对典谟、掌故则是深入钻研，毫不懈怠。

---

① 陈轼撰，张小琴点校《道山堂集》，第 186 页。
② 陈轼撰，张小琴点校《道山堂集》，第 229 页。
③ 戴圣著，王学典编译《礼记·檀弓上》，江苏凤凰科学技术出版社，2018，第 36
页。
④ 陈轼撰，张小琴点校《道山堂集》，第 228 页。

若其扬榷典误，勾稽掌故，置身坛宇之上，取古今其下而计其是非，不差铢黍。①

其文阂中肆外，夏夏乎陈言之务去。思理幽而节簌成，伸纸疾书，横见侧出，如游碧海扶桑之外，收四溟之奇气。穷灵胥之异态，不能悉其津涯。诗则追《大雅》，宗盛唐，淳漾含蓄，丽而有则。②

黄处安著述渊源深远，所效法的都是儒家经典的《大雅》之作和经世务实的盛唐之诗文。黄处安之诗文内容上可谓博大精深，形式上又十分奔放不拘，达到了很高的境界。

黄处安不仅诗文兼优，而且书法绝类离伦，落笔书写，可随时借助、使唤风雨、鬼神之力。

书法绝伦，鸟迹壁书，夏铭秦刻，莫不细究。及兴酣，笔落风雨，作于行间，鬼神役其指臂，下蹑羲、献，上挹斯、邕，镌碑雕石，佳本流传。③

陈轼如此高度评价黄处安，有似杜甫评价李白之"笔落惊风雨，诗成泣鬼神"（杜甫《寄李十二白二十韵》）。陈轼也曾作《潜夫弟案头见黄处安临欧王法帖作为此歌》：

古今书法谁独绝？抽毫点墨难剿窃。人工不敌天工奇，笔划尤如心划捷。黄君体势变化生，霜辉锦字松烟泼。缓案急挑轻重匀，翘首放尾长短协。灵胎照月玭蛛悬，玉绳雁阵繁星列。蜿蝉舒翼势欲翔，黑雁峙立青山鼬，蕹叶垂枝晓露鲜，离离苕颖连陌畷。伊昔右军习众碑，昭陵玉匣藏真帖。即看信本更道

---

① 陈轼撰，张小琴点校《道山堂集》，第 228 页。
② 陈轼撰，张小琴点校《道山堂集》，第 228 页。
③ 陈轼撰，张小琴点校《道山堂集》，第 228 页。

劲，妙法亦曾传八诀。黄君意匠似有神，方圆流止任点缀。只腕能翻两古人，直抉毫芒按筋节。如此精渺世希有，盥手开卷爽眉睫。琅函隐跃彩色迸，珍袭勿使虫蠹啮。①

陈轼赞扬黄处安遒劲的字体风格，字里行间流露出对其挺拔坚毅的性格特征的称赏。

对于黄处安之为人，陈轼说：

> 尝叹世人玉表而珉中，栀言而蜡貌，斥而不为。惟平心质行，与人相亲。遇有困厄急病，让葬趋走恐后。在东粤，计脱县令陈宗正于重围。在河源，出马侯心于囚服。在娄东，解黄门张救庵，杯酒释憾。视世之恇怯委顿、视人缓急轻若鸿毛，大相径庭矣。②

黄处安与人为善，乐善好施，急于救助穷困疾病者，且敢作敢为，心胸宽广，为人修养达到了极高的境界。

由此可见，陈轼十分认同黄处安的民族气节和追求汉唐诗歌传统的审美观，同时，他对黄处安的书法敬佩有加，对其品格修养、为人处世给予极中肯的评价和由衷的赞赏。综观此文，可见陈轼之笔力传承韩愈《进学解》之深。

> 公不过一老遗民耳。而铅椠之勤、著述之富、气宇之峻，使人望如高岫层岩，而不可梯接。殆河上之丈人、苏门之高士乎？《易》曰："龙德而隐。"余无以测之矣。③

黄处安勤于写作校勘，著述丰富，堪与高峰相比。陈轼不仅对黄处安及其著述表达钦佩与仰慕之情，而且其文中蕴含着更为深层的含义：黄处安作为一位遗民志士，具有能与君王相比拟的高尚品德。

---

① 陈轼撰，张小琴点校《道山堂集》，第 100 页。
② 陈轼撰，张小琴点校《道山堂集》，第 229 页。
③ 陈轼撰，张小琴点校《道山堂集》，第 229 页。

陈轼为黄处安作传，既高度赞扬黄处安的一生，同时也具有对遗民品质和遗民价值观的体认的深意。

陈轼的《井上述古序》也是黄处安去世后之作。序中言：

> 处安博学嗜古，白首不倦，著《玉井述古诗》八十二则，以示劝惩、昭法戒，至精且切。余慨诗自《三百篇》以降，大约缘情绮靡，虽烂若缛绣，凄若繁弦，不过乐府之新声，梨园之法曲。惟杜陵一出，爱君悼时，追蹑骚雅，居然诗史。今处安以庾、鲍之才，宣迁、固之旨，博采古人，参以己意。昔司马光《资治通鉴》成，宋神宗序之，曰："典型之总会，册牍之渊林。"今观井上之诗，何以异是？凡人之著书也，非折衷于古人，取信于来祀，则美矣而不传，传之而不久。处安已逝，而读其咏歌诸什，如闻其咳唾，如见其衣冠。信乎传而可久已。①

陈轼认为黄处安博学多闻，好学古法，其诗作能恰如其分地达到劝惩的目的。陈轼抒发感慨，赞叹黄处安之才华如南北朝的才子庾信、鲍照，称赏其具有博采古人之长以表达自己思想的高超能力。因此，他在《黄处安传》中也对黄处安所作之《井上述古诗》（八十二首）予以高度评价：

> 寓劝征昭法，戒数百代。国家兴亡，人品得失，较若列眉，功独巨云。②

由上观之，陈轼对黄处安一生各方面情况了解得极为透彻。他们在长时间的交流中建立了深厚的友谊，具有以民族气节为念，以兴复故明王朝为隐秘追求的共同思想，且在推崇汉魏唐人之诗风上具有共同的审美观。黄处安坚持鲜明的民族文化立场，在创作思想

---

① 陈轼撰，张小琴点校《道山堂集》，第 165 页。
② 陈轼撰，张小琴点校《道山堂集》，第 228 页。

及著述等方面给陈轼以深刻的影响。陈轼对黄处安遗民文化立场的肯定，也隐含了他本身鲜明的遗民归属倾向。

四 林天友

林天友，生卒年不详。据《道山堂集》有关诗文可知，陈轼与林天友年龄相仿，具有隐逸山林、超凡脱俗的思想共鸣与饮酒作诗、唱和往来的共同爱好。林天友曾在吴地为官十年，体恤民情，具有以民为本的为政思想，受到当地老百姓的爱戴与拥护。陈轼在生活观、价值观及遗民心态等方面受林天友的影响至深。《道山堂集》涉及林天友的作品有《春日同吴香为黄波民黄处安伯驺叔集林天友别驾署中分得真字时天友病初愈处安将归闽中》、《清明日林靖庵黄处安祝林天友寿兼别顾梁汾》、《林天友别驾惠酒》、《怀高澹游和林天友韵》（四首）、《送别林天友》、《社日林天友招集道山书院》（四首）等。这些诗作主要是陈轼流寓江浙及归闽后与林天友等友人交往过程中所作，体现了作者与友人之间深厚的感情及离别时难舍难分的惆怅心情。

《林天友别驾惠酒》诗云：

> 江头水坨似瀼滨，野外禅关竹作邻。极眺黄云多远雁，翻疑沧海有穷鳞。忽来吴下梅花酒，便当荥阳土窟春。却笑金华山北日，射洪寒绿转伤神。[1]

此诗为陈轼流寓吴地参禅悟道时与林天友饮酒送别之作。陈轼用"远雁""穷鳞"说明自己居无定所、漂泊流离的困境。在无奈之下，他与友人分别，愁情不言而喻。值得庆幸的是，他还能与友人共饮吴地名酒。香浓醇厚之梅花酒，仿佛就是荥阳的名酒土窟春。作者以酒之香醇浓厚表达自己与林天友之间的感情之深厚、关系之

---

① 陈轼撰，张小琴点校《道山堂集》，第117页。

密切，字里行间流露出离别的忧愁与不舍。梅花自古含有坚贞不渝、高洁脱俗、发愤图强的深意。因此，陈轼选取"梅花酒"这一意象，一方面象征他与林天友之间的友谊纯洁高尚如梅花之品格，另一方面也表明他们具有不屈不挠、忠心耿耿的遗民道德操守。

林天友在吴地为官十年后归闽，陈轼作《送别林天友》诗曰：

> 使君贰毗城，恪共守官职。挽漕纳秸秸，屡度黄河北。金钱省数万，只欲恤民力。茂苑与松陵，治办御纠缠。簿牒有余闲，开卷诚自得。十年不得调，甘棠遍地植。释位归故园，戢羽暂鹢息。宗老皆欢迎，村落问沟洫。涕泣念二人，窀穸谋孔亟。负土动群乌，白鹿止其侧。郁葱华辇堂，佳气日蕃殖。簪绂先世余，门间比通德。忽尔唱骊驹，前溪照秋色。肃肃露倾枝，迢迢雁奋翼。艰巨岂得辞，致远先器识。勉尔事驰驱，摅素定王国。[1]

林天友在吴地任职十年，恭谨为官，漕运稻粮，体恤民力，治理有方，得到当地老百姓的拥护与爱戴。陈轼为此作诗加以颂扬。林天友不仅勤于执政，撰写簿籍文书，闲暇之余还创作诗文。归闽后，林天友释官行孝，为双亲背土筑坟，发扬优良的道德传统。他身上所折射出的优良品质对陈轼产生了潜移默化的影响。

陈轼晚年归闽后，常与林天友等唱和往来，诗酒相会，互相切磋，互相促进。陈轼的《社日林天友招集道山书院》（四首）诗曰：

> 雅集燕初临，阶庭塔影深。晴曛舒秀岭，英苴翳中林。细蝶参差舞，游禽下上音。宜春堪共酌，潦倒短长吟。

> 海澨烽燧歇，卜稼祝禾囷。讵拟枌榆会，翻多湖海人。高台宜累石，白首惜良辰。为爱山庄景，频欹乌角巾。

---

①　陈轼撰，张小琴点校《道山堂集》，第 310 页。

洞户日华敷，墙阴起曙乌。岫容长绚丽，客袂正纷吾。檐鹊鸣朱院，江鱼入笋厨。登临鸠杖健，索笑摘花须。

阵阵东风曳，相将步紫苔。莺梭翻柳线，蚁醁漱仙醅。坐杂渔樵话，人夸庾谢才。绿茵芳草遍，排闼白云来。①

社集酬唱历来是遗民志士追怀前朝、寻求和巩固遗民身份的重要方式之一。遗民士人因故明王朝疆土的被侵占而身心无所依托，一身才华无所施展，因此，他们寻找志同道合之士聚集一处，互相交流，互相阐发，以达到思想上的共鸣和精神上的互相慰藉。同时，遗民士人也需要通过参与社集活动，在交流酬唱中得到同类族群的肯定，从而巩固遗民的身份归属，增强自信心。明王应钟罢官后与按察使邹善、提学副使宋仪望，于福州城区建立道山书院，当时不少学者追随师事之。林天友归闽后，即结交志趣相投的朋友，招集文人雅士于道山书院吟咏诗文，议论学问，探讨共同感兴趣之事，以提高文化修养。此诗即为歌颂林天友此事而作，从中可知陈轼与林天友是志同道合之士。

陈轼以道山书院的环境氛围，渲染遗民志士对书香满堂、高尚雅致的审美价值的共同追求。陈轼与遗民群友在诗酒相会中，互相切磋交流。文学创作成为他们展现和巩固遗民身份的媒介。"海湑烽堠歇"，表明战乱刚结束。群友从全国各地回闽，相聚一堂，感到无比欣慰与惬意。作者用燕子临檐、塔影映阶庭、日照秀岭、蝴蝶飞舞、游禽吟唱等一系列活泼动态的景物描写，表达了聚会时其乐融融的氛围。他们举杯共饮，吟诗作文，毫无拘束之感。同时，作者以山容绚丽、鹊鸣朱院、江鱼入厨、莺飞往来、蚁醁仙醅等充分表现宴会的盛况。乌角巾、洞户、渔樵、白云等意象，更是文人雅士们隐居山野、超凡脱俗思想的体现。从中可见，作者与挚友们志同

---

① 陈轼撰，张小琴点校《道山堂集》，第 336～337 页。

道合，他十分珍惜这样的良辰美景，此情体现在诗句"白首惜良辰"中。

因此，从陈轼与林天友等友人的交往中，可见他们在生活心态、诗文创作、价值观念等方面互助互勉、互相影响、互相渗透。"社集不仅是一种文学与文化现象，同时亦具有建构、维系和昭示群体身份的社会或政治功能。在酬唱的过程中，个人的声音或有被群体同化，向群体靠拢的可能，然而借着与声气相通的群体交往，个人的文学、文化甚至政治意识亦得到了提升和巩固。"① 林立的这段论述，颇能解释陈轼及其友人社集酬唱所隐含的遗民身份意识。

五　邓绪卿

邓绪卿（1608～1678），名尔缵，别号晦庵。《比部邓绪卿传》曰：

> 先世自光州入闽，宋淳佑（祐）间，族始大。始祖介以解元进士起家，累传至广文忠，以明经为饶平教谕。子迁，嘉靖戊（戊）子，同弟熺举于乡，仕至嘉兴府判，实生观察翠屏公原岳。万历壬辰进士，历任广东典试、云南督学，所著有《西楼集》行世。宁州守周生公，其长子也，生绪卿。②

邓绪卿的祖上即为名门望族，其家族仕途显赫，门第显贵，而又注重学问修养，著述颇丰。邓绪卿的岳父为给谏、礼部尚书马还初。马公与漳浦黄道周大学士相友善。邓绪卿常与他们议论时政得失、选拔人才之道，并与他们成为肺腑之交，关系极为融洽。由此可见，邓绪卿受书香世家的家学渊源与黄道周辈等名流的熏陶与感染，具有浓厚的求学仕进与为朝廷效力的志士情怀。因此，邓绪卿"少岐嶷，年十三，补弟子员。学使者何半萩先生录试上等，食饩郡庠。

---

① 林立：《沧海遗音：民国时期清遗民词研究》，（香港）香港中文大学出版社，2012，第239页。

② 陈轼撰，张小琴点校《道山堂集》，第222页。

二十三，登庚午贤书。邓为望族星聚，以丙子介从，以己卯同上公车，一门之中自为师友，亦彬彬一时之盛也"①。年幼即聪慧好学的邓绪卿，13 岁即被递补为县学生员，23 岁中举，29 岁为"介从"，32 岁时与时年 23 岁的陈轼一起进京参加会试。他们关系友好，且互相切磋诗文，文学创作一时呈现繁荣景况。由此记载也可知，1630 年（庚午），邓绪卿 23 岁，因此可推测他出生于 1608 年，比陈轼大九岁。

> 乙酉以征辟，擢刑部河南司主事。是时国难方殷，时局草创，不以鸷击毛举为能，一切以宽厚治之，蛣筒桁杨，措而不用。及至佐郡琼海，兼署儋、万诸州，复试新兴令。②

1645 年，邓绪卿擢刑部河南司主事，后佐郡琼海，兼署儋、万诸州，复试新兴令等。因此，陈轼说邓绪卿"风骨棱棱，伉爽直上"③。邓绪卿也与陈轼"同寓粤峤五载"④，即在粤东共事五年。而动荡的时局、复杂的政坛人际关系与奔波艰险的仕途经历，让邓绪卿深感沮丧失望。邓绪卿"曾在新州，与强宗构难，诋毁排笮，几陷不测"⑤。邓绪卿与豪门大族官僚交恶，怨仇极深，他受到恶意毁谤和排斥，陷入险境。而"当时同事俱缩头顿足，畏懦不敢进。余力护之得脱，绪卿以此德余"⑥。面对邓绪卿遭豪强侮辱的场面，同僚们敢怒不敢言，无一能为其伸张正义者，陈轼则不顾一切，坚决拥护邓绪卿，使他脱离困境。邓绪卿因此十分感激陈轼的大力拥护。"回忆执手江浒，剧饮中流，今已隙驹奄忽，陵谷变易，不可问矣。"⑦由此可见，陈轼与邓绪卿之交非同一般友人的关系。他们既是志同

---

① 陈轼撰，张小琴点校《道山堂集》，第 222 页。
② 陈轼撰，张小琴点校《道山堂集》，第 223 页。
③ 陈轼撰，张小琴点校《道山堂集》，第 222～223 页。
④ 陈轼撰，张小琴点校《道山堂集》，第 222 页。
⑤ 陈轼撰，张小琴点校《道山堂集》，第 223 页。
⑥ 陈轼撰，张小琴点校《道山堂集》，第 223 页。
⑦ 陈轼撰，张小琴点校《道山堂集》，第 223 页。

道合之士，更是患难与共的知己。邓绪卿大概也因此辞职回闽，藩封驻省，于其祖居地筑室而居。《比部邓绪卿传》说：

> 登车叱驭，非其志也，遂解组归。既而藩封驻省，遂移之遂胜里竹屿，盖祖居也。①

> 余与比部邓绪卿同寓粤峤五载，辛卯归里门，比邻而居。晨夕出入，无不与偕。迨后室庐播迁，绪卿卜筑村落。而余以贫窭走食四方，驿亭野戍，时动莫云春树之思。今春倦翻始返，见吾绪卿则已老且癯矣。初意扶藜篱薄，晚晚因依，何绪卿遂溘然逝也！②

1651 年，陈轼自番禺知县任上解组后，与邓绪卿一道还闽，比邻而居，和谐相处，关系尤为融洽。而后邓绪卿迁移新居，陈轼则因生活困顿，与邓绪卿相离别，奔走四方，流寓江浙一带。1677 年冬天陈轼从姑苏启程，一路往南回闽，1678 年春天抵达故乡侯官，与邓绪卿相会，邓绪卿"老且癯矣"，不久后，邓绪卿即仙逝。陈轼深感叹惋与悲痛，为其作《比部邓绪卿传》。由此也可推知邓绪卿卒年应为戊午（1678），寿七十一岁。陈轼说：

> 绪卿生长都会，而丘壑之兴，尤其所长。盖拥牙纛、盛驺从，非城闉喧阗，不足显其焄奕。若使有道之士，肆志鸿冥，则东阡西陌，灌畦汲井，视夫纷沦薄领、朱殷其轮者，不以彼易此也。③

邓绪卿虽生长于都会，却对田园生活颇感兴趣。邓绪卿在精神境界上追求山野幽僻、隐逸深幽的意境，其创作也自然以兴发感怀、抒

---

①　陈轼撰，张小琴点校《道山堂集》，第 223 页。
②　陈轼撰，张小琴点校《道山堂集》，第 222 页。
③　陈轼撰，张小琴点校《道山堂集》，第 223 页。

发隐逸自适之情的旷达自然之作见长。陈轼感叹像邓绪卿这样的"邦之寿者,世之遗民"①"而今不可得而见。劫灰之余,老成凋谢,回翔今昔,能无恸哉?"②陈轼对邓绪卿这样具有高洁情怀的遗民的离世致以深切的怀念与恸悼。

邓绪卿归闽后,"数十年来,安贫乐道,有如一日。靖节之高卧北窗,其在斯乎,其在斯乎?"③陈轼对邓绪卿安贫乐道、隐逸山林、坚守遗民节操的高尚品质给予极大的赞誉。"高卧北窗"自古用以比喻隐逸旷达的闲适高士。陶渊明《与子俨等书》曰:"常言五六月中,北窗下卧。遇凉风暂至,自谓是羲皇上人。"④羲皇上人,即伏羲以前的人。陶渊明自视为远古高人,表达其隐逸旷达的生活境界。后世因此用"高枕北窗""北窗兴""北窗高卧"等表示闲适隐逸的心境姿态,用"羲皇上人""羲皇上""北窗叟"等比喻隐逸闲适的高者形象。陈轼以"北窗下卧"评价邓绪卿之遗民忠义气节,以表达对邓绪卿的钦慕之心。因改朝换代与陈轼的身世遭遇,邓绪卿之"北窗",也化作陈轼心灵的归宿与遗民愁情的凝结体,"北窗"被赋予心境沉淀之后的遗民精神寄托。"卧北窗"也意味着幽居于山林之内,以隐者的视角考量尘世。陈轼自然地将现世的生活境界与曾经的仕宦生涯进行今夕对照,将自身的心志与情绪内转为对遗民身份的精神归属,在对遗民身份的不断考量中获得情感的慰藉与精神的支撑。

六 黄周星

黄周星(1611~1680),字九烟,又字景明、景虞等,号圃庵、而庵,别署笑苍道人、汰沃主人、将就主人、半非道人等。原籍上

---

① 陈轼撰,张小琴点校《道山堂集》,第223页。
② 陈轼撰,张小琴点校《道山堂集》,第223页。
③ 陈轼撰,张小琴点校《道山堂集》,第223页。
④ 严可均校辑《全上古三代秦汉三国六朝文·全晋文》(卷111),中华书局,1958,第2097页。

元（今南京），育于湘潭周姓。崇祯六年（1633）举人，十三年进士，十六年任户部主事，上疏复姓为黄。明亡后怀亡国之痛，改名黄人，字略似，流寓江南，贫乏落魄，以教书为生。嗜酒，其《楚州酒人歌》云"天醉地醉人皆醉，丈夫独醒空憔悴"①。年近 60 岁方得儿子。70 岁时，有人荐其为博学鸿儒，不就。黄周星工书法，善诗曲，著有《九烟诗钞》（前集一卷，后集一卷）、《黄九烟先生杂著》（不分卷）、《九烟先生遗集》（六卷）、《夏为堂集》、《夏为堂别集》、《夏为堂诗略刻》（十一卷）、《前身集》（不分卷）、《圃庵诗集》等。此外，还有传奇《人天乐》、杂剧《试官述怀》和《惜花报》等。

康熙十九年（1680）端午节，黄周星放棹秦淮河，赋绝命词后大饮而醉，沉河自尽。《九烟先生传略》记载，黄周星"午日放棹秦淮，剧饮大醉，凿舟自沉而殁，盖下从灵均游矣"②。黄周星因愤时局，忠于故明王朝，效法屈原，自沉河水。孙枝蔚为其作《闻黄九烟自投水死哀且异之赋二诗记其事》曰：

> 先生久矣厌尘寰，自恨龙髯不早攀。三遍麻姑对东海，一心精卫向西山。鲍焦只作僮奴视，谢绪应居伯仲间。有客招魂魂不返，玉皇恩名侍仙班。

> 老居村塾惯安贫，长夜漫漫苦不晨。戎服那须如老子，楚辞终是爱灵均。眼见麒麟烹作脯，心伤桂树伐为薪。便宜拣得澄潭死，绝胜风流捉月人。③

黄周星心怀故明王朝，不愿受招清廷，以死殉国，表明其忠贞不渝

---

① 黄周星、王岱撰，谢孝明、马美著校点《黄周星集·王岱集》，岳麓书社，2013，第 72 页。
② 黄周星、王岱撰，谢孝明、马美著校点《黄周星集·王岱集》，第 6 页。
③ 孙枝蔚：《闻黄九烟自投水死哀且异之赋二诗记其事》，载《溉堂诗集》（后集卷三），康熙十六年（1677）刻本。

的遗民志节。

陈轼与黄周星同为崇祯庚辰（1640）进士，两人关系友好。黄周星曾为陈轼《道山堂集》作序，陈轼也曾为黄周星作《黄九烟传》。将黄周星所作《道山堂集序》和陈轼之《黄九烟传》中的内容相互印证、补充、连缀，可知两人生逢乱世，联络时断时续，但他们之间情谊深厚，志向一致，具有强烈的正统思想与遗民身份意识。

《道山堂集序》云：

> 往庚辰南宫之役，余同籍士三百人，而八闽乃居四十。时静机裒然为英妙之冠。盖其齿才廿四耳，余时亦将及三旬，似皆可备或、庄、韬、倔之数者，而是科竟不选庶常。余廷对策，虽精楷合格，读卷者拟奏名第二，已三日，至胪传时，乃抑置二甲，当授郎官。而静机则亦匆匆绾墨绶以去。嗣是河山阻越，绝不相闻。至乙酉秋，板荡间关，崎岖岭海，余乃复得与静机相见于榕城。榕城，固静机家乡也。余时以羁靮至，裋褐麻鞋，憔悴枯槁，而静机顾独踔厉飞扬，意气轩举。余睹之茫若有所失也。已复得追随后尘，左右橐鞬。未逾期而板荡又见告矣！于是复苍黄与静机相失。今忽忽三十三年矣！地老天荒，杳然隔世。曩所谓同籍三百人，盖靡有存者。至今年丁巳冬，乃忽与静机相见于吴门。噫，醒耶？梦耶？真耶？幻耶？相与拊手一拜，凄然不知涕之何从也。①

此序中，黄周星谈及自己与陈轼之间最重要的三次见面。第一次为崇祯十三年（1640）两人同举进士。当时黄周星科场不顺，仅当授郎官，陈轼则"匆匆绾墨绶以去"。此后，两人相别，难闻对方音讯。直到乙酉秋，即1645年秋天，明朝已乱，时局动荡不安，黄周星与陈轼重逢于福州。二人同效力于朱聿键。陈轼任御史，黄周星

---

① 黄周星：《道山堂集序》，载陈轼撰，张小琴点校《道山堂集》，第1页。

任礼科给事中。① 此为第二次见面。后又因朝政动乱，黄周星再次与陈轼别离，音信杳然。至"今年丁巳冬"，即 1677 年冬，黄周星忽与陈轼重逢于吴门。这是他们第三次见面。

由上可见，《道山堂集序》应为 1677 年冬所作。此时，陈轼身处吴门，自 1645 年相别已逾三十三年。三十三年别离后的重逢，似梦，似真，两人难以置信，感慨万千。

黄周星所抒之感慨与陈轼《黄九烟传》所述之情境不谋而合：

> 余与九烟同官谏垣，乱离后，别三十余载，乃得晤于吴阊，相对扼腕，辄为泣下。②

故友别离，偶然重逢，两人扼腕泣下，悲喜交集，激动不已。陈轼还谈及黄周星为其作序，"抚今追昔，情见乎词"③。由此可见两人情谊至深。

陈轼与黄周星两人互相欣赏对方的才情气节，这也在他们的传、序中得以体现。黄周星在序中说：

> 夫人生自少而壮，壮而老，计其岁月，多不过百年耳。此百年之内，哀与乐相寻，离与合相禅，大氏不幸生此缺陷世界中，未有乐而不哀，合而不离者。然亦有时哀而复乐，离而复合，此则意计之所不及，而或有鬼神控揣于其间。若吾两人今日之晤对，岂不诚幸矣哉？余既与静机慷慨欷歔，已而酒酣耳热，因与抵掌论才，点勘风雅。余有诗，静机亦有诗。余有文，静机亦有文。余有填词，静机亦有填词。余有传奇、杂剧，静机亦有传奇、杂剧。凡余所能者，静机类皆能之。而静机所能

---

① 陈轼《黄九烟传》记载："九烟初仕户部主事，适中原鼎沸，二京沦没。麻鞋入闽，授礼科给事中。仙霞不守，九烟落拓无依，漂泊嘉禾、松江之间，以卖文为活。"（陈轼撰，张小琴点校《道山堂集》，第 221 页）

② 陈轼撰，张小琴点校《道山堂集》，第 222 页。

③ 陈轼撰，张小琴点校《道山堂集》，第 222 页。

者，余顾未必能也。何也？盖余之不如静机者有三：静机家世
通显，簪笏蝉联。而余崛起单寒，亲无强近，其不如一；静机
精神满腹，弘润通长，而余体羸善病，峭性寡谐，其不如二；
静机著述满家，力能寿梓。而余积文成冢，徒饱鼠蟫，其不如
三。坐是三者，余固宜瞠乎其后矣！而况其诗文之瑰丽沉雄，
词剧之鲜妍香艳，又复刬古轹今，绝无而仅有乎？兹余于静机
既感其晤合之奇，复叹其文章之妙，欣慨交并，曷能自已。适
静机以《道山堂集》属余序，因亟为数语识之。嗟乎，俯仰今
昔，欻忽且四十年。静机齿已逾六，而余则望七矣。回视夫金
门待诏之年、紫陌看花之日，岂不犹槐蚁蕉鹿也哉？过此以往，
静机之潜跃变化不可知，而余则癖好神仙，行且访洪崖而从赤
松矣。请戏与静机约，再阅四十年，吾当遇君于武彝、太华
之间。①

黄周星与陈轼的意外相晤，让黄周星惊叹不已，感慨万千，甚至怀
疑他们不谋而遇乃因鬼神控揣于其中。黄周星因此生发人生短暂、
离合相循之哲理感言。黄周星与陈轼有共同的诗酒唱和之兴，所以
他们意趣相投，唱和风雅，无话不谈。而黄周星也感叹自己不如陈
轼之处有三。陈轼家世显赫，精神满腹，著述满家，黄周星则认为
自己家族单寒，体弱多病，才疏学浅。其中固然有黄周星的谦逊之
辞，但他想表达的对陈轼的敬佩之情十分诚挚。黄周星对陈轼的
《道山堂集》给予高度评价，也因陈轼邀其为自己的诗文集作序，得
到陈轼之认可而欣慨交集，激动不已。由黄周星之序言可见他们之
间非同一般的友谊。

陈轼与黄周星相处的时间并不多，但陈轼对黄周星的了解甚为
细致。他在《黄九烟传》一文中介绍黄周星为金陵人，家境贫寒，
却"颖异绝群，八岁能文，时有神童之目。孝廉所延塾师，皆不当

---

① 黄周星：《道山堂集序》，载陈轼撰，张小琴点校《道山堂集》，第2页。

其意，以故天性倨侮，常有藐易一世之意。崇祯登极，考选，贡入国雍，癸酉中北闱乡试"①。黄周星出生后不久即被送给周氏抚育。后黄周星在一次"喧呼剧饮"间偶识自己的亲生父母，拜跪涕泣。1640 年中进士前后，黄周星的亲生父母相继去世，他为父母守孝三年。又因"周氏有子而黄氏无子，不得不复姓以承黄氏宗桃嗣"②，"上疏改姓，仍以周名，示不忘本也"③，他仍以"周"为名，表示不忘周氏养育之恩。

黄周星任户部主事时恰逢乱世，落拓不堪，以卖文为生。黄周星工诗赋、通词曲，书法、篆刻无不精妙，但由于"时俗日下，混琪树于菉葹，等巴沧于云门，重货贿而轻文章，仅足糊口幸已"④。他感愤怨怼，拒绝清廷征召，愤世嫉俗，表现与清廷绝不合作的态度。黄九烟"有薛方之行，而复蹈龚胜之节。贤者守义，非流俗所测也。易代以来，已逾四纪，而崛疆仗节之士，尚伉慨激烈，死而无悔。盖朽柟败腐，更能蒸出芝菌，以为异瑞。岂可令其电灭飙逝，湮没弗章哉？"⑤ 陈轼感念黄周星遗民志节之坚贞不渝，对他以身殉国的壮举致以高度的钦佩和赞誉。由此可见，陈轼与黄周星在遗民身份认同上不谋而合，他们身上所呈现的是志同道合者的惺惺相惜与忠贞不贰的遗民志节。

七　为霖和尚

为霖和尚（1615～1702），建宁府建安县人，自号"旅泊僧"。崇祯六年（1633），为霖和尚到鼓山涌泉寺师法元贤禅师，是鼓山涌泉寺第二代继承人。他为鼓山涌泉寺的发展壮大做出了突出的贡献。其一生曾重建或兴复白云寺、开元寺、广福寺、镜湖寺及宝福寺等

---

① 陈轼撰，张小琴点校《道山堂集》，第 221 页。
② 陈轼撰，张小琴点校《道山堂集》，第 221 页。
③ 陈轼撰，张小琴点校《道山堂集》，第 221 页。
④ 陈轼撰，张小琴点校《道山堂集》，第 222 页。
⑤ 陈轼撰，张小琴点校《道山堂集》，第 222 页。

道场。著有《旅泊庵稿》《还山录》《旅泊幻迹》《鼓山为霖和尚餐香录》《为霖禅师秉拂语录》等。

为霖和尚善学古圣贤人，见贤思齐，不习流俗，不贪恋名利，精进修学，所主寺庙清肃严整，并在清苦隐逸的环境中坚持创作，其人格魅力吸引了诸多僧俗弟子。陈轼对为霖和尚十分敬重，拜其为师，并作《鼓山为霖和尚惠珊瑚念珠赋谢》（七言古诗）、《赠鼓山为霖和尚二首》（七言绝句）、《与鼓山为霖和尚书》、《鼓山为霖和尚五十寿序》、《寿为霖和尚》（五言古诗）、《寿为霖和尚》（四言长句）等。细读陈轼这几篇作品，并结合为霖和尚诸作可知，为霖和尚曾几度离开鼓山涌泉寺，又受元贤禅师劝说及诸僧恳请返回涌泉寺。

顺治十年（1653），为霖和尚呈偈元贤，得其印可，遂辞别元贤禅师往建宁广福庵闭关，密自锻炼，与外界不通往来。在元贤禅师屡屡去信劝说下，顺治十二年，为霖和尚重回鼓山。1657年，元贤禅师即命为霖和尚代其升座说法。其间，为霖和尚语录结成《为霖禅师秉拂语录》。元贤禅师圆寂后，檀护方克之、林之蕃等推举为霖和尚继席鼓山涌泉寺，时在顺治十五年正月廿二日，为霖和尚44岁。从1658年至1671年，前后共十四年，为霖和尚主持鼓山涌泉寺。陈轼《鼓山为霖和尚五十寿序》不仅谈及为霖和尚的这段经历，而且对其返鼓山后的事迹大加赞扬，并表示敬佩。

> 大禅师霖公和尚，凤植德本，乘愿再来，继席鼓山，播扬宗教。接曹洞之传，演寿昌之派，飞圣箭而镞破三关，据峁崛而峰高群岫。发大机，显大用，观其折旋俯仰，动静语默，无非金刚宝剑，觌面全提，真能于无佛中作佛，无祖中作祖也。迩来诸方，知识如云，非不开口便喝，入门便棒。然不过打野榸弄虚头，指东划西，千说万说，却与盲修瞎炼，相将而入火坑何异？甚者，售麈拂为纳赂谋出世，若垄断宗门，种草划地，尽矣。若师者，秉金刚心为末法，主卓然独立，挽回颓风，直

令见者获益，闻者起信。岂非末法之津梁，当时之药石哉？顾而导之，诸祖当其易；逆而挽之，师适当其难。盖师度人之志方殷，而救世之心独苦。善哉永老人之言曰："一发欲存千圣脉，此心能有几人知？"是师之心即永老人之心，即千圣相传之心。然则佛祖之慧命，其系于师一人者，至弘且重也。师不假戈戟，不设藩篱，而卷舒随时，权实任用。以无上义阐明直指，以唯心净土劝人念佛，使知禅净。二者随其性之所近，无不殊途同归。至于修天台之忏法，而事不废；举百丈之清规，而令必行。庄严殿宇，纳四众于菩提之场；放舍生灵，致群生于仁寿之域。昔永明寿禅师秉单传之统，而圆会教乘，笃修万行，师实有之。兹以复月二日，值师诞晨（辰），诸缙绅先生命余一言以当申祝。然余之从学于师也，无张拙河沙之句，殊屈志于石霜。乏曾会勘婆之机，竟逡巡于雪窦。余言何足重师也？惟师春秋方富，法乳滂流。佩心印而登祖位，即为如来常住之心；入幻界而示幻相，即为如来常住之身。种种说法，教化众生，作末法大光明幢，即为如来之甚大久远，常住而不灭也。余因诵《法华寿量品》以为师祝云。①

为霖和尚出生于 1615 年，又陈轼说"复月二日，值师诞晨（辰）"，则其五十大寿时应为 1664 年十一月二日。据此可知，陈轼于 1664 年十一月二日前在福州鼓山作此序。陈轼谈及为霖和尚"乘愿再来，继席鼓山，播扬宗教"，即指为霖和尚 1658 年返鼓山后在涌泉寺传教的这段经历。当时全国各地寺庙道风不振，为霖和尚则能卓然独立，挽回颓风，且不设藩篱，纳四众入门。为霖和尚所特有的人格品质，使众多僧人、居士追随他参禅问道，成为其弟子。陈轼也"从学于师"，身为弟子，对为霖和尚敬佩有加。他将为霖和尚与宋代著名高僧雪窦禅师相比拟，且行文语言十分谨慎，认为其言语难

---

①　陈轼撰，张小琴点校《道山堂集》，第 169～170 页。

以尽达对为霖和尚的敬重之情。

康熙六年（1667），著名的无可禅师（方以智）① 来到鼓山，为霖和尚陪同游赏鼓山风景，两人诗词唱和，兴致甚高。《鼓山为霖和尚餐香录》卷二之《登屴崱峰》（有序）曰：

> 余不登绝顶十载矣。康熙丁未秋，适青原无可禅师携方田伯诸公入山，遂约同游。是日积雨初霁，天气清朗，万峰罗列，骋奇逞秀，东望大海，茫茫一白。烹茶坐石，笑语冷然。既而微风从东北来，可公不禁寒栗，别余先归。而余复约诸子，尽凤池之兴，及归则日衔山矣。可公诗先成示余，漫和二律，以志一时之兴云。②

但为霖和尚住持鼓山期间，"见法门流弊，日深日下，至不忍闻见，遂辞说法之任，自甘与二三有志衲子，栽田博饭而已。盖不欲混入群队也"③。他自觉当时法门流弊严重，不忍闻见，也不想继续混入这样的团体，因此考虑再次离开鼓山。陈轼作七言绝句《赠鼓山为霖和尚二首》：

> 屴崱峰高花雾深，石门宫阙锁空林。惟有白云天汉上，蔽亏起灭总无心。④

> 两钴金环雷电鸣，瓦砾摩尼甚处呈。百千微细无繇尽，喝水岩边嘘一声。⑤

---

① 按：桐城方以智，字密之，尝自号浮山愚者，出家后无常名，在金陵天界为"无可"。
② 为霖和尚：《鼓山为霖和尚餐香录》，《大藏新纂续藏经》（第72册），河北省佛教协会虚云印经功德藏，2006，第637页。
③ 为霖和尚：《鼓山为霖和尚餐香录》"自序"，《大藏新纂续藏经》（第72册），第592页。
④ 陈轼撰，张小琴点校《道山堂集》，第125页。
⑤ 陈轼撰，张小琴点校《道山堂集》，第125页。

陈轼提及"劳峛峰"恰与为霖和尚《登劳峛峰》及《自赞》①二诗所述事迹相对应。为霖和尚见鼓山涌泉寺道风日弊，自己却无法重整宗道，陈轼为此赠诗，流露出些许劝慰，但更多的是对为霖和尚镇定自如、淡然应对的良好心态表示敬佩与称赞。

康熙十年，为霖和尚离开鼓山，居无定所，随缘漂泊。这段云游历时十四载（1671～1684）。其间，为霖和尚重建或修复了许多道场。他先是去了自幼出家的白云寺，后又往建州开元寺、广福寺、镜湖寺等道场暂住，最后驻锡宝福寺。为霖和尚屡次言及身边弟子②，可见当时有一批僧人、居士追随为霖和尚。这些僧人、居士祈盼为霖和尚返回鼓山，寄送书信甚至亲自到宝福寺恳请为霖和尚返回鼓山。

陈轼也以书信苦请为霖和尚返山，作《与鼓山为霖和尚书》：

> 久别幡竿，已十余载。弟为饥寒俗缘所累，奔走南北。只见一团重担，载不起，放不下，好似撞壁瞎汉，头穿额破。近始归乡井，年已衰迈，于心身安居、平等性智犹如隔膜，尚望和尚金针，妙手刮翳去迷，微幸向无孔铁椎寻个消息。而劳峛峰前，未得躬亲宗旨，谁为提挈搬演耶？今维师退院以后，法席久虚。虽和尚随地接引，刹刹神通，而与圣道场，四众雾集，岂可令祖庭寂寂，不见庐鞲刀峰之大机大用也？兹特修短扎，虔恳致请，复祈宝锡早临，不特。弟穷老之年，得亲法座，而

---

① 为霖和尚《登劳峛峰》曰："劳峛崛然起，迢迢一径通。万峰争列下，二水竞朝东。日月看驰逐，乾坤若转蓬。十年何不到，身在此山中。""住山不见山，久负此跻攀。师至能招我，天开亦破颜。草香茶共煮，字古石非顽。一览海山尽，乘风拂袖还。"《自赞》："劳峛峰头云，灵源洞口雪。一笔才画成，天机俱漏泄。或者更问像不像，却似虚空重钉橛。而今揭出示诸人，一任嗔者嗔悦者悦。"［为霖和尚：《鼓山为霖和尚餐香录》，《大藏新纂续藏经》（第72册），第637、641页］

② 除见于上文所引《鼓山为霖和尚餐香录》自序外，又见于为霖和尚《旅泊庵稿·宝福僧堂规约序》："宝福山刹乃余隐居之地。二三子追随有年，志越常流，不走今时蹊径，切意向上。"［为霖和尚：《旅泊庵稿》，《大藏新纂续藏经》（第72册），第704页］

> 一切学人莫不喜得一赞一棒，以为入道之阶。庶几石鼓涂毒，
> 宗风再振矣。①

陈轼交代自己为饥寒俗缘所累，奔走南北，曾十余载中断参禅学佛。他 1677 年才从江浙一带启程回闽。因此，陈轼寄书苦请为霖和尚返鼓山的时间应晚于 1677 年。陈轼提出请求为霖和尚还山的理由有二。第一，为霖和尚离山后，法席久虚，不应让原本参禅悟道之处寂静没落。第二，为霖和尚若能返山住持，则有望力挽狂澜于既倒，重振昔日宗风。陈轼行文中肯且严肃，当能引起为霖和尚的思考。为霖和尚于 1684 年应众僧苦请返山。应该说，为霖和尚重返鼓山，在一定程度上也受到了陈轼此书的影响与鼓励。

1684 年为霖和尚七十大寿时，陈轼为其作五言古诗《寿为霖和尚》。诗云：

> 喝水波涛险，汪洋四渎津。逆风勤把柁，珍重举千钧。用永
> 和尚付喝句高坐曲盝床，任运乐天真。抽钉与拔楔，分明立主
> 宾。大声振聋哑，密智破微尘。砧椎窠臼落，瓶拂雨花匀。茧
> 足自建溪，离山十余春。丹艧施兜率，青草一茎频。妙谛注华
> 严，法海度漂沦。近回石鼓座，山川喜更新。还乡歌一曲，升
> 平遍海滨。妇孺布金钱，龙象尽响臻。齐赞无量寿，长生转法
> 轮。摩耶母腹中，曾度亿万人。须知法幢久，毫端悟正因。②

"离山十余春"即指为霖和尚 1671～1684 年离开鼓山涌泉寺云游一事。"近回石鼓座"，说明陈轼作此诗时，为霖和尚已重返鼓山。又《鼓山为霖和尚五十寿序》提及复月二日即为霖和尚诞辰，则为霖和尚应于 1684 年十一月二日前重返鼓山涌泉寺。更值得一提的是，此诗不仅为为霖和尚七十大寿而作，而且表达了诗人对为霖和

---

① 陈轼撰，张小琴点校《道山堂集》，第 256 页。
② 陈轼撰，张小琴点校《道山堂集》，第 312 页。

尚重返鼓山的无比喜悦之情。陈轼描写山川景物气象更新，写滨海升平的景象，格调清新明快，表达对为霖和尚七十大寿的祝贺，更为其重返鼓山而欣慰。由此可见，陈轼对为霖和尚极为敬重与钦佩，为霖和尚对陈轼禅道思想的形成具有很重要的促进作用。

八　孙受庵

孙受庵，讳元祉，字既受，给谏孙鹤林侄子。孙氏先世为河南中牟人，自明初仕闽而定居闽地。

在陈轼交往的朋友圈中，孙受庵的家庭经济状况较好。他为人温文尔雅，待人毕恭毕敬，且不计个人私利，常为朋友倾囊而出，甚至焚烧债券以减轻朋友的经济负担。陈轼说孙受庵：

> 生平先人后己，人有缓急，倾囊倒庋，惟恐不及。大者至数千金，焚券弃责（债），不以为意。盖受庵经济极博，明于积著。闲以余力小试盬策，不问赀算。因其自然，视乎筐箧之智，相去远甚。[1]

陈轼自 1651 年归闽后，常与孙受庵相往来。《文学孙受庵传》说：

> 余与同籍给谏孙鹤林结朱陈之好，而受庵则给谏犹子也。余辛卯家居，常与给谏过受庵之庐，饮酒欢咍，尝忆西园别墅。受庵治圃莳药，日致宾客。余与给谏及郑如水司空、叶霞浦翰苑、邓绪卿比部辈，移晷卜夜，作十日游。风亭月榭，红蕖青游，其足供辋川之兴，而适濠濮之观者屡矣。[2]

陈轼与孙氏家族结朱陈之好，因此与孙受庵往来密切。他们常宴游园林，饮酒助兴，回忆昔日的西园别墅。孙受庵日莳花圃，栽种花

---

① 陈轼撰，张小琴点校《道山堂集》，第 233 页。
② 陈轼撰，张小琴点校《道山堂集》，第 232 页。

草以待宾客来访。陈轼与孙受庵同道往来的友人有郑如水、叶霞蒲、邓绪卿等。他们常一同游览山水，观赏亭台月榭之景，曾度过清静悠闲的田园隐逸时光。

> 今者老成宿素，渐次凋落，光晷易逝，欲如昔日之献酬宴笑，其可得哉？[①]

对于昔日与友人和谐相处的美好时光，陈轼既怀念，又觉惋惜。陈轼为孙受庵作传，提及孙受庵的讳字，也描述孙受庵临终前平静自如的心态。

> 暮年以来，栖心法典，演若迷头，忽然解悟。临终日方寸不乱，此其证也。[②]

陈轼对孙受庵的生死观表示钦佩与敬重。此传最后引用《诗经》"温温恭人"句以评价孙受庵，说明陈轼对孙受庵的道德品质与人格修养十分认同与赞赏。不难得知，陈轼的人格修养在一定程度上也受到孙受庵的影响与启发。

九　金铉与郑开极

金铉，顺天宛平人，进士出身。郑开极，字肇修，号几亭，侯官县人，清顺治十八年（1661）进士。康熙八年（1669），外放典试云南。试事毕，以左春坊左谕德督学浙江。

金铉与郑开极均为进士出身，才识兼备，政绩显著。但陈轼除了与他们共同修纂《福建通志》之外，似乎有意与他们保持一定的距离。目前资料所见，很少有陈轼与金铉、郑开极之间密切交往与联系的记录可考察。其中之重要原因，应是金铉与郑开极出仕清朝，为清朝统治者效力，陈轼作为明遗民，不愿亲近清廷官员。陈轼与

---

① 陈轼撰，张小琴点校《道山堂集》，第 232 页。
② 陈轼撰，张小琴点校《道山堂集》，第 233 页。

他们在价值观念、执政理想等方面没有共同的思想基础，因此，他们的交往与联系甚少。这也从另一个侧面反映出陈轼的遗民意识是十分强烈的。他坚守遗民志节，有意回避清廷官员，其坚定的遗民意识与高贵的遗民品质是值得肯定的。

陈轼在择友上有自己的原则与标准。孔子说："道不同，不相为谋。"① 陈轼在择友标准上注重志同道合，择善而交。正所谓"物以类聚，人以群分"。他能与诸多遗民文人建立友谊，正是因为他们志趣相投，彼此坦诚相待，相得益彰；也因为陈轼以洒脱宽厚的心怀交友，以师为友，以道为友，以义为友。这些交友原则，体现了陈轼的人格魅力和交友方面的独特见解。陈轼与他们交游往来，对他的一生产生了很大的影响。陈轼的朋友圈不仅拓宽了他体认社会、领悟人生的视野和心灵空间，而且赋予了他智慧和深刻思索的生活方式，使他能在改朝换代的不利环境中汲取知识，提升道德修养，成为明末清初一位学识渊博、志向坚定的遗民文人。

交游唱和是遗民文人重要的生存方式之一，也是我们观照遗民群体的生命轨迹与心境姿态的关键资料。遗民士人的离散、流寓，促成了空间意义上的群体互动与交流。甲申国变造成的遗民流徙，形成了历史的缝隙，这一缝隙使遗民士人对自身的身份归属进行深刻的思考，并以诗书酬赠的方式寻求同类群体的认可。

陈轼《道山堂集》中的酬赠作品数量极多，这些交游唱和之作，大多涉及遗民志士的遗民情怀或以隐逸山林来对抗清廷统治的思想行为。陈轼及其遗民群友，既以诗文互通时政，也以此交流感情。他们离散漂泊的地理空间，构成了清初福建地域文学的特殊场域，而他们思想上的共鸣所促成的诗文酬唱，则构建了遗民文学精神的传播轨迹。

---

① 思履主编《四书五经详解》，北京联合出版公司，2015，第 145 页。

第四章　园林情结与遗民心境的自解

　　从明清之际的遗民书写可发现遗民志士对园林具有天然的敏感意识。在明清鼎革之际，归隐山林，以"无为"的心态抵抗清廷统治，是大多数遗民表现文化立场的方式之一。遗民士人的仕途受阻以至个人的抱负无从施展，使他们在流离失所的漂泊中深切体验被时代遗弃之后缺乏心灵归属的创伤和哀痛。因此，他们迫切需要从外界空间寻找自身的精神归宿。历代文人士子歌以咏之的田园风光、山水风景、亭台楼榭等，就成为遗民文人抒发情感、书写心志、表达文化立场的载体。园林雅集与禅意禅趣又往往联系十分紧密，文人士子往往以参与园林雅集表明自己的隐逸思想。

　　明末清初雅集酬唱的时代环境，使遗民士人产生了群体身份认同意识。陈轼作为明末清初的福建遗民文人，其《道山堂集》中的作品所体现的园林情结极为明显。陈轼回闽后，心怀归隐思想，在侯官修葺道山草堂，并在此教授子孙课业，召集遗民士子雅集酬唱。这实际上是其内心情境的自解与实践。本章将陈轼《道山堂集》中有关园林的书写置于明清之际园林酬唱氛围十分浓厚的文化背景下进行考察。以园林酬唱为视角，以陈轼居住、宴游的园林建筑为空间场域，对陈轼园林情结的形成，园林建筑对遗民文学创作、发展、传播的作用等进行探讨，并分析遗民文人如何将他们的复杂心境付诸园林酬唱，如何以园林的建筑空间诠释自己的遗民精神处境。通过分析陈轼《道山堂集》中的作品及其遗民群友的相关文献资料，可阐释陈轼园林情结的形成及园林建筑与文学酬唱之间的互动关系，也可挖掘其作品的思想内涵、书写特色及价值意义。

第一节　陈轼的园林情结

陈轼入清后的园林情结值得探究。陈轼的园林酬唱，承载着他重要的人生轨迹。陈轼借助园林空间，践行自我内心情境，获得精神的自由与体验。陈轼的园林书写抒发自己的所见所闻所感，其中包含深刻的历史感怀。陈轼与友人之间的园林酬唱书写，为我们留下了宝贵的文学财富。这些作品也应成为我们探究陈轼遗民心境的重要切入点。陈轼园林情结的形成，一方面与明末清初雅集酬唱的时代环境密切相关，另一方面也是其遗民身份归属的需要。

一　明末清初园林酬唱的时代风尚

明末清初的时代环境，对遗民志士的身份处境提出了极大的考验。他们对明清鼎革进行深刻的反思，同时也借助历史上朝代纷争时士人的处世经验，充分展现自己的身份价值与文化立场。资本主义经济萌芽发展，是明末清初园林酬唱的经济基础。明代嘉靖以后，江南沿海地区经济发展较其他地区更为迅速。"今天下财货聚于京师，而半产于东南。"[1] 苏州、松江等地区自古是富庶之地，承担着京城的经济物资之需。因此，江南地区的园林建筑具备相当的经济基础。童寯《江南园林志·著者原序》曰："吾国凡有富宦大贾文人之地，殆皆私家园林之所荟萃，而其多半精华，实聚于江南一隅。"[2] 可见，江南地区富豪大臣、商贾文人皆十分重视私家园林的构建。"环山临水，嘉树扶疏，高阁重堂，丹楹刻桷，园林之胜，冠

---

[1]　张瀚著，盛冬铃点校《松窗梦语》（卷四），中华书局，1985，第76页。
[2]　童寯：《江南园林志》，中国建筑工业出版社，1984，第3页。

绝一时。"① 晚明时期，江南地区的园林建筑可说达到了顶峰。一方面，江南富庶家族以园林优劣作为身份地位高低的评判标准。另一方面，具有一定文化思想的名公巨卿更倾向于将自身的审美文化标准寄托于园林的构建，并希望从俗世纷繁的事务中脱身而出，享受宁静致远、高雅脱俗的人文环境。这与历代士人的山水田园隐逸思想具有一脉相承的渊源关系。江南名士吴应箕《丁太史亭成》曰："高居迥绝紫霄间，别启林亭离市阛。城上翠微通远色，湖头练影自成斑。鸿苞黄石谁兼器？碧树青萝好暂闲。亦解避喧非避世，谁云心隐是东山？"② 从这首诗，我们可以重新领会陶渊明"无车马喧"的田园隐逸心境，也可知吴应箕构筑园林的目的在于超脱尘俗，隐逸山林，追求恬静自适的人生。

晚明士人建筑园林满足了物质空间的追求之后，会进一步追求精神空间的自足。因此，园林建筑逐渐成为他们雅集宴会、切磋文字、酬唱创作的文化场所。凡良辰佳节，张灯设宴，招诗人社友集于其（芝园）中。③ 这说明，园林建筑作为物质空间承载着士人们的精神价值追求，具有深沉的文化意蕴。张岱的《陶庵梦忆》记载："愚公先生交游遍天下，名公巨卿多就之，歌儿舞女，绮席华筵，诗文字画，无不虚往实归。名士清客至则留，留则款，款则钱，钱则赆。以故愚公之用钱如水，天下人至今称之不少衰。愚公文人，其园亭实有思致文理者为之。"④ 可见，不仅建筑园林需要晚明士人具有相当的经济实力，经营园林，让园林成为名公巨卿诗酒相会的文化场所，也同样需要花费大量的财物。如此巨大的财物消耗，也许只有经济富庶的江南地区才有能力承担。因此，园林建筑在江南地区的兴盛，与其相对发达的经济状况是紧密联系在一起的。也因江南地区的经济发展，园林的兴建为文人雅士聚会交游、酬唱创作提

---

① 叶梦珠撰，来新夏点校《阅世编》（卷十），上海古籍出版社，1981，第215页。
② 吴应箕：《丁太史亭成》，载《楼山堂集》（卷二十五），道光、光绪间刻本。
③ 范濂：《云间据目抄》（卷五），奉贤褚氏重刊铅印本，1928，第7页。
④ 张岱：《愚公谷》，载《陶庵梦忆》（卷七），上海古籍出版社，1982，第68页。

供了良好的文化氛围，园林酬唱在明末清初蔚为大观。

明末清初江南地区文学社团兴盛不衰，与园林建筑的兴起具有必然的联系。明末的几社、复社等文学社团成员中，就有不少士人拥有私家园林。如几社的宋征舆，其家族即建有宋氏园林，即宋氏庄。"宋氏有高楼，中畴秀乔木。左右可万家，豁达开壶域。"① 可见，宋氏园林高楼是其他园林无法企及的。文人墨客在此"一吟躬耕诗，再抚雍门曲"②，由此可以想见宋氏邀请几社成员宴游酬唱、诗酒相会时其乐融融的场面。

晚明士人在诗酒相会时，看似乐而忘返，他们的内心实则对明末颓废的政治具有强烈的焦虑愤世意识。尤其是几社、复社的成员，他们往往以园林建筑为聚集场所，以传承、复兴古学，追求实学用世为雅集酬唱的宗旨，以传承和弘扬儒家正统文学为己任，力求以文学创作实践挽救明末的衰退之势。"凭君为向休文道，意气如公曰不平。"③ 以文救国才是几社成员园林雅集的真正目的。陈子龙、徐孚远（字暗公）等曾"网罗本朝名公巨卿之文，有涉世务国政者，为《皇明经世文编》"④。几社成员以经世致用为宗旨致力于古文辞的发展，至于"流连声酒"⑤，则只是"文史之暇"⑥。几社"每月课艺，暗公先生为之批评焉。……每月传题，亦以暗公为宗师"⑦。"甲戌、乙亥，陈、夏下第，专事古文辞文会，各自为伍，汇于暗公先生案前，听其月旦，至丙子，刻《二集》，戊寅，刻《三集》，己卯，刻《四集》，人材辈出。……至庚辰、辛巳间，刻《五集》，犹

---

① 李雯：《春日过宋氏庄饮》，载《蓼斋集》（卷十四），清顺治十四年（1657）刻本。
② 李雯：《春日过宋氏庄饮》，载《蓼斋集》（卷十四）。
③ 李雯：《暾城傅令融过斋头与同社夜集兼示沈彦深作》，载《蓼斋集》（卷二十七）。
④ 陈子龙：《年谱》（自撰），载《陈子龙诗集》（附录二），上海古籍出版社，1983，第659页。
⑤ 陈子龙：《年谱》（自撰），载《陈子龙诗集》（附录二），第648页。
⑥ 陈子龙：《年谱》（自撰），载《陈子龙诗集》（附录二），第648页。
⑦ 杜登春：《社事始末》，中华书局，1991，第8页。

是暗公先生主之。"① 徐孚远作为几社的重要成员之一，对《几社六子会义》进行刊刻，体现了经世致用、复兴古学的务实思想。徐孚远等对《几社六子会义》的刊刻、编撰，也以当时名盛一时的"南园"为聚集的场所。几社所编之《皇明经世文编》影响十分深远，为明末清初的文人士子培养经世务实之风树立了典范。"清代经世致用史学，实由《明经世文编》肇端，'明编'为晚明松江陈子龙、徐孚远、宋徵璧主编，凡五百零四卷，补遗四卷。……这为稍后的顾炎武、黄宗羲等人讲求经世致用之学开了先河。"② 松江几社实际上是以通过园林酬唱的方式倡导经世致用、救亡图存为宗旨的文学社团。宴游酬唱成为文学创作的重要载体，园林则为文人士子们提供了宴集交流、阐发己见的空间场域。

几社成员借助园林建筑的空间意义，以社事雅集活动努力诠释自己的理想志愿。他们声气相通，志同道合，为实现经世致用的文学使命进行文学书写，也因此开创了明末清初江南园林文化兴盛的新局面。随着资本主义经济萌芽的继续发展，江南地区文人士子的交流也更频繁，福建沿海地区文人士子的园林审美观念与精神追求，在原有园林文化积淀的基础上，进一步受江南园林文化的影响与熏陶，他们高度认同江南园林文化的精神意义，明末时期福州的园林文化也因此得以迅速发展。

在明清鼎革之际，几社的主要成员徐孚远南下福建抗清。他召集卢若腾、沈佺期、张煌言、陈士京、曹从龙等志士，继承几社救亡图存的办社宗旨，创办"海外几社"。徐孚远将江南地区以园林雅集进行文学创作的方式带到福建沿海地区，与福建历代以来的文人雅集、园林酬唱互相融合、互相影响、互相渗透，进一步促进明末清初福建文人士子云集园林、亭台、楼榭，诗酒酬唱，抒发心志。

南明时期的福州，是隆武政权的建立之处。富有忠义气节、拥

① 杜登春：《社事始末》，第9页。
② 贺长龄、魏源等编《清经世文编》，中华书局，1992，第2页。

护明朝正统的福建遗民士人，如黄道周、曹学佺、林古度等，往往借助园林的空间场域，召集有识之士，践行经世致用思想。易代之际，遗民文人流离失所，明朝灭亡的哀痛和前途被阻的精神打击需要寻求志同道合之士互相慰藉，而园林建筑为文人士子宴集酬唱以互相交流、互相排解、互相勉励提供了空间。"当民族性格和周围环境发生影响的时候，它们不是影响于一张白纸，而是影响于一个已经印有标记的底子。人们在不同的顷间里运用这个底子，因而印记也不相同；这就使得整个效果也不相同。"① 陈轼生活在明末清初园林兴盛、酬唱风尚盛行的时代环境下，其深受园林酬唱文化的影响和熏陶而具有深厚的园林情结，就显得具有时代意义。园林酬唱赋予陈轼的文化品格和精神风貌，在无形中渗透他的文学书写中，成为我们解读其遗民情怀的重要切入点。我们可从园林兴盛的时代环境寻找陈轼的园林情结的时代文化基因，也可从陈轼的园林书写中窥见遗民的审美倾向，探讨园林建筑的地域文化特征，更重要的在于从中观照园林酬唱背后深沉的古今之思与兴亡之感。

二 遗民身份归属的需要

陈轼的园林情结，与其身世经历的关系是十分密切的。崇祯朝时，陈轼曾任番禺知县。他在1646年所作的《过东皋》序中说：

> 东皋者，南海陈侍御园也。余为令时常游其地。丙戌再过，已为墟矣。作此志感。②

由此可见，在明亡前，陈轼就对园林给予观照，他常游览南海陈侍御园，也赋予其深切的感情，这实际上是陈轼在以空间环境的地域归属来寻找自身作为明朝臣子的身份认同意识。而明亡后，陈轼重游故园，然而园林环境已发生巨变，今非昔比的景象触发作者深切

---

① 伍蠡甫等编《西方文论选》（下卷），上海译文出版社，1979，第239~240页。
② 陈轼撰，张小琴点校《道山堂集》，第56页。

的感慨：

> 珠海怒涛飞，蛇矛蝼蝈聚。牙羽旖旎来，戍鼓城东路。荆棘暖衰林，轻薆湿零露。荒井麋麆突，颓垄狐狸赴。停骖问樵人，指向东皋去。忆昔全盛日，丽景纷无数。窈窱虚堂敞，绀碧雕栏护。薜帷张松风，竹町笼烟雾。黛鲜青鹜生，绿水金塘注。曙花群鸟穿，密藻馋鱼哺。载舫月中行，按歌云外度。更见诸茅屋，点缀众农具。行潦沟塍溢，苗黍原畴布。画谱辋川庄，仙踪桃源渡。阔绝曾几时，物象已非故。瓦砾堆道旁，不见桥边树。踟蹰试延伫，归鸦日欲暮。①

昔日的东皋园林属于明王朝所有，而甲申国变后，东皋园林已面目全非，令人哀叹改朝换代与社会变迁对园林环境的破坏之深。诗作将国变后东皋园林的"衰林""荒井""颓垄"景象与昔日的东皋园林兴盛幽雅的环境进行强烈的视觉对比。明朝灭亡的被弃置感，令人无从安置自己的身份。陈轼努力地想从园林中寻找故明王朝的感觉，但一片狼藉的园林景象，却对他的心灵造成严重的冲击。陈轼所在乎的园林被破坏，实际上暗喻着自己的身份无从归属。陈轼的园林情结与他所要寻求的遗民身份具有深刻的内在隐喻关系。因此，陈轼归闽后，仍然不忘从园林的空间感中寻找自身的归属感。

陈轼归闽后，用尽心力修葺道山园林，并以遗民自居。陈轼在道山草堂与遗民挚友们宴集酬唱，表现其归闽后生活于田家农园的闲适恬静的心情与对自然纯朴的田园生活的向往。他的《夏日尚干村》即是典型：

> 烦蒸迟日阴，步屟长枫侧。新苗肥覆垄，旧泽积成淴。平冈散芬霭，野烧菁林出。石虎崚千仞，牙爪皆苍壁。仰视五峰高，青天如列戟。村坞烟波起，渺渺江头碧。柔橹往来潮，鸬

_____

① 陈轼撰，张小琴点校《道山堂集》，第 56～57 页。

鹬沙际立。闲鸟鸣杉松，清音引虚寂。小桥连断岸，古庙堆残砾。樵人抱枯枝，尚带白云湿。斜景槿蒉开，牛羊下故栅。①

这首诗与王维的《渭川田家》在写作技巧上具有相似性，完全以朴素的白描手法映衬作者追求隐逸田园的内心情境。陈轼在对暮村环境、风物的整体观照中，蕴含着浓厚的归隐田园的情结。诗作中的"樵人"实有自喻之意，陈轼希望自己融入这样的田园村落环境，并从中寻找自己的遗民身份归属。陈轼诗作《村居》、《雪滩村居和徐腥庵韵》、《移居第一山房》（四首）、《有怀道山园林》（四首）等，也都以白描的手法，静观田园村落中十分平常朴素的环境、风物，实际上蕴含着他对村居环境的认可，他也愿将自身的心灵寄托于田园村落中。

但一旦少有宾客往来，只身独处的居所就自然让人产生孤寂悲凉之感。陈轼在《辛酉元旦》中说：

> 柏铭初进玉蕤醅，石鼓遥岑密雾堆。黄潦奔飞浮石壁，繁声滴沥注亭台。芸香翻史闲挑蠹，皓首冲泥为看梅。尽日山庄无客到，小栏杆外岭云回。②

元旦佳节，本应是朋侪齐聚、欢洽宴饮之时，而陈轼所处之山庄却显得幽僻寂静，陪伴他的只有山庄的云雾石壁，其内心倍感寂寞。陈轼的《叶慕庐诗集序》也说：

> 余栖息林壑，困于蓬艾。荒山仄径，罕接宾客。自分坎井之蛙，芒然无见。楚黄慕庐叶公，惠而枉驾。念菰芦散人，猥承长者，折节下交，不遗菅蒯。③

陈轼认为自身所居之处有"林壑""荒山""仄径"，可见其居所之

---

① 陈轼撰，张小琴点校《道山堂集》，第61页。
② 陈轼撰，张小琴点校《道山堂集》，第349页。
③ 陈轼撰，张小琴点校《道山堂集》，第163页。

深僻幽静。陈轼认为自己像"坎井之蛙",对诗友叶慕庐的到访十分感动,甚至认为叶慕庐是"折节下交",从中也可见陈轼谦卑恭敬的态度。由此可知,陈轼为释解自己孤独苦闷的心境,也会寻找时机参与诸友的聚会,让自己的身心得以自足,也让自己融入遗民群体。而要与群友相会,则必不可少地要参与园林酬唱。这大概也可以解释其为何会形成园林情结。

无论在哪个时空,每个人都有身份认同的需要,都希望与周围的群体建立一种互动和交流关系,希望自己归属某一群体,并得到群体的认可。这实际上就是人的身份认同意识,也即马斯洛所说的人们有"归属"的需要。

一个人被某一群体所接受,往往代表着他在人格修养、思想心态和审美价值等方面与该群体的成员具有趋同性。我们也十分在乎自己的言行举止、精神风貌和价值理念等是否能得到同类族群的认可。群体对个体的包容与接受,给个体带来精神的慰藉与归属的心理。

> 身份作为人类社会组织活动形式的反映,是一种典型的社会行为符号。在现实生活中,个人对社会的意义、个人对其他社会成员的意义,都是通过自己的身份表现出来的。人与人的关系变成了一种角色与角色的关系,也即符号与符号的关系。①

汤恩比也说:

> 人们把一个人评价为一个符号(不仅嘴上说,而且从心底里把他看作一个象征)还不够,在把他当作一个符号以后,他的价值才会成倍上涨。犯人畏惧警察不是畏惧他个人,而是畏

---

① 孔定芳:《清初明遗民的身份认同与意义寻求》,《历史档案》2006 年第 2 期,第 51 页。

惧他的符号的力量。①

由此可见，一个人归属哪个群体，即代表着这个人具有这个群体的身份符号。身份符号具有很强的精神力量，一方面对个人起约束作用，另一方面也给个人以积极向上的心灵慰藉。在特定时空文化环境中的团体，往往具有共同的集体潜意识，也即深层的文化心理结构。

泰纳曾说，在同一群体中生活的人们可能由于时代、环境因素而迁徙、分支，但"在它的语言、宗教、文学、哲学中，仍显示出血统和智力的共同点，直到今天，这个共同点还把这一种族的各个支派结合起来。这些支派虽然不同，但他们的血统并没有被消灭"②。从这一点上看，陈轼因明朝灭亡而孤独悲愤的内心产生忠于故明的思想，所以他必须融入遗民群体生活，寻求遗民群体的支撑力量，方能证明自身具有华夏民族意识的共同血统，展现自身的政治立场与遗民身份价值，从而获得心灵的归属。

从《三山唱和诗序》《重九日道山南阳祠雅集和黄处安张屺园陈紫岩诸子》《社日林天友招集道山书院》《登鼎峰楼望城中三山》《七夕乌石山雅集立秋前一日》《咏道山亭》等诗作中，可清晰地发现，陈轼归闽后，为寻求遗民身份的归属，不断参与诸友的园林雅集活动。综上所述，陈轼园林情结的形成，与明清易代的时代背景关系尤为密切。明末清初园林酬唱风尚的盛行，是陈轼园林情结形成的直接环境因素。入清后，他对遗民身份归属的需求，是其参与园林宴游酬唱，形成园林情结的主观因素。陈轼在对园林进行审美观照的同时，与遗民志士互相交流、互相阐发，并由此抒发古今之感，体现其精神处境。

---

① 转引自苟志效、陈创生《从符号的观点看——一种关于社会文化现象的符号学阐释》，广东人民出版社，2003，第82页。
② 伍蠡甫等编《西方文论选》（下卷），第237页。

第二节　园林酬唱与遗民精神的寄托

陈轼及其遗民友人建筑园林，雅集酬唱，抒发对园林空间的感怀，这实际上是遗民心境的写照。园林建筑的物质空间承载着陈轼及其友人对自我精神的阐释和对遗民士人人格理想的追求及遗民精神风貌的建构。本节以陈轼所游访的园林建筑为考察空间，深入探讨园林酬唱与遗民士人内心情境的互动关系，挖掘陈轼园林书写的思想内涵、创作特色及精神意蕴。

一　陈轼园林书写的特征及其寓意

在晚明园林宴游风尚的熏陶和感染下，陈轼的园林情结也渐趋浓厚。在《道山堂集》中，单从诗词古文的题目上即可找到一百多篇与园林酬唱相关的作品。陈轼对园林的书写，以物质空间为载体实践了其栖息园林的理想愿望。陈轼或在园中取景自娱，或与遗民志士诗酒酬唱，而其内心兴发的历史兴亡之叹与遗民精神的寄托，则需要我们从他的园林书写中加以挖掘。

陈轼《道山堂集》中有关园林的描写，有常见的亭台楼阁，也有村居、草堂、书院、园湖、寺庙、故宅、新居。

写亭台的如《梁锦衣园亭看芍药》《集林立轩池亭和黄处安》《咏道山亭》《闽雪》《上元日长乐台观灯》《九日登邻霄台和壁上韵》。

写楼阁的如《端州阅江楼》《和黄波民过黄处安山楼夜话兼叙别思四首》《春日访友人山楼》《登鼎峰楼望城中三山》《咏吴让公乐真阁题画和家椒峰》《镇州天宁阁》。

写村居、草堂的如《雪滩村居和徐曜庵韵》《夏日尚干村》《饮王尔玉嵩山草堂时梅花盛开》《同楚黄叶慕庐饮王尔玉嵩山草堂》。

写书院的如《共学书院社集坐雨》《仲春三日顾梁汾招集道山

书院因见谢斗生为梁汾拟古写照及读二少年壁上新诗和黄处安》《社日林天友招集道山书院》《和共学书院诗》。

写园湖的如《过东皋》《饮夏尔穆漫园和壁上韵》《方声木西园双鹤》《有怀道山园林》《重九日道山南阳祠雅集和黄处安张屺园陈紫岩诸子》《西园九日红梅碧桃盛开和侄昌义二首有序》《立冬日邵蓉园招饮赏橘》《小春二日诸公宴集山园和黄处安》《初夏集庄耻五容园时杜鹃尚未谢》《寓吴氏鹿园》《林靖庵招同叶慕庐黄处安谢青门王尔玉庄耻五张屺园杨浴庵道山祠雅集》《烛影摇红·饮庄耻五兄弟容园》《西湖禊饮》《和林介庵移舫西湖》。

写寺庙的如《咏光孝寺松风堂》《三月四日游观音山》《开化寺》《过普救寺》《惠山寺》《妙峰寺和林涵斋韵》《宁晋西寺》《家龙季子槃邀集长庆禅寺劈荔分得笑字》《玉泉寺》《中岩宝华寺》《后岩寺》《过资圣寺》。

写故宅、新居的有《横路望林侍御故宅》《雨后雅集谢青门宅》《过徐幔亭故宅》《移居第一山房》《和黄处安移居》《大生侄自山中迁还玉尺楼居和黄处安》《和陈子晋移居》《同徐臞庵黄九烟赵且公钱均历过姜学在斋头小饮和臞庵韵》等。

从以上陈轼所书写的园林分类看，陈轼的园林书写有其独自闲居时对故宅新居的观照与思考，更多的则是其赴邀参加友人的雅集宴会时的酬唱互和。从园林书写的内容看，其主题大致可分为如下五类。

第一，以园林感怀时事。如前文所述之《过东皋》，又如《闽雪》：

> 海澨炎燠地，依稀似朔方。寒气积阴琯，晻霭冻南荒。兹值良宵节，火炬方荧煌。宝马走香陌，歌钟殊未央。同云忽然布，清光旋飞扬。浮烟逼丹楹，落霞侵荔墙。掷棱类曳纨，委蕤疑藏肪。鱼鳞镂闲阶，鹤氅舞空塘。粉蕊拖新梅，珠莹凝幽篁。芳草经冰湿，初莺倚树藏。蒙密下河汉，大地何冥茫。座

客皆咄咄，未卜何妖祥。鼓鼙正喧阗，鸿雁尚余疮。相对各叹息，聊尔尽余觞。①

此诗作之前，陈轼附以序曰："丙申灯夕饮曾远公池亭，雪下三尺，吾闽从古所未有也。"② 永历十年（1656），陈轼与友人雅集于曾远公池亭，共度良宵佳节。这本应是一场愉悦身心的雅集宴会，而闽地却下了自古以来未有的三尺厚雪，陈轼及其友人惊叹其不常，"相对各叹息，聊尔尽余觞"。他们预感一场战争将要来临，内心充满忧虑与感怀。

第二，表达与友人雅集酬唱时轻松愉悦的心情。如《共学书院社集坐雨》：

诸生呫哔地，崇构傍西城。迟日垂帘静，停阴昏雾并。春风邀翰墨，雅韵奏韶韺。院邃芳葳落，林疏法界清。沉潜飞黑喙，激溜驻流莺。修溜蛟龙斗，红楼杯柚鸣。……群公词赋手，四座芝兰情。严漏谯初动，晚钟音正锽。兴来殊未极，欢洽有余醒。③

此诗几乎将视觉所能触及的所有飞鸟虫鱼、花草树木、天地万物都包含于其中，表达作者与友人聚会酬唱的喜悦心情及由此带来的极高的创作意兴。

又有《和共学书院诗》：

海滨吹角绛云开，接袿铿铿蒲草菜。翠帘投壶偏作赋，画熊问俗更怜才。芃芃棫朴烝徒盛，哕哕鸾声色笑来。白鹿鹅湖④

---

① 陈轼撰，张小琴点校《道山堂集》，第 60~61 页。
② 陈轼撰，张小琴点校《道山堂集》，第 60 页。
③ 陈轼撰，张小琴点校《道山堂集》，第 83~84 页。
④ 南宋淳熙二年（1175），吕祖谦邀请朱熹和陆九渊在信州（今江西上饶）鹅湖寺隆重举行关于理学和心学的辩论会，堪称中国哲学史上第一次具有典范性的学术研讨会，史称"鹅湖之会"。

追远迹，城西丝管日相催。①

诗作中不仅有对书院唱和现场的描写，而且融入了"鹅湖"典故，表现博学多才的陈轼与遗民群友竞相唱和的情景。

《西湖禊饮》也同样表现了遗民友人极尽热情酬唱之能事，并从中获得精神的自足。

> 桃花欲尽晚春天，蹋褯芳时向碧涟。天际游丝朱槛外，峰头叠影羽觞前。平皋草色笼烟黛，画舫歌声咽管弦。最是群公欢赏日，风流不让永和年。②

群友的聚会，西湖环境的优美，让陈轼及其友人切身体会到王羲之笔下的《兰亭集序》所描绘的风流蕴藉的丝竹管弦之乐。

陈轼的《社日林天友招集道山书院》（四首）曰：

> 雅集燕初临，阶庭塔影深。晴暾舒秀岭，英苣翳中林。细蝶参差舞，游禽下上音。宜春堪共酌，潦倒短长吟。

> 海澨烽埃歇，卜稼祝禾围。讵拟枌榆会，翻多湖海人。高台宜累石，白首惜良辰。为爱山庄景，频欹乌角巾。

> 涧户日华敷，墙阴起曙乌。岫容长绚丽，客袂正纷吾。檐鹊鸣朱院，江鱼入笋厨。登临鸠杖健，索笑摘花须。

> 阵阵东风曳，相将步紫苔。莺梭翻柳线，蚁酿漱仙醅。坐杂渔樵话，人夸庚谢才。绿茵芳草遍，排闼白云来。③

诗作同样表达作者与诸友宴集酬唱时愉悦的心情和对道山书院的喜

---

① 陈轼撰，张小琴点校《道山堂集》，第364页。
② 陈轼撰，张小琴点校《道山堂集》，第107页。
③ 陈轼撰，张小琴点校《道山堂集》，第336～337页。

爱之情。最后也以"渔樵"隐喻遗民的身份认同意识以及作者因才华受到肯定的自足与自信的心理。

第三，对自己独处之居所的书写，以园林环境的僻静凸显内心的孤独寂寞之感。雅集酬唱给陈轼带来的是精神的自娱，而当他独处园林时，却又在当下的环境中陷入深沉的反思。陈轼对自己所处之居所进行了细致入微的描绘，如《有怀道山园林》（四首）：

> 茅堂林麓白云端，乌石峰来谷口攒。月晕虚檐侵画幌，藤阴曲径系朱干。古榕森竦参天立，宝塔峥嵘蘸水团。春色南园芳草绿，几回坎坷负青峦。

> 当窗紫霭对苍岑，步屧亭皋爽气深。浇圃多为名菊种，环山半是老梅阴。寒鼯出穴窥新栗，戏鸟将雏到晚林。静坐小斋青簟上，一天风雨听松吟。

> 冯高眺望迥孤青，景物森森思不停。烟火万家开井里，原畴千顷见郊坰。霜畦新灌春蔬苗，石几高眠竹户扃。更欲濠梁频遣兴，绿波吹动半池萍。

> 名山第一自嶒峨，记昔芸窗铁研磨。彩笔敢言干气象，朱缨久已挂藤萝。自伤王粲栖迟赋，长愧尧夫安乐窝。酒慢河桥风雪夜，年年清梦满庭莎。[①]

道山园林的一草一木在作者的笔下一一细数。园林的景致让他感慨自己的身世遭遇，其一生的身心屈辱已融入自身所处之景。

第四，以遗民友人所居之环境为书写对象，对其隐逸山林的情怀给予积极的认同与赞赏。如《和黄处安移居》（二首）：

---

① 陈轼撰，张小琴点校《道山堂集》，第 114～115 页。

小筑幽栖秋草闲，书签药灶未教删。似迁赤甲东屯日，更访浔阳谷口间。扫径张琴寒杵急，褰帷试墨白云还。从来石隐能成癖，不待移文有北山。

古巷城南仲蔚家，当窗新竹绿筠斜。侵霜不厌双蓬鬓，绕舍还栽并蒂花。座上蚁浮频醉客，江头潮落九回车。近闻笳鼓声初偃，草榻应无烟雾遮。①

在陈轼的园林书写中，有不少写给黄处安的唱和之作。诗作写黄处安所移之新居虽然纯朴无华，却有志同道合之士前去宴饮祝贺。前首引用"浔阳谷口"和"北山移文"之典故，表达陈轼对黄处安不幸遭遇的同情，并对其坚守遗民节操的精神给予赞赏。第二首则通过黄处安新居所种之"新竹""并蒂花"等意象，对其高尚纯洁的遗民情怀给予积极的认同。也因时局相对稳定，暂无纷乱征战，陈轼为黄处安能安逸于新居而感到欣慰。很显然，园林的环境描写成为作者表达对友人遗民身份认同的媒介。类似的诗作还有《和陈子晋移居》《春日访友人山楼》等。

第五，通过对寺庙的园林文化环境的观照，阐发隐逸禅林的禅理禅意。陈轼作《玉泉寺》二首：

城西晴日过平畴，碧汉穿云最上头。法乳欲来缘石栈，丹梯随接到林丘。半天笙瑟风篁乱，绝涧璘珣冰雪瀌。野裓独行寻法侣，皎然诗思本名流。

真源悬坎出重幽，磬折冷冷玉屑浮。空谷月明秋色皎，孤桐风泻叶声悠。两峰拖黛垂残照，半日夤缘得胜游。香刹檐铃花雨散，应须鹄里问根由。唐独觉禅师鹄里人②

---

① 陈轼撰，张小琴点校《道山堂集》，第 347 页。
② 陈轼撰，张小琴点校《道山堂集》，第 353 页。

寺庙自古与禅宗隐逸紧密相关。陈轼以寺庙中的竹林、月色、斜阳、秋风等风物意象的塑造，展现寺庙文化的禅理禅趣。他将自己置身于这一悠闲自然的环境中，表现对超凡脱俗、空灵清幽的寺庙文化环境的向往，这实际上也隐含着遗民志士高洁悠远的情怀。

　　值得注意的是，陈轼园林书写的意象尤为丰富且深刻，其园林书写中所体现的时间意识也在一定程度上体现了其作为遗民士人对逝去的时间的追惜，隐含着其对故明王朝的眷恋之情。陈轼园林书写的意象也包括人的意象，如渔夫、樵夫，以及由人所造就的梦的意象，这些都是极鲜明的隐逸象征。陈轼以渔夫、樵夫等为书写对象，追慕渔夫、樵夫隐逸山林、无世俗凡尘干扰的生活状态，标榜独立隐逸的心境姿态。如：

　　　　停骖问樵人，指向东皋去。[1]

　　　　樵人抱枯枝，尚带白云湿。[2]

　　　　坐杂渔樵话，人夸庾谢才。[3]

　　　　一柯玉斧成樵话，数卷新诗作雅南。[4]

　　　　优闲谁似渔樵者，重叠儿孙互劝酬。[5]

　　　　愚公晦迹生涯薄，南岭樵歌任往还。[6]

---

[1] 陈轼撰，张小琴点校《道山堂集》，第56页。
[2] 陈轼撰，张小琴点校《道山堂集》，第61页。
[3] 陈轼撰，张小琴点校《道山堂集》，第337页。
[4] 陈轼撰，张小琴点校《道山堂集》，第342页。
[5] 陈轼撰，张小琴点校《道山堂集》，第352页。
[6] 陈轼撰，张小琴点校《道山堂集》，第357页。

酒幔河桥风雪夜，年年清梦满庭莎。①

双鬓相看白发何？锦裘金玦梦中过。②

栩栩无心梦蝶胥，薜帏常对一床书。③

一自放生持半偈，临流且莫理渔竿。④

这些园林书写的字里行间透露着陈轼对隐逸生活的向往和思慕。在对锦裘金玦的态度上，陈轼以梦中过的姿态，表示放弃锦衣玉食的仕宦追求。以渔夫、樵夫的隐逸之风改变自己的心境，敢于放逐自我，追求清流隐逸之风，成为陈轼入清后追求的目标。

陈轼笔下的植物意象种类繁多，数量也十分壮观，令人惊叹。如梅花、菊花、杜鹃、莲花、荷花、海棠花、梨花、修竹、古树、春草、薜萝、柳树等，这些植物的意象并非仅是单纯的物象描绘，而是蕴含着作者的深意。

文学书写中的梅花意象，在宋代以前，主要以一种整体性的审美形象出现，作家们对梅、菊的香味、颜色、神韵、形象等进行书写刻画。宋代及以后的作家对梅花的审美则极为细腻幽微，这一方面是对前人的传承与深化，另一方面，作家们也因对时代的感怀，有意在园林居所对梅花进行极细微的观察和体认，并以之寄托他们的志节。宋代的林逋、范成大、杨万里等对梅花的生长动态、瞬息变化及形象姿态进行深入内心的体察。如范成大《丁未春日瓶中梅殊未开二首》其一曰："情钟吹蕊破，静极觉香生。"⑤ 范成大《案

---

① 陈轼撰，张小琴点校《道山堂集》，第115页。
② 陈轼撰，张小琴点校《道山堂集》，第124页。
③ 陈轼撰，张小琴点校《道山堂集》，第344页。
④ 陈轼撰，张小琴点校《道山堂集》，第107页。
⑤ 邓国光、曲奉先编著《中国花卉诗词全集》（一），河南人民出版社，1997，第110页。

上梅花二首》其二曰："一夜花须半吐黄。"①杨万里《郡治燕堂庭
中梅花》诗曰："林中梅花如隐士，只多野气无尘气。庭中梅花如贵
人，也无野气也无尘。"② 这些诗作细致描绘了梅花的外在形态，也
对园庭之梅花与山野之梅花所呈现的气质进行了对比。"梅花如隐
士"之句，则很明显体现了诗人以梅自喻，以具有隐逸之风的梅花
为崇尚对象的思想。明末清初时期，由于时代变局，前人以具有傲
骨的梅花为寓托歌咏的方式，使以园林空间的审美场域与审美氛围
来抒怀写志的创作艺术，得以更为极尽能事之发挥，梅花成为清初
遗民们寄寓身世遭遇的载体。

北宋作家林逋继承了晚唐贾岛和姚合等苦吟诗人的创作风格，
以清新小巧的自然风物为书写对象，表达闲适恬淡、旷达超脱或失
意惆怅的文人士子心态。林逋的七言律诗《山园小梅》（二首）即
是典型，也是历史上写梅作品中的精品之一。

> 众芳摇落独暄妍，占尽风情向小园。疏影横斜水清浅，暗
> 香浮动月黄昏。霜禽欲下先偷眼，粉蝶如知合断魂。幸有微吟
> 可相狎，不须檀板共金樽。

> 剪绡零碎点酥乾，向背稀稠画亦难。日薄从甘春至晚，霜
> 深应怯夜来寒。澄鲜只共邻僧惜，冷落犹嫌俗客看。忆着江南
> 旧行路，酒旗斜拂堕吟鞍。③

林逋的这两首咏梅诗，与前人相比最大的创新之处在于以梅花的高
洁品性及其特有的梅枝、梅影的姿态神韵之美来表达他自己孤独的
隐逸情怀。大文学家欧阳修在《归田录》卷二中评价说："前世咏
梅者多矣，未有此句也。"④ 陈与义《水墨梅五绝》其五指出："自

① 尧毅、郑玲编《咏梅诗大观》，中国戏剧出版社，2010，第81页。
② 辛更儒笺校《杨万里集笺校》（第二册），中华书局，2007，第616页。
③ 林逋：《林和靖诗集》（卷二），黄猷藏书，宣统庚戌刻本，第6页。
④ 欧阳修：《归田录》（卷二），商务印书馆，1926，第2页。

读西湖处士诗，年年临水看幽姿。晴窗画出横斜影，绝胜前村夜雪时。"① 他认为林逋的咏梅诗作压倒了唐代齐己《早梅》诗中的佳句"前村深雪里，昨夜一枝开"②。王十朋《腊日与守约同舍赏梅西湖》更是给予林逋咏梅诗极高的赞誉："暗香和月入佳句，压尽千古无诗才。"③ 辛弃疾也受到林逋咏梅诗的极大感发，在《念奴娇·赋傅岩叟香月堂两梅》中奉劝文人词客们不要草率咏梅："未须草草，赋梅花，多少骚人词客。总被西湖林处士，不肯分留风月。"④ 林逋的咏梅诗也让伟大的爱国词人辛弃疾作咏梅词的压力倍增。林逋吟咏梅花枝影时用的创新用语——"疏影""暗香"，成为后人填词咏梅的专有名词，甚至成为后世作家们的咏梅调名。姜夔即以《疏影》《暗香》为词牌咏梅。由此可见，林逋的咏梅诗对后世作家咏梅的技巧产生了深远的影响。同时，从其审美寓意看，林逋的咏梅诗融汇他辗转仕途、漂泊流寓、背井离乡后归隐山林的一生，并具有比德用意。

陈轼笔下的园林咏梅诗，无疑受到了前人咏梅诗的影响和熏陶。其咏梅诗蕴含坚贞不屈的遗民品格。

　　　　粉蘂拖新梅，珠莹凝幽篁。⑤

　　　　浇圃多为名菊种，环山半是老梅阴。⑥

　　　　更夸何逊扬州兴，香喷枝头见早梅。⑦

---

①　吴书荫、金德厚点校《陈与义集》（上），中华书局，2007，第55页。
②　张剑：《唐宋诗词名篇欣赏》，中国人民公安大学出版社，2009，第121页。
③　梅溪集重刊委员会编《王十朋全集》，上海古籍出版社，1998，第123页。
④　辛弃疾撰，邓广铭笺注《稼轩词编年笺注》，第465页。
⑤　陈轼撰，张小琴点校《道山堂集》，第60页。
⑥　陈轼撰，张小琴点校《道山堂集》，第114页。
⑦　陈轼撰，张小琴点校《道山堂集》，第343页。

数树红梅浣濯鲜，腊寒匝月雨风天。①

芸香翻史闲挑蠹，皓首冲泥为看梅。尽日山庄无客到，小栏杆外岭云回。②

巡檐索笑兴偏长，零乱梅花舞。③

鼎革之际辗转无常的仕途经历使陈轼看淡了世俗烟尘。在这一点上，他与"以梅自况"的历代传统文人士子具有很大的精神契合之处。而他因仕途经历而产生的思想与林逋历尽仕宦沧桑后的隐逸思想则更是产生了共鸣。因此，陈轼的咏梅诗表面上写梅花不惧天气严寒与暴风骤雨，写早梅绕枝头，写老梅开遍山腰，写梅花的静态景观，写梅花的动态情景，写梅花的凌乱舞姿等，实则蕴含很深刻的精神力量，具有强烈的现实自比性，很容易让人联想到梅花的境遇与作者的人格操守之间达到了精神上的无间契合。陈轼显然学习了林逋侧面烘托的作诗技巧，在赞赏梅花的清绝高迈的审美姿态与不惧风雨的精神勇气时，融入了自己的遗民人格理想与神韵气质。这一点在陈轼对"老梅"形象的刻画中表现得尤为突出。正如程杰所言：

这种形象不仅以其稀枝疏花进一步发展了一般梅花闲静幽逸、高雅脱俗的意趣，而且以其老干蟠曲之势进一步强化了枯瘠峭劲、坚贞不屈的气格精神，同时又以其萧散、苍劲的形象显示了历练入骨、气格老成、"绚烂之极归于平淡"的德性理想。④

---

① 陈轼撰，张小琴点校《道山堂集》，第348页。
② 陈轼撰，张小琴点校《道山堂集》，第349页。
③ 陈轼撰，张小琴点校《道山堂集》，第382页。
④ 程杰：《中国梅花审美文化研究》，巴蜀书社，2008，第87页。

陈轼在与梅花的相处相知中，深化了对园林的认知体验。园林空间作为遗民的精神空间的栖息和归属之地，为陈轼感受园林环境提供了恰到好处的文化氛围，同时也使他的精神境界得以自足自解。

陈轼园林书写中的菊花的意象，也继承了传统咏菊的隐喻意义。自从陶渊明"采菊东篱下，悠然见南山"句出，菊花的形象便与标榜孤高绝俗的高洁隐士等具有密切的内在联系，也成为古代文人士子自身抱负理想与高尚情操的化身。陈轼的《重九日》之一说："留取陶潜篱下菊，一群香艳冠花曹。"① 由此可见，陈轼园林书写中的菊花意象，受陶渊明以菊花寄托归隐田园思想的影响甚深。

陶渊明之后，咏菊最著名者莫过于唐末的农民起义军将领黄巢。黄巢旨在以题咏菊花寄托强烈的反抗精神，同时，其咏菊诗也十分具有欣赏推敲的文学价值。黄巢的《题菊花》写道："飒飒西风满院栽，蕊寒香冷蝶难来。他年我若为青帝，报与桃花一处开。"② 此诗的寓意是相当明显的，它借菊花隐喻当时社会上千千万万处于底层的人民百姓。黄巢欣赏菊花不惧风霜傲然开放的顽强精神和旺盛的生命力，也为菊花所处的恶劣环境及其所遭遇的命运之不公表示强烈的愤慨与不平。作者巧妙地运用了比兴的手法，同时也融入了自己对所处历史情境的特殊感受与理解。陈轼所咏之"菊花魂"也具有颇深的映射意义："云阵色侵青史案，薜帷香射菊花魂。"③ 从陈轼所咏之"菊花魂"中，我们也能体会其与黄巢笔下的菊花精神在不同时空环境下的思想共鸣与异曲同工之妙。一个"魂"字即能让人深切体会陈轼赋予菊花的高洁品性与英勇冒险的牺牲精神，这与遗民的抗清品质又具有极大的相似性。陈轼《集林立轩池亭和黄处安》："为寻彭泽菊，新析尽黄金。"④ "黄金"一词，既写出了菊花开放时颜色如黄金般灿烂，同时也让我们联想到黄巢的咏菊诗

---

① 陈轼撰，张小琴点校《道山堂集》，第 351 页。
② 彭定裘等编《全唐诗》（卷 733），上海古籍出版社，1986，第 8384 页。
③ 陈轼撰，张小琴点校《道山堂集》，第 106 页。
④ 陈轼撰，张小琴点校《道山堂集》，第 332 页。

"冲天香阵透长安，满城尽带黄金甲"，菊花在这里是富有高洁品格的英雄的化身。陈轼在"黄金"前冠以"尽"字，言下之意是，园林中的菊花绝非一枝独放，而是群体皆荣，这映射出如菊花一样富有高洁情怀的遗民志士不在少数，他所歌咏的是一个遗民群体而非仅仅只是个体。此外，陈轼的其他咏菊文字，如"斯菊月之奇观，而杪秋之胜事者也"[①]"菊篱隐隐含英露，梨实垂垂醮水团"[②] 等，也借菊咏怀，富有深刻的思想内涵。

陈轼似乎与园林中的种种植物建立了十分亲密的关系。陈轼的园林书写中，除了梅、菊之外，莲花也是他经常观照抒怀的对象。他所歌咏之莲花的意象，也多象征清纯高洁的遗民品质，如：

莲脸初匀腻，灯辉乍荧煌。[③]

木莲犹发艳，裛露澹红匀。[④]

鶗声始动方长至，莲蕊初成尚浅红。[⑤]

策杖莲宫青嶂下，正宜说偈念真如。[⑥]

日坐莲花珠网里，管弦如沸咽长松。[⑦]

荷叶似车盖，次第舒绿裳。[⑧]

① 陈轼撰，张小琴点校《道山堂集》，第 331 页。
② 陈轼撰，张小琴点校《道山堂集》，第 352 页。
③ 陈轼撰，张小琴点校《道山堂集》，第 65 页。
④ 陈轼撰，张小琴点校《道山堂集》，第 332 页。
⑤ 陈轼撰，张小琴点校《道山堂集》，第 361 页。
⑥ 陈轼撰，张小琴点校《道山堂集》，第 366 页。
⑦ 陈轼撰，张小琴点校《道山堂集》，第 109 页。
⑧ 陈轼撰，张小琴点校《道山堂集》，第 314 页。

倚荷亭而贡媚，缀露井以含光。①

蟾响动高斋，荷香近水涯。②

陈轼在遭遇不幸时，即寻找莲花作为宽慰自己的精神寄托。他似乎在与莲花的惺惺相惜中产生了共鸣：

几许沧桑人不改，相逢应识火中莲。③

"火中莲"本身即是用典，因莲花生长于清凉的池水中，其本性清洁高雅，即使身处逆境也能自解心中之烦闷。陈轼劝慰自己心向莲花，向莲花的清凉高雅境界看齐，这样才能消解内心的苦闷与哀愁。他与莲花之间形成了精神上的互动与交流，实现了物我合一的融合境界。

松树的意象，象征孤零幽寂、挺拔正直的遗民形象：

薜帷张松风，竹町笼烟雾。④

闲鸟鸣杉松，清音引虚寂。⑤

静坐小斋青簟上，一天风雨听松吟。⑥

慢亭峰上松篁路，羡早归山访薜萝。⑦

白雪敲松韵，雄谭落麈毛。⑧

---

① 陈轼撰，张小琴点校《道山堂集》，第 331 页。
② 陈轼撰，张小琴点校《道山堂集》，第 339 页。
③ 陈轼撰，张小琴点校《道山堂集》，第 355 页。
④ 陈轼撰，张小琴点校《道山堂集》，第 56 页。
⑤ 陈轼撰，张小琴点校《道山堂集》，第 61 页。
⑥ 陈轼撰，张小琴点校《道山堂集》，第 114 页。
⑦ 陈轼撰，张小琴点校《道山堂集》，第 124 页。
⑧ 陈轼撰，张小琴点校《道山堂集》，第 339 页。

茅栋松轩翳碧苔，古今几度白驹催。①

著策已过周易卦，松心未负岁寒年。②

松树鹤窠茅屋下，春光只在竹皮巾。③

长虹驾鸟迹，空窦起松声。④

修竹的意象象征虚怀若谷、高风亮节、挺拔洒脱的遗民情怀，如：

蹑草幽寻到竹根，主人高致自轩轩。⑤

高人幽隐水之湄，路过千峰下竹篱。⑥

霜畦新灌春蔬茁，石几高眠竹户扃。⑦

曲岸疏篱，想竹栏之琴韵；寒烟荒草，听芦沼之蛙声。⑧

烟凝修竹坞，客饱腐儒餐。⑨

古巷城南仲蔚家，当窗新竹绿筠斜。⑩

---

① 陈轼撰，张小琴点校《道山堂集》，第 343 页。
② 陈轼撰，张小琴点校《道山堂集》，第 349 页。
③ 陈轼撰，张小琴点校《道山堂集》，第 349 页。
④ 陈轼撰，张小琴点校《道山堂集》，第 368 页。
⑤ 陈轼撰，张小琴点校《道山堂集》，第 106 页。
⑥ 陈轼撰，张小琴点校《道山堂集》，第 109 页。
⑦ 陈轼撰，张小琴点校《道山堂集》，第 114 页。
⑧ 陈轼撰，张小琴点校《道山堂集》，第 331 页。
⑨ 陈轼撰，张小琴点校《道山堂集》，第 332 页。
⑩ 陈轼撰，张小琴点校《道山堂集》，第 347 页。

闲倚绿窗闻瀑竹，炉中商陆待余年。①

春来种竹须千个，密筱长竿碧玉椽。②

竹丛招隐多萝薜，雾眼寻花半杖藜。③

小桥珠槛摇潭镜，暮磬清声出竹扉。④

尽日追陪竹院中，绿阴庭静细雀叫。⑤

古树的意象象征遗民士人历经人世沧桑，改朝换代之后仍眷恋故明王朝的深情，如：

莫林急雨虚檐下，深巷幽禽古树攀。我爱庐陵经史富，应多诗赋动江关。⑥

蛮荒五岭孤猿啸，鸟道千峰古树平。⑦

动物的意象，如黄莺、燕子、蝴蝶、江鱼、鸬鹚、溪鸟、黄鹄、喜鹊、骊驹、雁、猿、鹏，或寓意深刻，或用以辅助景物的描绘。后三类之雁、猿和鹏等，则富有深意。雁的意象，或寄托远大理想，或寄托怀乡思亲、忠贞守节之情，或寄托孤寂冷清之感：

鼓鼙正喧阗，鸿雁尚余疮。相对各叹息，聊尔尽余觞。⑧

① 陈轼撰，张小琴点校《道山堂集》，第 348 页。
② 陈轼撰，张小琴点校《道山堂集》，第 349 页。
③ 陈轼撰，张小琴点校《道山堂集》，第 356 页。
④ 陈轼撰，张小琴点校《道山堂集》，第 113 页。
⑤ 陈轼撰，张小琴点校《道山堂集》，第 326 页。
⑥ 陈轼撰，张小琴点校《道山堂集》，第 356 页。
⑦ 陈轼撰，张小琴点校《道山堂集》，第 362 页。
⑧ 陈轼撰，张小琴点校《道山堂集》，第 61 页。

一天霜雁过寒皋，晴霁山川对缊袍。①

山斋飞雨落空杆，忽听骊驹嘹雁惊。②

影随孤雁迥，翼并大鹏翔。③

猿的意象则往往冠以愁闷和孤独之意：

穷年栖息听谈经，鹫岭愁猿怅恨长。④

蛮荒五岭孤猿啸，鸟道千峰古树平。驿路苍苍黄叶满，可能回首忆呜嘤。⑤

猿吟惊谷吹，鹤下傍霄行。⑥

鹏的意象象征遗民士人挣脱现实束缚，实现远大报负的理想愿望，如：

应知霄汉天章近，羽翰扶摇欲化鹏。⑦

影随孤雁迥，翼并大鹏翔。⑧

从审美艺术上看，陈轼的园林书写离不开管弦乐器与美酒良茶等高雅意象。在陈轼的园林书写中，仅"琴"这一乐器，就出现

---

① 陈轼撰，张小琴点校《道山堂集》，第351页。
② 陈轼撰，张小琴点校《道山堂集》，第362页。
③ 陈轼撰，张小琴点校《道山堂集》，第84页。
④ 陈轼撰，张小琴点校《道山堂集》，第321页。
⑤ 陈轼撰，张小琴点校《道山堂集》，第362页。
⑥ 陈轼撰，张小琴点校《道山堂集》，第368页。
⑦ 陈轼撰，张小琴点校《道山堂集》，第364页。
⑧ 陈轼撰，张小琴点校《道山堂集》，第84页。

100 多次。如：

> 琴曲数声频往复，清唳恐惊霜夜寒。[1]

> 似已傥抱质遗文，无事淹洽，则是虫吟蚓窍，可比琴筝。[2]

> 天界清气高，琴樽挂云帱。[3]

> 偃盖阴阴留尘（麈）尾，疏琴冷冷半炉香。何时扶得花幢影，移植高枝凤沼傍。[4]

关于"丝管"之乐器有：

> 平皋草色笼烟黛，画舫歌声咽管弦。最是群公欢赏日，风流不让永和年。[5]

> 霏霏青矾石，凄凄玉管笙。[6]

> 管乐救时客，未厌山野狂。缠绵郁纤轸，遥情睇霞庄。清琴渌水曲，林塘渐夕阳。[7]

> 白鹿鹅湖追远迹，城西丝管日相催。[8]

---

① 陈轼撰，张小琴点校《道山堂集》，第 109 页。
② 陈轼撰，张小琴点校《道山堂集》，第 164 页。
③ 陈轼撰，张小琴点校《道山堂集》，第 311 页。
④ 陈轼撰，张小琴点校《道山堂集》，第 321 页。
⑤ 陈轼撰，张小琴点校《道山堂集》，第 107 页。
⑥ 陈轼撰，张小琴点校《道山堂集》，第 83 页。
⑦ 陈轼撰，张小琴点校《道山堂集》，第 314 页。
⑧ 陈轼撰，张小琴点校《道山堂集》，第 364 页。

　　日坐莲花珠网里，管弦如沸咽长松。①

关于"酒"和"茗"的书写有：

　　池雨花间照，林篁鸟语喈。风来群木杪，休厌酒如淮。②

　　红亭酒幔几时消？只见天高度碧寥。③

　　漫言新赋如麻竹，酒脯酬劳有谪仙。④

　　戏马兴亡徒积恨，不如斗酒更持螯。⑤

　　炉前香茗消闲昼，槛外繁花向绮窗。⑥

　　欲焙松枝供茗叶，早随兰枻入江城。⑦

　　综上而言，陈轼笔下的园林书写，不仅关注他自己的居所，也观照遗民朋友的寓所和参与遗民群体雅集酬唱时的亭台楼榭、书院、草堂等，还对富有禅意的寺庙、林木、花草进行细致的描绘。陈轼以园林中的花草林木入诗，并进行极其精致、细腻的体认，有意以貌取神，以外在的形象感知来折射其内在的遗民人格风骨。从陈轼对园林风物的描绘中，我们也能捕捉其内心情境。其所运用的园林意象，富有深刻的思想内涵与遗民之思。这些园林元素，被赋予人的灵性和主观意义，陈轼与它们之间建立了一种互动关系。陈轼从

---

① 陈轼撰，张小琴点校《道山堂集》，第109页。
② 陈轼撰，张小琴点校《道山堂集》，第339页。
③ 陈轼撰，张小琴点校《道山堂集》，第347页。
④ 陈轼撰，张小琴点校《道山堂集》，第348页。
⑤ 陈轼撰，张小琴点校《道山堂集》，第351页。
⑥ 陈轼撰，张小琴点校《道山堂集》，第345页。
⑦ 陈轼撰，张小琴点校《道山堂集》，第119页。

这些园林元素的描写中得到心灵的自解与自足，园林中的物象实际上成为陈轼心境姿态与遗民人格操守的载体，充分展现了陈轼作为明末清初福建遗民文人所具有的道德品质。

二　时间、空间与遗民精神的互动关系

在历代园林文学的书写中，作家们的时空观念本来就很强。作家们的思想心志、身世经历与创作动因之间具有深刻的内在联系。在园林文学风貌的形成因素中，作家的人格理想、道德修养和文化心理沉淀等因素发挥着关键性的作用。在陈轼的园林书写中，其抒发遗民心志的情感倾向贯穿始终，也即他不愿失落心中的明王朝的"遗"的心境姿态，并以隐逸山林的方式传达遗民超脱世俗、抱节守志的文化立场。陈轼为在其园林的书写中表现这一"遗"的心境姿态与理想追求，往往将园林在某一历史时间的纵向上进行前后的对比，或将园林作为空间的物象进行身心的寄托。园林的时空意象与陈轼的遗民精神品质形成内外合一的整体互动关系。

陈轼以自身居住的园林及其所游历的友人居所、所参与唱和雅集的亭台楼榭等地理空间为对象，进行多维度的书写，我们从中可见陈轼的审美品位，也可从中窥见明末清初以陈轼为中心的遗民群体成员之间的互动关系，分析挖掘园林书写背后所承载的时间、空间等意象与遗民的精神风貌、古今之思和历史感怀之间的内在关系。

在追怀往昔的过程中，我们经常会将过去与现在的情态相比较，时间将今日的"我"与昔日的"我"连接起来，我们的人生（无论变化有多大）亦因而有了一种内在的延续感。[①] 如前所述之《过东皋》，就具有十分明显的时间意识。陈轼通过明亡前与鼎革后游历东皋园林的所见所思所感，以园林的物象抒发了因时间的流逝而物象

---

① 林立：《沧海遗音：民国时期清遗民词研究》，第 92 页。有关时间要素在文化记忆理论中的讨论，可参见 Barbara A. Misztal, *Theories of Social Remembering*, Open University Press, 2003, pp. 108 – 115。

皆非的深沉感慨。而造成这种强烈的时间意识和园林由清雅幽静之地变成废墟残垣的原因，正是清朝统治者的入侵与明王朝政治实力的衰退。作者用东皋园林所经历的一切，让人产生今不如昔的感慨，表现了作者对昔日一去不复返的时光的深切回忆与怀念。陈轼以时间的变化诠释同一空间景观的不同面貌，意在呈现他自身内心对时局的焦虑与心灵无处安放的困顿。

陈轼的《朝舆侄新建南阳宗祠原系少卿一水公道山草庐故址作诗以美之》（四首）有言：

> 卿月承金掌，归田半亩余。可怜廉吏隐，仅得草庐居。戎马长丛棘，名山怅负岨。谁能追祖德，重整旧阶除。

> 烨赫家声远，恩波锦帕重。介珪传累叶，芗气上诸峰。对岸平沙鹭，空山古寺钟。丹青忆遗老，盛代几人逢？

> 昔年夸谷口，今作大宗祠。礼乐衣冠旧，春秋缩侑宜。画梁来燕雀，高构藉弓箕。韦杜城南地，悠然剑履思。

> 创建功诚巨，山光积翠深。青岭连鸟翅，幽壑薄城阴。祖笏堆床永，兰羞荐俎歆。公侯宜复始，作述凛遗簪。[1]

这四首诗的时间感是十分强烈的。陈轼通过空间物象随着时间流逝所体现的前后鲜明的对比，表达物是人非、朝代更替的兴亡之感。第一首，写曾经的明朝官吏在明亡后却归隐深山草庐，生活条件大不如前，令人生悲。陈轼入清后即归隐山林，这里的自喻颇为明显。而昔日明王朝修建的祠堂阶梯，入清之后却因无人打理而显得破旧不堪，汉族的祖宗福德无人继承。这里蕴含着陈轼对改朝换代后汉族祖宗祠堂无人继承追思的无限叹惋之情。第二首，以祠堂周围的

---

① 陈轼撰，张小琴点校《道山堂集》，第 337~338 页。

山峰、鹭鸟等景物衬托幽深肃静的环境，更以"古寺钟"让读者将现实与过去联系在一起，让人联想这片空间属于明王朝的时光已经一去不复返。更让人伤心的是，祠堂中遗老们的容貌再次唤醒了作者的兴亡之感。这是以祠堂空间承载了时间的流逝，令人不禁伤感哀愁。第三首，也以同一空间因鼎革而成为截然不同的所属来表现历史的沧桑巨变，由此引发作者深沉的感慨与反思。第四首，写昔日遗老们所构筑的雅集园林却成了纪念遗老们的祠堂，人事的沧桑巨变、一切的哀婉愁情全都融入祠堂幽深肃穆的环境描写中。新建的南阳宗祠与道山草庐之间形成同一空间上不同时间景致的差异，陈轼以宗祠与草庐的对比，体现时间的观念和遗民文人对曾经属于明朝的空间的追怀与体认，标举新建祠堂中昔日遗老们的先导意义。

　　除了对同一空间意象的不同历史时期的变化进行细致的对比勾勒，陈轼在参加园林雅集酬唱时，往往以干支纪年法隐含自己对明王朝的延续意识。如《庚申除夕》《辛酉元旦》《辛酉长至》等即能体现这一点。陈轼以干支纪年标注明确的时间，记忆生命的历程，一方面固然有为时间赋予记事功能的用意，另一方面则具有警惕年华流逝的作用。陈轼深知自己的遗民身份，他十分害怕自己有限的生命时间毫无价值地流逝，也因此产生年华不再、时不我与的紧张情绪。他需要在过去的时间轨道上寻找精神的支撑或身份的归属感，以舒缓现实情境中内心的悲慨愁绪。处于明王朝已经衰灭，清朝统治格局已定的时空环境中，文字之祸随时会降临到自己头上。因此，对遗民意识的时间书写既要体现其自身内在的民族气节，又由于他们忠贞不渝所珍重的传统文化价值观被新朝遗弃，遗民文人也因忠于故明不仕二朝而被入仕新朝的"贰臣"所鄙视，大多遗民士人选择以干支纪年而非代表已逝王朝的帝号纪年体现自己与世相违的身份意识。这并不能责怪遗民们不敢面对现实，而是在无法力挽狂澜的无奈境遇中，作为弱者的遗民只能尽自己有限的生命，以传统纪年历法延续明朝最后的时间"大限"。因此，陈轼用一种看似平淡豁达的态度掩盖内心对清朝统治的不满与对故明王朝的忠义精神。他运用干支纪年法，强化自己的时间意识，正是遗民心境的自我写照。

这让我们联想到陶渊明在晋朝将危之时"但书甲子"的说法。《宋书·陶潜传》曰：

> 自高祖（刘裕）王业渐隆，（陶）不复肯仕，所著文章，皆题其年月，义熙以前，则书晋氏年号，自永初以来唯云甲子而已。①

"义熙"为晋安帝的年号，但晋朝早已名存实亡，当时实际掌握政权的是刘裕。"永初"即刘裕建立南朝宋以后的年号。历史上对陶渊明用干支纪年表达不愿接受刘裕政权统治的说法，具有多种解读，甚至有人提出明确的质疑。反对者认为陶渊明只是偶尔用干支纪年法而已。但陶渊明的遗民隐逸思想是众所周知的，因此，其在文学书写中运用干支纪年法表达遗民之志一事，也受历代诸多爱国志士的赞颂。北宋盛极一时的江西诗派的开山之祖黄庭坚即作《次韵谢子高读渊明传》曰：

> 枯木嵌空微暗淡，古器虽在无古弦。袖中政有南风手，谁为听之谁为传？风流岂落正始后，甲子不数义熙前。一轩黄菊平生事，无酒令人意缺然。②

黄庭坚对陶渊明抱节守志、不仕二朝的道德品质大加赞赏。陈轼的园林书写，以传统干支纪年法增强时间意识，在一定程度上与陶渊明的创作实践与隐逸思想具有一脉相承的渊源关系。

传统节日或节气，如元日、小春、立夏、七夕、重阳、立秋、中秋、立冬、社日、除夕等，也是遗民们经常观照的时间。传统节日或节气对遗民来说具有促进其回忆前朝传统节日或节气活动场景

---

① 沈约：《宋书》（卷九十三），中华书局，1974，第 2288 ~ 2289 页。
② 黄宝华选注《黄庭坚选集》，上海古籍出版社，1991，第 29 页。关于陶渊明"义熙后但书甲子"的争论，参见该书第 31 ~ 33 页。

的作用。从某种意义上说，这些传统节日或节气也属于前朝遗留下来的文化遗产，伴随着他们度过动荡的岁月。遗民们在进入新朝后，仍是年复一年地开展传统节日或节气活动，因为这些节日或节气具有提醒记忆的功能和深厚的传统文化价值与传承意义。每一次传统节日或节气的到来，似乎都在提醒他们改朝换代给他们带来的时间断裂感，他们也因而受到精神上的巨大冲击。

陈轼与遗民友人们往往有意识地在传统佳节聚集园林，诗文酬唱，因此，也留下诸多雅集宴会之作。一般的雅集宴会往往与清闲安逸、心旷神怡和消磨时光等联系在一起。对于遗民而言，他们确实很"清闲"，但他们并不能在这种清闲的文酒诗会中得到真正的安逸和畅快。因为改朝换代，他们不愿入仕清朝，才华能力和建功立业的抱负无从施展，他们将"清闲"的时光用于缅怀过去的时日，在回忆往事中又意识到今日之境已非昔日的情景，进而产生浓厚的感伤，也即林立所说的"昔曾有之而今也则亡的惆怅"①。

陈轼在园林宴游中，有许多关于传统节日或节气之作，如《重九日道山南阳祠雅集和黄处安张屺园陈紫岩诸子》《立夏后一日社集荔水庄邀楚黄叶慕庐部曹和黄处安》《立冬日邵蓉园招饮赏橘》《小春二日诸公宴集山园和黄处安》《仲春三日顾梁汾招集道山书院因见谢斗生为梁汾拟古写照及读二少年壁上新诗和黄处安》《社日林天友招集道山书院》《冬日同黄处安谢青门蔡中旦湛苑叔访林克溥克千兄弟赏梅花》《初夏集庄耻五容园时杜鹃尚未谢》《立秋后二日黄处安招集荔水庄看莲午后微雨分得斋字陶字》《上元日长乐台观灯》《春日访友人山楼》《仲秋山园梨花盛开》《庚申除夕》《重九日》《辛酉长至》《七夕乌石山雅集》《忆秦娥·集松陵吴慊庵鸳鸯书屋赏菊》等。正是因为传统节日或节气具有提醒人们回忆前朝人事的功能，陈轼在园林书写中，往往以传统节日或节气为标题。这些有关传统节日或节气的园林宴游之作，无不体现陈轼强烈的时间意识，但这

---

① 林立：《沧海遗音：民国时期清遗民词研究》，第 92 页。

种时间意识其实是其对时间产生焦虑的隐性描述。陈轼有意提及传统节日或节气，实际上是希望通过传统节日或节气提醒自己对逝去的时间、人事和景物进行追忆和怀念，传达自己对逝去的年华、人物的追惜，对故明王朝的怀念之情，寄寓自己的忠义思想。

陈轼的这些诗作，一方面，赋予转瞬即逝的传统节日的宴集活动纪念的意义；另一方面，也通过传统节日瞬间的场景记忆，连接过去与现在、现在与将来，也即昨天和今天、今天和明天，进行历时性的思考，由此生发对故明王朝的追思，对前朝政治文化的认可，以及今非昔比、未来不可预测的惆怅和不安。

陈轼的《重九日道山南阳祠雅集和黄处安张屺园陈紫岩诸子》曰：

> 绛叶飞不已，西风转萧槭。山川停战鼓，野屋城南隙。褰衣苍翠侧，群英聚剑舄。天界清气高，琴樽挂云席。怃想入蓬莱，为忆南丰客。斯文诚不朽，永勒乌山石。跋首鸿雁天，细觅真人核。龙沙总泡影，戏马亦陈迹。俯槛万象悬，山灵恣游剧。凉松变秋岑，疏林微云白。桑落在眼中，陶令醉宜适。滔滔望沧溟，更觉天地窄。
>
> 清霜净天宇，飕飕响山曲。原野光烂碎，远川烟水绿。寒蝉依林木，轻暾散前躅。开堂舒疏襟，山容如燕玉。谽谺接余翠，卷帘图画足。采采黄金花，尚未展膏沃。近寺碧苔深，钟磬时断续。清秋怜鹤发，殊信日月促。不知筋力异，且覆杯中渌。朋侪结胜会，礼数少羁束。山光晚多态，空岩更欣瞩。孤亭澹夕晖，归阴尚余缛。①

重阳佳节本就是亲朋好友相聚的传统节日，而陈轼与诸友人选择了南阳祠堂为雅集的场所，很明显是借助传统节日，以遗民群友的雅

---

① 陈轼撰，张小琴点校《道山堂集》，第311~312页。

集来表达对故明王朝的先贤们的追思与怀念之情。传统节日作为时间意象，被赋予记忆的意义，重阳节成为连接现在与过去的时间纽带。诗作中并未出现"重九"这一字眼，但句句在表达人们对时间的感怀。战鼓停歇，暂无征战，本应是件喜事，但作者反而倍感哀痛，因为这说明清朝统治天下的大局已定，明朝衰亡已成定局。朋友们同仇敌忾，已无法挽狂澜于既倒，愤懑无奈之下，希望在神山仙境中聊以自慰，以不朽之文章纪念逝去的明王朝和为抵抗清朝统治而牺牲的先贤们。道山南阳祠中松树、桑叶、沧溟的沧桑变化，令陈轼及其友人想到曾经属于明王朝的园林空间因时代变迁而成为清人的天下，园林也因此遭到破坏，因此，陈轼发出"更觉天地窄"的悲叹。园林中深绿的碧苔、时断时续的钟磬声，也让人生发孤寂悲凉之感。秋天的到来，让陈轼想到自己头上又一次增添了白发，产生时不我与的悲慨。宇宙中的太阳、月亮本不因一切人事而改变其行走的速度，而陈轼却生发"日月促"的感慨，实则是自己因年华老去而感到时间的迫切性的主观反映，"日""月"二字则蕴含更深层的"明"的含义，隐喻明王朝急匆匆地走完了它的历程，复兴明朝的愿望已成为空想。由此，我们可以想见他的"悲秋哀愁"感的缘由。精力衰退，年华老去，陈轼已无力改变自己的遭遇和明朝的命运，只能在剩余的光景中静观落日山景。让自己欣慰的是，他还能与志同道合的遗民朋友们齐聚一堂，不因礼数而感到拘束。但"寒蝉""孤亭""空岩"等诸多意象仍表达了陈轼因明王朝灭亡而产生的孤独寂寞之感。

陈轼又有《重九日》（二首）：

> 山中无日不登高，偏到深秋气概豪。闲汲清泉堪灌圃，只余白发可簪蒿。轻飘飒飒吹繁叶，远海蒙蒙起素涛。留取陶潜篱下菊，一群香艳冠花曹。

> 一天霜雁过寒皋，晴霁山川对缊袍。节候每惊人易老，杖

藜还喜兴如惛。饱看稚子擎残帙，独少山妻纺落毛。戏马兴亡
徒积恨，不如斗酒更持螯。[①]

重阳佳节提醒陈轼追忆陶渊明园林中的满园遍香的菊花。陈轼继承
自陶渊明的耻居二朝的抱节守志精神已然荡漾于笔端。园林中开放
的不是一朵菊花，而是"一群香艳"，可见，与陈轼一样崇敬陶渊明
的高洁隐逸情怀的遗民不在少数。重阳佳节并没有给陈轼带来真正
的快乐，只是成为他记忆深处不可或缺的时间符号，或成为他追忆
过去，感叹年华老去、时不我与而自伤自怜的时间节点。陈轼伤怀
的是逝去的明王朝，更是死去的父老妻儿。国破家残的人间至痛，
汇集成诗作最后的兴亡积恨。自古效仿陶渊明于重阳节饮菊花酒的
文人不在少数，而国破家残已然成为残酷的现实，陈轼乃至任何一
个遗民群体的力量都无法改变这样的现状，因此，日积月累的胸中
愁情让他无法真正地借酒浇愁。同样的节日，在明朝和清朝，被赋
予不同的文化价值意义。从这一点来看，陈轼园林书写中节日的题
材，就不仅是时间上简单的今昔相比，或壮年与迟暮之间的简单对
比，而是隐含着对传统华夏文化理念的认可的深意及其遗民身份与
世相违的难言之痛。从陈轼园林书写中的时间意识可领会其深刻的
遗民隐喻寄托及其遗民心境的自解。

如果说园林书写中的时间意识具有隐性、流动性的特征，那么
园林作为空间的意象，则是显性且固定的。

"园"的繁体为"園"，"所以树果也。从囗，袁声[②]，"囗"
可意为围墙，指"园"本具有空间界限的含义。园林为遗民士人提
供了雅集酬唱的物质空间，但实质上是为遗民抒怀感悟、抒发情志
提供了独特的观照视野与精神空间。园林的空间作为物质的层面，
具有存储记忆的作用，并使过去与当下以空间作为媒介产生联系。
当我们造访一个遗址或名胜、重临一条街道，甚至只是想起这些地

---

① 陈轼撰，张小琴点校《道山堂集》，第 351 页。
② 许慎撰，徐炫校定《说文解字》，中华书局，2013，第 125 页。

方或某个广泛的地域时，我们就像开启一个恒久的保险箱一样，从那些具有象征意义的景观里提取我们对于当地人事的记忆。① 爱德华·凯西也曾指出，稳定和持久不动的地方是经验的容器，记忆甚至是由地方引导的，至少是得到了地方的支持。② 宇文所安指出，场景和文字一样，是回忆必不可少的。它们容许我们重读、重访以及重复同一行为，而时间则不可以。③ 上述论述中所提及之"地方"也即空间的意思。

在陈轼的园林书写中，无论是他自己的居所、朋友的寓所、与友人雅集酬唱的亭台楼阁，还是他曾经造访的佛寺，几乎都有明确的地名称呼。克瑞斯威尔曾指出："命名是赋予空间意义，使之成为地方的方式之一。"④ 陈轼往往用寓所地名取题，如书院、寺庙、茅堂、草堂等，体现其空间意识和自己的遗民身份意识。

一个地方对我们有了特殊的意义或我们为它赋予特殊的意义之后，我们便可以利用它来巩固我们的个人或群体意识。⑤ 陈轼对见证兴亡盛衰的园林空间的观照，实则是通过空间景物的构造激发自己对故明王朝的记忆与怀念。陈轼造访园林，参与雅集酬唱，抑或去朋友的居所，其用意都在借此寻找自己的精神寄托，为自己的身份找到合适的归属。

陈轼归闽后寓居于福州道山堂，因此，他最经常去的园林就是道山园林。他曾作《有怀道山园林》（四首）：

① 林立：《沧海遗音：民国时期清遗民词研究》，第 103 页。
② Edward S. Casey, *Remembering*: *A Phenomenological Study*, Indiana University Press, 2000, pp. 186 – 187.
③ 宇文所安：《追忆：中国古典文学中的往事再现》，郑学勤译，三联书店，2004，第 32 页。
④ Naming is one of the ways space can be given meaning and become place. 见于 Tim Cresswell, *Place*: *A Short Introduction*, Blackwell, 2004, p. 9. 中译本见克瑞斯威尔《地方：记忆、想象与认同》，徐苔玲、王志弘译，（台北）群学出版有限公司，2006，第 17 页。
⑤ 关于地方与群体身份建构的关系，参见 Maurice Halbwachs, *The Collective Memory*, Harper & Row Publishers, 1980, pp. 84 – 88; Barbara A. Misztal, *Theories of Social Remembering*, Open University Press, 2003, pp. 16 – 17.

茅堂林麓白云端，乌石峰来谷口攒。月晕虚檐侵画幌，藤阴曲径系朱干。古榕森竦参天立，宝塔峥嵘蘸水团。春色南园芳草绿，几回坎坷负青峦。

当窗紫霭对苍岑，步屧亭皋爽气深。浇圃多为名菊种，环山半是老梅阴。寒鼯出穴窥新栗，戏鸟将雏到晚林。静坐小斋青簟上，一天风雨听松吟。

冯高眺望迥孤青，景物森森思不停。烟火万家开井里，原畴千顷见郊垌。霜畦新灌春蔬苗，石几高眠竹户扃。更欲濠梁频遣兴，绿波吹动半池萍。

名山第一自嶒峨，记昔芸窗铁研磨。彩笔敢言干气象，朱缨久已挂藤萝。自伤王粲栖迟赋，长愧尧夫安乐窝。酒幔河桥风雪夜，年年清梦满庭莎。①

诗题"有怀"二字，很直接地体现了陈轼对道山园林深厚的感情。陈轼描绘了清幽宁静、古朴雅致的园林环境，将道山园林视为尘世中的一片净土，将之与喧嚣的外在环境相隔绝。这样的园林景观正是遗民一如既往所追求的环境空间。创造这一园林空间的古榕、宝塔、老梅、松树和青山绿水等，都是故明王朝遗留下来的，很容易引起作者对前朝的怀想与回忆。因此，怀念道山园林，实际上是借助园林的空间环境，表达对故明王朝的追忆和感怀。陈轼在道山园林找到了可以维系明朝文化的空间景观，唯有这样的空间环境，才能让他安然栖身，也才能让他的遗民身份与所处的空间环境真正融合在一起。道山园林为陈轼提供了十分舒适的环境空间，因此他又联想起生逢乱世、客居他乡、才能不得施展的"建安七子"之

---

① 陈轼撰，张小琴点校《道山堂集》，第114～115页。

一——王粲。陈轼认为自己与王粲相比境遇实在是好得多,因此,他对王粲的境遇产生悲悯之情,也因自己安逸享乐于道山园林这样古朴幽静的空间环境却无所作为而感到惭愧不已。显然,相比道山园林的景致布局,陈轼更关心的是园林的空间观感能给他带来精神的寄托。可以说,陈轼敏锐地捕捉到的空间意象,象征着他在鼎革之际的内心感受。陈轼在园林中的空间观感,反映的是当下的生活境况和其内心的理想与期待的巨大反差所造成的困顿与不安。

陈轼与志同道合的遗民友人在园林举行文酒之会,抒发遗民心志。园林为遗民朋友们提供了建立遗民关系并交流情感和维系友谊的空间环境,成为陈轼及其朋友的托身之所。陈轼经常参与宴游雅集的园林有的是公共场所的园林,如西湖、亭台、楼阁、寺庙等,有的是遗民朋友的私家宅园或书院。除此之外,他也邀请朋友到自己的寓所进行雅集酬唱。这些园林、书院、寺庙和楼台阁榭等,都是遗民们经常聚会的开放性或半开放性的场所。遗民朋友们集聚一堂,在有限的空间范围内,得以在失去故明王朝的广大社会空间后,继续维持"与世相违"的文学生产活动和生活方式,其抒怀明志的思想也是显而易见的。

陈轼的《共学书院社集坐雨》曰:

> 诸生呫哔地,崇构傍西城。迟日垂帘静,停阴昏雾并。春风邀翰墨,雅韵奏韶䜱。院邃芳蕤落,林疏法界清。沉潜飞黑喙,激溜驻流莺。修溜蛟龙斗,红楼杼柚鸣。喷庭侵绣幔,度隙润朱甍。白练堂坳直,盘涡阶圯生。泫丛倒影泻,洪潦怒涛盈。碎浪迷河渚,浮沤近海瀛。云屯苍阙隐,雷敦宝车轰。霙霙青矾石,凄凄玉管笙。跳珠新沼乱,奔瀑小桥擎。鸦避翻盆势,虫悲龁草声。瞻空浮芥下,洒密舞丝轻。梅实垂文贝,湘筠结水晶。梦台幽佩响,驰马白衣灵。梁上燕泥湿,花间蝶粉倾。氤氲绿径暖,屏翳远山冥。珍簟凉飙入,纤绤寒意萌。麈尘挥锦席,歌板度银罂。净梵披甘澍,文昌萃宿英。谭棋疑赌墅,

汲古欲横经。妙义纷如霰，清醑满似渑。群公词赋手，四座芝兰情。严漏谯初动，晚钟音正锽。兴来殊未极，欢洽有余醒。①

陈轼笔下的书院作为遗民朋友们与世隔绝的空间，为他们雅集酬唱提供了充满传统文化气息和诗情画意的环境。遗民士人从前朝的仕途之路走出，走向田园、书院，究其本质原因在于对现实与未来人生轨迹的想象与思考。他们对清朝社会政治的不满与对传统汉族思想文化的追求渐趋明显，进而影响其园林书写所呈现出来的整体观感和风貌。陈轼在这首诗中，描绘了两种不同的空间环境：一种是他所处的书院内的空间环境，另一种是他从书院所眺望的外界景观。对于书院内的景观，陈轼关注的是与雅集酬唱相关的翰墨、雅韵、词赋等，这一内在空间给人以平静淡然的观感。而陈轼观照得更多的显然是书院的外界景观——迟日、昏雾、落蕊、凄管、悲虫等意象所构成的外界环境空间，这足以令人生发深深的哀婉悲慨。"迟日"很能让人回想起国势衰颓的明王朝，"昏雾"可看作当时天气的实指，同时也衬托出陈轼内心因为天气变化、时代变迁以及个人的身世遭遇等而产生的沉闷忧愁。诗中的龙马鸟蝶、花草树木和云雾日海等外在景物，都与书院的空间环境联系在一起。无论是想象的还是真实的，唯有描绘如此一幅素净雅致、富含禅意的隐逸空间图，陈轼对故明王朝和传统道德文化的记忆才不会显得空洞，他的遗民身份意识也不至于茫无所归。既然书院的内外空间如此肃静幽深，遗民们就应在有限的"闲暇"时间里畅叙幽情。群公借助书院聚集的机会，笔墨酣畅，各自向高洁坚贞的花中君子看齐，抒发情如手足、志同道合的遗民友谊。因此，园林的实际空间只是他们抒发感情的媒介。陈轼意在通过雅集宴会的书院空间，寄托遗民的精神怀抱。

可见，陈轼对园林空间的书写，并非真正在意园林的结构布局，

---

① 陈轼撰，张小琴点校《道山堂集》，第83~84页。

而是借助某一空间范围进行书写，同时又超越这一空间界限，使园林空间作为构建遗民精神的媒介，连接起更为广阔的外界景观。换言之，陈轼通过弱化园林空间的结构布局，消解园林内部空间景观，强化了园林空间的符号意义和遗民精神的寄托意义。

且看陈轼的《家龙季子槃邀集长庆禅寺劈荔分得笑字》：

> 朱光杲杲如洪燎，乘幽出郭恣舒啸。福地金绳托胜因，重冈北面起崇峭。无数烟岚霭崎崒，陆离眩目青翠照。穷岫泄云翳复吐，绣栭画拱竦光曜。深殿突兀众香闻，林叶鸣蝉按清调。红荧幡影中天扬，问津彼岸寄萝茑。丹霞老人法乳深，步步雪山皆草料。时见座下二龙象，况有渊云擅墨妙。丽藻方逢休上人，翻身筋斗更踦跳。尽日追陪竹院中，绿阴庭静细雀叫。维时荔子已成丹，绛片神浆火齐燋。胭脂掌中甘露倾，闽南异果谁能肖？昔年遐方贡珍奇，只有荔枝传密诏。汉武碧桃不足夸，谱入长生姬子笑。只今颜色年年有，红尘一骑空凭吊。我辈幸值衰乱余，烽燧近已销亭徼。饱餐冰盘白水晶，山野经纶付鱼钓。诸公衮衮管葛才，匡时绚采佐廊庙。剩有余功半日闲，偏向招提供逸眺。夏玉敲金各见长，蕴藉风流称雅邵。拟将新作过黄初，不比蝇声并蚓窍。微阳俄惊风雨来，诘朝再订青尊约。①

此诗可分为上、下两部分，上半部分以寺庙周围的花草虫鸟衬托寺庙古朴幽雅、静谧幽深的环境氛围，又以适时成熟的闽南奇异之果——荔枝过渡到诗作的下半部分。下半部分由现实的空间景致联想到历史典故：唐明皇为博得杨贵妃一笑，而诏令使者不远千里快马加鞭地从闽南运送荔枝到华清宫。《新唐书·杨贵妃传》记载："妃嗜荔支，必欲生致之，乃置骑传送，走数千里，味未变已至京师。"② 许多差官、使者因长途跋涉而累死，运送荔枝的骏马也倒毙

---

① 陈轼撰，张小琴点校《道山堂集》，第 326~327 页。
② 欧阳修、宋祁撰《新唐书》（卷七十六），中华书局，2013，第 3494 页。

于前往长安的路上。唐明皇为讨宠妃欢心而无所不为，最后导致国破身亡。陈轼发出悲切的物是人非之慨，与年年都能生长的荔枝相比，为送荔枝而献身的使者、骏马更令人伤悼，但无论别人发出多沉重的哀悼，他们都已一去不复返。"红尘一骑空凭吊"中的"空"字是佛家术语，正与陈轼所处的空间文化环境——长庆禅寺相呼应，同时也是陈轼对佛教"四大皆空"思想的体认。陈轼以唐明皇密诏传送荔枝的史事为题材，以古写今，表达佛教"空无"思想的还有其词作《寻芳草·荔枝》：

> 绛雪水晶溶，不尽丹华酝郁。朱颜偏种团圆福。兰气风吹馥。
>
> 南海路漫漫，空望断、雕盘红玉。待霎时、飞骑芳尘簇，谱入长生曲。①

这两首作品均提及唐明皇传密诏让使者送荔枝给宠妃的史实。陈轼在冷静客观的语言描述中，表达其强烈的抨击之情。他对统治者的骄奢淫逸和昏庸无道给予极大的谴责。虽然他的抨击指向唐朝统治者，但作为见证明朝衰颓的遗民士子，诗中不无指桑骂槐、以史讽今的意味，令人读完不禁对明王朝衰颓的原因进行反思。陈轼借尘封的往事发思古之幽情，其吊古伤今、借古讽今、哀叹兴衰的意思是很明显的。然而，陈轼又从深切的历史记忆中回到眼前的情景。唐朝的使者为了运送荔枝而丧生，他却能在战乱中存活下来，已经是不幸中的万幸。况且朝廷并不缺少居高位的官僚，他们具有匡正时事、挽救时局的能力，可以成为国家的栋梁之材，而他自己地位卑微，只能用更多的闲暇参加雅集酬唱。这明显是反讽那些居高位却无所作为的官僚，这些官僚与前面所述之唐朝统治者具有极大的相似性，这也预示着王朝悲剧的不可避免。因此，最后，陈轼以"微阳""风雨"暗喻明王朝的衰落命运和清朝统治者的摧残。由此

---

① 陈轼撰，张小琴点校《道山堂集》，第135页。

可见，陈轼与朋友们雅集于寺庙，前半部分诗句中的寺庙空间景观是为后半部分的诗句抒发感慨做铺垫。身处于寺庙，陈轼将空间环境转化为对精神的书写，以及对历史兴亡的反思和对佛教"空无"思想的体认。他认为安置自己的精神内核才具有重要的价值意义。

当然，陈轼也不因对佛教"空无"思想的体认而不食人间烟火。他对朋友的宅园也给予极热情的关注，尤其是朋友们移居新宅时，陈轼都以诗庆祝，表达人间的温情。如《和黄处安移居》《大生侄自山中迁还玉尺楼居和黄处安》《和陈子晋移居》等皆对朋友乔迁新居致以真挚的问候。同时，陈轼不仅关心自己晚辈的仕途生涯，对晚辈给予赞赏和精神上的鼓励，也勉励他们以关心民瘼为己任，"玉纬垂龙文，更为吐霜锷。从此步罿圭，辛勤问民瘼"①。从中也可见陈轼虽追求佛教的清静自适，但他仍具有儒家心怀社稷、济世安民、关心民瘼的赤子之心。

综上而言，陈轼的园林书写通过弱化园林中的空间环境以凸显其自身的精神境界，他以园林的空间环境为载体，寻求遗民精神的寄托场域。当园林中的空间场域不足以化解其园林情结时，陈轼也透过园中有限的空间环境，将视角延伸向外界广阔的空间环境中去，以努力实现对自我精神的超越与对传统文化思想的认可和延续。可以说，陈轼的园林书写，无论是与朋友宴集吟诗赏月，还是独自居处，他都十分注重运用园林空间景致勾勒遗民士人高洁脱俗的审美雅趣，寻找遗民身份的归属，坚守遗民高洁坚贞的人格品质，实现对遗民精神的自解、深化和超越。从这个意义上看，园林环境为陈轼实现遗民人格价值及传承与传播遗民精神提供了空间载体，具有历时性的审美价值与意义。

---

① 陈轼撰，张小琴点校《道山堂集》，第306页。

第五章　寄慨遥深的诗词书写与艺术风貌

　　诗歌的内容和形式都与诗人的思想精神、个性气质密切相关，不同诗人的思想精神、个性气质浸透于诗歌的内容与形式之中，从而形成各自不同的风格特点。陈轼身处乱世，思想复杂，他的诗作反映了深沉的遗民之思和深刻的人生哲理，寄慨遥深。而陈轼表达自己的身世经历、志士情怀与遗民身份意识的方式显得委婉曲折、凄婉悲慨而又充满禅意。这不仅仅是从诗词艺术的审美特质上进行考虑，更重要的是受鼎革之际的历史环境的影响。遗民作家往往以委婉隐喻、曲折深幽的方式，寄托自身的遗民身份处境与对王朝衰败的悲慨之情。陈轼的诗词书写，在思想内容上很能代表明末清初遗民作家的隐喻寄托之志；在艺术风貌上富有意内言外的美学特质，体现其继承和发扬中国古典诗词创作的优良传统；同时，又是遗民作家寄寓身份记忆与志士情怀的特殊方式。

第一节　抒怀写志的遗民之诗

　　陈轼诗歌就题材内容来看极其广泛，有交游唱和诗、咏史诗、咏怀诗、赠友送别诗、边塞诗、写景诗、咏物诗、寓言诗、闺怨诗等。就诗歌体裁划分来看，陈轼诗歌又可分为古乐府、五言古诗、五言律诗（包括五言排律）、五言绝句、七言古诗、七言律诗、七言绝句、四言诗等。这些诗歌怀念故明旧君，称赏亲人好友，赞许明代遗民，抒写志节情怀，表彰忠义，充满丰富的思想感情与人生哲理，是陈轼在易代之际多重思想和复杂心态的写照，同时，也代表了鼎革之际的时代之音。

一　交游唱和诗

陈轼交游的对象大部分是志同道合之士。明清鼎革后，陈轼的交游唱和之诗作，蕴含着浓厚的遗民意识和强烈的民族气节。这些交游唱和诗可分为以下三类。

第一，展现自己隐居山林的思想，崇尚高洁之志，表达历经磨难而抱节守志的精神意志。如《寿林平山》（其二）：

> 平台问答尚初衣，绛阙承恩露未晞。石鼓湖边迎皂盖，锦帆径畔望春晖。谁将碧柳开莓径，只见幽人下钓矶。禾黍油油残梦在，桃源渔父莫教违。①

诗作运用"桃源渔父"的典故，表达诗人与林平山同样具有弃官隐居山林的信心和勇气，蕴含着他们相同的人生态度和理念。其遗民意识体现得尤为突出。因此，此诗可作为遗民高尚人格的象征。又如《寿林平山》（其三）：

> 西峰雪牖冷云深，驰突弯弓塞马侵。蓬蔚兰陂闻画角，戍亭烽火逼长林。纵然犰狁横行日，不乱蛟螭偃卧心。白眼任他骑士过，冷然石榻自虚吟。②

面对清兵的入侵，林平山表现出绝不屈服的态度，即使骑士从旁边经过，仍吟诗赋词，心态冷静平稳。诗人通过林平山坚贞不屈的品格，表现其对抱节守志的遗民品质的认同。

---

① 陈轼撰，张小琴点校《道山堂集》，第 346 页。
② 陈轼撰，张小琴点校《道山堂集》，第 346 页。

　　第二，反映参禅悟道、学佛修心的思想。明末清初，政治黑暗，士人动辄得祸。陈轼为回避社会现实，萌发了退隐山林、参禅悟道的思想。他探访佛寺，修心学道，在与僧人交游中，创作了许多有关学佛修行的诗篇。

　　如《过宛在庵访生庵禅师》：

　　　　乱埃迷俗幻，榛路复芊绵。神鸾有遗音，独立百尺巅。冲心耽道妙，矫志绝庖膻。名山藏先业，空性悟臞禅。我来北城隈，春光正娟妍。叩钥问真源，字字皆青莲。修竹挺高干，檀栾随风翩。阶下苔衣绿，墙阴旭景县。疏帘泛微波，清涟床席前。鸥鲦时出没，户牖生云烟。相对方塘里，物外意悠然。①

诗作以"神鸾""名山""春光""修竹""（绿）苔""疏帘""清涟""鸥鲦""户牖"等一系列清新幽静的意象，衬托宛在庵的环境之幽雅。因此，作者最后写"相对方塘里，物外意悠然"，作者拜访生庵禅师时悠然自适、旷达超逸的内心世界体现得尤为明显。此诗表面上描写宛在庵周围幽雅的环境，实际上是作者借此抒发其对清高脱俗生活的向往与追求，表达其参禅悟道的理想与愿望。

　　又如《妙峰寺和林涵斋韵》（二首），也表达了作者参禅学道的精神追求。

　　　　山春逶迤缓步登，洞门关锁坐禅僧。参差石齿生幽草，巉绝峰阴覆绿藤。虚呗垆香深院磬，寒江秋雨夜船灯。穷参直悟西来旨，坠叶林柯月半棱。②

　　　　丹梯梵宇渺云踪，作体迦尊五体恭。碧溆寒光看过鹬，阴廊萧瑟听吟蛩。幽蹊古甃清泉冷，粉殿文梁翠影重。日坐莲花

---

①　陈轼撰，张小琴点校《道山堂集》，第68页。
②　陈轼撰，张小琴点校《道山堂集》，第109页。

188

珠网里，管弦如沸咽长松。①

林之蕃（1611～1673），字孔硕，别号积翠山陀，又称涵斋，侯官人，其家族"四世簪缨，忠孝经术萃于一门"②。入清后，林之蕃拒不入仕，先后隐居于鼓山积翠岩、白云洞和般若庵，拜为霖和尚、吸江兰若等高僧为师，参禅学佛。此诗即写林之蕃积极与闽中禅林的知名人士互相交流，互相阐发，深研禅理禅意。诗作描写妙峰寺内外环境及当时的天气，表达作者为参禅悟道勇攀高峰的精神及对林之蕃学道修行的行为的尊敬。诗作意境幽深美丽，富有禅理。可见，超凡脱俗、企慕隐逸、修行禅道已成为陈轼的人生志向。

　　第三，陈轼的交游唱和诗也表现朋友之间的真挚友谊和他对朋友的崇敬之情。如《怀黄处安》一诗即表达陈轼对其挚友黄处安的怀念之情：

　　　　自别马卿称病日，烟舫霜渚漫留连。青灯残穗寒宵逼，白首疏星客泪悬。鄙俗偶因违叔度③，新诗常自忆庭坚。溪云遥隔吴门水，短簿祠前雪正翩。④

陈轼以"烟""霜""雪""青灯""残穗""寒宵""白首""疏星""泪"等一系列阴冷的意象，交代诗歌创作的季节，更因在这"烟""霜"交加的寒冬季节难与友人相逢而感到孤独、寂寞，深切地表达对友人的怀念之情。同时，诗人借"违叔度"这一典故，表达自己习性与黄处安略有相违，而黄处安却仍以宽宏大量的态度与之相处的欣慰之情。吴门江水相隔却阻隔不断他们之间的感情，作者因此对友人倍加怀念。

---

① 陈轼撰，张小琴点校《道山堂集》，第109页。
② 林涵春：《明御史林涵斋先生传》，载林之蕃撰，郭柏苍编《藏山堂遗篇》，道光十九年刊本。
③ 叔度：东汉黄宪，字叔度。家世贫贱，以学行见重于时。
④ 陈轼撰，张小琴点校《道山堂集》，第120页。

又如《怀高澹游和林天友韵》：

> 烟树蒙蒙故苑间，枳萬棘舍昼常关。兰荃满径繁香迸，蜻蜓吟秋短榻闲。角里避人何处问？穷窠采药几时还？平生萧瑟无他事，聊赋哀时似子山。①

> 灌园种树独看书，宛在伊人水竹居。茗上桑翁应识陆，南州高士总推徐。尊莼遣兴风埃落，部帙关心礼法疏。匝地桐阴霜月遍，幅巾潇洒自如如。②

> 抹水拖云搦管翻，清谭挥麈逸思存。落茄雅擅元章体，妙理还称卫玠言。群柄金徽摇玉几，一坊绿草占柴门。相逢却悔经过少，南望枫桥欲绕魂。③

> 樗散曾同老画师，亭亭不肯学依随。名高管乐身还退，腕有山川事亦奇。枫叶霜黄江路冷，芦花秋满锦帆迟。何时重订云霞约？宝璐明珠看陆离。④

诗作通过兰荃满径、蜻蜓吟秋、枫叶霜黄、芦花秋满等景物描写，表达作者的秋思与愁情，寄托作者对友人的思念。作者想象友人隐居田园野外的情景：像南州高士徐孺子不受官职，恭俭义让，淡泊明志；像玄学家卫玠执笔作诗，思想超逸，品行高尚，名士风流。作者抒发"相逢却悔经过少，南望枫桥欲绕魂"的感慨，对友人的万分思念之情溢于言表。同时，作者通过枫叶、寒霜和冷清的江水衬托孤独凄凉的心境，感叹自己不为世用，但也不愿随波逐流，深刻地表达想与友人重逢相聚的强烈愿望，寄寓对朋友的深切思念

① 陈轼撰，张小琴点校《道山堂集》，第123页。
② 陈轼撰，张小琴点校《道山堂集》，第123页。
③ 陈轼撰，张小琴点校《道山堂集》，第123页。
④ 陈轼撰，张小琴点校《道山堂集》，第123页。

之情。

陈轼怀念友人的诗作在《道山堂集》中举不胜举。《送关甫田北游》《读筇在上人蛰茶经赋赠》《和澹归上人旅贫八首》《喜晤陶东篱》等，都是作者寄寓对挚友的思念之情或表达与友人相逢时无比喜悦与兴奋之情的名篇。

二　咏史诗

自古以来，作家们习惯借古喻今，借历史事件、历史人物生发议论。陈轼也不例外，《道山堂集》中的《挂剑台》《明妃曲四首》《蒙城庄子祠》《过严陵》《玉环歌》等诗，即其借古喻今的代表作。

第一，陈轼的咏史诗意在歌咏历史上的忠义之士。如前文所述之《挂剑台》一诗，热情讴歌历史上讲义气、守信用之士。陈轼也希望自己效仿这位义士，但"眼中三尺蒯缑寒，欲决浮云向谁说"，他感慨手中的剑柄就像冯谖的剑柄一样，受人所轻。可见，陈轼企慕先贤，一心为君，希望有所作为，却怀才不遇。诗中表达自己因不被重用而遭冷落的苦闷心境甚为明显。

又如《明妃曲四首》：

> 永巷沉埋窈窕姿，汉宫春树乱乌悲。君王不自选颜色，按图早已失娥眉。

> 渭桥一别燕钗移，马驼雪路阴山迷。忽听霜鞞秋塞远，曾如鸤鹊观前时。

> 敛眉久已辞兰殿，事后徒劳杀画工。绝代佳人等闲去，翠华金屋空玲珑。

> 回首中条翠岫沉，萧关泪点更嘘喑。翩翩聊寄西羌怨，乐

府流传知妄心。①

明妃，即王昭君，我国古代四大美人之一。自古歌颂明妃的诗作迭出。陈轼的《明妃曲四首》所表达的思想感情甚为复杂。第一首和第三首写汉元帝由于失去了平生从未见过的绝代美人而倍感后悔，且将自己的错误归于画工毛延寿。陈轼借此讽喻历代昏君的荒淫无耻。第二首和第四首写王昭君出塞一路的悲凉情景及出塞后悲戚流泪的场景，表达王昭君对君王及汉朝的无比思念之情。陈轼借昭君出塞的故事，寄托自己人生失意的悲哀和壮志难酬、不为人知的伤感。

以上两组诗，或通过歌咏士兵不愿投靠新朝，或通过美人思念汉朝君王，表达强烈的忠义精神，寄寓作者深刻的遗民身份意识。

第二，陈轼的咏史诗，也通过歌咏历史人物，表达自己的隐逸情怀。陈轼经历征战，仕途受挫，明朝灭亡已成定局。因此，他萌生了出世隐居的思想，以遁隐山林、不仕新朝的行为表示他与清朝的对抗。他讴歌历史上隐居山野的名人先贤，表达自己放弃追求功名利禄、坚守遗民志节的高尚节操。如《蒙城庄子祠》：

涡阳江水畔，炎日倦征镳。庄老留裡祀，乡人尚蒸萧。郊牺资笑剧，野马入空辽。一枝聊寄迹，高树暗鸣蜩。②

洸洋成傲吏，世界一焦螟。古庙依残荟，虚廊落远坰。庖牛能磔解，姑射自神灵。千载漆园叟，南华自作经。③

众所周知，庄子是道家的重要代表人物之一。陈轼借在庄子祠的所见所感，表达后人对庄子的敬重之情。"庖丁解牛"这一典故的运用，是作者崇尚庄子顺应自然之理的人生观的体现。庄子虽然生活

---

① 陈轼撰，张小琴点校《道山堂集》，第128页。
② 陈轼撰，张小琴点校《道山堂集》，第79~80页。
③ 陈轼撰，张小琴点校《道山堂集》，第80页。

贫困，却鄙弃荣华富贵和权势名利，力图在乱世中保持独立的人格，追求逍遥无待的精神自由。由此可见，陈轼对庄子称赏有加。他不仅仰慕庄子逍遥独立的人格精神，而且对其在文学史和思想史上的贡献也高度赞许。因此诗篇最后句说："千载漆园叟，南华自作经。"可以说，陈轼于明亡后以遗民身份隐居山林的思想行为及其著述成就，在一定程度上受到了庄子的影响。

陈轼称赏不慕富贵利禄、不贪功名权势、甘于隐逸山林的古代先贤的诗作还有《过严陵》：

> 长河耿耿横秋水，客星影坠寒溪里。锦峰绣岭舒鲜云，啼鹃翠荇烟波起。石角磷磷激流湍，高低回合如列垒。丹枫枯荔翳重阴，渔灯隐现隔江涘。先生旷邈不可攀，身披羊裘钓泽间。避嚣独与市朝远，濯足垂纶心自闲。使者征求何太急？安居空载画图还。三反方至北军舍，愿早陛辞归故山。矜严赫奕大司徒，诏令法度资庙谟。君房鼎足殊不恶，先生戏作痴人呼。愚弄三公同蝼蚁，得不名之为狂奴。世道悠悠逐路尘，青松白水枉纷沦。龙吹凤管无寒士，绣柱华榱轻贱贫。贷粟河侯不敢前，千树谁分一叶春。自古刎颈尚不久，天子犹能思故人。[1]

严陵，即严光，字子陵，省称严陵，东汉会稽余姚人。严光少时曾与汉光武帝刘秀同游学。刘秀即帝位后，严光变更姓名隐遁。刘秀遣人觅访，征召其到京，授谏议大夫，严光不受，退隐于富春山。后人称他所居游之地为严陵山、严陵濑、严陵钓台等。此诗即为陈轼游访严陵山时有感而发。他借严光隐逸山林的历史事迹，抒发自己于明亡后甘于隐遁的遗民心态。诗歌蕴含着浓厚的遗民之思与深刻的眷念故明王朝之情。

此外，陈轼《玉环歌》一诗，借古人报养育之恩、王孙救饿夫等事例，表达作者对故明王朝之情深义重。

———————

① 陈轼撰，张小琴点校《道山堂集》，第95页。

古者翳桑食，倒戟御公徒。更有哀王孙，江头救饿夫。一饭尚如此，何况惠微躯。……凡情思本源，今昔安有殊？吾慨世上人，反覆成辘轳。……岂不怀旧恩，转盼秦与胡。……予也岂其然，矢念永不渝。①

这首诗表达的遗民情怀相当复杂，既有对故明君王的思念，也有对复明一事的幻想，又有对世人一生反复充当"辘轳"的感慨，还有对明朝覆亡的反思。

总之，陈轼的咏史诗，借历史上忠义之士不忘故国、耻仕新朝的事例，抒发作者意欲建功立业却报国无门的心境。同时，作者追忆先贤不慕权贵、不贪功名、匿于山林的独立人格和道德操守，寄寓自己的隐逸情怀，也表达对明朝灭亡的哀痛之情。换言之，这些咏史诗，不仅对具体历史人物事件进行品评，表达作者对历史的自觉理解和反思，而且以历史文化中某种人生哲学为参照系来反观其自身所处的境况，表达其处世态度及遗民意识。其咏史诗既有厚重的历史意识，又有深刻的人生哲理。

三 咏怀诗

咏怀诗即吟咏抒发诗人怀抱情志的诗，它所表现的是诗人对现实世界的体悟，对生命存在的思考，对个体生命的把握，对未来人生的设计与追求。陈轼诗作中有许多即兴咏怀诗，如《山中杂兴》《杂诗》《有怀道山园林》《元宵观采茶出塞诸杂剧有感》《杂感》《鳌江怀古二首》《和上巳连寒食有怀仍次唐人是日有怀京雒韵》等。

陈轼的咏怀诗可分为三类。第一，表现遗民漂泊无依的孤寂心境与栖身草野、不慕世俗的高洁之志。如《山中杂兴》：

① 陈轼撰，张小琴点校《道山堂集》，第62页。

拾穗行歌作老农，山中塔影起双峰。漂零已是沧浪客，未契无由托李邕。

紫凤天吴斗鹢苏，清风何似管宁襦？山条紫莂芬丝出，常见春花集曙乌。

神龟端策总离披，空望骚人作楚辞。自顾已非时髦匹，但追箕颍已多时。

鹿门久志庞公传，幽冀难逢袁绍杯。琴酒悠悠萝莴幕，盘桓绮树待莺来。

纵是翾飞过百层，无如抱表与怀绳。翘翘车乘今何慕？自信终须畏友朋。

朗诵庄生栎社篇，远看鸤鹊下平田。画棚盆盎奇花列，曲柈新芭映日鲜。

缉翟编扉潦露蒸，梦中不复辨淄渑。英雄射弩须回首，鹦鹉还看健笔凌。

呼僮时煮雪坑茶，橡烛更深结绛菹。月转勾栏移柳穗，遥看江火闪鱼叉。①

第一首提及李邕，即李北海，唐代书法家。李邕天资聪慧，幼承家学，少年时以擅长辞章而闻名。但在仕途上，他却因耿介磊落、不畏权贵屡遭贬谪。李邕晚年在北海太守任上遭人暗算，被宰相李林

---

① 陈轼撰，张小琴点校《道山堂集》，第 376 页。

甫定罪下狱，竟被酷吏活活打死。诗作借用李邕的事迹，抒发诗人孤苦飘零、无所依托的凄凉之感，表达其伤时哀世之痛和超尘脱俗之想，表现诗人丰富复杂的思想感情，寄托其深沉的遗民意识。

又如《杂诗》第一首和第二首：

> 袖有径寸珠，华饰貂襜褕。紫茸高桥鞍，飞走骓骝驹。翻覆成风云，响籍凌万夫。其中何所有？母（毋）乃皆潢污。世俗竞荣利，相与尚膏腴。循名不责实，盲眼多蘧芜。①

> 重雾翳城郭，曾冰失川坻。朔风吹菁林，鸟寒无故枝。白日现山罅，阛阓多伏狸。出门畏荆棘，踯足欲何之？屈原佩秋兰，墨子涕练丝。知止物不议，憺然得所依。幽赞德圆神，方寸有龟蓍。②

第一首，诗人对竞相追求荣华名利却不注重名实相符的世俗风气表示反对，从而反衬出作者不慕富贵功名、不贪求奢华的道德品质。第二首，"鸟寒无故枝"一句贴切地表达了诗人因生活困厄而倍加思念故明王朝的心情。作者借用屈原佩戴香花美草的典故，表达对屈原不与小人同流合污，保持高洁品性的人格精神的敬佩。同时，作者借用墨子见练丝而哭泣的典故，阐明社会环境会对个人产生很大的影响，但认为如果个人能自我持守，以淡泊恬静为准则，则不至于受外物所左右，因此，诗云"知止物不议，憺然得所依"。

诗人通过赞扬古代先贤不因孤苦飘零而谄媚权贵，不因追求功名而与世俗同流合污的高洁之志，寄寓自己深沉的遗民之思与坚决不仕清朝的遗民意志。

第二，表现遗民的愁怀之作。这类诗歌突出深刻的理性思考和深沉的人生悲哀。如《何处难忘酒仿白乐天体》其一：

---

① 陈轼撰，张小琴点校《道山堂集》，第59页。
② 陈轼撰，张小琴点校《道山堂集》，第59页。

何处难忘酒？莺过薛荔墙。虚檐临洞壑，沈榻冷云庄。百卉闻雷坼，群禽泛水凉。此时无一盏，谁与惜春芳。[①]

诗人表达改朝换代后年华易逝、知音难觅的感叹。其二：

何处难忘酒？人居离垢园。扣唇吞海岳，抱瑟诵虞轩。卓女还当市，黄公未闭门。此时无一盏，辜负蓼花村。[②]

此诗借用典故，表达末世之际及时行乐的人生态度，诗人寄情于酒，似乐实苦。其三：

何处难忘酒？街头卖药归。空除蓬刺密，曲巷草虫肥。瘦鹤方长啸，啼鸟更忍饥。此时无一盏，胡以敌寒威。[③]

诗作以街头卖药者隐喻漂泊无依的自己，以瘦鹤、啼鸟隐喻自身的生活困顿。其四：

何处难忘酒？闻声倒屣迎。忽惊风雪至，原结笠车盟。说剑千秋铁，弹棋半夜兵。此时无一盏，冷落故人情。[④]

生活艰辛，又遇人情冷落，诗人倍感忧伤与愁苦。其五：

何处难忘酒？蘅兰九畹凋。枯桑承晓露，疏竹号寒蜩。蓬葆茅蒲戴，琴声木叶骄。此时无一盏，天地亦参寥。[⑤]

诗作借景抒情，以景物凋零衬托社会萧条、人老花黄的无奈心境。其六：

[①] 陈轼撰，张小琴点校《道山堂集》，第73页。
[②] 陈轼撰，张小琴点校《道山堂集》，第73页。
[③] 陈轼撰，张小琴点校《道山堂集》，第74页。
[④] 陈轼撰，张小琴点校《道山堂集》，第74页。
[⑤] 陈轼撰，张小琴点校《道山堂集》，第74页。

何处难忘酒？山川战后过。伤心闻锦曲，系马见铜驼。易水凄风劲，新亭洒泪多。此时无一盏，安得壮悲歌？①

战乱造成万物萧条、王朝覆灭，作者极度哀怨忧伤。从诗作内容看，此诗应为明王朝灭亡后所作。王朝颠覆，面临异族统治者的权势压迫，诗人壮志未酬，功业无成，感到时光流逝、人生无常。政治局势极其不利，但他却仍采取与清朝统治者决不合作的态度，在生活上纵酒佯狂，借酒消愁。以上诗作均以"何处难忘酒"开头，设下纵酒话诗的情感基调，结尾以"此时无一盏"抒发感慨，表现诗人入清后孤独、焦虑、苦闷、忧伤的内在思想感情。他以纵酒话诗的方式将这样的感情宣泄在字里行间，渲染遗民忧愤深广的愁怀。

陈轼表现遗民愁怀的诗作还有《元宵观采茶出塞诸杂剧有感》：

百花吐夜斗组丽，云母重叠开火齐。众星燐燐如连珠，皓月无须愁五鬟。临衢集会队成行，金石奔飞丝竹哜。时向烟霞泛椀花，盈筐采摘卷零蒂。广黛轻黄别样描，清香荼莁飘罗袂。又见明姬出汉宫，手抚弦鼗欲出涕。曲中怨恨倩谁知？恼断穹庐设毡罽。银鞍玉勒忽回翔，舞剑跳丸转踔厉。剑器浏漓舞公孙，高台蹴鞠画球继。龙盘兔月绮茵满，氤氲雾里恣淫裔。君不见，闾阎爨火稀，鹑衣尚自输井税。②

诗作开头以元宵佳节的热闹情景烘托气氛，百花斗丽、烟火燐燐，这样的氛围似乎特别适合元宵佳节。诗人描述了杂剧《采茶》《出塞》的境况，感慨王昭君含泪出塞，寄寓着作者贞刚自持的气节与忠于故明的心志。结尾"君不见，闾阎爨火稀，鹑衣尚自输井税"诗句中，"闾阎"，指古代百姓居住的里巷；"爨火"，借用晋葛洪《抱朴子·明本》"豺狼众而走兽剧于林，爨火猛而小鲜糜于鼎也"③

---

① 陈轼撰，张小琴点校《道山堂集》，第 74 页。
② 陈轼撰，张小琴点校《道山堂集》，第 322 页。
③ 田晓娜主编《四库全书精编·子部》，国际文化出版公司，1996，第 1076 页。

的典故，泛指灶膛里的火；"鹑衣"，比喻衣服破烂。结尾句与首句形成鲜明的对比。作者在感受到百花怒放、烟火闪耀的气氛后，以一种深邃的目光洞察百姓生存的危机及所承载的重任。显然，作者的思想感情是复杂的，他既希望感受节日的热闹氛围，又对百姓寄予深切的同情与担忧。诗人的遗民情怀不言自明。

第三，陈轼的咏怀诗，也表达自己追求安居山林、饮酒著述的生活方式。如《有怀道山园林》第四首：

> 名山第一自嶒峨，记昔芸窗铁研磨。彩笔敢言干气象，朱缨久已挂藤萝。自伤王粲栖迟赋，长愧尧夫安乐窝。酒慢河桥风雪夜，年年清梦满庭莎。①

此诗多处用典。如首联"芸窗"，借用唐代萧项的《赠翁承赞漆林书堂诗》"却对芸窗勤苦处，举头全是锦为衣"②的典故，在此指书斋。颔联"彩笔"，借用江淹的典故。江淹少时，曾梦人授以五色笔，从此文思大进。他晚年又梦见一个自称郭璞的人索还其笔，之后作诗，再无佳句。后以"彩笔"指辞藻富丽的文笔。颈联"安乐窝"借用宋代邵雍《无名公传》"所寝之室谓之安乐窝，不求过美，惟求冬燠夏凉"③的典故。邵雍，自号安乐先生，隐居于苏门山，名其居为安乐窝，后以"安乐窝"泛指清闲自适之所。陈轼归闽后，寓居道山园林，道山园林的一草一木似乎都与他建立了深厚的感情。诗人寓居道山园林期间，读书著述、饮酒作诗是他的主要生活方式。作者在此诗中即借用这些含义丰富的典故，抒发感慨，希望自己隐居道山园林，练就辞藻富丽的文笔，过上舒适、清闲的园林生活。

陈轼的咏怀诗主要包括上述三类。这些诗作抒感慨、发议论，表达了诗人深刻的遗民之思，突出了诗人的怀抱情志。实际上，陈

---

① 陈轼撰，张小琴点校《道山堂集》，第114～115页。
② 王启兴主编《校编全唐诗》（下），湖北人民出版社，2001，第3806页。
③ 班志铭编著《明董其昌邵康节先生自著无名公传》，黑龙江美术出版社，2016，第25页。

轼的咏怀诗是陈轼遗民心态的自我表白。

此外,《中秋舟泊衢州》《恒阳至夜闻箫》《寒食过雒阳》《杂感》《庚申除夕》《辛酉元旦》《元旦次日久雨初晴》《辛酉除夕》《壬戌元旦》《移居第一山房》《和上巳连寒食有怀仍次唐人是日有怀京雒韵》等诗作,也表现陈轼对现实世界的体悟,对生命存在的反思,是寄慨遥深的咏怀之作。

四 赠友送别诗

古代交通不便,通信极其不发达,亲友之间往往一别数载难以重逢。因此,古人特别看重离别。离别之际,文人们常常诗酒相别,折柳相送。离情别绪成为古代文人诗文创作的一个永恒主题。陈轼《道山堂集》中也有不少赠友送别诗,下面略做分析。

第一,陈轼在抒写依依不舍的离愁别绪中,抒发人生感慨,寄托故明乡土之思。如《粤归别袁特丘时特丘将归公安》:

> 百泓潆堤岸,横流没平原。独掌堙巨河,安能无倾翻?念昔侍黄门,左右同宫垣。连轸粤水滨,三载属櫜鞬。七星北斗悬,穹窿穷天根。羚峡古战场,鱼龙互吐吞。山川骋游览,花晨常酒樽。阮籍托冥契,酦蔸重一言。转盼物态变,羝羊还触藩。进退两无据,豺狼惊心魂。岭外秋云生,辞君归南园。濯足洪江流,隐几歌羲轩。思君苦无见,何繇共扳援。朝暮黄牛路,空岩啼夜猿。①

读此诗可知,该诗为陈轼任苍梧道参议后即将归闽,与其共事好友袁特丘分别时所作。诗作开篇即通过描写洪流淹没平原,比喻时局动荡,社会环境对他们极为不利。因此,诗用反诘句"独掌堙巨河,安能无倾翻?"比喻当时政局不稳,他们受外力压迫,不免仕途受

---

① 陈轼撰,张小琴点校《道山堂集》,第57~58页。

挫。接着，陈轼回忆他们同朝共事时曾游览山川，观花赏酒，志趣相投，颇有默契。而今他们即将别离，留下的只有岭外的秋云和岩谷里孤独寂静的猿啼声。诗人的思想感情甚为复杂，既有与友人分别时依依不舍的深情和别后的孤寂惆怅之情，表达与友人分别后各向天涯的愁绪与思念，又在离别之意中渗透作者的身世际遇和人生感慨，寄无限的人生感慨于依依惜别之中。

同样的诗作还有《春日同吴香为黄波民黄处安伯驺叔集林天友别驾署中分得真字时天友病初愈处安将归闽中》：

> 琴齐亲串集，柏叶酒行频。共探维摩病，初看长苑春。条风吹绿亩，嶰谷慰穷宾。忽听骊驹急，谁非故国人？①

陈轼与诸友友谊深厚，他们以酒相送，表达依依难舍之情。他将林天友喻为维摩居士。维摩居士具有悲智双运的菩萨精神，后被喻为以洁净、没有染污而著称的人。由此可见，林天友在陈轼心目中，是位可与维摩居士相媲美的佛教居士。陈轼的崇佛思想于此可见。诗中还提及"嶰谷""骊驹"等意象。"嶰谷"，指昆仑山北谷，传说中的产佳竹处。"竹"是坚挺的性格和不屈不挠精神的象征。"骊驹"则是远行的象征。正当诸友饮酒话别之时，忽然传来骊驹的急叫声。一个"忽"字，使诗人与诸友由于分别在即而倍加不舍之情尽显。诗作最后以反诘句结尾，表达作者与友人们思念家乡之情，字里行间蕴含着对明王朝的眷念，他们共同的民族思想溢于言表。这种强烈的民族之思，是他们唱和往来、相互思念、相互关心的精神基础。

再如《送潜夫弟之武陟》（二首）：

> 江介春方晚，离亭且共斟。鸡声将母梦，马首弃襦心。修畛翔云翮，斜阳落剑镡。惠连今远去，劳我十句吟。

---

① 陈轼撰，张小琴点校《道山堂集》，第83页。

此别分南北，扬舲过浊河。丽词梁苑胜，盘陇太行峨。乡国连烽火，天涯隔笑歌。巡檐应有约，梅下共婆娑。①

此二诗系陈潜夫将调往武陟，陈轼与他于春天傍晚共饮话别而作。陈轼以"云翮"作比喻，对陈潜夫往武陟建功立业的超迈思想加以肯定，同时又带有依依难舍之情。因此，作者借"惠连"代指陈潜夫，对他爱赏有加。陈轼想象与他话别之后各分南北的情景。他以"浊河"比喻陈潜夫将要受浑浊的世道的考验，又要穿过崎岖的太行山，经历连绵不断的战争。显然，他对陈潜夫前往武陟充满深切的担忧和关爱之情。离别的不舍与忧愁难以排遣，只能相约共饮，借酒寄怀。因此，最后句为"梅下共婆娑"。

从上述诗作看，这三组诗均以景物寄托作者依依不舍的惜别之情，字里行间无不表现离别之忧愁。作者与亲友之间的真挚情谊渗透于其中，感人至深。

第二，陈轼的赠友诗也寄托对友人诚挚的劝勉之情，同时表达自己的心志，如《吴门赠吴香为》（二首）：

冥鸿久无见，旅泊历暄凉。执手吴市上，黄鹂鸣风篁。杯酒与君饮，相对皆老苍。慷慨话畴昔，开眸望星芒。新诗穷杜叟，闲情寄蒙庄。中逵伏堑峭，大地余刀枪。河流信弥漫，空阔济无梁。道远志弥厉，岂为颓发伤？

万物各有时，人事畏衰歇。达者观化理，尘坱不能夺。惟君饱藜藿，弹琴声未绝。我更持空瓢，鹌鹑亦百结。同是贫贱人，相看无分别。昔有梁平陵，赁春自摧折。时作五噫吟，千载尚高节。至今过皋桥，轶事犹能说。语默任自然，升沉原一辙。梁肉非不肥，啖之恐伤噎。勉尔宁澹心，怡然

嚼冰雪。①

　　此二诗为明亡后陈轼寓居吴门适逢吴香为所作。诗作第一首开头即写"冥鸿久无见，旅泊历暄凉"，诗人用"冥鸿"比喻避世隐居之士，对吴香为于明亡后隐居出世的人生态度加以赞赏。友人久别重逢，杯酒相酬，既感慨时间流逝，年华衰退，又畅谈往昔。他们志同道合，虽年老力衰，却志向远大。因此，诗人以反问句结尾，表明自己的心志。诗作第二首，作者以鲜明的对比抒发自己与友人生活状况的悬殊，但他仍不忘坚守遗民的高节之志。诗借用典故，寄托对友人诚挚的劝勉之情，也表达了强烈的抱节守志、决不屈服于荣华富贵的遗民品质。

　　诸如此类的赠友送别诗在《道山堂集》中还有不少，如《赠石鉴和尚》《赠黄可范》等，或在共饮话别中表达留恋之情，或抒发自己的遗民品质，情真意切，感人肺腑。

　　重团聚、怨别离是中华民族的传统心理。陈轼的赠友送别诗，表达了多种多样复杂难遣的离愁别绪，感情深切而动人。同时，诗人也借此抒发感慨，寄托故明旧君之思，其遗民意识也在此得以体现。

五　边塞诗

　　边塞诗是边塞生活的艺术反映，其思想内容极其丰富。有的抒发建功立业、报效朝廷的豪情壮志，有的状写戍边将士的乡愁、闺中思妇的离愁，有的表现塞外戍边生活的艰险与残酷。其中流露的思想感情也相当复杂：有慷慨从军与久戍思乡的无奈，有卫国激情与艰苦生活的冲突，有英勇参战与功名未就的矛盾。陈轼《道山堂集》中的边塞诗数量虽不多，但其思想内容及所抒发的感情仍具有现实意义。

----

　　①　陈轼撰，张小琴点校《道山堂集》，第69页。

首先，陈轼的边塞诗表现了塞外戍边生活的艰辛与不易。如《饮马长城窟行》：

> 轮台冰埃霉，城阿多马迹。雪剑指金微，霜旗卷石碛。原野暗寒阴，古木动萧摵。白露散高秋，陇坻屯烽逼。制作思旧秦，百代恒相因。龙荒开锦雉，万里净无尘。绥边得长策，布置势若神。抱杵皆髑髅，版筑殊苦辛。壮士志不朽，金印欲系肘。耻为缝掖拘，敢落甘陈后。提刀刲黄羊，举酌饮芦酒。琵琶响入云，惟闻折杨柳。蹀躞紫骝肥，金装绝域飞。攘臂出汉塘，暮剪重围归。①

这首诗以戍边战士的视野，描写边塞地区萧瑟空寂的景物，通过"轮台""马迹""霜旗""原野""古木""白露"等边塞意象，既让我们想见塞外生活的艰辛与不易，想象战争的残酷激烈、战事的频繁不断，又让我们感受战士誓死报国的豪情壮志，以及战争必胜的坚定信念。字里行间蕴含着作者建功立业、报效朝廷的理想与愿望，表现了作者忠于明朝的信心和勇气。

其次，陈轼的边塞诗也状写戍边将士的乡愁，表达闺中思妇孤寂复杂的心境。如《关山月》：

> 关山月，晓晕落龙城。夜斗严，北风鸣，芦管横吹荒塞清。碎影分光，层冰不渐。露湛珠浮，白草不肥。万里平沙阔，纤衣皓彩微。苍茫亭障空，坐见妖氛灭。思妇在高楼，卷帘见玉绳。瑶瑟芳声断，娟娟孤镜升。明月自有光，故人自有心。故人不可见，安知心浅深？斜灯照玉床，掩泪恨有余。月来粉壁流，月去翡帐虚。关山月，青海湾无极。漠漠汉家营，闺中不相识。②

---

① 陈轼撰，张小琴点校《道山堂集》，第 52~53 页。
② 陈轼撰，张小琴点校《道山堂集》，第 53 页。

这首诗极写关山内外夜月下戍边战士和闺中思妇的爱情、相思、离愁与归心。关山外夜月下一片荒凉，战乱不停，北风呼啸，边塞凄清，冰冻不解，沙漠贫瘠。荒凉萧瑟的景物描写，衬托出边塞战士生活条件之恶劣。戍边战士既要慷慨从军，又希望回家团聚，心情极为矛盾。关山内月下思妇高楼眺望，却无从得知塞外的音讯，"卷帘""玉绳""孤镜"等意象，更体现了思妇的离愁之深。"月来粉壁流，月去翡帐虚"，形象地刻画了思妇彻夜以泪洗面的孤独悲戚境况。整首诗以月亮的升沉为时间轨迹，通过关山内外夜月下戍边战士与闺中思妇盼望团聚的心理描写，既表达了战争破坏广大民众和平安宁的生活，给百姓带来极大的精神创伤，也讴歌了人们对爱情的憧憬和对幸福生活的向往。

最后，陈轼的边塞诗还表达戍边战士英勇参战却功名未就的矛盾，寄托作者一心报效故明君王却壮志未酬、功名未就的无奈。如《荡子从军行》：

> 荡子亡命临绝漠，负戈万里意气廓。丈夫许国宜远行，岂学女子守闺阁？瀚海疾风卷沙砾，阴沉河塞连天黑。断鸿古戍结青霾，防秋玉障孤烟直。垄首明月凝素辉，黄芦雪里闻羌笛。虞旗猎马向平原，曹伍合部金钲宣。野火烧红旌旆动，流矢飞铤列宿昏。扔轮梧辖完觚泣，猩号缩刺封猕奔。鸷兽怪虫积山阜，僄轻狗鹘同虎贲。朝廷昨夜羽书催，铁衣千队轰如雷。汉墉西出叠鼓急，霜碛衰榆落照摧。度冰须是陷重围，轻身引弩皆神机。策勋饮至寻常事，愿早铙歌奏凯归。荡子慷慨欲起舞，不记家中少妇苦。门前绿苔行迹稀，闲房寂寞向谁语？佳期辽阔参与商，怀音倾耳徒延伫。奁镜尘封金翠暗，蓬首怕结青丝缕。帐中兰烛光还冥，长夜绵绵拥虚景。梦到玉关不得成，披衣更望天河影。瑟柱繁弦哀曲乱，辘轳绠促深深井。弄梭漫织别离文，湘簟渍染泪痕纷。使驿殷遥朔雁渺，锦字何能即寄君？三门五垒筹边楼，荡子血战卒未休。薰砧空忆无消息，几度春

光花鸟稠。只愁长戟倚天叹，未得封侯渐白头。①

这首七言古诗开头四句即通过征夫与闺中女子进行对比，表达戍边将士许身为国、报效朝廷的英勇气魄和决心。次六句概括了边塞荒凉空旷的战争环境。紧接着十二句描写战场境况，说明敌军凶猛彪悍，战争具有很强的挑战性。"朝廷昨夜羽书催，铁衣千队轰如雷"两句传神地表达军情极其紧急，战局十分危险。"度冰须是陷重围，轻身引弩皆神机。策勋饮至寻常事，愿早铙歌奏凯归"四句写出了战士们不仅临危不惧，排除万难，英勇参战，具有克敌制胜的巧妙战略和战术，而且将战绩记在简册上，希望早日获得胜利，凯歌回乡。诗作后半部分则通过闺中思妇的一系列言行举止和复杂的心理活动，极写思妇对征夫刻骨铭心的思念与关切之情。最后两句"只愁长戟倚天叹，未得封侯渐白头"，感慨无穷，淋漓悲壮，表达了战士征战多年却壮志未酬、功名未就的复杂心理。

此外，《西安上元日》一诗则通过京城灯红酒绿的歌舞情景与战士戍守边疆的艰苦境况进行鲜明的对比，表达了"二毛"之际仍要应征出战的无奈心理。诗写：

汉室宫门化白蒿，春风谁逞五陵豪。星桥夜景银河转，酒市歌声朔管高。花散章台成宝焰，月明霸水数秋毫。征鞍惆怅长安道，灯火依稀照二毛。②

整首诗给人以深刻的反思，表达了诗人对骄奢淫逸的宫廷生活的鞭挞及对戍守边疆的战士的无限同情。

总之，陈轼的边塞诗充分体现了戍边将士身处环境恶劣的边境仍英勇善战、许身为国的英雄气概，表达了对他们深切的理解与关切之情。同时，也隐含作者意欲建功立业却壮志未酬的复杂心理。

---

① 陈轼撰，张小琴点校《道山堂集》，第 95 ~ 96 页。
② 陈轼撰，张小琴点校《道山堂集》，第 111 页。

六　写景诗

王国维曾说："一切景语皆情语。"[①] 陈轼的写景诗，并非纯粹写景，而是以自然景物为描写对象，在景物中寄寓自己深沉的思想感情，表达自己对人生哲理的思考及遗民之思。

第一，陈轼的写景诗，表面上描写景物，实则表达对故明王朝的追思与怀念之情。如《过大庾岭》：

> 清气回瘴疠，险道逼鸢蹲。地穷百粤尽，岸折两江分。众崖断复连，匼匝披云屯。侧行石齿中，空响谷口喧。落日照林莽，窈然见前村。畴昔思壮游，结绶鸣华轩。岷谣愧桐乡，童叟时扳辕。草木颜色改，陵泽各变翻。冯危眺余晖，寒色冷梅魂。愿言税归鞅，长啸息衡门。[②]

诗作以大庾岭环境之险恶及过大庾岭的艰险历程为喻，表述当时生存环境之恶劣和人生道路之曲折。"草木颜色改，陵泽各变翻。冯危眺余晖，寒色冷梅魂。愿言税归鞅，长啸息衡门。"诗句借用景物之变化及夕阳之余晖，隐喻明王朝之一去不复返。显然，此诗流露出作者对人生道路坎坷不平的感慨以及对故明旧君的思念之情，表达了鲜明的遗民意识。

第二，陈轼也通过写景诗表达其闲适自得、恬静优雅的心境。如《端州阅汀楼》一诗，即以江面景物描与寄托作者对隐居生活的向往：

> 晨光见空澹，裾带烟景收。江水自西来，奔赴无停流。沙汭映华薄，鹚鹕触行舟。掠水荡纹锦，唼草恣游儵。波悬云气曙，淑长霞光浮。近塔临川竿，远峰积翠稠。画栋对明镜，长

① 王国维著，夏华等编译《人间词话》，万卷出版公司，2016，第230页。
② 陈轼撰，张小琴点校《道山堂集》，第58页。

槛下沧洲。丽日还混漾，鲜飙弄寒沤。阶除郁奇树，嘉荫更环周。修干翳繁枝，屈盘如潜虬。疑有风雨至，飞舞卷潭湫。簿牒乘余暇，闲旷资冥搜。俯瞰足徜徉，爽然自清幽。①

诗写"江水自西来，奔赴无停流"，表述清静悠闲的时光难留。诗作以对"晨光""霞光""远峰""丽日"等意象的渲染，表达了作者对隐逸闲适生活的追求。

此外，还有《夏日尚干村》通过村舍风光表达作者对恬静优雅的田园生活的无比热爱之情：

烦蒸迟日阴，步屣长枫侧。新苗肥覆垄，旧泽积成洫。平冈散芬霭，野烧菁林出。石虎峙千仞，牙爪皆苍壁。仰视五峰高，青天如列戟。村坞烟波起，渺渺江头碧。柔橹往来潮，鸥鹭沙际立。闲鸟鸣杉松，清音引虚寂。小桥连断岸，古庙堆残砾。樵人抱枯枝，尚带白云湿。斜景槿蓠开，牛羊下故栅。②

作者通过夏天尚干村生机盎然、清雅秀丽、和谐融洽的风光，表达了其身居田园村舍悠闲自得的心境。诗中描写禾苗复苏、林木苍翠、山峰高耸、江水碧绿、炊烟袅袅、鸟鸣清音、小桥流水、樵人抱枯、牛羊下栅的山水田园生活景观，自然纯朴、恬淡舒适。这完全是一幅自然村舍的风光景物图，作者不发任何议论，不流露任何感情，而读者能自然从中感受到诗人对田园生活的追求与向往，以及对自然风光和家乡故土深切的热爱之情。

此外，陈轼还通过春天的景物描写，表达时光易逝、生命短暂的人生感慨。如《送春曲》：

西桥酒市芳期误，桃溪柳陌梦中去。不见当时油壁车，一阵轻寒榆荚雨。翩跹燕子引新雏，嘴上香泥帘外度。苔钱阶下

---

① 陈轼撰，张小琴点校《道山堂集》，第 57 页。
② 陈轼撰，张小琴点校《道山堂集》，第 61 页。

衬落红，墙头寂寂无花树。佳人自惜金缕衣，流光浪掷向谁诉？天涯芳草思悠悠，强欲留春春不住。明年须共早莺来，殷勤认取蘼芜路。①

这里所表达的思想感情显得十分惆怅哀伤。陈轼的写景诗还有很多，如《天津早秋》《宁晋西寺》《仲秋山园梨花盛开》《上元日长乐台观灯》等。陈轼通过景物的选取与描绘，抒发自己的主观感情。这些景物，一经诗人的笔端，就带上鲜明的感情色彩，令人读之颇有感触。

七　咏物诗

咏物诗的特点在于托物言志或借物抒情，或传达作者的身世遭遇，或讽刺时世，或隐含人生哲理，或流露人生态度。鼎革之际，遗民作家的身心受到束缚，原本具有的广阔经验世界被割裂，其创作的视角也容易集中于特定空间内的某些具体事象。结果是作者不再把自己的感受当作抒情重心，而是将自我作为另一抒情重心（具体之物）的观察者。由于关注的都是细小的事物，作者的视野便局限在一个狭小的范围内。在此范围内，作者只能依靠经验中对物的感知层面（sensuous surface）来表达自我。② 在此过程中，遗民作家表面上淡化了自我的表达，而实际上却是借助经验中的"物"含蓄蕴藉地流露自我的心曲。也就是"我"的"感情之声"（voices of feeling）遍布于字里行间，只是作品的主体由人变成了物。③ 咏物诗所具有的意内言外的审美特质，正与遗民作家"以物咏怀"的需求相吻合，因此，咏物题材诗在遗民作家群中，显得尤为流行。陈轼的咏物诗可分为两类，这些诗作多寄托深远，借物喻己，抒发丰富

---

① 陈轼撰，张小琴点校《道山堂集》，第 92 页。
② 参见林顺夫《中国抒情传统的转变——姜夔与南宋词》，张宏生译，上海古籍出版社，2005，第 7 页。
③ 参见林顺夫《中国抒情传统的转变——姜夔与南宋词》，张宏生译，第 110 页。

复杂的思想感情。

第一，陈轼通过咏物诗表现自己遗世独立、高蹈自守、超凡脱俗的高贵品质。陈轼写蝉有声无影：

秋风响不停，愁肠转牵揉。只听树间音，不见吟时口。①

这是以蝉自喻，作者隐居山林，以无形的精神力量对抗清朝的统治，表现了作者高贵的遗民品质。

陈轼也以鸟寄怀：

鸦鸦朝露飞，联翩约共归。薄暮风竿急，开翎不肯低。②

诗写群鸟团结一致地寻觅食物，赢得生存。它们早出晚归，遇到急风袭击仍继续高飞，不肯落地行走。诗作句句写鸟，却处处托鸟寄怀，作者隐喻与他志同道合的遗民朋友们具有独立谋生的能力，赞颂其敢于与黑暗势力做斗争、不畏惧艰难险阻的精神品质，崇尚其心怀高远、坚守志节的遗民品质。

南明政权的不幸颠覆，引起了作者无限的伤痛与哀愁。他作《咏燕》一诗寄托明亡后孤苦伶仃、无所依托的苦闷心境及不肯入仕新朝的忠贞品格。诗写：

生来穷岛学消摇，烟波迢递度清辽。山川不知几道里，横天上下凭奔飙。忆昔东风冲絮飞，依依杨柳舒柔条。我时望气傍檐入，歌管嘹亮谐咸韶。玉楼朱阁半虚空，高薨绮翼霞锦翘。洞房宝帐新芙蓉，云雾披靡吹紫绡。玟瑡钩垂漾帘影，文杏雕梁彩色描。那知沧桑忽翻覆？白珩注碎黄金销。粉墙走苍鼠，绣户纲螗蜩。瞽井苺苔绿，荒台茨棘胶。银屏翠幄无消息，旧垒空窠生寂寥。我今漂露何所依？穿花落水魂黯消。东西顾盼

---

① 陈轼撰，张小琴点校《道山堂集》，第86页。
② 陈轼撰，张小琴点校《道山堂集》，第87页。

思渺茫，衔泥惨凄声哓哓，高门广厦何时无？岂能俯仰同鹡鸰。梦里依稀见王谢，乌衣旧巷时轻翻。何年腰镰刈黄蒿？平地突兀画拱高，院落笼光复见招。①

整首诗写燕子因世态翻覆、人世沧桑，由原来逍遥自在、玉楼朱阁的优越环境，转而被迫漂泊垒巢的心酸体验，隐喻陈轼在入清前后截然不同的两种生活状态。从第一句开始，便可看作诗人与燕的共同身世遭遇的体验。世变前的景象如杨柳舒柔、歌管嘹亮、玉楼朱阁、绮翼霞锦、芙蓉宝帐、玳瑁帘影、文杏雕梁与世变后的旧垒空窠、漂流无依、穿花落水、惨凄衔泥等遭遇形成鲜明的对照。结合我们对陈轼身世遭遇的了解，这首诗的寓意就很明显了。陈轼在明亡前，曾任知县、御史等职，自然受到朝廷与世人的优待，而明亡后，陈轼以遗民自居，身心无所归依，而又漂泊流寓于江浙一地，高门广厦的生活已然成梦。因此，诗作下半部分以梦境呈现了刘禹锡笔下"王谢堂前燕"的遭遇，这与眼前的燕子的遭遇多么相似！这又恰到好处地起到了以古喻今的作用。刘禹锡笔下飞入百姓家的燕子，曾经栖息在王谢豪门贵族的厅堂檐前，而历经沧海桑田、世事变化，这些豪门家族的燕子只能屈躯于寻常百姓家。燕子的生活处境的今昔对比，含而不露地寄寓着陈轼自身的身世际遇，燕子眷恋旧巢也很鲜明地蕴含作者忠义守节、思念明朝的遗民情怀。

陈轼还通过《咏竹》寄寓自己的高洁之志：

绛云蠹青节，惠风摇华滋。苍苍犯霄汉，密色信陆离。水泛团圆影，峰高屹亿姿。鸳鸯啖其实，鼯鼠闻夜啼。世人重音声，采拾作笙簧。笙簧虽悦耳，剪伐伤其枝。安得轩屏侧，拥护无枯萎。②

---

① 陈轼撰，张小琴点校《道山堂集》，第 101 页。
② 陈轼撰，张小琴点校《道山堂集》，第 65 页。

该诗赞颂竹子清淡高雅、矗立挺拔的姿态和勇于献身的坚强品质。由于世人为欣赏悦耳的声音而剪伐竹子，作者希望将竹子移种到堂阶的墙壁边加以保护，表达了对竹子深切的同情和怜惜之情。作者以竹托怀，追求竹子高风亮节、超凡脱俗的高贵品质。同时，他也以竹作喻，表达明亡后自己备受剥削与欺凌而无所依靠的伤感。

第二，作者也通过咏物诗抒发深沉的身世叹惋，表达哀伤的情境。同样是写蝉，《咏蝉》一诗所寄寓的感情却与上文所述之《蝉》有所不同：

> 寒意华林遍，萧然百感生。霜泛日西驰，浮阳阴渐轻。微踪忽隐现，嘒唳有余情。银甲碎珠玉，窈然鼓琴筝。危湍自击触，急流寒渐并。花从角上出，喙向胁间鸣。峨容垂缕劲，高怀吸露清。抱木势难遏，回飙响易倾。自伤双翼薄，适意且飞翮。[①]

起首两句概述蝉所处的环境令人深感寒意侵逼。次写单薄的蝉影忽隐忽现，蝉声流露出百感交集之情。它身飞高远，吸引清露，希望抱起树木，可惜双翼单薄，无法承担重任。很明显，这是陈轼将社会弱势群体的直接观感移植到了蝉这一弱小的动物身上。蝉的柔弱身躯与被动无助的境况，与他的现实处境极为相似。因此，他托蝉自拟，希望为国为民效力却心有余而力不足，既有些许伤感，又以"穷则独善其身，达则兼善天下"[②] 的思想劝慰自己应知足常乐，独身远行。蝉的隐喻，是陈轼创作审美特征的体现，我们从中也能体会陈轼诗作深厚丰富的意蕴。

此类诗作还有《邯郸道上柳》：

> 微飙度广陌，朝暾景方升。游丝胃柔条，嫩碧吐芳英。栽

---

① 陈轼撰，张小琴点校《道山堂集》，第 63 页。
② 罗炳良、赵海旺编著《孟子解说》，第 260 页。

比隋堤整，烟同灞岸青。翠氛频拂面，金穗自飘缨。大杨郁成列，敕柽亦鲜荣。飞花散余雪，碎叶缀繁星。阴浓云盖密，香动酒旗倾。行人一何疾？车马日喧轰。君看路傍柳，闲旷有余清。①

诗写柳枝柔长似金穗、柳叶碧绿芬芳、柳花似雪飘絮的繁茂景象，其中透露出诗人对垂柳的喜爱、赞赏之情。而如此芳香迷人、柔嫩多姿的柳色，却没有引起行人的注意与理睬。作者运用暗示的手法，融会了其深沉的身世叹惋，隐喻他自己不被重用的内心怆痛。

陈轼《道山堂集》中的咏物诗还有很多，如《蝶》《雉》《白鹭》《红鹦鹉》等，均是托物寄怀之作。这些咏物诗以动物或植物的鲜明个性、特征为描摹对象，很传神地勾勒出孤处一隅、形单影只而又坚守节操的遗民形象，寄寓着作者深沉的慨叹之情，令人读之深受启迪。

八　寓言诗

陈轼《道山堂集》中的寓言诗相对较少，但这类诗歌所表达的思想感情却很深刻，读之感人肺腑。如《猛虎行》：

阴阳错杂班文皮，窟穴深山似伏雌。形容敛息殊狡险，藏身浅草人莫知。忽尔狂嗥空谷应，声振林木凄风悲。钩锯自矜牙爪利，盛气踔厉张雄威。长舌卷人如拂草，目中固已无童麛。一旦将军尚武节，鸣镯叠鼓飙云旗。权奇宝马蹋恍惚，金鞍斜景蹩躞飞。将军夙负轻车志，雕弧满月无虚机。射落寒雕没青云，何况白额触前麾。一发猛虎应弦倒，顷刻扼吭抵其颐。前者生狞无与敌，只今丹血流山陲。原来运蹇亦狼籍，将军藐视如婴儿。丈夫及时宜立功，人生巽懦奚以为。②

① 陈轼撰，张小琴点校《道山堂集》，第64~65页。
② 陈轼撰，张小琴点校《道山堂集》，第93页。

诗作从猛虎的外貌特征写起，描绘了猛虎阴阳错杂的外表特征。猛虎收敛休息时的形貌显得狡猾阴险，潜藏草丛时更是令人有高深莫测之感。诗作接着写猛虎发出的声音引得空谷回音，声震林木。其爪牙像钩锯一般尖利，舌头伸出来袭击人类，轻而易举，就像轻轻卷起青草似的。后半部分笔锋一转，写英勇的将军一旦发挥勇武的战斗精神，猛虎立即就被射倒。猛虎再威猛凶恶，在将军的眼里也只像个小小的婴儿一样。诗作最后句勉励将军们及时与猛虎做斗争，树立丰功伟绩。

陈轼以猛虎比喻当时社会上的黑暗势力，以将军比喻敢于与黑暗势力做斗争并取得胜利的正面人物。诗人对反动势力无比憎恨，对英勇善战的将士热情赞颂，其爱憎分明的思想感情显而易见。

九　闺怨诗

古来闺怨诗数量很多。诗人多以弃妇、思妇为主要描写对象，以伤春怀人为主题，剖析女子们在特定社会环境和生活遭遇下或悲悼或悔恨或失落或惆怅的复杂心理状态。早在《楚辞》中，就有借女性的口吻表达对君王的思念或将君王作为被追慕的女性进行抒怀的写法。后又有诸多文人作家以男女的感情隐喻君臣关系。明亡后，以君子美人相思寄托君臣遇合的例子不胜枚举。以女性的口吻书写，颇能反映易代之际作为弱势群体的遗民文人的精神创伤与被动无助。

以男女的相思离别为题材的闺怨诗，寄托遗民士人对故国旧君的思念，对于曾经名位昭彰、官名显赫而后却落魄潦倒、漂泊流离的遗民士人而言，有助于为他们忠贞守节的遗民身份意识烙下凄美的印痕。陈轼的闺怨诗或直抒其意，或寄托自己的身世遭遇与政治理想无法实现的苦闷心境。

陈轼作有七言绝句《闺词三十首》。这三十首诗，以闺中女子的笔触，抒发闺怨之情，或借景抒情，或叙写闺妇真实生活中最具情感内涵的动作意态以抒情，或以呼告式、反问式等手法直接抒情。

如《闺词三十首》其十：

> 四时总被好花嘲，懒把青蚨问六爻。拨尽灯煤金剪落，欹
> 针唾缕向谁抛？①

此诗以鲜花盛开的时间极为有限比喻思妇的美丽容颜一瞬即逝，人
生短暂如青蚨，错过就无法挽回。因此，思妇也不愿占卜吉凶。诗
作以反问式结尾刻画出了思妇孤独、寂寞的心境没有对象倾诉的哀
怨之情。

再如《闺词三十首》其二十四：

> 同心结似兔丝藤，不怨人间怨赤绳。断送黄昏已无数，辜
> 负龙盘半炷灯。②

该诗通过女子之口，抱怨月下老人以赤绳将抒情主人公与男子的脚
系在一起，形成有名无实的婚姻。诗作将女子懊恼悲伤的心理状态
刻画得淋漓尽致。

相对于上述诗作，《长相思》则具有深刻的政治寄托意旨：

> 长相思，双泪垂。采桑归路芳草悲，玉簪落鬓容颜非。鸳
> 帷结满蜘蛛丝，珍珠帘外孤鹄飞。君身在妾梦，时见黄金鞯。
> 妾心为君磔，犹如纫素坼。举头参与商，长河渺无垠。风流荀
> 令遥相忆，灯前黯澹珊瑚唇。③

这首诗描写了一位采桑女子孤独幽凄的形象和心境。她所思念的对
象是一位像"荀令"一样的美男子，这位男子身居要职，这从诗中
的"黄金鞯"可以得知。诗作一开头即写采桑女子因相思而流泪的
孤寂心情，她发现自己的容颜已不如以前，似乎连回家路上的芳草

---

① 陈轼撰，张小琴点校《道山堂集》，第 126 页。
② 陈轼撰，张小琴点校《道山堂集》，第 127 页。
③ 陈轼撰，张小琴点校《道山堂集》，第 53 页。

都为她感到悲伤哀怨，带着浓重的忧郁色彩。而家中闺房的样子已变，华美的帷帐已结满蜘蛛丝，采桑女子已慵于打理自己的闺房。帘外的孤鹄形单影只地彷徨于左右。这显然不仅写飞鹄，更是隐喻自己的孤寂身影。采桑女子忠贞不移，日夜思念着心上人，而他们终究像天上的参、商二星，永不相见。这里形象而具体地描述了其相思成空的哀伤情状。诗作表面书写的似乎只是采桑女子的单相思，但"举头参与商，长河渺无垠"就显得富有政治寓托意味。这里作者继承了我国古典诗词以"香草""美人"象征理想人物的传统，正如屈原《离骚》所言"恐美人之迟暮"。"黄金鞚"这一特定的意象更暗示了作品的政治隐喻意义，表明诗人旨在抒写自己的身世际遇以及怀才不遇、仕途理想无从实现的苦闷心情。从这一点看，此诗隐而不露的风度正如诗中"荀令"君的形象气质。

总之，陈轼诗作的题材多种多样，以上各类诗作，充分体现了陈轼身处易代之际，坚守遗民身份，对前朝往事的执着与对恢复明王朝昔日光景的深切期盼。但有时他也只能抒发无奈的感叹。这些诗作蕴含着陈轼丰富的思想感情与深刻的人生哲理，是陈轼生活于明末清初多重思想和复杂心态的写照。

第二节　隐喻寄托的诗歌书写模式

陈轼的诗作蕴含着丰富的思想感情和深刻的人生哲理。他生活于改朝换代之际，人生经历的复杂程度非同一般，人生境况时而顺利，时而坎坷，而逆境多于顺境。因而其诗歌的风格特征，或凄婉悲慨，或清雅淡和，或富有禅理，或兼而有之。在艺术技巧上，陈轼善于采用借景抒情、托物言志的方法，将自己的思想感情和遗民志向寄托于景、物的描写中，达到寓情于景的浑融境界。他在表现手法上多用典故、比喻、对比等方法，使其诗歌的艺术成就更为突出。

一　诗歌风格特征——凄婉悲慨、清雅淡和、富有禅理

黄周星评价陈轼诗文"瑰丽沉雄"①。黎士弘《道山堂集序》云："淳心道味，抱朴含贞，故其发为文章，大雅春容，言也可思，歌也可咏，有合于古人不怨不伤之旨。"②《四库全书总目提要》评价陈轼："诗文皆清婉和雅。"③ 上述各种评价具有一定的道理，但尚不完整。诗歌风格是诗歌的思想内容和艺术形式有机结合所形成的整体风貌。风格作为作品的整体风貌特征，形成因素极其复杂，不仅形式因素影响着风格的形成，而且作品内容及作家的心理状态、气质性格、品质思想、才能习好等都制约着风格的属性。刘勰《文心雕龙·体性》云："才有庸俊，气有刚柔，学有浅深，习有雅郑，并情性所铄，陶染所凝，是以笔区云谲，文苑波诡者矣。"④ 他指出作家、诗人的才、气、学、习等各不相同，情性精神亦相异，从而形成了文坛、诗坛风格多姿多彩的局面。因此，有"诗品出于人品"⑤ 等说法。由此可见，诗歌风格与诗人的精神品格相一致。陈轼的人生遭际和时代变迁的历史背景，以及其抱节守志的遗民情怀和忠于明朝的思想，造就了其诗歌风格既有凄婉悲慨，也有清雅淡和、富有禅理的特征。

陈轼入清前后所作诗歌的主要风格特征为凄婉悲慨。此一时期的诗作，充满对时代的感慨，陈轼悲时伤乱，忧国忧民，心中郁结，慨叹不平。这一风格特征主要是通过一些含有遗民情怀和思念明朝的意象和带有凄切婉转、悲伤哀怨色彩的意象群来体现的。

在《子夏易传》中，有一段关于《周易》阐述意旨的话语。

---

① 黄周星：《道山堂集序》，载陈轼撰，张小琴点校《道山堂集》，第2页。
② 黎士弘：《道山堂集序》，载陈轼撰，张小琴点校《道山堂集》，第147页。
③ 永瑢、纪昀等编纂《四库全书总目提要》（卷181），福建巡抚采进本。
④ 刘勰撰，陈书良整理《文心雕龙·体性》，作家出版社，2017，第300页。
⑤ 刘熙载撰《艺概》，上海古籍出版社，1978，第56页。

> 子曰："书不尽言，言不尽意。"然则圣人之意其不可见乎？
>
> 子曰："圣人立象以尽意。设卦以尽情伪。系辞焉以尽其言。"①

这一论述提及言、意、象等之间的关系。"意"是具有抽象性的概念，用语言难以完全表达，而圣人则能以客观的物象对其进行解释，达到"立象以尽意"的目的。且圣人还设卦，附以"辞"记录之。东汉时期的王充，在其《论衡》卷十六的《乱龙篇》，首度将"意象"作为合成词运用，并以"立意于象"一语重申了"易传"的概念。②

东汉以后的作家对意象的理解，则从抽象的"意"转变为具体可感的物象。诗歌中的意象，往往指具体的人或物，具有将所指之物转化或美化为作家另有所指之物的作用。很多意象经过时间的沉淀与作家们对其意象所指的认可，具有相对固定的象喻意义。余宝琳指出，中国传统诗歌中的意象与其指喻之物之间有一种预设的关联，诗人的成就端视其能否"超越"而不是再去"确认"这一关联，来建立起个人的独特性，不像西方的诗人那样将喻义虚构或创造出来。③ 由此可见，中国传统诗歌中的意象具有具体可感性，读者易于领会，从而对意象的隐喻意义产生思想上的共鸣，也更容易理解诗歌的整体审美意蕴。

明遗民往往以自然界中的意象，如"日""月"则合为"明"，象征明王朝，用以追怀故明王朝与君王。"明月"是中国古代诗歌中重要的意象之一。一方面，明遗民传承历代诗家的传统，于作品中使用"明月"这一相对稳定的意象，将他们不便于直露的身份处境置于其中，达到构建和表达记忆的目的，从而引起读者对这一意象的体认。另一方面，"明月"这一意象又与明王朝形成天然性的关

---

① 金景芳、吕绍纲：《周易全解》，上海古籍出版社，2005，第566页。

② 陈植锷：《诗歌意象论》，中国社会科学出版社，1990，第16页。

③ 参见 Pauline Yu, *The Reading of Imagery in the Chinese Poetic Tradition*, Princeton University Press, 1987, pp. 33, 36。

联，隐喻明王朝江山将与日月同辉，与日月同寿。这也就更容易引起遗民士人面对衰亡的明王朝而更加思念和追忆兴盛时期的明王朝。

陈轼的《道山堂集》中，"明月"这一意象出现的频率很高。

有思君念国月，如《百舌》：

> 一舌间关叫残月，众音连络流金徽。①

诗写一只孤寂的百舌鸟对着残月凄厉地鸣叫，引起了众鸟的呼声。"残月"既是亡明的象征，也是孤寂凄凉的意象。"一舌"对"残月"，寄寓着作者孤独寂寞的凄凉心境和幽深的故明旧君之思，抒发其无限的孤独寂寞和怀旧之情。

有孤寂思乡月，如《天津早秋》：

> 严更粉堞悲清角，明月倡楼起暮讴。惟有萧条万里客，沧波断岸使人愁。②

诗作通过"明月"意象表达秋天时节客居他乡孤独寂寞的惆怅心理和游子思归的迫切愿望。

有战士思归、闺妇幽怨月，如《关山月》：

> 关山月，晓晕落龙城。……娟娟孤镜升。明月自有光，故人自有心。故人不可见，安知心浅深？……月来粉壁流，月去翡帐虚。关山月，青海湾无极。漠漠汉家营，闺中不相识。③

诗作通过关山内外夜月照耀下的不同境况，深切地表达了戍边战士和闺中思妇复杂的思想感情。

有感伤凄切友情月，如《赠别潘友》：

---

① 陈轼撰，张小琴点校《道山堂集》，第 108 页。
② 陈轼撰，张小琴点校《道山堂集》，第 111 页。
③ 陈轼撰，张小琴点校《道山堂集》，第 53 页。

应忆月明林杪立，双双塔影上山楼。①

作者追忆月明时与友人相聚的欢乐情景，反衬出离别的惆怅心绪，笔调婉转悲切。《寿林静庵》（其二）：

岁岁蒋山碑碣在，秦淮明月听华封。②

《期刘隆生不至》：

怅望山城暮，月明何处楼？③

《喜晤陶东篱》：

忆在吴阊市，明月正娟好。④

《赠唐君知》：

窈窕明月照丹丘，逋客往往居编列。⑤

《毗陵晤毛燕山》：

瘿瓢细捣芙蓉水，子夜新翻明月筝。⑥

这些诗句中，明月穿越时空，成为传递友情的使者，诗人对友人的怀念与不舍托于明月，笔端含蓄委婉，意境凄切清幽。

有佛禅寄月，如《玉泉寺》：

空谷月明秋色皎，孤桐风泻叶声悠⑦。

---

① 陈轼撰，张小琴点校《道山堂集》，第 378 页。
② 陈轼撰，张小琴点校《道山堂集》，第 351 页。
③ 陈轼撰，张小琴点校《道山堂集》，第 75 页。
④ 陈轼撰，张小琴点校《道山堂集》，第 318 页。
⑤ 陈轼撰，张小琴点校《道山堂集》，第 102 页。
⑥ 陈轼撰，张小琴点校《道山堂集》，第 99 页。
⑦ 陈轼撰，张小琴点校《道山堂集》，第 353 页。

《鼓山为霖和尚惠珊瑚念珠赋谢》：

> 夜光媚水浦湾旋，天净空明海月圆。①

诗作通过月夜的明净澄澈，表达空灵、淡泊、宁静的禅境与孤独、寂静的心境。

　　陈轼笔下的"明月"意象，不仅与游子思归、边塞战乱、闺妇幽怨、亲情友情及佛禅心境等一系列凄婉孤寂的情境紧密相连，更为重要的是，诗人借助"明月"这一意象，婉转表达了对"明代月亮"的追忆，蕴含着对故明旧君挥之不去的思念之情。同时，明月也是高尚贞洁的象征，诗人以月寄怀，婉转表达了自己高尚坚贞的遗民节操和忠君念明之思。

　　除了"明月"的意象外，陈轼诗作中还经常出现以"古""旧"为修饰语的冷色调意象群，以及"孤轮""寒猿""冷梅""寒鸦""秋云""落木""余晖""衰凤""梧楸"等一系列象征孤独、感伤的意象群，以抒发遗民的亡国之恨，表达遗民反抗新朝、思念旧明之情，表现自己的高洁之志，体现凄婉哀伤的心境。如《饮马长城窟行》：

> 原野瞳寒阴，古木动萧摵。②

《和黄波民过黄处安山楼夜话兼叙别思四首》之二：

> 倦翮终思入旧林，凄凄衰凤学闲吟。……白舫红亭春岸绿，寒猿古木故山深。③

《天津早秋》：

---

①　陈轼撰，张小琴点校《道山堂集》，第 90 页。
②　陈轼撰，张小琴点校《道山堂集》，第 52 页。
③　陈轼撰，张小琴点校《道山堂集》，第 124 页。

孤城水市冷梧楸，飘唳西风古渡头。①

《过大庾岭》：

冯危眺余晖，寒色冷梅魂。②

《湛苑叔父静海罢官归舟至严滩不值作诗以寄》（四首之一）：

阔想劳晨夕，孤征欲奋飞。③

这些意象的营造，无不体现遗民的忠贞念旧情怀，抒发孤独寂寞、漂泊无依的伤感，诗境凄切婉约、悲慨孤寂。

而这些凄婉悲慨的意象也往往融合在同一首诗中，看似悲凉凄清，却能让作者淡出这些意象，站在禅理禅趣的高度抒写冲和淡雅之态。这与陈轼的身世经历具有十分密切的关系。陈轼于1644年从番禺知县解组归闽后，曾一度流寓江浙，其余大部分时间则寓居道山第一书房，读书治学，结交志趣相投之友，与文人雅士聚集于道山书院。他们归隐山林，诗酒相会，吟咏诗文，议论学问，谈禅说理，共同探讨感兴趣之事，并互相促进。这在一定程度上促进了陈轼诗作风格的改变。

综观陈轼在南明朝及入清后的诗作风格可见，其诗风经历了由凄婉悲慨到清雅淡和、富有禅理的变化过程。

如前所述之五言古诗《重九日道山南阳祠雅集和黄处安张屺园陈紫岩诸子》（二首）：

绛叶飞不已，西风转萧槭。山川停战鼓，野屦城南隙。褰衣苍翠侧，群英聚剑舄。天界清气高，琴樽挂云席。忾想入蓬莱，为忆南丰客。斯文诚不朽，永勒乌山石。跤首鸿雁天，细

---

① 陈轼撰，张小琴点校《道山堂集》，第111页。
② 陈轼撰，张小琴点校《道山堂集》，第58页。
③ 陈轼撰，张小琴点校《道山堂集》，第78页。

觅真人核。龙沙总泡影，戏马亦陈迹。俯槛万象悬，山灵恣游
剧。凉松变秋岑，疏林微云白。桑落在眼中，陶令醉宜适。滔
滔望沧溟，更觉天地窄。①

清霜净天宇，飕飕响山曲。原野光烂碎，远川烟水绿。寒
蝉依林木，轻畷散前躅。开堂舒疏襟，山容如燕玉。嵝崿接余
翠，卷帘图画足。采采黄金花，尚未展膏沃。近寺碧苔深，钟
磬时断续。清秋怜鹤发，殊信日月促。不知筋力异，且覆杯中
渌。朋侪结胜会，礼数少羁束。山光晚多态，空岩更欣瞩。孤
亭澹夕晖，归阴尚余缛。②

战乱刚结束，陈轼与黄处安、张屺园、陈紫岩等友人相聚于道山南
阳祠。"天界清气高，琴樽挂云席。怃想入蓬莱，为忆南丰客"，这
四句通过对道山南阳祠周围禅意环境的描写，寄寓修德行善、求佛
问禅的精神旨趣。"寒蝉依林木"，诗人叶落归根，年老依托故乡、
老友的思想甚为明显。"近寺碧苔深，钟磬时断续"，寺庙周围碧绿
色的苔藓及钟声的时断时续，是诗人隐逸思想、求佛问学精神的集
中体现。诗人历经磨难，政治上良图难遂，理想与现实的矛盾造成
其精神上的痛苦与失落。"西风""寒衣""鸿雁""凉松""（落）
桑""沧溟""寒蝉""鹤发"等一系列意象足以让我们感受环境的
凄清带来的心境上的孤寂悲凉与漂泊不定。诗作前半部分充满凄婉
悲凉的基调。而作者马上又以清雅淡和、富有哲理禅意之境掩饰了
他内心的悲慨。"朋侪结胜会，礼数少羁束。山光晚多态，空岩更欣
瞩。"与好友相聚无须受礼节的拘束，这令人感到欣慰。虽然已是暮
年，但正如山上的阳光一样，在夜幕降临、夕阳西下之时，更能体
现其多姿多态。陈轼在自然景物和时序的变化中寄寓着人生暮年的
丰富复杂的经历与心境。与宾朋谈道、寻访佛寺已成为陈轼晚年受

①　陈轼撰，张小琴点校《道山堂集》，第311～312页。
②　陈轼撰，张小琴点校《道山堂集》，第312页。

挫后逃避苦闷心境、求得解脱的行为方式。整首诗在清静闲雅的意境中包含一种悠远空灵的禅理意趣。

又如《冬日同黄处安谢青门蔡中旦湛苑叔访林克溥克千兄弟赏梅花》（二首）：

> 幽巷寻清客，花阴香正浓。微红方沃日，弱挺更凌冬。纸帐余湍动，书签翠影重。雪窗兄与弟，才调拟鸾龙。①

> 琴声出壤室，二陆悉珠胎。盆盎游鱼乐，阶除啤雀来。芳林临绮薄，小几净雾埃。客醉香醪嫩，狂吟东阁开。②

此二诗写作者游访友人家时欣赏梅花的所见所感。诗中用书签、琴声、盆鱼、啤雀、芳林、小儿等一系列意象，渲染友人家闲情雅致、清静和谐的家园氛围。最后句借用《木兰诗》"开我东阁门"的诗句，表达作者归闽后与友人相聚一堂的欣慰之情。诗作清雅淡和、富有禅理。

陈轼诗歌风格的形成，与其人生中不同时期的不同境遇或同一时期的不同心境紧密联系。当陈轼遭遇逆境，或处于战乱之时，或面临改朝换代之际，他的故明旧君之思、身世之感与遗民意识，便倾泻于诗作中，形成凄婉悲慨的风格特征。陈轼归闽后，当他生活稍为稳定时，其隐逸山林的心境便流露于诗作中，其诗作风格便表现为清雅淡和、富有禅理。

二　主要抒情方法——借景抒情

中国古代诗家向来十分注重自然景物对作者、读者情感的作用。自然界万物的荣枯、时序的更换、风雨雷电、日月星辰、花鸟虫兽、山川河流都能唤起作者对岁月、人生的感悟。作家与物象之间，往

---

① 陈轼撰，张小琴点校《道山堂集》，第 338 页。
② 陈轼撰，张小琴点校《道山堂集》，第 338 页。

往形成"同声相应，同气相求"的互相激发作用。这即我们经常说的"移情于景"或"借景抒情"的方法。遗民作家借景抒情，意在抒发其离散漂泊的生命体验、怀念乡土的忧思或怀才不遇的失意情绪。这也即叶嘉莹所说的"人生最基本的感情"，或"人类感情的'基型'或'共相'"。①

陈轼诗作主要使用借景抒情的方法。他能通过客观景物的描写，将自身的内心情境寄寓其中。如七言绝句《闺词三十首》（之二）：

> 柳叶轻烟澹澹容，月湾空翠锁双峰。刀环心折因愁蹙，螺黛蛾黄一半慵。②

诗作描写凄清的月夜下柳叶、轻烟清淡和雅的姿态，以月亮的孤寂、冷清象征孤独与寂寞的相思之情。诗人借景抒情，极写闺中女子月夜思念丈夫心如刀割的愁苦之情。丈夫久别未归，思妇连眉毛都懒得画，这就生动地刻画了"女为悦己者容"这一心理特征，凄婉动人，入情入理。

又如《妙峰寺望大江》：

> 深林眇天末，浮阴接混蒙。凌高听松声，薄云上群峰。水气卷秋烟，浩然见青空。晴沙舒宿雾，锦浪涌流虹。圻岸吹疏筱，苍茫迷归鸿。曲溆珠光回，清源银汉泛。远屿乍有无，岩影共倾溶。黄芦覆汀洲，出没渔歌中。寂历万籁起，溯洄思无穷。③

妙峰寺原名高盖院，在福州市南郊高盖山北麓。诗写作者身居妙峰寺，观望江水滔滔，青松挺拔迎接秋风的吹袭，薄云堆积在山峰，江水击起的波浪涌动，像流动的彩虹。短短数句点出江面雄浑壮阔

---

①　叶嘉莹：《汉魏六朝诗讲录》，河北教育出版社，1997，第79页。

②　陈轼撰，张小琴点校《道山堂集》，第126页。

③　陈轼撰，张小琴点校《道山堂集》，第56页。

的气势，表达了作者雍容的气度、开阔的胸襟和坦然面对波涛汹涌的生活态度。堤岸上清凉的笛声、离群迷路的鸿雁引起诗人思想感情的共鸣，诗人感到妙峰寺周围一片寂静与冷清。自然界发出的各种声响更反衬出诗人孤单寂寞的凄凉心境。

再如《闽雪》一诗，通过自然景物的描写，表达忧患意识，流露出作者忧国忧民的愁情：

> 海澨炎燠地，依稀似朔方。寒气积阴瑶，晻霭冻南荒。兹值良宵节，火炬方荧煌。宝马走香陌，歌钟殊未央。同云忽然布，清光旋飞扬。浮烟逼丹楹，落霰侵荔墙。掷棱类曳纨，委菶疑截肪。鱼鳞镂闲阶，鹤氅舞空塘。粉聚拖新梅，珠莹凝幽篁。芳草经冰湿，初莺倚树藏。蒙密下河汉，大地何冥茫。座客皆咄咄，未卜何妖祥。鼓鼙正喧阗，鸿雁尚余疮。相对各叹息，聊尔尽余觞。①

诗作附以序言："丙申灯夕饮曾远公池亭，雪下三尺，吾闽从古所未有也。"② 序言点明创作的时间及作诗的缘由：雪下三尺，闽地自古未曾有过。陈轼对此抒发感怀。

诗作前四句海澨、寒气、晻霭等景物描写，定下了整首诗忧愁的基调。次四句描写作者与亲友相聚亭台饮酒赏乐的欢乐情景。接着又刻画大雪纷扬，冷气从天而降，花草虫鸟难禁冰雪袭击的境况。突如其来的冰雪，是福是祸，让在场的宾客难以捉摸，不禁愁情涌上心头。诗人想象战鼓未停息、鸿雁背着创伤南飞的场景，觉得这场大雪似乎是年头不祥的征兆。作者通过愁喜交替的景物描写，突出雪压大地的情景，刻画苍凉凄冷的境况，表达了诗人深沉的忧患意识。

综上所言，陈轼诗作所运用的抒情方法主要是借景抒情。当然，

---

① 陈轼撰，张小琴点校《道山堂集》，第60~61页。
② 陈轼撰，张小琴点校《道山堂集》，第60页。

还有一些诗作采用托物言志的方法抒发感情，如《咏蝉》《咏竹》等。

三　表现手法多样

陈轼诗作的表现手法多种多样，主要有用典、比喻、对比等。

（一）用典

陈轼作诗在表现手法上最突出的特色是以典入诗。《道山堂集》中的大部分诗作引用精切的典故，有诗典、史典、杂典等。这些典故的采用，使其诗作韵味更丰富，思想更深刻。试举例论证如下。

采用诗典。陈轼作诗善于引用前代诗人的诗句。其中引用最多的是杜甫的诗句。如《社日林天友招集道山书院》（四首）就有三处引用杜甫的诗句，"晴曛舒秀岭""潦倒短长吟""频欹乌角巾"[①]。"晴曛"，语出杜甫《宣政殿退朝晚出左掖》诗："天门日射黄金榜，春殿晴曛赤羽旗。"[②]"短长吟"，借用杜甫《送严侍郎到绵州同登杜使君江楼得心字》诗："穷途衰谢意，苦调短长吟。"[③]"乌角巾"，出自杜甫《南邻》诗："锦里先生乌角巾，园收芋栗未全贫。"[④]又如《怀高澹游和林天友韵》其一和其四："平生萧瑟无他事，聊赋哀时似子山。"[⑤]"樗散曾同老画师，亭亭不肯学依随。"[⑥]"哀时"，引用杜甫《咏怀古迹》其一："羯胡事主终无赖，词客哀时且未还。"[⑦]"樗散"，借用杜甫《送郑十八虔贬台州司户，伤其临老陷贼之故，阙为面别，情见于诗》诗句："郑公樗散鬓成丝，酒后常称老画师。"[⑧]由此可见，陈轼认为他的身世经历及所处时代背景与杜甫所经历的安史之乱颇为相似，而杜甫忧国忧民的思想，也正是陈轼

---

① 陈轼撰，张小琴点校《道山堂集》，第336~337页。
② 韩成武、张志民：《杜诗全译精注》，天津教育出版社，2017，第154页。
③ 韩成武、张志民：《杜诗全译精注》，第376页。
④ 韩成武、张志民：《杜诗全译精注》，第299页。
⑤ 陈轼撰，张小琴点校《道山堂集》，第123页。
⑥ 陈轼撰，张小琴点校《道山堂集》，第123页。
⑦ 杜甫著，杨伦笺注《杜诗镜铨》，上海古籍出版社，1998，第650页。
⑧ 韩成武、张志民：《杜诗全译精注》，第152页。

效法的典范。因此，陈轼通过化用杜甫诗作中的典故表达对杜甫的敬仰与钦慕之情。

引用或化用其他诗人的词语入诗的有《怀高澹游和林天友韵》其一：

> 烟树蒙蒙故苑间，枳萬棘舍昼常关。兰荃满径繁香逵，蜻蜓吟秋短榻闲。角里避人何处问？穿窬采药几时还？平生萧瑟无他事，聊赋哀时似子山。①

这八句诗，就引用了四位诗人的四个词。"烟树"，引用南朝宋鲍照《从登香炉峰》诗："青冥摇烟树，穹跨负天石。"② "蜻蜓"，引自晋张载《七哀诗》："仰听离鸿鸣，俯闻蜻蜓吟。"③ "短榻"，出自明代何景明《雨夜》诗："短榻孤灯里，清笳万井中。"④ "萧瑟"，引自《楚辞·九辩》："悲哉！秋之为气也。萧瑟兮，草木摇落而变衰。"⑤

又如《和黄波民过黄处安山楼夜话兼叙别思四首》其一：

> 幔亭峰上松篁路，羡早归山访薜萝。⑥

"薜萝"，化用《楚辞·九歌·山鬼》"若有人兮山之阿，被薜荔兮带女萝"⑦ 句中的"薜荔"和"女萝"。陈轼化用此典故，表达对黄处安归隐山林生活的羡慕之情，透露出诗人隐逸山林的强烈愿望。

采用史典。如《送潜夫弟之武陟》其二：

---

① 陈轼撰，张小琴点校《道山堂集》，第 123 页。
② 徐天闳集注，熊礼汇校点《汉魏晋宋五言诗选集注》，武汉大学出版社，2013，第 294 页。
③ 萧统编，李善注《文选》，上海古籍出版社，1986，第 1089 页。
④ 周啸天主编《元明清名诗鉴赏》，四川人民出版社，2001，第 321 页。
⑤ 谭介甫：《屈赋新编》，中华书局，1978，第 135 页。
⑥ 陈轼撰，张小琴点校《道山堂集》，第 124 页。
⑦ 谭介甫：《屈赋新编》，第 338 页。

丽词梁苑胜，盘陇太行峨。①

"梁苑"，事见《史记·梁孝王世家》，指西汉梁孝王所建的东苑，供游赏驰猎之用。梁孝王在此广纳宾客，当时名士司马相如、枚乘、邹阳等均为座上客。还有《怀陈乔生》：

刘向原为汉谏议，陶潜自是晋遗民。②

诗句借用历史人物，鲜明地表达了作者忠贞不渝的遗民品质。

采用杂典。如《和黄处安咏其先人所遗宋砚》（二首）：

珍藏每忆趋庭日，力穑还看播获收。

几筵洒扫读遗经，呵护光华素簏扃。喷沫只堪题白雪，临池恰好写黄庭。红丝胞络神工巧，巨璞罗纹禹凿灵。乍得新诗凌彩笔，披吟如见子西铭。③

陈轼此诗几乎句句用典，且其典故来源各不相同。"趋庭"，语出《论语·季氏》④，后以"趋庭"为接受父亲的教训。"力穑"语出《尚书·商书·盘庚上》⑤。"几筵"，语出《墨子·节葬下》⑥。"临池"，出自晋卫恒《四体书势》⑦。"红丝"，出自五代王仁裕《开元

---

① 陈轼撰，张小琴点校《道山堂集》，第 81 页。
② 陈轼撰，张小琴点校《道山堂集》，第 105 页。
③ 陈轼撰，张小琴点校《道山堂集》，第 355～356 页。
④ 趋庭是指子女承受父亲的教导，典出《论语·季氏》："（孔子）尝独立，鲤趋而过庭。曰：'学诗乎？'对曰：'未也。''不学诗，无以言。'鲤退而学诗。他日，又独立，鲤趋而过庭。曰：'学礼乎？'对曰：'未也。''不学礼，无以立。'鲤退而学礼。"（思履主编《四书五经详解》，第 150 页）
⑤ 力穑：努力耕作。《尚书·商书·盘庚上》："若农服田力穑，乃亦有秋。"
⑥ 几筵：犹几席。《墨子·节葬下》："诸侯死者……又多为屋幕，鼎鼓几梴壶滥，戈剑羽旄齿革，寝而埋之。"（梁奇译注《墨子译注》，上海三联书店，2018，第 178 页）
⑦ 学习书法谓"临池"。"临池"典故源于晋卫恒的《四体书势》："弘农张伯英者，因而转精其巧，凡家之衣帛，必先书而后练之。临池学书，池水尽墨。"

天宝遗事·牵红丝娶妇》①。"巨璞",借用杜甫《石研诗》:"巨璞禹凿余,异状君独见。"②"罗纹",出自《北史·流求传》③。"彩笔",出自江淹的故事④。

　　诸如此类用典的事例,在《道山堂集》中数不胜数。由此可见,陈轼作诗用典广采杂收,且颇为精切。以典入诗是陈轼诗作的重要艺术成就之一,也是其成功之处。一方面,这说明陈轼文思敏捷、才学过人,他作诗极为重视诗意氛围。另一方面,以精切恰当的典故入诗,使诗歌增添了典雅风致,增大了思想容量,更充分地将其遗民情怀与思想追求融入诗作,让后世读者从中受到启迪与影响。

(二) 比喻

　　除了用典之外,陈轼诗作中比喻手法的运用也较为明显。如《怀高澹游和林天友韵》其四:"樗散曾同老画师,亭亭不肯学依随。"⑤"樗散",指樗木材劣,多被闲置。陈轼借此比喻自己不为世用,表达无限的慨叹之情。《寿林平山》其四:"泽际鸬鹚飞草舍,林中鹧鸪噪丘樊。"⑥ 诗用鸬鹚从天际飞回草舍,比喻人老也要落叶归根,表达了诗人的遗民之思。《吴门赠吴香为》:"冥鸿久无见,

---

① 五代王仁裕《开元天宝遗事·牵红丝娶妇》:"郭元振少时,美风姿,有才艺,宰相张嘉贞欲纳为婿。元振曰:'知公门下有女五人,未知孰陋,事不可仓卒,更待忖之。'张曰:'吾女各有姿色,即不知谁是匹偶,以子风骨奇秀,非常人也,吾欲令五女各持一丝,幔前使子取便牵之,得者为婿。'元振欣然从命。遂牵一红丝线,得第三女。""大有姿色。后果然随夫贵达也。"红丝比喻姻缘。(李文军主编《大名成语典故》,中国发展出版社,2017,第131、133页)
② 黄勇主编《唐诗宋词全集》(第二册),北京燕山出版社,2007,第662页。
③ 罗纹:回旋的花纹或水纹等。《北史·流求传》:"其男子用鸟羽为冠……妇人以罗纹白布为帽,其形方正。"(李延寿撰《北史》,中华书局,1974,第3133页)
④ 传说南朝梁江淹少时,梦人授以五色笔,故文采俊发。后以"江淹彩笔"比喻杰出的文才或文才出众者。如明张泌《惆怅吟》:"江淹彩笔空留恨,庄叟玄谈未及情。"[黄勇主编《唐诗宋词全集》(第五册),北京燕山出版社,2007,第2353页]
⑤ 陈轼撰,张小琴点校《道山堂集》,第123页。
⑥ 陈轼撰,张小琴点校《道山堂集》,第347页。

旅泊历暄凉。"① "冥鸿"，引自汉扬雄《法言·问明》②，后以 "冥鸿" 比喻避世隐居之士。陈轼以 "冥鸿" 为喻，对吴香为隐居入世的行为加以赞赏。《春日同吴香为黄波民黄处安伯驹叔集林天友别驾署中分得真字时天友病初愈处安将归闽中》："共探维摩病，初看长苑春。"③ 句中 "维摩" 即维摩居士，具有悲智双运的菩萨精神，后被喻为以洁净、没有染污而著称的人。《湛苑叔父静海罢官归舟至严滩不值作诗以寄》其三："露草寒螀聚，空山落木秋。"④ "寒螀"，即深秋的鸣虫。诗人以深秋的鸣虫相聚露草为喻，表示自己愿与叔父陈湛苑同甘共苦，共同承担仕途曲折所带来的惆怅与忧伤。类似运用比喻手法的诗句在《道山堂集》中还有很多，此处不一一赘述。

比喻手法的运用，使陈轼的诗作更有深刻、丰富的内涵，更能将陈轼抽象的思想精神化为形象、生动的有形载体展现在读者面前。

（三）对比

对比也是陈轼创作诗歌的表现手法之一。如《寒食过雒阳》："去岁幔亭逢上巳，今年寒食向三川。……新柳犹然思向日，废宫何事更藏烟。"⑤ 诗以 "去岁" 与 "今年" 形成时间上的对比，表达诗人前后两年寒食节的不同去向。"新柳向日" 与 "废宫藏烟"，将一积极、一消极的景物状态进行对比，刻画诗人内心情感因时间、境况的不同而发生变化。《湛苑叔父静海罢官归舟至严滩不值作诗以寄》："吾家冷落甚，大半不如前。"⑥ 简短平淡的十个字，将家族没落，家境不如昔日的景象表露无遗。《元宵观采茶出塞诸杂剧有感》

---

① 陈轼撰，张小琴点校《道山堂集》，第 69 页。
② 扬雄《法言·问明》卷六："治则见，乱则隐。鸿飞冥冥，弋人何篡焉。鹪明遴集，食其洁者矣！凤鸟跄跄，匪尧之庭。"（扬雄：《扬子法言》，上海中华书局，1936，第 61~62 页）
③ 陈轼撰，张小琴点校《道山堂集》，第 83 页。
④ 陈轼撰，张小琴点校《道山堂集》，第 78 页。
⑤ 陈轼撰，张小琴点校《道山堂集》，第 111 页。
⑥ 陈轼撰，张小琴点校《道山堂集》，第 78 页。

开头写："百花吐夜斗组丽，云母重叠开火齐。"① 这样的氛围似乎特别适合元宵佳节的热闹情景。结尾句："君不见，闾阎爨火稀，鹑衣尚自输井税。"② 简短两句，道出了百姓居住条件与穿着之简陋，与首句形成鲜明的对比。显然，作者的思想感情是复杂的，既希望感受节日的热闹场景，又对百姓寄予深切的同情与担忧。一个愁情满怀、忧国忧民的诗人形象跃然纸上。

　　总之，陈轼诗歌诸体皆备，有四言古诗、五言古诗、七言古诗，也有五言律诗、七言律诗、组诗等，并以其创作实践，继承和发扬了中国古典诗歌积极向上的思想内容与艺术特色，鲜明地展现了抱节守志、高尚忠贞的遗民品质，为中国古典诗歌的传承做出了贡献。

第三节　意内言外的遗民词作

　　陈轼的词共有 145 首，主要可分为闺怨愁情词、写景记事词、述志咏史词和赠别祝寿词等四类。这些词作，一方面继承了传统词作的抒写功能，另一方面扩大了词的实用功能和交际功能。陈轼词在创作艺术成就上，善于使事用典，运用比兴寄托手法，并以日常口语入词。

一　词作种类

（一）闺怨愁情

　　陈轼的词作有部分内容是抒写闺怨愁情，表达男女之间的离愁别恨的。这些词一般不以女性容貌作为描写内容，而主要是通过景物描写，衬托抒情主人公的孤独寂寞之感，或借助对抒情主人公心理活动的刻画，表达离别的苦闷与惆怅。与闺怨诗相似，陈轼的这

---

① 陈轼撰，张小琴点校《道山堂集》，第 322 页。
② 陈轼撰，张小琴点校《道山堂集》，第 322 页。

些闺怨词，也具有借男女感情隐喻明朝灭亡之后遗民思念故明旧君之意。

如《误佳期·本意》：

> 珠露蔷薇新沐，画幕高烧银烛。曲廊掩掩响模糊，可是风敲竹。
>
> 海誓作刀枪，绣口成酖毒。迢迢河鼓玉绳回，依旧空房宿。[1]

词的上片通过"珠露""银烛"的描写及"风敲竹"的情景，展现了抒情主人公从早到晚独守闺房一整天的孤独与寂寞的心境。下片回想男女双方的盟约和誓言，然后转笔又回到眼前，群星聚集，抒情主人公却依然独自空守闺房。词中不见"愁怨"，而抒情主人公之愁怨与孤寂已跃然纸上。从这首词可见，陈轼借闺妇追思往日山盟海誓的感情，抒发现实中被"弃置"的凄凉孤寂的处境，寄寓着陈轼希望得到君王重用的愿望。

又如《天仙子·闺情》：

> 风月场难容谲诡，缚不来飞溟两翅。城头画角数声哀，神似醉，肠如刺，借取灯光焚锦字。
>
> 银汉澄清新月霁，今夜想无云雨髻。依然独自倚空床，最不分，伤心处，兀地闪人残梦里。[2]

这首词写抒情主人公对变化莫测的爱情生活疑虑重重，却又不禁思念对方的矛盾心境。作者通过傍晚时分城头画角的声音之哀怨惆怅刺人心肠，兼以细节描写，刻画抒情主人公灯光下焚烧锦书的苦闷心情。接着又通过"银汉""新月"之澄清明亮，反衬主人公无人陪伴的抑郁愁情。最后句以"伤心""残梦"直接宣泄了主人公连做梦都感到伤痛却又不禁梦见所思念之人的矛盾心理。

---

[1]　陈轼撰，张小琴点校《道山堂集》，第 132 页。

[2]　陈轼撰，张小琴点校《道山堂集》，第 137 页。

诸如此类的词作，还有《苏武慢·闺忆》《沁园春·闺忆》《西施·本意》等。这些闺怨惆怅之作，充分体现了作者对情感生活的体验之深刻，同时也能鲜明地体现词的隐喻寄托的功能。

（二）写景记事

陈轼的写景记事词多别有寄托。他主要通过描写景物状态，记述社会时事，将仕途沦落之悲、深沉的历史感和现实感以及对国势衰微、改朝易代等的感慨与写景记事融为一体，含蓄蕴藉，寄慨遥深。

《齐天乐·春雪》：

> 妆楼拖粉璇蕤貌，飞花与梅争姣。清影寒光，玉颜冰镜，却似月明孤峤。闻帘迥眺。只江浪风毛，怎知昏晓？金勒香车空辜负，有谁知道？
>
> 红栏珠薄细舞，应当庭皓鹤，离襟长啸。洛水仙姿，章台柳絮，耽误眼前花鸟，池塘新筱。银砾平铺，舞枝风摽。那得烟开，并长愁痛扫？[①]

作者写雪花晶莹剔透、纯洁光亮，似明月皎洁，当与梅花相媲美，实则通过雪花的特点隐喻自己对明朝的赤胆忠心。词的上片最后句化用陆游词句"争飞金勒，齐驻香车"[②]，兼用反问修辞，表达了报国无门、良图难遂的伤感。下片以"银砾"比喻雪花飘洒于地面的状态。这雪花似乎凝结着词人浓郁的愁绪，因此，最后句说："那得烟开，并长愁痛扫？"此"烟"应隐含着乌烟瘴气的社会现实境况。作者希望有朝一日这"乌烟瘴气"得以消散，他能一扫心中的愁苦与伤痛。词作写得蕴藉深远，令人深思。

陈轼的《南浦·竞渡》，通过对龙舟竞渡中人、事、物的场景描写，展现了端午龙舟竞赛热闹非凡的场面：

---

① 陈轼撰，张小琴点校《道山堂集》，第 385 页。
② 夏承焘导读《陆游词集》，上海古籍出版社，2011，第 54 页。

湖西铙管，掉歌声，吹散闲鸥无数。芙蓉小楫、引控璧长流。偏是赤螭奔，雾挂飞卢、喷鬣舞芳洲。把锦标高揭，论功行赏，谈笑夺封侯。

可见大夫，千祀楚湘魂，无处不长留。看那竿头蜕晕，搴挽似轻辘，血首疮眉，还作力轮赢，定一局纹楸。分明是、五月江城，鱼鸟喜同游。①

词作表面描述端午赛龙舟的热闹情景，却蕴含着人们对功名利禄、名利地位的重视。同时，为了秉承楚文化之精神，纪念屈原忠君报国之志，龙舟赛手们"血首疮眉，还作力轮赢"。这种坚强奋进的精神，使鱼鸟也感动得同游其中。作者在端午赛龙舟的热闹场面中，融入了深沉的历史感和现实感。

（三）述志咏史

明朝末年，文人士子对君主感恩戴德，他们立志报效君王，希望能挽狂澜于既倒。但英雄无功，心生愧疚，甚至萌生退隐之念。因此，他们将立志报效朝廷的理想与现实的冲突充分体现于词作中，深度开掘出词体长于表现复杂心态的潜在功能。

陈轼的《感皇恩·本意》就是鲜明的例子：

奥渫骤升华，谷风虎啸，骧首高衢抒怀抱。九阍知己，西序叨称周宝。草茅何福分，天恩到？

退食容容，趋朝草草，衮职从来能补少。许身何在？愧乏南金持报。望宫门日曙，肝肠绕。②

作者意气轩昂，一心谋取高位显职以报效君王，理想远大，抱负不凡。但现实却是生命等闲虚度，身在其位却不能谋其政。词人连续用典，愧叹自己尸位素餐，不能有所作为，内心十分愧疚。因此，

---

① 陈轼撰，张小琴点校《道山堂集》，第390页。
② 陈轼撰，张小琴点校《道山堂集》，第139页。

作者甚至动了退隐之心，将其隐逸思想流露于词作之中。

陈轼的咏史词名为咏史，实则通过吟咏历史事件，借史写今，感叹明王朝的覆灭。如《虞美人·本意》：

> 汉军垓下重围匝，仓卒移香榻。重瞳叱咤为谁夸？醉看鸾靴飞雪拨红牙。
>
> 悲歌泣下提刀起，慷慨垂青史。沛人亦会解风流，落得厕中喑药一幽囚。①

词作借写西楚霸王项羽困于垓下，四面楚歌的历史悲剧，隐喻南明王朝败亡的痛史。作者借古写今，既表达对南明王朝的深切怀念，又对其败亡之原因表示深刻而强烈的感叹。词作充满理性的反思，饱含历史兴亡的感叹。

（四）赠别祝寿

陈轼的交游甚为广泛。他很善于用词以赠别祝寿。其赠别祝寿词写得情真意切，感人至深。其赠别词，如《八声甘州·送别》：

> 依依南浦路，上西楼，望远去帆迷。问浪生苇岸，影翻沙濑，几处兰漪。况是莺声欲老，春色又将归。孤剑中流吼，青草寒溪。
>
> 记取趋庭辟咡，堂前倚立，说礼论诗。帘阴闲寂，昼静吏人稀。望庐峰，石室琪树露华滋。还夸胜、云居烟雾，明月湫湄。②

词作开头"依依"二字即点出了深沉的离别之情。"几处兰漪"，以发问的形式使离别之苦表达得更为曲折动人。词的上、下片均出现了"望"字，表达了空间距离的不可缩短，蕴含着难以割舍的离情别绪。整首词以写景为主，作者寓情于景，以铺叙见长，以莺声之苍老、春色将归，极写人生短暂、时光易逝却又要面临离别的万千

---

① 陈轼撰，张小琴点校《道山堂集》，第134页。
② 陈轼撰，张小琴点校《道山堂集》，第402页。

惆怅，充满人生哲理。

其祝寿词，如《双头莲·寿林平山》：

> 秋老菰芦，正香满东篱，喷成花雾。鹿羊初步。算甲子重来、芳年如晤。恰遇偕隐同心，伴凤晨鸾暮。真佳侣，岁岁青尊，堂前引商流羽。
>
> 忆昔金殿炉传，荷彤廷召问，鸿辞高吐。襜帷行部，歌吹遍、武林烟树。只为世事沧桑，任逍遥林溆。夸风月，高据胡床、一群彩舞。①

陈轼与林平山为旧交。他为林平山写祝寿词，是其友谊的真挚流露。词的上片以"秋""东篱"等意象，点明了作者为友人祝寿时正值菊花盛开、水草丛生的季节。作者以雅致简洁之词，道出了友人虽是花甲之年却仍年轻有活力的形象特征，同时也点出了他们志同道合及隐匿山林的志向。词的下片，作者回忆友人上朝对政，文采风流的情景以及沧桑易变的世事，转而又回到眼前载歌载舞祝寿的场面。其时空多变且转换迅速，短短数句，将读者从眼前景带入忆中景，忽而又回到眼前祝寿的盛况。此词充分显示了作者的作词艺术，更体现了词人对友人了解深入、体察细致，从中可见他们之间的情感之深厚与真挚。

二　艺术成就

（一）使事用典

陈轼作词善于使事用典。他根据主观的意念巧妙地选取有特定含义的史事、典故，将之与词作所表达的思想感情相融合，达到贴切表达词作主旨的作用。

如《柳初新·庚申元旦》下片开头写"早识浔阳遗隐。久忘

---

① 陈轼撰，张小琴点校《道山堂集》，第 394 页。

怀、楚辞天问"①。句中"浔阳遗隐"即指东晋陶渊明、周续之、刘遗民等三位隐士。陶渊明不接受诏命；周续之进入庐山，跟随高僧慧远学习；刘遗民在庐山隐藏踪迹。词人借用这三位隐士的典故，表达了其在入清后对隐逸山林、参禅学道生活的向往与追求。

《感皇恩·本意》：

> 奥潆骤升华，谷风虎啸，骧首高衢抒怀抱。九阍知己，西序叨称周宝。草茅何福分，天恩到？
>
> 退食容容，趋朝草草，衮职从来能补少。许身何在？愧乏南金持报。望宫门日曙，肝肠绕。②

词中"高衢"借用王粲《登楼赋》："冀王道之一平兮，假高衢而骋力。"③"退食"出自《诗经》④。"趋朝"引自宋沈作喆《寓简》卷八："宰相趋朝，驺唱过门。"⑤"衮职"出自《诗经·大雅·烝民》："衮职有阙，维仲山甫补之。"⑥"南金"则出自《诗经》⑦。一首词中就出现了五个典故。作者通过连续使用这些典故，表达了身在其位却不能谋其政的苦恼与愧疚之情。词的下片："退食容容，趋朝草草，衮职从来能补少。许身何在？愧乏南金持报。望宫门日曙，肝肠绕。"作者有意识地将杜甫的诗作《题省中院壁》⑧的内容移植于

---

① 陈轼撰，张小琴点校《道山堂集》，第 408 页。
② 陈轼撰，张小琴点校《道山堂集》，第 139 页。
③ 陈振鹏、章培恒主编《古文鉴赏辞典》（上册），上海辞书出版社，1997，第 436 页。
④ 退食，语出《诗经·召南·羔羊》："退食自公，委蛇委蛇。"退朝就食于家或公余休息，后因以指官吏节俭奉公。
⑤ "趋朝"，上朝。[沈作喆：《寓简》，载永瑢、纪昀主编《钦定四库全书·子部》(6)，鹭江出版社，2004，第 1207 页]
⑥ 衮职，古代指帝王的职事，亦借指帝王、三公。（李家声：《诗经全译全评》，商务印书馆国际有限公司，2019，第 487 页）
⑦ 《诗经·鲁颂·泮水》："元龟象齿，大赂南金。"南金，后比喻优秀的人才。
⑧ 杜甫《题省中院壁》诗曰："掖垣竹埤梧十寻，洞门对溜常阴阴。落花游丝白日静，鸣鸠乳燕青春深。腐儒衰晚谬通籍，退食迟回违寸心。衮职曾无一字补，许身愧比双南金。"

词的创作之中，显得浑融自然，情感真挚。此词充分体现了陈轼作词善于用典的艺术成就，其才识之渊博也体现于其中。

《齐天乐·春雪》：

> 妆楼拖粉璇蕤貌，飞花与梅争姣。清影寒光，玉颜冰镜，却似月明孤峤。闻帘迥眺。只江浪风毛，怎知昏晓？金勒香车空辜负，有谁知道？
>
> 红栏珠薄细舞，应当庭皓鹤，离襟长啸。洛水仙姿，章台柳絮，耽误眼前花鸟，池塘新筱。银砾平铺，舞枝风摽。那得烟开，并长愁痛扫？①

词中"金勒""香车"引自陆游词作《柳梢青》："争飞金勒，齐驻香车。"②"银砾"出自南朝梁简文帝《同刘谘议咏春雪诗》："晚霰飞银砾，浮云暗未开。"③这些典故的运用，使作者所要表达的思想感情更为贴切深刻。

陈轼词作中使事用典的例子还有很多。这些典故、史事的运用，丰富了词的思想内涵，使词作既典雅贴切，又含蓄有致，使语言更加精练，言简意赅，达到言近旨远的效果。

（二）比兴寄托

陈洵在《海绡说词》中指出："词笔莫妙于留，盖能留则不尽而有余味。"④ 他认为作词要留而显余味。这里所指之"留"与"余味"大概即指词作所留给读者的想象空间与审美的回味。而具体到词作中的运用，则体现为传统的比兴寄托手法。

遗民词家"不合时宜"的身份，使他们在表现自己的内心处境

---

① 陈轼撰，张小琴点校《道山堂集》，第 385 页。
② 夏承焘导读《陆游词集》，第 54 页。
③ 金沛霖主编《四库全书子部精要》（下），天津古籍出版社、中国世界语出版社，1998，第 2 页。银砾，含银的小颗粒，比喻闪着银光的点状物。
④ 陈洵撰《海绡说词》，载唐圭璋编《词话丛编》（第五册），中华书局，1986，第 4840 页。

时，为了避免与世相违的尴尬，往往不是直抒胸臆，而是采用《楚辞》式的香草、美人之比兴寄托的手法。遗民词人在创作时，往往将自身的真情实感、身世遭遇或对故明旧君的怀念寄托于"草木鸟兽"的描写。遗民词家运用比兴寄托手法，一方面达到了他们表达身份意识和抒发情感的目的，另一方面也在创作手法上为后学创造了耐人寻味的想象空间与审美境界。陈轼词作中借助景、事、物作为词的发端，以引起所咏之物，托诸草木鸟兽以见意的比兴寄托手法十分显著。

《苏武慢·闺忆》以"绣阁幽闲，香栏静悄，冷落门前芳草"①开篇，这样寂静冷清的情景描写，定下了清幽孤寂的情感基调，起到以比兴渲染愁情，寄托孤独寂寞的心境的作用。上文所述《误佳期·本意》上片开头"珠露蔷薇新沐，画幕高烧银烛"②，也是以"珠露""银烛"起兴，表达抒情主人公从早到晚独守闺房的孤独寂寞心境，同时寄寓时光流逝、生命短促的人生哲理。

陈轼词作中比兴寄托手法的运用，加强了词作的生动性和鲜明性，增强了词作的韵味和形象感染力，同时，使词作所表达的思想感情更含蓄蕴藉而又感人至深。

（三）日常口语入词

以日常口语入词也是陈轼词作特点之一。陈轼词作在语言表达方式上，敢于充分运用现实生活中的日常口语和俚语。如《天仙子·闺情》："最不分，伤心处，兀地闪人残梦里。"③"兀地"二字显得十分口语化，却又非常准确地捕捉到抒情主人公残梦中瞬间动作的情境。

《扑蝴蝶·归家》："鹊报跷蹊，忽地帘前送。花骢门外，宝络青丝鞚。看来今日重欢，记得前宵在梦，喊地呼天，赐下吹箫风。"④ 其

---

① 陈轼撰，张小琴点校《道山堂集》，第143页。
② 陈轼撰，张小琴点校《道山堂集》，第132页。
③ 陈轼撰，张小琴点校《道山堂集》，第137页。
④ 陈轼撰，张小琴点校《道山堂集》，第137页。

中"忽地"二字，既口语化，又充分表达了帘前之花来得突然、来得令人意外的感觉。"看来今日"，令人读之像是重欢的情景在眼前，十分贴近现实生活。

《大圣乐·百丈》"为甚的、野鸭群飞"① 中"为甚的"三字，如同作者与读者直接对话，易于让人理解和接受。陈轼以这些富有表现力的口语入词，不仅能准确地捕捉抒情主人公的心理活动和情感意态，而且使词作显得生动形象、亲切有味，令人倍感其词作既生活化又不失深厚的情感韵味。

总而言之，陈轼词作体现了传统词体抒情写意的功能和价值。部分词作直接铺写词人的身世经历和人生感慨，令人读之可从中窥见陈轼的生平行踪与思想状态。

综上观之，陈轼的诗词题材丰富，体裁多样，以凄婉悲慨、清雅淡和、禅理禅意的基调书写遗民情怀，反映时代色彩。其诗词书写以用典、比喻、对比、比兴寄托等艺术技巧，传承和发扬古代诗词的艺术风貌与美学特质，也使传统诗词意内言外的书写功能得以充分展现。

解读陈轼的诗词，可以让我们重新思考，遗民诗词如何才能引起我们的阅读兴趣，提高我们的感知能力，从而使我们深切感受遗民的家国悲情。而这些富有怀旧思想和弥漫着浓厚的遗民身份意识的诗词书写，并非遗民作家刻意地或直接地展露呈现在读者面前。诗词创作艺术技巧的高妙之处就在于含而不露却又恰如其分地让读者体味其深意。换言之，遗民作家通过美人、香草的寄托方式书写的寄慨遥深、意内言外的诗词作品，既是遗民形象与身份的象征与表现，也是遗民作家对传统诗词美学的理解与接受，这本身就是他们复古怀旧思想的体现。同时，作为读者，我们也应不断提高自己的学识和修养，这样才能真正理解遗民作家诗词中的微言大义，才能与他们在同一频道上进行情感的沟通与交流。

---

① 陈轼撰，张小琴点校《道山堂集》，第 387 页。

第六章　鉴古喻今，斐然文章

从前面的统计可知，《道山堂集》中，共收有古文 175 篇，另有两篇文只有文目而缺其内容，因此不计在内。陈轼的古文种类颇多，说 6 篇、书 3 篇、论 16 篇、文 2 篇、传 19 篇、序 91 篇、墓志铭 4 篇、墓表 1 篇、记 4 篇、跋 3 篇、疏 10 篇、启 2 篇、赋 5 篇、辞 4 篇、小引 3 篇、寿言 1 篇、小影 1 篇。

陈轼的古文多能反映明末清初史实。黄曾樾在《道山堂集书后》对陈轼的古文给予中肯的评价：

> 明末闽文多未雅驯。甚者，臃肿决裂，次亦谲诡，傲岸以为高。漳浦泉上两先生之大节，彪炳寰区，世共仰矣。其文磊砢而晦涩，有非末学所能测其高深者。若曹能始、谢在杭、徐与公、曾弗人诸人之文，或骈散不分，或格局卑弱，均未脱明末习气。《道山堂文》虽未深厚，而清婉和雅有如《四库提要》所云者，不愧一时作者之翘楚矣。其尤可贵者，传、志诸篇，皆有关明末史实，如林心宏、黄九烟、邓绪卿、胡将军诸传，蔡靖公、黄处安、毛日华诸志，赵止安墓表等，足见明清之际吾族抗清同仇敌忾之烈。与夫中原板荡，民不聊生之情，而尤于明之遗臣，抱沧桑之感者，三致意焉。处文字狱正炽之时，其措词委婉，具见深衷。读其文，然后知轼实有心人也。《道山

堂集》埋晦几三百年，世罕知者。今福建师范学院图书馆忽得
此书。吾幸而获读，故表而出之。①

　　黄曾樾认为陈轼的古文与同时代之"未脱明末习气"者相比，
风格清婉和雅，不愧为时代翘楚。更为可贵的是，陈轼的古文能真
切反映明末史事，让后人从中领悟明末清初遗民士人勠力同心地对
抗清朝统治的精神力量。又因明末清初文字狱之盛，陈轼古文措辞
委婉，寓意甚远，可见其用心之深。遗憾的是，对于陈轼委婉其辞、
隐晦含蓄的书写，三百年来世人罕有深入领会者，学术界更少有陈
轼古文的研究成果。下文将择其要，对陈轼的论说文、序文、传记
文等进行研究论述，抛砖引玉，以期学术界有更多的专家、学者对
陈轼及其创作进行更有学理性的研究。

第一节　论说文：抒怀写愤的胆识与气魄

　　陈轼的论说文共有 22 篇，从内容上可分为三类：第一类，通
过历代君臣执政之正反面史事，揭露弊政，以达谏言目的，如
《朝廷处分已定论》《于忠肃论》《后唐庄宗论》《鱼朝恩论》等；
第二类，直接摹写现实，揭露当时社会底层弊端及统治阶级的内
部矛盾，如《逋田者说》和《三案论》；第三类，寓言之作，借动
物之危害社会讽刺贪官污吏等黑暗势力的丑恶品行及其危害社会
之深，如《穴虫说》《萤说》等。这些论说文或引经据典，或采用
对话问答形式，或通过当事人及旁人之语，将叙述、议论、抒情
融于一体，反映古今社会弊端，表达了强烈的遗民文化立场，因
而显得质实可读。

　　在第一类论说文中，陈轼主要通过正反面史实，表达自己的执

---

　　①　黄曾樾：《道山堂集书后》，载陈轼撰，张小琴点校《道山堂集》，第 420～421 页。

政思想与主张，以《朝廷处分已定论》与《于忠肃论》二文为代表。在《朝廷处分已定论》中，陈轼提出任用贤臣良将的军事战略思想：

> 为相之职，在于用人，而战胜庙堂，尤先任将。昔赵括拥四十万之卒坑于长平，安平君以即墨三里之城而反千里之齐，非势有强弱，所用之将异也。将得其人，则戡平祸乱寄之，阃外而已无余事矣。秦入寇以太元八年，文靖之用谢玄也以太元二年。将帅之略，玄所素娴，而知其材而任之者，固已豫知其入寇而为之备。此非旦夕猝然，而以疆场之事尝试之者也。且帷幄之密谋，非可参以盈廷之聚议，当局之智计，又不同于旁观之悬揣。以文靖之游谈赌墅，而议之日不问将略，则是处分未有定也。而孰知定之已久哉？虽然，永和之殷浩，未尝不勤思远大也。志在中原，而锐举北伐。虽以管、葛之虚誉，而不能救舆尸之凶。文靖安雅镇物，澹若无事，不出阶闼而决胜千里。使文靖处永和之时，则必无寿春之败；浩而处太元之时，则司马昌明其不为尚书仆射也几希矣！无他，浩用谢尚、荀羡而丧师，文靖用谢玄而制胜，故曰所用之将异也。噫！人主而欲择将，必自论相始，未有得良相而不能致大将者也，未有良相在内而大将不能成功于外者也。淝水之战，足以鉴已。[①]

此段论述中，陈轼举安平君与赵括之用人不同而导致战争结果成败不一的事实，说明战争的成败不在于势之强弱，而重在选贤任能。接着，他又以谢安之用谢玄，帷幄密谋，最终决胜千里，与殷浩用谢尚、荀羡而最终丧师的正反面对比，再次强调将帅的选择对战争成败具有关键性的作用。最后，他又以淝水之战告诫君王，应注重良相良将的选拔。观此论述，陈轼的论说文据理力争，运用正反面的史实为论据，充分展现其选贤任能的军事战略思想。同时，上文

---

① 陈轼撰，张小琴点校《道山堂集》，第 22 ~ 23 页。

所述"昔赵括拥四十万之卒坑于长平，安平君以即墨三里之城而反千里之齐，非势有强弱，所用之将异也""浩用谢尚、荀羡而丧师，文靖用谢玄而制胜，故曰所用之将异也"，用相同的语气、句式凸显政论文气势磅礴、一气呵成的艺术风貌。

在《于忠肃论》中，陈轼提出智勇双全方能治理天下的为政思想："凡人臣任天下之重者，存乎勇；察天下之形者，存乎智。智勇二者，缺一不可也。"[1] 陈轼意在通过先朝君臣之执政经验，劝谏本朝君主发挥聪明才智，任人唯贤以治理天下。

陈轼还通过反面史事，批判历代昏君愚臣，表达自己希望君臣能吸取教训，英明执政的思想。如《后唐庄宗论》：

> 国家安危之理，在于官人。……惜乎，唐庄宗有取天下之才，而不知治天下之道也。刺史之职，所以亲民也。选人为吏，以亲其民，必其人之名足以服其民，而后可以约束抚御而为之上。苟其名不足以服其民，则民将谓其人之卑贱，吾所不屑为也，今俯首而为其下，则是朝廷以其人临我，实轻我也。况彼之污辱亡行，一旦得志，虐使其民无所不至，而欲责其为良吏，何异强兔雏之鸣而为雍喈之音，取蛞蝓之转而为婉蝉之舞乎？庄宗以伶人为刺史，是祸天下之本也。天子之体不可使媟，媟则侮之者至。以万乘之尊，而自传（傅）粉墨，使优人得而批其颊，是开弑逆之渐也。至于宫掖之间，寝食之处，所与共者，惟此教坊供奉之辈，且干预政事，毒流缙绅，积毁则罗贯暴尸，风闻则存义继麟就戮。在庄宗之意，以为吾之待伶人者如此之厚，则其竭忠尽瘁，宜无如伶人之矢心而无他者矣。而汜水之乱，身死伶人之手，将平日之宠而任之者，适所以取祸与？夫人主旁求俊义，虽历数百世，犹获尊贤敬士之报，何伶人之背恩忘义，一至于此与？虽然，叔宝作《玉树》《临春》，而受景

---

[1] 陈轼撰，张小琴点校《道山堂集》，第210页。

阳之辱；明皇置梨园子弟，而致渔阳之变。此皆耽溺音乐而失天下，固无论也。庄宗犹有为之主也。当晋王克用将终，遗以三矢，庄宗藏之于庙，用兵之日，负而前驱。及殄友贞于大梁，执仁恭于幽州，败契丹于河上，卒能复父之雠，享有天下，何其壮也！使其引用文学之士，存恤百姓，消弭兵革，则其后可无石郎割地之祸。然以百战得之，以伶人失之，为人主者，何故而与伶人共天下哉？①

作者开篇点题，提出"国家安危之理，在于官人"的观点。陈轼认为朝廷官吏应有亲民思想，以自身的实践做到实至名归才能让百姓信服，百姓信服才能听从其管理。否则，官吏将会被百姓视为卑贱者。陈轼认为官吏一旦登上显位就一味地凌辱百姓是不可取的。他以"强凫雏之鸣而为雍喈之音，取蛞蜍之转而为婉蝉之舞"为喻，生动形象地体现出其对当时朝廷官吏仗势欺人的卑劣行径洞察得十分透彻。陈轼在这里提出了作为朝廷官吏应具备的品德修养与以民为本的思想，可见他作为明末朝廷官吏具有进步的为政思想。

继而，陈轼引出后唐庄宗任用伶人为刺史导致天下祸乱的事实。庄宗误以为给伶人优厚的待遇，伶人就能对他尽忠。庄宗被败国乱政的伶官史彦琼、景进、郭从谦等人所惑，给予其优待，后叛乱四起，伶官却忘恩负义，拥有重兵却不愿发兵。庄宗众叛亲离之际，伶人又乘危作乱，庄宗在战争中被乱箭射死。陈轼对庄宗只知夺取天下却不知治理天下，以致最后身死国亡表达痛惜之情。虽然庄宗严肃地对待父亲留给他的三支箭，努力接受和执行父亲的遗愿，奋发图强，消灭仇敌，为父亲报仇雪耻，夺取天下，但最后他还是失去警惕，与陈后主耽于词曲而受到屈辱、唐明皇置梨园子弟而导致渔阳叛变的惨痛遭遇一样，因耽溺音乐而失去天下。

陈轼以历史上的这些惨痛事迹证明文章开头的中心论点"国家

---

① 陈轼撰，张小琴点校《道山堂集》，第17~18页。

安危之理，在于官人"。作者对比庄宗夺取天下与失去天下的前后境况，说明其国破身亡的原因在于伶人叛乱，因此，他最后发出了"以百战得之，以伶人失之，为人主者，何故而与伶人共天下哉"①的感叹，进一步充实了中心论点。陈轼意在探究庄宗得失天下的原因，借古喻今，说明骄奢淫逸、宠信乐官必然导致亡国的悲哀，进而提醒、告诫当朝统治者应吸取古人的经验教训，不要沉溺于奢靡享乐的生活中。《后唐庄宗论》可说与欧阳修之《五代史伶官传序》具有异曲同工之妙。从思想内容上看，这是一篇富有启发意义的论说文。从写作特色上看，文章论点鲜明，开篇即提出中心论点，论据确凿有力，前后呼应而又简洁有力。同时，此文以夹叙夹议的笔法昭示文章的中心论点，对比强烈，效果鲜明，是一篇极具艺术审美性的论说文。

又如《鱼朝恩论》：

> 唐代宗以鱼朝恩为天下观军容宣慰处置使总禁兵，何欤？朝恩而知兵也，体非全气，军容自此而隳，况乎险佞怙宠，败国蠹政，已非一日。②

作者直斥唐代宗用人不当致使军容毁坏、国力每况愈下。而且他认为奸臣佞相败国蠹政历代相传：

> 情蔽于所喜，而势成于所昵，其始不慎，浸淫不已。后之人以为我之祖宗既已行之，而不复鉴其失也，遂任其积重而不可反。所谓君以此始者，亦以此终，可不悲哉？③

由此可见，陈轼站在史家的角度，一针见血地指出中晚唐历代君主的执政弊端，其观察之细微、思维之敏锐令人敬佩。陈轼对唐朝历

---

① 陈轼撰，张小琴点校《道山堂集》，第18页。
② 陈轼撰，张小琴点校《道山堂集》，第19页。
③ 陈轼撰，张小琴点校《道山堂集》，第20页。

代君主因袭弊政导致唐朝灭亡感到惋惜与悲伤。文章蕴含作者对明末朝政的担忧与顾虑之情。

第二类论说文关注民生，针砭时弊，体现了陈轼不凡的胆识和力量。这类文以《遄田者说》和《三案论》最具有代表性。

第一篇《遄田者说》，揭示社会底层的困苦，关注民生疾苦。这篇文章在立意上，可说与柳宗元《捕蛇者说》揭示农村弊端、农民内心痛苦的主题具有同等深刻性。

> 余乡之人，有受田而遄于外者。余遇而问之曰："尔何愚之甚也？古先王之宝，稼穑也。以土谷为本，辨之以壤，艺之以种，任之以地，受之以人。遂师、遂大夫、县正、鄹长之属，皆为田而设官。惟其恳草邵（劭）农，所以财用蓄殖，国无捐瘠。井田以降，而兼并者遂分其利，农夫沾体涂足，竭四支之力，尚恐不给；受田之家安坐堂奥，而京坻委积，凡所以易货、赂供、粢盛、吊死、问疾、养孤、长幼皆于此而具。假使无蛆蟓蚼蠋之伤，与寇赋（贼）兵革之警，则尔之为乐亦侈矣。今乃捐亲戚、弃庐墓而轻去其乡，何愚之甚也？"遄者曰："子徒知田之利，而未悉田之害也。吾之祖若父，或日一积焉，或岁一积焉。盖尝勤其思以取之，多其藏以致之，亦以为子孙万世无穷之利也。至于今日，其田愈众，其家愈蹙。昔之患者在于蛆蟓蚼蠋，今丰与裣而俱困也；昔之患者在于寇贼兵革，今治与乱而俱愈也。吾见昔之华梁绮井，夏屋渠渠者，今则葭墙艾席，为田而废其居；昔之履丝曳缟，西人粲粲者，今则肘见踵决，为田而敝其衣；昔之栉比崇墉，妇子宁止者，今则鬻妻质孥，为田而弃其帑。甚者高官腴仕，为田而黜其爵，则缨弁窴诸原野；春诵夏弦，为田而诎其业，则诗书变为榛芜。田之为害，不可胜指也。且古者刑辟之设，所以防奸宄、止淫愿也。然狱必三讯，以大小比而得成，今受田之人无重法可以傅会，无深文可以掊摭，惟视田之厚薄以治其狱之重轻，以枪刈耰锄

为钻凿，以沟畛汩涂为圜土，赭衣载道，号呼罔闻。然则祖若父之以田与我，是榜楚我也，刀锯我也，是殄灭我而泉隧我也。吾是以惧也。今夫人之血气稍尔乖盭，则痈疽乘之。虺蝎之为物，穴出草居，畜怒而啮人。今吾有田，尪羸之苦，过于痈疽；毒螫之祸，甚于虺蝎。若任其溃决而不能止，纵其毒螫而不知避，吾诚愚甚矣！吾是以遁也。不然，夫岂不知轻去其乡者之为非也？"余曰："信哉，田之为害有如是夫！"因书之以告世之殖田而益富者。①

文章通过明末清初农民"受田而逋于外"的社会现实，以责愚性的语气向农夫提问开篇，前后两次提及农夫"何愚之甚也"。接着通过农夫之口，将昔日田少之苦与现时田多也苦进行对比，深刻揭露当时社会田多之害更甚于田少的事实。

作者运用多组排比，以农夫之口，道出今昔田害之比，语气自然，更具真实性。农夫在回答作者的疑问的同时，表达了"有田，尪羸之苦，过于痈疽；毒螫之祸，甚于虺蝎"的主题。文章最后一句寄寓着作者强烈的震惊与悲叹，但更多的则是对田夫寄予无限的同情之心。

由此可见，当时农村的弊端十分严重，尖锐的阶级矛盾危及农民的生命安全。陈轼敢于揭露弊政，可见他不凡的胆识与气魄。

第二篇《三案论》，对明万历末年以后最高统治集团内部争夺权力的激烈斗争加以揭露。

国家之朋党，酿于人主之一念。所积而成一念，稍有过差，举朝因之以为是非，是非生而好恶起。谋公之人与营私之人杂乱，交煽不幸，而有激之者，争之愈甚，救之愈难。而朋党之祸，遂至于不可解，则三案是也。挺击之案涉于国戚，王之寀尽力推究，不遗余力。神宗岂不了然于中，独以帏阃之际，有

① 陈轼撰，张小琴点校《道山堂集》，第7~8页。

难言者，若株连枝蔓，则国法骤伸，而上情必咈，青宫可护，而骨肉转猜。所以慈宁召见，亦望以调停之说责之诸臣。当时戮张差、奸奸监，法如是止矣。若必以燕啄皇孙，瓜抱空蔓，宣扬其事，何如置之不论不议，而其衅渐弭也？红丸之案，始于崔文升投利下之药。至于李可灼驾言金丹，其实病体已剧，庸医杀人罪固难逭，况万乘之尊乎？乃高攀龙则曰："文升素为郑氏腹心。"魏大中曰："投剂益疾，非崔文升之意，固郑养性之意也。"则又并张差为一事矣。责方从哲以不尝药者，固无失春秋之义，而直指养性为弑逆者，实出暧昧之辞，亦攻击者深文之过也。移宫之案，当时熹宗阻于暖阁，王安给之以出选侍。召还者三，又请即日登极，不允揣选侍之意，或者恃阿保为勋劳，拥九重为威福，亦未可知。而忽加以武氏专制之名，恐无以服其心。然移宫理之正也，杨涟曰："移宫自移宫，隆礼自隆礼。"此至论也，大抵魏忠贤之杀人，借三案以为刀锯。而小人之谄附，则借三案以为功名。遂使神宗一念之差，贻害无穷，卒之延熹逮捕，脣、滂下北寺之狱；绍圣朋奸，惇、卞肆罗织之文。东林何罪，而罹斯酷？然国之元气，亦以伤矣。人主鉴于朋党之祸，惟正心以正朝廷可也。[①]

该文也是开篇点题，提出"国家之朋党，酿于人主之一念"的鲜明见解。接着引出梃击案、红丸案和移宫案之始末进行论述，揭露了宫廷斗争引发朝廷政权纷争的事实。这三大案直接导致明末宦官专权的混乱局面。奸党魏忠贤一系以三案为借口，编《三朝要典》，极力诬陷东林党人，造成明末党争不可收拾的局面，整个明末社会处于乌烟瘴气的状态，也加速了明朝走向灭亡的进程。《明史·光宗本纪·赞》说："光宗潜德久彰，海内属望，而嗣服一月，天不假年，措施未展，三案构争，党祸益炽，可哀也夫。"[②]

---

① 陈轼撰，张小琴点校《道山堂集》，第 209~210 页。
② 张廷玉等撰《明史》（第二册），中华书局，1974，第 295 页。

陈轼以"三案"作为自己行文观点的事实论据，切中肯綮地进行客观论述。行文言简意赅，短短数百字即将明末"三案"中的人物事件表述清楚，具有广泛的现实性与鲜明的针对性。作者在文章的结尾阐述自己的观点，对魏忠贤等加以指斥，为东林党人辩护，并提出君主心正方能执掌朝政。可见，陈轼具有对流弊加以批判的不凡胆魄。

第三类论说文属寓言之作。寓言作为文学体裁之一，早在春秋战国时期就已十分盛行。先秦诸子百家往往以寓言的形式表达意味深长的哲理。汉魏隋唐时期的散文，也往往以寓言的形式出现。柳宗元的散文中寓言的思想性尤为深刻。其寓言散文《三戒》，将麋、驴和鼠等动物人格化，以它们得意忘形、盲目自大的滑稽可笑之事，讽喻社会上恃宠而骄、不可一世的无耻之辈，寓意尤为深刻，令人深思。陈轼的寓言文可以说继承了前辈作家们的思想精华，富有鲜明的讽刺性与深刻的启迪意义。

陈轼的《穴虫说》："天下之患，莫大于有所嗜。"① 作者开门见山，点出天下祸患的根源在于"有所嗜"。接着写穴虫的不良特性：

> 伺隙而动，闻声而退，利于阴，不利于阳；宜于昏，不宜于旦。偶有所得，则沾沾而自喜，嘤嘤而不息。甚有偷乐不反，而不复周防其身者矣，以溺于所嗜之故也。穴虫之为物也，吾知之也。忽然而出，忽然而没，至疾也；乘于不及觉，动于不及制，至诈也；攫他物以遂己欲，至贪也；抟噬燕鹊而破碎完好，至忍也。疾则恃剽轻之智，诈则多离卷之形，贪则昧止足之义，忍则肆其戕杀暴殄而莫之恤。夫以养生之故，而延颈举踵以谋其生，始于有所嗜，而终于无所畏。②

作者讽刺之意甚为明显，借穴虫之偶有所得则沾沾自喜的不良特性，

---

① 陈轼撰，张小琴点校《道山堂集》，第4页。
② 陈轼撰，张小琴点校《道山堂集》，第4页。

讽喻社会上的势利小人贪图便宜、易于自满的品性。不仅如此，作者还将穴虫至诈、至贪、至忍的恶劣行径及其所表现出来的丑陋形态揭露无遗。显然，陈轼意在讽喻当朝的权臣贪婪自私、喜占便宜、倚权仗势的丑陋嘴脸，从中也可见陈轼思想之深刻。

又如《萤说》：

> 昼夜之相禅也，各以其时。而所生之物，亦因其时以为胜。时而昼也，天日之烜赫，花卉之发荣，以及青黄黼黻之属，皖皖乎其无不见也。及至于夜而暗蔽生矣，在气为浊，在数为阴，在伦类则为小人，而至微之物，遂得挟其毫末之光，以炫耀于时。故其入于帘幕，点于衣襟，耀于棘林，照于卷轴，若出若没，若隐若现，而不能测其所以然，则萤是也。今夫行于夜者，月也。或以为免（兔）魄，或以为宝镜，其出而皎也，如雪之凝，如霜之缟，而天下皆被其光华。周于夜者，星也。或以为恒，或以为经，其见而芒也，如贝之连，如雁之行，而天下莫不仰其精采。萤则何居乎？挟其毫末之光，而以为烛幽抉微，莫我若也，是不知有星与月之在其上也。不见乎骊龙乎？非不能嘘云震电而张其灵怪也，方其蟠于深渊，蟏蛆得而傲之；又不见乎威凤乎？阳精灵质，非无千仞之能也，然而没其羽仪，鸱之得腐鼠者，从而吓之矣。萤之不知有星与月也，蟏蛆与鸱之不知有骊龙、威凤也，一而已矣。《月令》曰："季夏之月，腐草化为萤。"盖天下光明俊伟之气，散布于天地河岳之间，必经蒸郁磅礴而后出。腐草者下于灌莽，而草之极贱者也，生无杜若之香，长无屈轶之指，以朽败之资，而欲变化气质，使之光明而俊伟也，岂不难哉？岂不难哉？①

文章讽刺萤火虫目光短浅却自高自大，极写萤火虫在时空中微不足道却喜好炫耀自己的毫末之光。其出没不定，若隐若现，让人

---

① 陈轼撰，张小琴点校《道山堂集》，第5~6页。

难以捉摸。作者实则以萤火虫之特性讽刺当朝权臣自以为是，高高在上，只要做一点小事便沾沾自喜，极力宣扬自己的功德的卑劣品行。萤火虫的暗淡之光与月光、星光相比微不足道，而萤火虫却没有自知之明，以为天下无以相比者。作者对月亮之光皎洁无瑕、星星光芒永恒却不自我夸耀的高尚品质极力赞赏，对萤火虫只有区区微光却自以为是、缺乏自知之明的愚蠢行为极力批判。陈轼以寓言的形式，对自尊自爱、甘于奉献、虚怀若谷的谦谦君子的高尚品德进行赞赏，同时，也对妄自尊大、目空一切的奸佞小人的卑鄙无耻进行辛辣和尖锐的讽刺。

陈轼引用《月令》中的语言，进一步论述萤火虫出于腐草之中，视野狭窄，没有经历一番天地光明俊伟之气的洗礼与磅礴山河的熏陶，无以成大器。由此引出最后一句极具讽喻性的评论。萤火虫不具有杜若之香，没有屈轶草指佞之能力，只是凭着朽败不堪的本能而发出一点微弱的亮光。陈轼用了两句"岂不难哉"的反问，使得行文的气势更为宏大，观点更为鲜明。

作者以此对只是凭着腐败黑暗的官场关系创设立足之地而又目中无人、唯我独尊、自我炫耀的朝廷官员进行尖刻讽刺。此篇寓言之作，可说是熔叙述、抒情、议论于一炉的典型之作。在明末清初文字狱正盛之际，陈轼敢于运用如此尖锐的语言对当朝的奸佞小人进行尖刻的讽刺，正反衬出陈轼是一位品行端正、坚守节操、注重传承优良道德品质的传统知识分子。

陈轼对社会历史与现实的了解与观察细致入微，具有敏锐的洞察力与鲜明的思想主张。其广博的知识与丰富的阅历，值得后人学习与崇敬。他的论说文在其古文中所占分量不大，但其中涉及诸多历代与当朝社会现实，如君臣执政行为、历史人物事件，质实可读。他敢于抒发己见，对社会种种弊端加以批判，笔力劲健，感情自然真切，精警动人，体现了其不凡的胆识与气魄。

此外，陈轼的论说文也不乏艺术特色。如《少康论》：

> 念祖宗之绪,其志在于自强;观天下之变,其谋又在于能
> 忍。……少康逃于有虞,非有大河东南之地也。一成一旅,非
> 有六师之众也。官为庖正,非有肇位四海之藉也。①

同时运用对偶、排比的修辞手法,使文章显得气势磅礴,一气呵成。
又如上文所述《鱼朝恩论》,文章结尾引《易》发议论曰:

> 《易》曰:"臣弑其君,子弑其父,非一朝一夕之故,其所
> 由来者渐矣。"有天下者,履霜之戒,宜早图之可也。②

从内容上看,可达到表达主旨之意;从艺术上看,这也体现了陈轼
古文重视引经据典以表情达意的特点。

第二节 序文:对志同道合者的推崇与追怀

《道山堂集》著录的陈轼的序文有 91 篇之多,占其古文总篇数
的一半还多。其种类多样,如诗序、语录序、寿序、文集序、族谱
序等。

陈轼的序文多数是为亲友而作,作者在文中发表见解与主张,
抒发深切的感慨,情感真切,具有一定的文学色彩与社会价值。其
行文形式多样,且能综合运用比喻、对偶等多种修辞手法,使文章
显得生动形象,具有丰富的哲理。

陈轼的序文主要可分为两类:第一类,寿序,对做寿者的生平
事迹、个性气质、道德品质进行赞美,表达祝愿之情;第二类,诗
序、语录序和文集序等,表达对亲友问学精神与文学才识的钦佩与
欣赏。以下略做阐述。

---

① 陈轼撰,张小琴点校《道山堂集》,第 208 页。
② 陈轼撰,张小琴点校《道山堂集》,第 20 页。

第一类，寿序。从陈轼为亲友所作寿序来看，他对做寿者的生平颇为了解，与做寿者之间的关系十分密切。如《黄处安工部七十序》：

> 余畴昔与处安同朝，在中原荆棘之时，处安振缨奋袖，发愤上书，似少陵天宝末献《三礼赋》，以文章遇主知，更念国家数十年水火之衅，在于柄用者重门户不念君父，报私仇不思国恤，以致神州陆沉，海宇糜烂不可复问。及召对文华，痛切尽言，天子为之改容。洎（洎）晋西掖，掌丝纶，旋擢冬曹主事、员外郎。当时以英壮之年，质有文武。……处安忘情圭组，益肆力于文章。凡夫金版玉匮，瑶毡怪牒，莫不穷其要渺，故搦札含毫，郁云霞之情，而备雅颂之体。其文出经入史，在龙门扶风之间。诗则五言古本于汉魏，七言古近体本于盛唐。……尝游齐鲁吴越之邦，所至人争倾慕，莫不结缟纻之欢。曾寓虎丘僧舍，曹秋岳侍郎、秣陵纪伯紫过访，皆有诗。……晚年学益进，此又处安之游戏自在，博该众有者也。处安天性笃孝，奉其父母始终竭力，至于白首，孺慕不衰。生平慷慨然诺，见人困厄，引手支植惟恐后。时在东粤，计脱县令陈宗正于重围，出河源马侯心于囚狱；在娄东解黄门张救庵之雠，释憾于杯酒之间。或挺身赴难，或婉言动听，皆苦心热血，谋而获济。此岂腐儒小生，目穷于前堵而足极于四隅者，所得而颉颃与？今处安已为四代祖，上寿之日，彩衣纷叠，福泽之盛，未有已也。余特略叙其大概，以当封人之献云。①

该文表达作者对黄处安才华出众，诗风直追汉魏盛唐，却不受重用的惋惜之情。陈轼实则以此突出表现黄处安之才识与能力，也对黄处安孝敬父母、慷慨大方、热心助人等高贵品质大加称赏。黄处安七十大寿时，已是四代祖，陈轼描述其做寿时"彩衣纷叠"的盛况，表达他对黄处安诚挚的祝愿。陈轼为亲友所作的寿序还有《林平山

---

① 陈轼撰，张小琴点校《道山堂集》，第186~187页。

八十寿序》《鼓山为霖和尚五十寿序》《寿唐君知八十序》《寿林总戎序》《罗尚之寿序》《赵圣游寿序》《太学孙君寿序》《韩彝光寿序》《林亮臣八帙寿序（代）》《郑荆轩六十寿序》《严志应寿序》《施赓白寿序》《程母郑太孺人寿序》《伯庵弟寿序》《弟妇郑孺人寿言》等，让人读之都能感受到陈轼倾尽肺腑之言对亲友们表达祝愿的诚挚，从中也可以了解陈轼的这些亲友与他在道德人格与人生观、价值观上的趋同性。

第二类，表达对亲友问学精神与文学才识的钦佩与欣赏。如陈轼在《妙峰灵谷上人诗序》中对灵谷上人具有"潜心学道，耻于荣利。静修之暇，吟咏见志"的道学素养与问学精神充满敬佩之情。作者受其启发，悟出学道思想与问学精神之所在，因而抒发己见："盖学道而非解脱，不可以言道；学诗而非解脱，不可以言诗也。师之诗，妙在不著色相，字字解脱。"①

又如《翠岩集诗序》：

> 蔡子中旦志趣超迈，读书负奇气，耻为轻材小儒。字栉句比，郁恒帖括，中常抽思寄怀，工于为诗。顾谦逊自牧，喜与长者游。每是正黄处安、谢青门诸前辈。……中旦经营惨澹，选辞就班，业勘凡人之病而入古人之室。今人佣耳剽目，挟其一知半见，自以为足。假使起子安、伯玉于今日，糊名易书，不至于嫚骂不止，其实为精、为粗、为工、为否，茫然无辨，何异斥鹦、井蛙之见乎？读《翠岩集》，铿锵应节，居然风流蕴藉。而余又取其虚心善下，以为作诗之准。夫志约而业弥繁，心损而名愈邵。凡事皆然，不但以诗矣。②

陈轼认为蔡中旦不同凡俗，具有积极向上的决心和超凡的气概。蔡中旦十分敬重长者，且善于与黄处安、谢青门诸前辈相处交流。其

---

① 陈轼撰，张小琴点校《道山堂集》，第 28~29 页。
② 陈轼撰，张小琴点校《道山堂集》，第 164~165 页。

诗作声调响亮，节奏明快，且富有诗化意趣和飘逸含蓄之风。更可贵的是，蔡中旦能以虚怀若谷、不耻下问的精神向他人学习。陈轼由此发出富有哲理性的感慨。由此可见，陈轼对蔡中旦之为人与治学精神推崇备至。

此外，陈轼在给亡友作文集序时，也对故友的生平事迹进行评述并对其表达沉重的悼念之情。其情感缠绵悱恻、凄切无限、怅恨无穷。如《林似之文集序》：

> 余与林缙之同贤书，得交其弟似之。嗣丁丑公车还，与似之同笔研两载尔。时古学芜废，操觚家执，兔园旧册，句剽字窃，遂已标榜名高。似之兄弟独能沉酣经史，倡明古学，术华佩实，在河图琰琬之间，望者辟易。已而似之亦登丙戌（戌）贤书高等。……迨陵谷变迁，缙之卒于岭南，越十余年，而似之亦赴修文之召。噫！天之生才不使之羽仪。京国进于蓁莽雍喈之盛，顾使之凶折委顿，绝琴弦于渌水，伤宿草于黄垆，岂不深可悲耶？缙之有子常薰，业已撷第，略可释九京之恫。似之有子常向，亦能读父书。近持其父遗稿，问序于余。余读之，不觉涕泗之迸下也。夫以凤昔之稽吕风期，致叹于芝焚兰陨者，已非朝夕。一旦披其遗稿，如见其眉目，梦得之湘江岸头，十郎之逢春畏老，安能不动故人山阳之感也？余因走笔叙之，至于文之大雅，与左马颉颃，世之人有知之者，余不复赘。[①]

陈轼与林缙之同中乡试，也因此结识其弟林似之。1637年（丁丑），陈轼与林似之有缘成为同僚。林似之兄弟对经史古学研究颇深，在南明朝时，林似之仕途甚为得意。而改朝换代之后，林缙之不幸去世。十余年后，林似之也去世了。陈轼以"修文之召"这一佛教用语委婉表达林似之驾鹤西归。这体现了陈轼的文辞功底之深厚，更说明陈轼对林似之十分敬重。陈轼认为异族统治之炽使得林似之受

---

① 陈轼撰，张小琴点校《道山堂集》，第155～156页。

尽磨难，以致去世。陈轼因此悲恸不已，批阅其遗稿时更是涕泗淋漓，如见林似之之眉目音容，因此为其作序。此序之高妙之处在于，陈轼以序之名，深切悼念好友林缙之、林似之兄弟，对他们的诗书才华大加赞许，也对他们不幸的一生寄予深切的同情。由此可见作者昔日与林缙之、林似之兄弟交情之笃厚。

陈轼虽有部分序文难脱传统序文之樊篱，但也有些序文独具特色。

第一，陈轼不像传统序文先介绍作品题名、作者等，而是先发议论，抒发感慨，或开篇借名人名言点明主旨，继而介绍作序之缘由。

如《福清县志序》开篇即以议论的形式设置悬念："天下事，有似缓而实急者。"① 这样的议论使读者带着悬念继续阅读下文，以了解为何有似缓而实急之事。接着，作者借用古人之语，解释事似缓而实急之原因，也因此引出年友郭莲峰撰写《福清县志》似缓而实急，其功不可没，自然而然地切入文章的主题。作者对友人的赞赏之情显得自然贴切，是其情感的真实流露。又如《蓼园诗删序》，开篇即以反问的形式感叹天下之才多不为天下之用："余叹乎天下之材，而不能为天下用，何多也！"② 陈轼以此表达对英才不被重用的惋惜之情。这样的行文开头有起兴之意，以引出下文所叙之事。《井上述古序》则是开篇借朱熹之语表达旨意："读书义理，已融会胸中，而不看史书，考治乱理，犹陂塘之水，已漏而不决以溉田。"③作者以朱熹读书义理之标准，评价黄处安之才学，欣赏其"以庾、鲍之才，宣迁、固之旨，博采古人，参以己意"④，行文颇具特色，又令读者感到有理有据，值得学习。

第二，陈轼的序文也善于结合诸子之语，表达深刻的哲理，以

① 陈轼撰，张小琴点校《道山堂集》，第 31 页。
② 陈轼撰，张小琴点校《道山堂集》，第 161 页。
③ 陈轼撰，张小琴点校《道山堂集》，第 165 页。
④ 陈轼撰，张小琴点校《道山堂集》，第 165 页。

此达到明确中心主题的目的。其中引用最多的是庄子之语。

如《赠杨生序》借庄子语"德有所全（长），而形有所忘"表达对杨生"自适其天，而以全其德"① 的赞誉之情。又如《邲庵弟寿序》引庄子语"平易恬惔，则忧患不能入，邪气不能袭，故其德全而神不亏"②，说明邲庵弟不因得失动其心，具有志气超旷、翛然自适的性格特征。

第三，陈轼的序文善于运用比喻、对偶、对比、排比等修辞手法，使文章生动形象，富有气势，又含深刻的哲理。

如《贺杨母张孺人八十序》：

> 丰灌之木，封殖必蟠其根；长波之水，煦激必归其源，理固然也。……重功名者，道绌而势伸；重节义者，时穷而德显。……且妇人之贤，不仅于婉妮淑慎，而在于识大体；人子之事亲，不在于供衮葛、具鱼菽，而在于爱鼎树品以娱其亲。③

文中用丰灌之木生长茂盛归于其根与水能激起长波出于其源头，比喻人应饮水思源，不忘前人。"重功名者，道绌而势伸；重节义者，时穷而德显"，既是对偶，又形成"重功名者"与"重节义者"之间道德和权势的明显对比。对妇人之贤与人子之事亲的论述，也各形成一正一反的对比，显得气势豪迈，语气坚定。作者的思想倾向是很明显的。

又如《玺庵杂咏序》：

> 呼天怆地，如渐离之击筑，如文姬之悲笳，如秋风之扫叶，如寒鸟之谨林，更如茕茕嫠妇，燕钏既拆，凤操无鸣，香沈孤月之魂，泪洒湘江之竹。哀猿断雁，凄然欲绝。故其一吟一啸，

---

① 陈轼撰，张小琴点校《道山堂集》，第 35 页。
② 张耿光译注《庄子全译》，贵州人民出版社，2008，第 213 页。
③ 陈轼撰，张小琴点校《道山堂集》，第 37 页。

皆足以继西山之响，而兴麦秀之歌。①

作者连续运用五句排比，一气呵成，显得气势非凡，同时又使用比喻的修辞方法，使所描述的对象富有形象性和感染力。这也体现了陈轼创作的艺术性与陈轼的文学才识。

　　总之，陈轼的序文在内容上显得思想深刻，能准确表达对亲友的真挚怀念之情，抒发对现实社会的各种感慨，传达鲜明的思想感情，令人读之感到韵味深长。同时，这些序文也富有艺术特色，融叙事、议论、抒情于一体，又能综合运用多种修辞手法与表达方式，使文章具有较为鲜明的文学色彩，值得重视。而也有部分纯为社会应酬所作之序文，形式单一，实属应用文范畴，较难脱弃八股文固定模式的樊篱与时代的局限性，缺乏一定的文学价值。

第三节　传记文及其他：遗民立场的诠释

　　陈轼的传记文是其古文中数量仅次于序文的一种，一共有 24 篇，包括传、墓表、墓志铭等。这些传记文通过叙述亡友的姓名、籍贯、生平事略，对逝者一生给予评价，抒发作者的人生感慨，表示其对亲友的悼念和赞颂。此外，《道山堂集》中还有其他古文，如记、辞、赋等。

一　传记文

（一）传

　　陈轼的传记文主要是为亲友所作的。他的传记文大体可分为三类。第一，结合社会政治事件，叙述亲友的生平事迹，展现友人的形象，表达对逝者的悼念之情。第二，通过抒发见解与感慨，表达

---

　　① 　陈轼撰，张小琴点校《道山堂集》，第 159 页。

对亲友的赞誉与惋惜之情。第三，通过细节描写，突出亲友的性格特征与精神品质。

第一，陈轼根据传文的"史"的特点，注重结合明末清初社会政治事件为友人作传，让读者既了解其友人在易代之际的生活状况，又知晓明末清初的重要史实。如《黄九烟传》与《孝廉邵长倩传》二文中均提及仙霞关失守之事。

《黄九烟传》说：

> 九烟初仕户部主事，适中原鼎沸，二京沦没。麻鞋入闽，授礼科给事中。仙霞不守，九烟落拓无依，漂泊嘉禾、松江之间，以卖文为活。①

《孝廉邵长倩传》载：

> 至丙戌（戍），始举于乡，为余年友刘九一所取士。然未阅月而霞关不守，宗社为墟。先生不升庸于休明之日，而独策名于板荡之时，岂非天哉？先生敫歔结轖，一意长往，遂隐于尤溪，怀忠抱义，殁身而已焉。②

以上二文所指之"仙霞""霞关"，隶属浙江省江山县。顾祖禹《读史方舆纪要》记载：

> 仙霞关，在衢州府江山县南百里仙霞岭上，又南至福建浦城县一百二十里，为浙闽往来之冲要。或曰仙霞岭即古泉山也。……今其山周围百里，皆高山深谷，登之者凡三百六十级，历二十四曲，长二十里。……连延曲折，逾岭而南，至浦城县城西，复舍陆登舟，以达于闽海。中间二百余里，皆谓之仙霞

---

① 陈轼撰，张小琴点校《道山堂集》，第221页。
② 陈轼撰，张小琴点校《道山堂集》，第238页。

岭路，诚两浙之衿束，八闽之咽喉也。①

由此可见，仙霞岭是由浙入闽的必经之要道。据史料记载，隆武二年（1646）起，郑成功即开始领军，多次奉命进出闽、赣与清兵作战，颇受隆武帝的器重。然而真正握有军政大权的郑芝龙，却无意全力抗击清军，甚至在清军南下福建时，命令仙霞关守将施福（又名施天福，施琅族叔）将军队撤回福州。此举导致清军于1646年八月由浙江经由仙霞关入闽北时几乎没有遭遇抵抗。清军直抵福州，后在汀州擒杀隆武帝朱聿键，南明隆武政权至此灭亡。以上两文之"仙霞不守""霞关不守"即指这一事件。陈轼在叙写黄周星与邵长倩落拓无依、长才短驭、坎坷不平的人生经历时，自然而然地将霞关失守融入其中。这样的作传方式，令读者不仅能了解传主，而且能深入认识明末史事，可谓一举两得。

陈轼的《侍御林心宏传》，在撰写林心宏生平事迹的同时，让我们深入了解魏忠贤等为非作歹、窃弄威福的丑恶行径。

公躬擐甲胄，督率乡勇，临陈对垒，七战皆捷，擒馘无算，夺回乡民男女数万人。叙平妖功，减俸行取，授四川道御史。公甫衣豸绣，即以矫枉董直、激浊扬清为己任。适熹庙时，逆珰魏忠贤窃弄威福，总宪杨应山上二十四大罪。公随草疏直纠，以日食甘露为喻，且言其矫杀王安及贵人、裕妃之事。疏留中未发，忠贤怒之甚。其党曹进、传（傅）国兴假命抢掠，挟制坊官。公执而笞之，遂归罪忠贤，参其私庇小珰。旨下革职，廷杖一百。先是屯田郎中万燝，疏劾忠贤，旨下杖燝午门外。群阉圈至燝寓，捽之而出，辱殴于道，未受杖而毙。公恐其亦如燝例也。因见大珰数百，各持凶器，攻围公宅，遂逾垣而走，从邻人屋上偃卧一昼夜。……崇祯改元，始复原职。十四年，

---

① 顾祖禹撰，贺次君、施和金点校《读史方舆纪要》（卷八十九），中华书局，1995，第 3746 页。

起公琼州道副使。然未能大用公也，遂怏怏乞休归。公素好兴作，居家自筑城堡，凿池造桥。园林中备四时花木之美，又以海埂不可耕，设法建闸，以防海水之入。斥卤之地，皆为沃壤。其经画类如此。鼎革后，起兵田间，攻围县治，战败被获，自经于狱。①

陈轼叙述友人林心宏的生平经历、廉洁清正的品德及创作爱好，文笔自然，娓娓道来，不加虚饰。他对魏忠贤等的描写，笔墨虽不多，但其爱憎分明的态度已体现于其中。这都源于作者将所描述的对象与时事紧密结合，以平淡自然的叙述给人以深刻的印象，增强读者对明末清初人、事了解的兴趣。

还有《胡将军传》：

胡将军讳上琛，号席公，福州右卫指挥使。始祖胡巴儿，从明太祖定天下有功，赐铁券世袭。祖龙阳，博学善文辞。所著有《詹詹言集》。父爵，母田氏有娠三月而父亡，后生将军，龙阳摩其顶曰："吾家一线，实系于尔，尔其勉之。"盖胡氏自巴儿以下二十七世皆单传云。将军性聪警，出就外傅，田氏以二僮俱，记诵有所遗忘，则挞二僮。二僮昕夕趋督将军，学日益进。年十六，弃笔研，替袭前职。将军念吾乃勋裔，既不能屈首受书，当先锋鏖阵，批亢捣虚，为禾子征不谦，自以气质文弱，因取铁石之具，日夜试练。始之力不敌一人者，既而力且百倍，更娴弓矢，控弦以往，有饮羽之能。将军学武乃大进，惜当时无有设坛而礼之者。丙子、己卯两举武闱。母田氏治家严整，铃柝肃然。献妇功飨宾客，凡禄饩所入，悉归闺内，将军不与闻焉。将军所知，惟定省之礼而已。甲申寇陷燕京。将军恸哭，旬月不绝。乙酉唐邸立，授金吾，备宿卫，从驾剑津，清兵将逼驾，昼夜走临汀。时欲微服入虔论止诸扈跸者，禁旅

---

① 陈轼撰，张小琴点校《道山堂集》，第219～220页。

稍稍溃去，将军至中道，度无如何，遂步行南还。时永阳巨姓，募兵开道，攻破城邑以迎清师。禁旅之亡者，经过其地，尽缚而歼之。将军伪为卜者，为居停所物色，将献之渠帅，有陈细八、陈闰一，农之豪者，力止之。遂驾一小舟，曰："公须亟渡，少顷而逻者至矣。"将军渡江得脱，与之直，二人笑而不受。将军以此德二人深也。既至福州，诸生齐巽、中翰张汾等起义兵、立帅府，将军与焉。戈及函铠，家所有者，悉以给军。既而见所主事者率皆迂阔文儒，所统众亡纪律，不可恃，于是将军死志决矣。将军妾刘氏名蕙，有殊色，十五从将军，时年十八，为将军所素昵。将军一日私与刘氏诀，曰："清兵不日至，吾其死矣。"刘氏曰："君死忠，妾死义，一也。君果死，妾当从之。"将军闻之欢甚，又惧刘之绐己也。数诘之，无异辞。是时密议始定，将军告其母率妻子往乡避兵，而独与刘氏留。清兵入，城陷，将军命刘氏煮药讫，着公服拜天地家庙，坐于中堂。刘氏右坐取药，先饮，次将军饮。刘氏一饮而瞑。将军似作痛、良久乃死。刘氏面微晕，容色妍丽，如睡足状，见者皆以为异云。是日曹能始先生讳学佺、城东人赵宗仁，皆自经死。后数日齐巽等为永阳兵所获，戮于市。外史氏曰："将军事母至孝，其母归日，常见将军日侍其侧，形容笑语，不异平时。盖至性之人，身亡而性不灭也。刘氏以幼弱闺帏，从容就义，终己之节，以成夫之名。呜呼！不可及已！"①

胡上琛（1615?～1646），号席公，侯官人，为南明隆武朝武举会试第一人。其始祖胡巴儿助朱元璋定天下有功，受赐铁券。其祖父胡龙阳博学多闻，积极著述。胡上琛母怀其三月，其父即离世。胡上琛性聪颖，其母管教甚严，常让两侍童监督胡上琛记诵诗文，磨炼武术。胡上琛因此精通经史，用兵有谋略。他 16 岁即承袭先祖之

---

① 陈轼撰，张小琴点校《道山堂集》，第 223～225 页。

职，任福州右卫指挥使。1636 年（丙子）、1639 年（己卯）他曾两次参加武举乡试，得中武举人。1644 年，甲申国变，京师沦陷，胡上琛痛苦不已。1645 年（乙酉），他回闽拥护隆武政权，为御营总兵官。后隆武帝在汀州被捕，胡上琛改换布衣潜逃福州，与众抗清义友商谋抗清事宜，并捐出家中所有兵甲器物。但清兵南下势不可当，胡上琛将母亲及妻子儿女送回家乡，后与妾刘氏誓死不渝，先后饮毒草药而亡。胡上琛与刘氏安然淡定、视死如归的抗清精神令时人动容。胡将军与刘氏的殉国日与曹学佺、赵宗仁为同一天。陈轼在对胡将军一生的传述中，间叙甲申国变、唐王隆武政权等事迹始末，一方面，让我们了解胡将军及刘氏忠义爱国、殉身不屈的高贵品格，表达对胡将军及刘氏的钦佩之情；另一方面，也在自然真实的叙述中，还原南明政权的抗清历史，歌颂曹学佺、赵宗仁等抗清志士的义勇忠贞与可歌可泣的忠义精神。

此外，《林平山传》也涉及明末党锢史事："明季党部日盛，士大夫据垒树帜，互相排击。吴越声气联络，尤为党人渊薮。"[1] 由此可见，陈轼作传十分重视与明末清初的政治背景相结合，这样更能让作品具有文史结合的传承价值。

第二，陈轼的传文通过抒发见解与感慨，表达对亲友的赞誉与惋惜之情。其传文叙、议结合，给人以无限的思考空间。如上文所提《侍御林心宏传》，作者在文末发表议论：

> 即使拜爵升庸，而长才锢于海外，弘略试于蛮荒，深可惜也。然公始撄批鳞之祸，终蹈成仁之节。司隶发愤，则为阳球之捎骻；东郡亢捍，则为翟义之弄兵。岂非善始善终，附编简以不朽哉？[2]

作者见解独到，对林心宏的不被重用感到惋惜，对其"善始善终"

---

① 陈轼撰，张小琴点校《道山堂集》，第 226 页。
② 陈轼撰，张小琴点校《道山堂集》，第 220 页。

的处世精神大加赞誉。

又如《孝廉邵长倩传》：

> 然先生晚而遇，遇而未竟其志，乃能行歌采薇，锻心澡行于天荒地坼之余。功虽不见，而节则可尚。怀先生者，殆与西台恸哭同日而语可也。①

改朝换代之际，士人的政治倾向与思维方式颇受统治者关注，陈轼却敢于直言议论，为友人邵长倩命途乖舛、长才短驭鸣不平，表达强烈的惋惜与悲痛之情。于此可见陈轼的胆识与魄力。《文学蔡文新传》提出了作者高明的见解：

> 草泽之下，不乏人杰世胄之家，非无智勇，然用之不尽其才，而有才者不尽其用。遂使志节之士，悲愤戞兀，扼腕于钟蓂之莫复，当时必有执其咎者矣。②

陈轼表达对友人蔡文新不被重用的叹惋之情，从中也可见其对社会不公的批判，对英才得不到重用的愤慨与对君臣执政不当、滥用庸人的斥责与劝告。此外，陈轼在《贺杨母张孺人八十序》中提出"重功名者，道绌而势伸；重节义者，时穷而德显"③的高明见解，一方面对张孺人给予极高的评价，另一方面也表达了他对功名和节义的取舍态度及尽忠尚义的遗民品质。

第三，陈轼还通过细节描写，突出亲友的性格特征与精神品质。这一特点与韩愈传记文的创作特色一脉相承。如上文所提《胡将军传》，写胡上琛因抗清不力而饮药自尽，其妾也从容就义，陈轼以细节描写的方法对胡将军与刘氏视死如归的精神进行刻画：

> 清兵入，城陷，将军命刘氏煮药讫，着公服拜天地家庙，

---

① 陈轼撰，张小琴点校《道山堂集》，第238页。
② 陈轼撰，张小琴点校《道山堂集》，第237页。
③ 陈轼撰，张小琴点校《道山堂集》，第37页。

坐于中堂。刘氏右坐取药，先饮，次将军饮。刘氏一饮而瞑。将军似作痛、良久乃死。刘氏面微晕，容色妍丽，如睡足状，见者皆以为异云。①

短短数句，人物容貌俱全，胡将军与刘氏刚烈忠义、宁死不屈的性格特征在其饮药自尽的动作描写中体现得淋漓尽致。《户部主事靖公蔡公墓志铭》：

> 公病剧，先取历书选择，指八日庚辰，曰："吾将以是日归。"又曰："吾将以是日下春归。"其方寸不乱如此。呜呼！公之得为完人，至盖棺而始定也已。②

这里也运用细节描写体现蔡公面对死亡方寸不乱、镇定自若的神情心态。

另外，善于运用典故以阐明主旨，也是陈轼传文的特点之一。如《林宜人传》："孔明不能必汉祚之复，张、许不能必睢阳之存。岂可以事之济否，而计其利钝（钝）哉？"③ 作者借用三国之孔明与唐代之张巡、许远一心为公却无法挽狂澜于既倒的事实，说明不能以事之成败为标准评价一个人的智商高低。反问句的形式，更显其气势超凡，立场坚定。

（二）墓表、墓志铭

陈轼所作墓表与墓志铭共有 5 篇，其内容沉实厚重，也多能结合明末史事进行叙述，表达对已逝亲友的怀念之情。如《户部主事靖公蔡公墓志铭》：

> 余客毗陵，得交孝廉唐闻川、民部蔡靖公，恨相见晚。……民部病革之日，遗嘱其子，以铭为请，余不胜哽咽而属笔

---

① 陈轼撰，张小琴点校《道山堂集》，第 224～225 页。
② 陈轼撰，张小琴点校《道山堂集》，第 42～43 页。
③ 陈轼撰，张小琴点校《道山堂集》，第 243 页。

焉。……甲申假归，三月，北都失守南渡。时公就选民部主事，摄郎中事。是时贵阳当国，专树党以倾正人，引用时辈，必欲出其门下。……迨两亲继没，公遂决意终隐焉。……"……余独重其娇节兮，以为百代之楷模。惟直达于天地兮，何愧怍于幽墟？"①

由"恨相见晚""不胜哽咽而属笔""重其娇节""百代之楷模"等可见陈轼与蔡靖公感情深挚，志同道合。陈轼因他的去世而垂泣，也对他高尚节义的精神大加赞誉。陈轼将他的生平事迹融于史实的叙述，涉及甲申京都失守、贵阳当国等事，更显其人物事迹之真实与其评价之公允中肯。

在艺术上，作者采用直接呼告的方式抒发感慨，表达强烈的思想感情与独到的见解。如《兵部职方司主事赵公止安墓表》：

盖公之古谊，为人所难云。呜呼！世俗日偷，《谷风》兴刺，其始非不同舆接席，气若椒兰，究以生死殊涂，菀枯易念。其为信平市道之愤，孝标西华之悲，何可胜纪？而公独全于朋友始终之义，非笃行君子，而能若是哉！②

从这些呼告式的抒情即可见陈轼多么直接而迫切地想表达他对忠义节烈之士的痛悼与怀念之情。从审美艺术上看，这也起到了增强语言感染力，直接倾诉感情的强烈抒情效果。

总之，陈轼的传记文善于结合社会政治事件，叙、议结合，并通过细节描写等方法，刻画亲友的人物形象和性格特征，表达对亲友的赞誉之情、惋惜之情，体现了作者鲜明的思想倾向。

二　其他散文

陈轼的古文，还有记、辞、赋等。以下略做介绍。

---

① 陈轼撰，张小琴点校《道山堂集》，第 40~43 页。
② 陈轼撰，张小琴点校《道山堂集》，第 45 页。

（一）记

《道山堂集》中，陈轼的记文有内容可考的有《唐槐记》《翠云峰记》《箕山亭记》《季邑侯碑记》等 4 篇。《虎山东岳庙记》仅存文目，缺乏文章内容。《唐槐记》和《翠云峰记》这两篇游记文，表面上描摹刻画景物特征，实际则体现了作者的思想心态。《唐槐记》云：

> 临城之城隍庙，有古槐。其枝轮纠，其叶郁蓊，长二丈有余。按邑乘所载，唐天宝时树也，邑人相传为唐槐云。余见而异之曰："有是夫，槐之若斯久也！"槐以唐名，槐之幸也。唐天宝时，天子奏淋铃之曲，未央之杨柳、太液之芙蓉，化为蔓棘，沉香亭畔，觅一堕珥遗珰而不可得，何有于镇州之一槐乎？且渔阳作难，距赵地不远，此固安史之所蹂躏也，而槐独无兵燹之患，则何也？或曰："槐为虚星之精，上应列宿。古者取其黄中，以象三公之位。"然天下之槐众矣，其为天札之所乘、槎蘖之所及，不知其几，未闻以其象于三公而遂得享世之永也。斯槐之存，槐之幸也。①

陈轼借临城之古槐不因朝代更替而亡的事实，说明唐代虽已灭亡，而其名仍因古槐树的存在而存在。作者首先以游记的形式介绍唐槐树之特征及其生长年代，说明其历史之悠久。接着借邑人之口，叙述此古槐树免遭兵燹之患而幸存之缘由。作者由此抒发见解与感慨：

> 盖凡物之得全其生也，亦有数焉。天能生之，不能一一而全之。而独以全其生者，私之一槐。夫大椿春秋，彭祖所不能并，今观斯槐，逾于彭祖不已多乎？虽然，自唐以至于今，天下之人不知有唐久矣。唐亡而唐之名犹在于槐，则槐存而唐不

---

① 陈轼撰，张小琴点校《道山堂集》，第 47 页。

亡也。余之为斯记也，其有所感也夫。①

文章融描写、叙述、议论于其中，蕴含着作者的天命思想。但他主要以古槐树之幸存而使唐之名犹存的观点，寄寓其对故明王朝的眷念之情与遗民之思，表达了其深邃的思想与爱憎分明的情感力量。

《翠云峰记》云：

> 峰秀而丽，玲珑屈曲，似镌刻而成。……此峰尚留于吴郡。虽流落田间，而其欹崟之质，灵峻之气，终不可得而磨灭也。余之敬而惮之也，岂无谓哉？②

作者表面上写翠云峰之秀丽磊落，其欹崟之质、灵峻之气不因靖康之变而磨灭，表达作者对翠云峰"爱而惜之，尤敬而惮之"③的喜爱与敬畏之情；而实际则是通过表达对翠云峰的复杂矛盾之感，体现作者对祖国山河景物不因改朝换代而消亡的赞赏、喜爱之情。作者抒发感慨，情感委婉含蓄，却又显得真挚自然。

陈轼的记文在其古文中所占的比例很小，但其表达的思想感情令人读来倍感含蓄委婉，韵味深厚，因而具有可读性。

（二）辞、赋

陈轼的辞和赋共有9篇。其辞的内容与某些序文相似，主要表达对亡友的伤悼之情。如《力锦溪哀辞》写对先友力锦溪的哀悼之感，情真意切，悲伤至极。

> 酾酒空堂，挂剑识树，况乎伤心于故人，悲凉于逝水者哉？④

其赋文主要继承历代赋文的特点，内容上多为"体物写志"之作。如《哀猿赋》：

---

① 陈轼撰，张小琴点校《道山堂集》，第47页。
② 陈轼撰，张小琴点校《道山堂集》，第47~48页。
③ 陈轼撰，张小琴点校《道山堂集》，第48页。
④ 陈轼撰，张小琴点校《道山堂集》，第251页。

念帝乡之非愿，惜故壑之难复。使者言旋，中情若割。迢迢万里，梦随铜驿河桥；嗷嗷三声，肠断武陵夜月。溯沅水而沾襟，望龙标而哽咽。怀楚峡而裴回，帐邺路而悬绝。似田鹍之流血兮，始发愤于羁孤。比钩辀而叫落晖兮，恋故巢于苍梧。不得如度关之秋雁兮，空目断于潇湘之浦、衡阳之庐。吟筎发兮嘹唳，变征鸣兮歔欷。弹神曲而唱哀弦兮，翻白浪而起鹈鹕。泪盈兮潜潜，魂归兮乌乌。终当化辽东之鹤兮，集华表而返城隅。①

文章表面上讲究铺排藻饰，以四、六句为主，继承屈原楚辞体多以"兮"字来使语气和谐，以收到表情达意的效果，实则以猿为喻，极力表达对猿的伤悼之情，蕴含乡国之思。

又如《灵璧石赋》：

廉棱兮如弹锋锷，清越兮如叩琼瑰。元气氤氲兮，合蕴蓄乎风雷；缦理斌驳兮，宁剥蚀于莓苔。鉴坚贞之性兮，历年岁而不溃。岂同乎宋人之宝兮，惟瓦甓之与偕。②

此处连用"兮"字排比句式的同时，运用比喻修辞，更使其所表达之物形象生动，富有感染力。但从总体上看，陈轼作赋更倾向于学习唐以后文赋的特点。诸如《拟乳象赋》《靖之弟九如赋》等，虽也讲究赋体的结构形式，但已不刻意追求对偶、声律、词采与典故，句式上错落多变、韵散结合，押韵也较自由。

综上所言，陈轼的古文类别颇多，其主要成就集中于论说文、序文及传记文等文体。陈轼的古文充满对家乡故土、亲人往事的怀念以及对自身生命历程的回顾。他以自己深邃的笔触描摹社会人生，抒发对故明旧君的眷恋，遗民身份意识十分浓厚。他站在历史与哲

---

① 陈轼撰，张小琴点校《道山堂集》，第 214 页。
② 陈轼撰，张小琴点校《道山堂集》，第 215～216 页。

理的高度分析辩证明末清初错综复杂的政治百态，将视角延伸到切中肯綮之处，或以寓言的方式抒发自己对社会人生和鼎革之际的政治文化的思考，阐发哲理，表明遗民的志士情怀，寄寓其鲜明的遗民文化立场；或直抒胸臆，表达对至亲挚友崇尚道义、忠义守节精神的崇敬与对殉国者的悼念之情，表达对同类族群人格品质的认同，体现明末清初的时代特征与社会历史现实。陈轼的这些古文，充分体现其渊博的学识、严谨的问学精神与敏锐的思辨能力，值得后人加以研读与探讨。其《改亭集序》中所言"夫人肆力于文，非无聪明才辨足以取胜"①，作为对作者之才学的评价，颇为恰当。

---

① 陈轼撰，张小琴点校《道山堂集》，第 149 页。

第七章 《续牡丹亭》的情节、人物与创作主旨

　　明清鼎革之际，文人处在极其迷惘的状态：有的奔走四方，坚持抗清斗争；有的民族情绪高涨，不与清朝合作，隐居山野，以著述创作表达自身的理想心志，提出有时代特色的思想观点，形成一股文化思潮。强烈的华夷之辨思潮成为清初思想界的一大潮流。在这种思潮的影响下，遗民文人们始终坚守高尚的民族气节与不仕新朝的遗民节操。实学思潮也开始兴盛。遗民文人们以经世致用为指导思想，追求"实学""实用"，主张鉴古喻今，惩恶扬善。朱熹理学曾一度被尊为正统思想，但随着明末清初思想的活跃，也有学者对理学产生怀疑，社会上出现了对理学进行反思与总结的思潮。

　　面对明末清初复杂多元的文化思潮，一些遗民文人坚守自身的思想倾向，力倡革新。遗民戏曲家们以戏演绎人生，通过戏曲创作凸显其鲜明的政治态度与思想意识。他们的创作是清初文学的重要组成部分，以复杂多元的情感内涵和深刻的思想意蕴，展现了清初遗民文人的心路历程，是文学史上应受到重视的创作现象。这一时期，王夫之的《龙舟会》，黄周星的《试官抒怀》《惜花报》，郑瑜的《鹦鹉洲》，以及南山逸史的《半臂寒》等作品，多通过"遗"的心态，表达遗民文人的抑郁牢骚与对家国、人生的深刻思考。

　　有的遗民戏曲家以创作、改编、续写戏曲为契机，表露深厚的遗民情结，表达人生的失意与期许，表现对改朝换代深沉的忧虑与反思，展现遗民文人复杂多元的内心世界。他们力图唤醒人们的救

亡意识，恢复汉族统治。换言之，他们在刻意于种种"续写"的同时，往往"借古人之性情"抒写自我，倾力诉说国破家亡导致的种种抑郁牢骚与愤懑不平，表达对家国、人生等重大问题的深刻思考，同时也抒发对遗民人格的倾慕与真切向往。①

汤显祖的《牡丹亭》问世后，在社会上产生了巨大的影响，出现了许多改编、续写的剧作。陈轼的《续牡丹亭》是续书中的代表，敷演杜丽娘与柳梦梅及其周围人的因缘后事。陈轼通过人物形象的改写与增添，抒写他对实学致用价值理念的追求，对朱熹理学精神进行深刻的反思，反映了一代遗民文人复杂矛盾的心理状态。剧本也体现了晚明的政治生态，表达了作者的政治主张。《续牡丹亭》对深入研究清初遗民文人的心态和思想具有重要的参考价值，受到时人和今人的关注。《曲海总目提要补编》著录了《续牡丹亭》并介绍说："轼字静机，福建人。明崇祯十三年（1640）进士，官部曹。入本朝（按：指清朝），未仕。晚年，流寓江浙甚久。诗酒词翰，跌宕风流，人颇称之。所著传奇数种，此其一也。"② 清雍正年间笠阁渔翁（吴震生）的《笠阁批评旧戏目》中著录："《续还魂》，静庵作。"③ 姚燮《今乐考证》之"国朝院本"著录："静庵所撰传奇一种，《续还魂》，一名《续牡丹亭》。"④ 庄一拂编著《古典戏曲存目汇考》记载："静庵：姓名、里居皆未详。《续牡丹亭》：《今乐考证》著录。钞本。《考证》著录作《续还魂》。其他戏曲书簿未见著录。见《西谛善本戏曲目录》。"⑤ 从目前的存世资料来看，《曲海总目提要补编》可能是最早完整著录陈轼《续牡丹亭》的著作。此外，齐森华等主编《中国曲学大辞典》所记载内容与上述文献内容一致。黄周星在《道山堂集序》中评价陈轼："而况其诗文之瑰丽

---

① 杜桂萍：《遗民心态与遗民杂剧创作》，《文学遗产》2006 年第 3 期，第 105 页。

② 北婴编著《曲海总目提要补编》（上卷），人民文学出版社，1959，第 37 页。

③ 中国戏曲研究院编《中国古典戏曲论著集成》（第七集），第 305 页。

④ 俞为民、孙蓉蓉编《历代曲话汇编：新编中国古典戏曲论著集成·清代编》（第四集），第 381 页。

⑤ 庄一拂编著《古典戏曲存目汇考》（下），第 1500 页。

沉雄，词剧之鲜妍香艳，又复劘古轹今，绝无而仅有乎?"① 刘湘如《福州名人与明清传奇》一文对陈轼的《续牡丹亭》给予较高的评价："《牡丹亭》是被人誉为'东方莎士比亚'的明代戏剧家汤显祖的代表作之一，影响很大，陈轼敢写《续牡丹亭》，可见其胆识才华。"②

《续牡丹亭》的创作主旨与原作差异很大，它将汤显祖"生生死死为情多"的《牡丹亭》，续写成一部富含时代色彩、寄寓自身遭遇、有歌颂有批判的剧作。与原剧相比，该剧在情节结构、人物形象和创作主旨等方面，既有继承，又有创新。《续牡丹亭》的故事情节虽续《牡丹亭》而来，但其中之具体情节结构发生了变化。剧本在沿用原剧人物的基础上，增添了正反面人物，其主要人物形象发生了很大的变化。《续牡丹亭》寓意深远，体现了易代之际遗民士人复杂的心境与深厚的遗民情怀和救亡意识。陈轼意在通过"遗"的心态，表达遗民文人的抑郁牢骚与对家国、人生的深刻思考。

第一节　忠奸有报的情节结构

《续牡丹亭》，共四十二出，分上下两卷，各二十一出，故事情节续《牡丹亭》而来。剧本叙写柳梦梅中状元后，官授翰林学士，喜朱熹著述，细加批注。陈最良以淮捷功授黄门，梦升吏部郎中，后私谒杜宝求升，被训斥。陈最良冤枉癞头鼋为劫坟贼，将癞头鼋送往官府拷打。后癞头鼋杭州寻姑，前往柳梦梅府求赏，途中遇陈最良，以泥块怒打陈最良，被陈最良绑送杜丽娘处。杜丽娘为平息事端，巧借杜宝之命令，以石道姑嫁陈最良。翰林承旨许及之，谋取总宪之职不得，遂罗织柳梦梅批点朱熹著述罪名，将柳梦梅打入

---

① 黄周星：《道山堂集序》，载陈轼撰，张小琴点校《道山堂集》，第2页。
② 邹自振主编《闽剧史话》，第38页。

党锢圈中。柳梦梅被谪柳州，杜宝上疏乞休，闲住西湖。韩子才攀认韩侂胄为叔，得授桂林刺史，柳梦梅往谒，韩子才怕被牵连，不但不认，还下令驱赶柳梦梅，又吩咐营官侮辱柳梦梅。癞头鼋冒死叩阍鸣冤，皇帝诏赦柳梦梅，许及之、赵师罿等被革职拿问。柳梦梅官授西川安抚使，荐土猺女将招步玉为总管，平定五溪蛮乱。陈最良先升任吏部郎中，后为顺庆太守。癞头鼋为夔州府判官。郭驼授千户。后杜宝辞官归养，一家团圆。

《牡丹亭》"因情成梦，因梦成戏"，宣扬"生可以死，死可以生"的"至情"观；《续牡丹亭》虽是《牡丹亭》的续书，但作者宣扬的是正直廉洁、忠于明朝的政治伦理观。陈轼在第一折"开宗"就明确表达了他的政治伦理观：

> 柳氏春卿，官拜石渠秘署。婺源株累，痛宵人罗织。沉沦瘴岭，设阱指名门户。幸蒙昭雪，赐环安抚。伯粹拘儒，喜功名，恋钟釜。道姑作配，恰天成夫妇。还夸杜女，南国后妃家数。提携爱婵，并无嫉妒。[①]

> 柳状元清流入党籍，癞头鼋铁胆触金阶。招步玉计平涪州界，陈最良笑倒富春江。[②]

剧本的情节也是根据"开宗"所展现的内容来设计的。作者在剧中塑造的主要人物有柳梦梅、杜丽娘、招步玉、陈最良、癞头鼋等。他借柳梦梅写党争之祸，借癞头鼋铁胆触金阶来平反党争冤案，借杜丽娘表现女性品德，借招步玉表现女性的武功智谋。陈最良迷恋功名，利令智昏，是作者嘲笑与同情的对象。作者在剧末亦云：

> 俏还魂笔锋端重，则索把余波翻动，不是那镂影吹尘优

---

① 陈轼：《续牡丹亭传奇》（第一折），国家图书馆藏，民国古吴莲勺庐抄本。

② 陈轼：《续牡丹亭传奇》（第一折）。

孟同。①

可见作者在剧中寄托深意，其剧作有非同一般的意义。

《续牡丹亭》以伪学党祸为中心，叙写了许及之、赵师罜等人掀起党争，正义之士被折磨、被流放的故事。柳梦梅因党祸而被贬柳州，杜宝因党祸而被迫辞去相位。柳梦梅被贬的柳州，也曾是柳宗元因党祸而被贬之处。明末，东林党、阉党斗争，大量的东林党人被迫害，这直接动摇了明王朝的根基。陈轼剧作写伪学党争，在一定程度上反映了明末的政治生态。对于党争，作者找不到合理的办法来消除，在剧中通过癫头黿金阶上奏，使得皇帝下旨为柳梦梅平反，把许及之、赵师罜之流革职拿问来解决。这种处理方法虽然非常幼稚，却是作者无奈的选择。《牡丹亭》中的梦境是青春少女追求自由爱情之梦。《续牡丹亭》也写梦，写的是腐儒陈最良之梦。陈最良在梦中擢升吏部郎中，石道姑前来挑逗搅扰。作者把陈最良的"腐梦"放在第三折，紧跟在"开宗""忧时"之后，描述陈最良梦前、梦中、梦后的所思所想：

> 念咱教成女孩，把无邪叮咛垂戒。后来牡丹亭惊梦，不关我事。凋残粉黛，教人悲共哀。莫道是别的，就是守他女儿坟墓，祭扫三年，也该把个好官酬劳于我。梅花侧，凄凉纸陌亭前拜，谊痛师生彻夜台。②

> 嗳，杜平章，杜平章！……③

> 思量半晌，不觉困倦起来，就在此打睡罢！④

---

① 陈轼：《续牡丹亭传奇》（第四十二折）。
② 陈轼：《续牡丹亭传奇》（第三折）。
③ 陈轼：《续牡丹亭传奇》（第三折）。
④ 陈轼：《续牡丹亭传奇》（第三折）。

恭喜相公，圣旨钦授吏部郎中。（末）是那里说起，恐怕不实。（杂）圣旨那有不实，有朝报在此。（末看念介）吏部接出圣谕：江西陈最良，老成饱学，着升吏部郎中。（大笑介）妙妙！俺陈伯粹好侥幸也！（报下）（杂扮衙役捧冠带上叩头）（末冠带，内鼓乐介）（末）快活，快活！①

啐，原来南柯一梦！妙妙！好梦！好梦！②

我想这梦，定有应验！明日就去央杜平章，吏部囊中物耳！③

由此可见作者对醉心科举功名的文人的讽刺与嘲弄。

从陈最良做梦前所说的话可知，他梦见自己擢升吏部郎中，正是由于替杜宝祭扫杜丽娘之坟墓。陈最良认为杜宝应给予自己升官之酬劳。而杜丽娘之"死"，正是因为后花园一梦。因此，杜丽娘之"梦"与陈最良之"腐梦"具有一定的关系。从这个意义上说，原剧与续剧在故事情节上是有继承关系的，但这两场梦，从本质上来看是截然不同的。杜丽娘之"梦"，是追求个性解放、爱情自由之梦，而陈最良之"梦"，却体现了他不良的为官动机。

陈最良醒后去找杜宝求官，被杜宝严厉训斥，但最后陈最良却梦想成真。陈最良最后功名、婚姻梦想成真，表现了陈轼对醉心科举功名的文人的讽刺与嘲弄和对时政的无奈。"这种既失国怀旧又向往功名的人格分裂症，在清前期的文人士大夫中是一种时代的流行性传染病。"④ 由此可见，明清社会风云激荡的变革，对明遗民产生了剧烈的冲击，使他们倍感失望与孤寂，思想心态也出现较大的波动。

---

① 陈轼：《续牡丹亭传奇》（第三折）。
② 陈轼：《续牡丹亭传奇》（第三折）。
③ 陈轼：《续牡丹亭传奇》（第三折）。
④ 郭英德：《论清前期的正统派传奇》，《文学遗产》1997 年第 1 期，第 96 页。

《续牡丹亭》中的人物结局也反映了清初遗民文人复杂多元的思想意识。柳梦梅被许及之以党祸加害,遣戍柳州,后因癞头鼋金阶鸣冤而平反,升任西川安抚使。杜宝因柳梦梅陷伪学党祸而被迫辞去相位,后官复原职,辞官后回西川养老。许及之、赵师罨等奸佞被革职拿问。招步玉因柳梦梅之荐而任西川总管,带兵平定溪蛮之乱,立下大功。癞头鼋因正直敢言,先任邛州酒税监,后升夔州判官。陈最良因"老耄革职"后富春江边假隐,被圣旨召为吏部郎中,后任西川顺庆太守。《牡丹亭》的原班人马以及招步玉都在西川相会。细读剧本可见作者如此安排情节结构的用意尤为深厚。

第二节 正反、雅俗对照及文武映衬的人物形象

《续牡丹亭》虽沿用原剧中的人物,但其中之主要人物形象发生了很大的变化。同时,陈轼增添了招步玉、渔父和许及之、赵师罨等正反面人物。

一 正反对照的男性形象

戏剧的主题主要通过剧中的主人公来表现。《续牡丹亭》中的人物形象都是作者政治理念的反映。在中央集权社会,执掌权力的男性是国家存亡的关键。陈轼在剧中对男性人物从多层面进行描写,从正反两方面进行对照。

柳梦梅、杜宝是剧本所写上层人物中的正面人物,他们都是文可治国、武可安邦的人物。柳梦梅在原剧中是一个痴情书生。陈轼在《续牡丹亭》中将其刻画为封建朝廷的正统官员,他极力宣扬朱熹理学精神。他担心国事衰微,一心想为朝廷效劳,定国安邦,却蒙冤受屈,备受欺辱。

柳梦梅考中状元,官授翰林学士,进入中央集权社会的官僚机构。他立朝居官后感到备受拘束,每日忧思愁苦,对朱熹任经筵日

讲官感到由衷的高兴。

> 婺源朱先生，乃道学宗主，一旦立朝，得资启沃。国家得人，那得不喜？①

> 叹名贤久困潭州，喜今日推升朝右。备君王顾问，讲帷咨求。把个儒林总管，理学渊源，取领文章袖。夫人，朝廷用得此人，眼见天下太平也！圣明劳侧席，水鱼投，定乱安邦孰与俦。②

柳梦梅认为朝廷需要擢用朱熹这类理学家，才能定乱安邦。话音之外是，自己是朱熹理学精神的推崇者。

当朝廷奸佞小人起伪学党祸，为非作歹之时，柳梦梅受审，被打入伪学一党，他正直敢言，为朱熹理学辩护，表现其与黑暗势力做斗争的精神：

> 老法台，自古君子与君子为朋，无非文章声气，互相切磨，怎么说是党？③

> 绣虎雕龙夸巧舌，周也磨折忒俊绝。却道俺风云月露无交涉，怎知道眼睛儿泾渭别，口头儿辩驳捷，毕竟是安邦定国事业。④

> 我见他端方孤洁，是个中流柱，俭岁稷，人中杰。更兼那开来推圣哲，继往辟淫邪。⑤

柳梦梅崇尚理学，拥有自己的政治主张，他受审时毫不示弱，虽然

---

① 陈轼：《续牡丹亭传奇》（第二折）。
② 陈轼：《续牡丹亭传奇》（第二折）。
③ 陈轼：《续牡丹亭传奇》（第十四折）。
④ 陈轼：《续牡丹亭传奇》（第十四折）。
⑤ 陈轼：《续牡丹亭传奇》（第十四折）。

最后被遣戍柳州，但显然已超越汤显祖笔下的软弱书生形象，成为一个政治人物。柳梦梅不止一次提及国事日非，对其所生存的朝代的衰微表示担心与忧虑，对权奸当道表示愤慨。

> 夫人，我初登仕版，粗喜世界清平，得以优游翰苑。谁想近日一班宵小，煽惑朝廷，将婺源先生指为邪说，忽下伪学之令，正人君子，一网打尽。眼见权奸充斥，国事日非，如何是好？[①]

第十五折"遣别"中柳梦梅说：

> 国事日非，可胜浩叹。[②]

由此可见，此时的柳梦梅已非昔日只读圣贤书不闻窗外事的书生，他更注重的是朝廷政事。

陈轼作为明末清初的遗民士人，在柳梦梅身上寄托了自己崇尚理学、不畏强权的思想。剧中柳梦梅被打入伪学党，被贬柳州，与陈轼在两广任职的经历有很大的相似之处。

杜宝在《牡丹亭》中以封建专制家长的形象出现，企图扼杀一对有情青年的爱情，被汤显祖加以批判。如第十六折"诘病"中他说："我请陈斋长教书，要他拘束身心。"[③] 他只有一个安身立命的标准，即封建社会的道德标准，要求人人都拘束身心。杜宝认为自己按照这样的标准行事是完全正确的，从来不会考虑人是否可以有自己的思想感情。他为了保全自己的名誉，矢口否认杜丽娘还魂是事实。汤显祖对杜宝的批判和对封建礼教的揭露是一针见血的。

在《续牡丹亭》中，杜宝完全是封建统治阶级的正派人物形象。陈轼将其刻画为尊重原则、刚正廉洁、义无私交的贤相清官的形象。剧本展现了杜宝清通才品、一心为公，反对假公济私、动机不良的

---

① 陈轼：《续牡丹亭传奇》（第十三折）。
② 陈轼：《续牡丹亭传奇》（第十五折）。
③ 汤显祖著，陈同、谈则、钱宜合评《吴吴山三妇合评牡丹亭》，上海古籍出版社，2008，第 37 页。

为官之道。陈最良向杜宝求官时，他"大怒"："名器者，朝廷之名器，岂是老夫把得与人么？"① 然而，这样一位廉洁刚正的官员，却因女婿而遭牵连受谗害，被迫辞官。这是陈轼所要揭露的重点所在，也是他对杜宝形象的创新之处。杜丽娘说：

> 自古治乱相寻，贤奸迭换，正人君子，只恐立朝不久。②

> 爹爹平日，认真做官，兼且嫉恶过严，那有久在朝廷之理。③

在中央集权制度下，官场腐败黑暗，奸臣当道，正统官员常遭到无耻小人的陷害。陈轼意在通过杜宝、柳梦梅被罢、被贬的经历，揭露明末由于政治的混乱与官场的黑暗腐败，正人君子、廉洁官员无法在仕途上安身处世、执掌政权的尖锐事实。

许及之、赵师罩是《续牡丹亭》增加的两个反面人物。许及之为了升官发财，投机钻营，不择手段地讨好权贵，制造是非打击正义之士。第十二折"奸纠"写道：

> 下官许及之，久恋仕途，惯趋捷径，丑脸最会逢人，辣手更工下石。近厌清华，钻营要路，升转总宪之职。怎奈当国杜老儿古调违时，迂肠忤众，下官百计奉承，只是柄（枘）凿难入。我想此人在朝，总非我辈之利，要个计较摆布他。喜得近来严禁伪学，正在吹索罗织。我前日在他女婿柳春卿处，见他批点《纲学（目）》《集注》二书，又在我面前流连赞叹，其为伪学党无疑。不免将这一桩公案，搜实参奏，把他打入党锢圈中，那平章老儿翁婿相关，衣履有嫌，自然不安其位了。此计甚好，不免缮疏则个。④

---

① 陈轼：《续牡丹亭传奇》（第四折）。
② 陈轼：《续牡丹亭传奇》（第二折）。
③ 陈轼：《续牡丹亭传奇》（第二折）。
④ 陈轼：《续牡丹亭传奇》（第十二折）。

对于杜宝这种古调违时、迂肠忤众，他人百计奉承但枘凿难入的古板老套的清官，许及之一心想陷害他。因此，许及之以柳梦梅批点《纲目》《集注》二书，参奏其为伪学一党，借以打击杜宝，以扫平自己在官场上的障碍。"那平章老儿翁婿相关，衣履有嫌，自然不安其位了。"① 许及之厌恶清官，喜欢钻营，因杜撰柳梦梅伪学案而暂得声名，想以此谋得总宪之职。为赢得权贵们的欢心，他谄媚权贵，利用职权举办龙舟竞渡。

第二十五折"竞渡"写道：

> 下官许及之，前为题参柳梦梅一案，声望大振，权贵倚为腹心，时局在我掌握。近升参政，兼枢密院事，幸得南北罢兵，太平无事。近有太尉田庆，系朝廷心腹之臣，向与他结交周密，今日特备小席，请他到湖心亭闲耍。但此时深秋天气，没甚热闹好看。下官设一计较，着水手们大放龙舟，俱照端午节一样厮哄，又剪彩为莲，放在水中，鼓楫采莲为乐，真个是游观之处，另开生面，无非取那公公的快意儿。叫打差官，快去打听太尉爷出朝，急来通报。②

许及之借放龙舟、鼓楫采莲来讨好田庆，打击报复正义之士。许及之攀附权贵，投机钻营，是作者所要强烈抨击和反对的。因此，对于这样的奸佞官员，作者毫不客气地安排他最后被革职拿问。这样的结局，也令我们深加反思。

与许及之互相勾连、结党营私的赵师罴心狠手辣，奸诈邪恶，喜逢迎谄媚。在"就讯"一折中，作者安排赵师罴自报家门，将其卑鄙与自私显露无遗：

> 下官赵师罴，官拜审刑院之职，巧宦绝工，丧心已久。媚

---

① 陈轼：《续牡丹亭传奇》（第十二折）。
② 陈轼：《续牡丹亭传奇》（第二十五折）。

若妇人，蒙面作高丽之舞；奸如狙侩，堂前飞大瓮之灰。近为伪学一案，朝廷十分倚重。这一伙朋党，深根固蒂，非我辣手，不能具狱。我在这里，任意捃摭，百般锻炼，宿怨私仇，报复殆尽。近来都宪许盟翁，参奏柳梦梅，也是个门户头脑儿，现奉旨意提问，不免着实严讯，无令漏网。①

赵师罾为报私仇，解自己胸中之恨，打击正义之士，严讯柳梦梅。中央集权社会官场审案，大多并没有任何公平与正义可言。陈轼增加如此两位反面人物，揭露的正是这样的现实。陈轼增加许及之、赵师罾两个反面人物，与杜宝、柳梦梅等正义之士形成对照，反映了朝廷的正邪之争，表达了作者愤世救世的思想。

陈最良、韩子才是"异路出身"的官僚阶层。汤显祖将陈最良塑造为思想被封建教条所固化的腐儒的典范，他没有能力，也不敢奢望杜宝为其安排政治职务。而陈轼在《续牡丹亭》中对其进行进一步刻画，陈最良由原来的腐儒形象转变为一味追求仕途升迁的"官迷"典型。

陈最良十二岁进学，"指望功名唾手可得"，哪知到了六十多岁，才因"淮捷纪功"而为黄门官。他年老，体力不济，虽"勉力撑持"，仍"未免倦态"。但他非常迷恋功名，利用退朝余暇，"须要寓中抖擞一番，着实摇摆，炼这做官骨头，也当个据鞍矍铄的意思"②。

第三折"腐梦"写陈最良梦前、梦中的所思所想，他的心中充满升官的强烈愿望。他梦见钦授吏部郎中，醒来后就去找杜宝请求升官。其理由是："莫道是别的，就是守他女儿坟墓，祭扫三年，也该把个好官酬劳于我。"③ 后陈最良因"老耄革职"，他反应十分强烈，拿纱帽大哭，并因此被气倒。自古文人都希望在仕途上飞黄腾达，这是正常之理。但陈最良向杜宝求取官职的理由是不足取的，

---

① 陈轼：《续牡丹亭传奇》（第十四折）。
② 陈轼：《续牡丹亭传奇》（第三折）。
③ 陈轼：《续牡丹亭传奇》（第三折）。

他的为官动机不良，显然违背了正统文人的为官之道。

他为了再次得到功名，到富春江假扮渔父沽名钓誉。他的虚假行为被渔父所觉察，渔父道："可恨可笑！原是个假渔父！"[1] 陈最良的形象让人觉得既可恨，又可笑。而这样一位喜功名、恋钟釜的顽固官迷，最后也愿地以偿地升转吏部郎中，最后还官升顺庆太守。在陈轼的笔下，一位热衷功名、不知廉耻的拘儒形象活生生地展现出来。在作者笔下，陈最良并不是一个坏人，只是一个热衷功名的腐儒。陈轼如此塑造陈最良，目的在于对明末官僚腐败、官场复杂、吏治不严等现象进行揭露与讽刺，为天下困于功名、迷恋功名的儒生哀叹。

此渔父之形象，正如陈轼所作《赠渔父》（二首）一样：

来往南塘侧，长纶叠浪低。芒衣归月皓，芦笛向风凄。潮满漂菰米，潭空起鸐鹈。穿云虽可去，故港自当栖。[2]

鹤发对空湍，秋风波岸寒。菱芒牵小艓，鸟影下清澜。江雨兼葭泊，村醪螯蟹餐。客星银汉上，侧望更垂竿。[3]

渔父坚定不移的归隐思想与意志，正是陈轼隐逸思想的表现。

韩子才在原剧中所扮演的角色是"丑"，他的形象是卑微的。陈轼不仅将其刻画为卑微的形象，而且将他塑造为一个攀附权贵势力、为官贪婪、只图利市的丑陋小人的形象。据《续牡丹亭》第二十三折"谒友"，他是柳梦梅的故交，因攀附权贵韩侂胄而当上桂林刺史。按柳梦梅之语，他乡遇故知，应"开陈蕃之榻，而作平原之饮"[4]，然而，柳梦梅谒见如此一位"知己"之时，韩子才听说柳梦梅被列入伪学党后，生怕其连累自己，他的反应与举动令柳梦梅感

---

① 陈轼：《续牡丹亭传奇》（第三十七折）。

② 陈轼撰，张小琴点校《道山堂集》，第76页。

③ 陈轼撰，张小琴点校《道山堂集》，第77页。

④ 陈轼：《续牡丹亭传奇》（第二十三折）。

到失望与怨愤。剧写：

> 呀，原来柳春卿到此！他为伪学一党，谪戍柳州，我若与他往来，就是一起党人了。平章叔爷知道，大不便益。如今不免假做不曾识认，辞他去罢。（转身唤门上介）门吏过来，你把原帖拜上柳爷，说道俺老爷公事匆忙，且与柳爷向未识面，兼且上台禁逐游客，甚是森严，不日就有告示张挂，请柳爷回步便了。①

韩子才趋利避害，生怕柳梦梅的冤案连累自己受到叔父韩侂胄责怪，因此见到故友柳梦梅之时假装不认识，完全以一副势利小人的形象出现在读者眼前。柳梦梅当面骂他，他便翻脸不认人，派兵卒前去驱赶柳梦梅。作者将一位攀高结贵、依附权势、不知羞耻的奸佞小人形象刻画得十分生动。

此后，韩侂胄、许及之等因杜撰冤案被革职拿问，韩子才也因此受牵连。他又感到攀附韩侂胄是错误之举，对辱骂柳梦梅后悔莫及。

> 我韩子才意外功名，多少赫奕。不料势头一倒，罪案如山。

> 就是银钱，如今也享用不得。货贿焚身恣侵牟，到头一旦都消耗。那柳春卿呵，素怀忠鲠，时推俊髦。俺呵，趋承朝贵，为他效劳。因为门户，顾不得朋友了。宁知往日金兰好。②

陈轼十分明确地将韩子才作为反面人物进行塑造，以此揭露和批判明末时期官场上官官相护、趋炎附势的丑陋现实。同时，作者通过描写韩子才由贫穷到富贵再到贫穷的遭遇，揭露韩子才只重功名富贵、攀附权贵、不讲仁义道德的卑劣行径。这正是作者所要批

---

① 陈轼：《续牡丹亭传奇》（第二十三折）。
② 陈轼：《续牡丹亭传奇》（第三十九折）。

判和指斥的。正如陈轼在《贺杨母张儒人八十序》一文中所说："重功名者，道绌而势伸；重节义者，时穷而德显。"① 陈轼即通过陈最良和韩子才这两个出身特殊的官僚，反映中层官僚对权势的迷恋与攀附。

对于《牡丹亭》中的癞头鼋，陈轼也重新塑造，让他作为陈最良的对立面出现。癞头鼋是个村野少年，心直口快，缺乏知识和修养，是剧中下层人物的代表，也是陈轼理想中的正直廉洁人物。更重要的是，这位村野少年有不同于一般人的品德，他踏上金阶，成为一位见义勇为、疾恶如仇、敢于鸣冤抱不平、廉洁清正的官员。

癞头鼋见到陈最良，恨其往事，拿泥块打他。他去送柳梦梅，一直追到柳州，后听说柳梦梅去桂林，又追到桂林。柳梦梅遭贬后，他编写奏章，直往皇宫，向皇帝进言，为柳梦梅鸣冤抱不平，使柳梦梅得以平反。癞头鼋崇尚朱熹道学精神，认为"道学之隆替，关系国家之盛衰"②。作者安排第三十折"叩阍"塑造他的这一形象：

> （跪介）草莽微臣癞头鼋启奏。……念卑微无知识，又不是任言官列要秩，又不会雕虫揆藻精文义，只为那热肠激起难回互，直道须分是与非。因此上倾卑鄙，忘生拼死，面诉丹墀。……微臣启奏，为原任翰林院学士柳梦梅伪学一案，真实冤枉！……道学之隆替，关系国家之盛衰。臣癞头鼋不言，谁肯言者？③

癞头鼋的见义勇为、打抱不平得到了皇帝的肯定。皇帝不仅颁敕赦免柳梦梅，仍行擢用，将许及之、赵师罍等革职拿问，且认为癞头鼋"敢言可取"，任其为巡检。柳梦梅重新被任用后，他又任邛州酒税监。

他上任后，革除旧习，为官廉洁清正、光明磊落。作者安排第

---

① 陈轼撰，张小琴点校《道山堂集》，第 37 页。
② 陈轼：《续牡丹亭传奇》（第三十折）。
③ 陈轼：《续牡丹亭传奇》（第三十折）。

三十五折"却金",专为塑造癞头鼋不贪图便宜、为百姓着想、尽忠报国的正统官员形象:

> 我想这官虽是微末,尽忠报国总是一般。我自到任以来,玉洁冰清,一尘不染,正税之外,并不私取羡余。假使天下的官,都照癞头鼋这样做去,眼见得太平万世了。……左右,你看我监这酒税,榷务均平,百姓大家都有酒吃,也不埋没俺一番清政也。①

作者赋予癞头鼋不同于一般人的品德,借清正的癞头鼋与官场的污浊之徒进行对比,寄托了自己的理想:"假使天下的官,都照癞头鼋这样做去,眼见得太平万世了。"②癞头鼋注重道学,这显然也是作者的思想。

陈轼重新塑造癞头鼋这位见义勇为、尽忠报国、不贪钱财的清官形象,其用意很明显——他将自己的为官理想寄托于其中。但令读者感到离奇的是,癞头鼋这位素无知识与修养的村野少年,居然也能编写充满文采的奏章,唱出文人君子笔下的曲子。癞头鼋的语言特点与他的身份地位似不般配。这应是作者在塑造人物个性语言方面的局限。

陈轼通过上中下三个层面官吏之间的对比,揭露明末清初腐败黑暗、行贿受贿的政治常态,体现了遗民文人身上强烈的愤世情怀与救世意识。

二 文武映衬、雅俗对照的女性形象

《续牡丹亭》中的女性人物,如杜丽娘、招步玉、石道姑、春香等,也蕴含着作者对理想人物的期盼。特别是杜丽娘与招步玉,一文一武,互相映衬,凸显了女性的才能,表现了作者崭新的妇女观。

---

① 陈轼:《续牡丹亭传奇》(第三十五折)。
② 陈轼:《续牡丹亭传奇》(第三十五折)。

《牡丹亭》中的杜丽娘是一个为情而死、因情而生的少女形象，充满浪漫离奇色彩，其性格的最大特点在于追求个性自由与解放，敢于以死示情，对爱情执着追求，对封建礼教进行强烈的反抗。她是一个"以情抗理"、无媒而婚的青春少女形象。全剧因她的生生死死、死死生生而令读者感慨。

在《续牡丹亭》中，杜丽娘则是一位有政治远见、贤淑宽容、富有才情而又孝敬父母的少妇形象。

第一，杜丽娘富有远见和谋略。如第二折"忧时"：

> 叹名贤久困漳州，喜今日推升朝右。备君王顾问，讲帷咨求。把个儒林总管，理学渊源，取领文章袖。夫人，朝廷用得此人，眼见天下太平也！圣明劳侧席，水鱼投，定乱安邦孰与俦。[①]

柳梦梅为朱熹受到朝廷重用而高兴，杜丽娘却说：

> 自古治乱相寻，贤奸迭换，正人君子，只恐立朝不久。[②]

柳梦梅把希望寄托在岳父杜宝身上：

> 你爹爹现今当国，自然汲引正人，保全善类。[③]

杜丽娘冷静地说：

> 相公，就是爹爹平日，认真做官，兼且嫉恶过严，那有久在朝廷之理。[④]

显然，杜丽娘深谙仕途为官之道，懂得腐败黑暗、浑浊不清的官场不是正直文人的立身之处。剧本第十三折"钦提"写柳梦梅见国事

---

① 陈轼：《续牡丹亭传奇》（第二折）。
② 陈轼：《续牡丹亭传奇》（第二折）。
③ 陈轼：《续牡丹亭传奇》（第二折）。
④ 陈轼：《续牡丹亭传奇》（第二折）。

日非，却不知如何是好。杜丽娘道：

> 相公，前日朱先生召入经筵时，妾身就知有今日了。①

杜丽娘与柳梦梅，一个深谙政事，富有远见，一个书生意气。杜丽娘的远见卓识，正反衬出柳梦梅涉世未深，不能透过现象认识官场之道。

第二，杜丽娘足智多谋、城府颇深。柳梦梅得知自己柳州所受凌辱是韩子才所为，升官后遂要"斩此奸人之头"，以出口气。杜丽娘劝柳梦梅道：

> 相公，君命为重，私仇为轻。这宵小行径，何足挂齿！你一面收拾起程便了，俟到任后，再慢慢寻衅未迟。②

显然，杜丽娘已经是一个朝廷官员的成熟稳重、知晓轻重缓急、足智多谋的贤内助。她对官场的分析和对柳梦梅的劝慰，折射了陈轼的官场感受与做人态度。

第三，她善于运用智慧和谋略化解矛盾。陈最良冤枉癞头鼋为劫坟贼，将癞头鼋送往官府拷打。后癞头鼋杭州寻姑，前往柳梦梅府求赏，途中遇陈最良，以泥块怒打陈最良，被陈最良绑送杜丽娘处。杜丽娘为化解纠纷，平息事端，巧借父亲杜宝之命令，促成石道姑与陈最良的婚事。杜丽娘的处事能力在此得到充分体现。

第四，杜丽娘贤淑大度的性格特征在剧中也有所体现。杜丽娘说：

> 相公，你如今年富力强，正是捐麋报主之日。休要和光同尘，有负平生。妾身虽属女流，幼从爹爹，间关仕宦，粗知国体，愿与相助为理。③

---

① 陈轼：《续牡丹亭传奇》（第十三折）。
② 陈轼：《续牡丹亭传奇》（第三十二折）。
③ 陈轼：《续牡丹亭传奇》（第二折）。

她在仕途上对柳梦梅加以勉励，且愿意辅佐柳梦梅，也主动劝柳梦梅纳春香为妾，柳梦梅不答应，她"向天拜祷，愿得柳郎早谐此事"①。这呼应了第一折"开宗"所言："还夸杜女，南国后妃家数，提携爱婢，并无嫉妒。"②作者在剧作开头就对杜丽娘劝夫娶妾，毫无嫉妒与私心的胸怀加以赞扬和肯定。杜丽娘的形象大概寄托了封建社会男子们的期望。

杜丽娘对春香与她共度生死的精神心怀感恩。她不断劝柳梦梅纳春香为妾，并祈祷这样的愿望早日实现。在第二十八折"峻拒"中杜丽娘说：

> 妾身倒有个好事与你说。……不是别人，就是侍女春香。我见他年纪长成，未免愆期之怨。若与他别处去，我又割舍不下。相公不如收他为妾，并同谐老，实是一桩美事。③

在第三十八折"纳婢"中杜丽娘唱道：

> 为春香呵，追随作伴，恩情胜友朋。忆当年也曾共死生，这身傍要容他厮并。从今愿我儿夫早回心，丞移香梦听春声。④

陈轼刻画的杜丽娘贤淑达理、宽大为怀的形象，正与原剧中自伤自怜，向往花前月下、游玩赏景的女主人公形象形成鲜明的对比。杜丽娘身上所折射的传统文化中浓厚的道德色彩，也是遗民文人自身价值观、人生观的体现。

第五，杜丽娘富有古代女子们所钦慕的才情与气韵。

> 奴家自到西川，已经半载，念子美公公，曾在成都结庐浣花溪上，有成都尹裴冕为筑草堂，今遗址犹存。现经官人怀思

---

① 陈轼：《续牡丹亭传奇》（第三十八折）。
② 陈轼：《续牡丹亭传奇》（第一折）。
③ 陈轼：《续牡丹亭传奇》（第二十八折）。
④ 陈轼：《续牡丹亭传奇》（第三十八折）。

旧德，起盖重新，排了公公神位，岁时祭享，亦千古胜事。我不免前去瞻拜遗像，少伸孝思。①

杜丽娘选择到浣花溪观赏杜甫草堂，"瞻拜遗像"，表达对杜甫的崇敬之情，说明杜丽娘游览浣花溪并非纯粹只是为了观花赏景。浣花溪风景优美，因诗人杜甫的居住而更富诗情画意。杜丽娘用富有文采的语言深情地唱出浣花溪花香鸟语的风景：

芳菲烟径，万井莺花雨后明，香郊上一路纤尘匀净。鸠鸣隔树听，绿绮香车绕锦城。风光烂，只见平芜草绿，远岫山青。②

更值得一提的是，杜丽娘也能用简练精确的语言高度赞美杜甫的诗作：

千秋仰典型，文章统领，诗篇上满腔爱国忠诚。想公公当年呵，飘零吏隐名，闲却英雄帐幕厅。空消遣，斜晖树转，袅缆舟轻。③

由此可见，杜丽娘受杜甫影响不小，也具备文人的气质修养。在陈轼的笔下，杜丽娘已由"以情抗礼"转变为"以理节情"，她具有远见卓识，且宽宏贤淑、才情横溢，是一个典型的文人形象，也是作者理想中的女性形象。

联系陈轼《井上述古序》一文，可知作者对杜甫深为敬佩：

余慨诗自《三百篇》以降，大约缘情绮靡，虽烂若缛绣，凄若繁弦，不过乐府之新声，梨园之法曲。惟杜陵一出，爱君悼时，追蹑骚雅，居然诗史。④

---

① 陈轼：《续牡丹亭传奇》（第四十折）。
② 陈轼：《续牡丹亭传奇》（第四十折）。
③ 陈轼：《续牡丹亭传奇》（第四十折）。
④ 陈轼撰，张小琴点校《道山堂集》，第 165 页。

对杜甫的敬重与缅怀，肯定了传统文化的文学价值，同时，在明清易代的历史背景下，陈轼借杜丽娘之口，表达了对忧国忧民的诗圣杜甫的敬仰，由此可见杜丽娘对汉文化的传承与弘扬，这具有深刻的隐喻意义。"念祖宗之绪，其志在于自强。"[1] 这可以说是以陈轼为代表的遗民文人勉励自己自强不息、践行志节、忠君念旧的思想意识的显露。

第六，杜丽娘是个孝女。第十五折"遣别"写柳梦梅被遣戍柳州，杜丽娘与他向父母亲拜别，杜丽娘道：

> 爹娘老年，无人侍奉，教孩儿如何放得下？[2]

第二十六折"思亲"写杜丽娘与柳梦梅离开父母后，前往柳州，杜丽娘对父亲杜宝倍加担忧。杜丽娘对春香道：

> 当此秋寒天气，不知我爹爹安否何如？好教我放心不下。[3]

原剧中杜丽娘不顾父母亲嘱咐，擅自到后花园观花赏月，追求爱情自由与个性解放，而此时的杜丽娘却对父母亲百般孝顺，思念有加。一个为父母着想的孝女形象跃然纸上。

总之，在《续牡丹亭》中，陈轼有意让杜丽娘的形象发生极大变化。她不再是原剧中"以情抗礼"、无媒而婚的青春少女形象，取而代之的是见解深刻、宽宏大量、富有才气、有孝心的女才人形象。

相比杜丽娘的文可治国形象，招步玉则是武可安邦的女性形象。招步玉是陈轼特意增加的人物，她是土猺女将，为人谦恭有礼，富有谋略，能征善战。

第一，招步玉能征善战，带兵训练有素。如第二十一折"打围"：

> 奴家乃土猺女将招步玉也。先夫世袭指挥千户，殁后无嗣，

---

① 陈轼撰，张小琴点校《道山堂集》，第 208 页。
② 陈轼：《续牡丹亭传奇》（第十五折）。
③ 陈轼：《续牡丹亭传奇》（第二十六折）。

> 因奴家谙习武艺，发弩如神，所有壮丁三千，俱听约束，朝廷命我替袭前职。一向拨在桂林守卫，驻扎伏波岩下。今日高秋闲暇，军士们，前往山前山后，打围一回，多少是好。军士们，就此起营。（众应，行介）①

招步玉谙习武艺，三千士兵听从其指挥训练，可见其不凡的才能与气魄。又如第三十六折"凯旋"：

> 虚空忽下神兵，神兵。寥寥人马晨星，晨星。危如卵，势如崩。营伍乱，鬼神惊。一时奔窜难逃命。②

> 官军间道偷营，偷营。回军急救家庭，家庭。转旗旆，解围城。迎劲敌，速归程。溪山无恙真侥幸。③

> 所喜贼众已平，就此回兵。④

> 提戈摧拉强勍，强勍。封疆顷刻安宁，安宁。歌奏凯，庆升平。扬武勇，壮威名。西川自此销烽警。⑤

剧写招步玉带领士兵迎击来势凶猛的贼匪，替朝廷平定蛮乱，让边疆暂得安宁，庆祝升平。招步玉的作战实力正反映了男性官军的能力已不如女性。蛮兵"危如卵，势如崩。营伍乱，鬼神惊"，军心涣散。蛮兵们消极应战与招步玉积极带兵征战形成鲜明的对比。招步玉带兵征战获胜，正表明女性武将的才能已不输于男性。

第二，招步玉带兵征战获胜，正是由于她富有谋略。第三十四

---

① 陈轼：《续牡丹亭传奇》（第二十一折）。
② 陈轼：《续牡丹亭传奇》（第三十六折）。
③ 陈轼：《续牡丹亭传奇》（第三十六折）。
④ 陈轼：《续牡丹亭传奇》（第三十六折）。
⑤ 陈轼：《续牡丹亭传奇》（第三十六折）。

折"议剿":

> 大人威德播扬，远近悦服，这些小丑，何足介怀！但是溪
> 蛮无他伎俩，只是凭依险阻，便于聚乱。以小将愚见，不如乘
> 他攻掠，急从间道捣其巢穴，使彼接应不及，破之必矣。（生）
> 我贤契之高见极是。①

> 烟尘薄五溪，烟尘薄五溪。只是高陵倚，巫捣孤虚。雪夜
> 擒元济，还须求教裴公高识。申军法，儆戒行，扬兵气。②

剧写柳梦梅奉命安抚西川，安民察吏，却因地接五溪，五溪蛮"剽
掠如蚊蚁"，无法胜任，只好推荐招步玉任西川总管，解决五溪蛮作
乱一事。对于边疆奸冗，柳梦梅认为应该"严旗鼓，整蒸徒，休儿
戏"③；招步玉则对五溪地形甚为了解，为朝廷攻打贼匪出谋划策，
认为"这些小丑，何足介怀！"④ 她还提醒朝廷作战应"申军法，儆
戒行，扬兵气"⑤。柳梦梅与招步玉对待五溪蛮贼匪，一个小心谨
慎，一个大胆有谋略。作者以此暗示男性官员对于蛮乱已无能为力，
男性的执政能力已为女性所超越。

招步玉戎马一生，但又有文人的伤感："高枫疏叶，万籁悲萧，
好一望秋色。"⑥ 作者于此寄托了对明末朝廷男性官员才力堪忧的深
深忧虑、反思和哀挽之情。他告诉读者，在这样一个男权社会，男
性没有发挥自身应有的潜能，相反，女性的才能已经超越男性。作
者表达了他作为一个遗民文人的忧愤哀痛与愁肠百结的心情。这是
明末清初很多遗民文人普遍的思想意识。

---

① 陈轼:《续牡丹亭传奇》（第三十四折）。
② 陈轼:《续牡丹亭传奇》（第三十四折）。
③ 陈轼:《续牡丹亭传奇》（第三十四折）。
④ 陈轼:《续牡丹亭传奇》（第三十四折）。
⑤ 陈轼:《续牡丹亭传奇》（第三十四折）。
⑥ 陈轼:《续牡丹亭传奇》（第二十一折）。

其实，明末清初的遗民文人的心情是十分丰富而复杂的。中国自汉代"罢黜百家，独尊儒术"思想确立之后，传统的"华夏至上"意识逐渐增强，并成为一种普遍的民族情结。明末清初，这种民族情结在遗民文人身上成为一种心理定式。王夫之认为君权"可继可禅可革而不可使夷类间之"①。顾炎武也说："君臣之分，所关者在一身；华夷之防，所系者在天下。"② 在遗民文人看来，清朝入主中原，是野蛮征服文明，喻示了华夏文明的沦陷。他们在心理上不能接受这样的现实，因此，以改编戏曲文本的人物形象体现自身的思想意识。

第三，招步玉不仅能征善战，更重要的是她谦逊有礼，十分认同中国传统思想中的伦理道德。第二十七折"遇侠"：

> （生）这样，权领了罢。下官就此拜别。（小旦）小将陪送一程。（生）不敢远劳。（小旦）这是小将该当的。军士们，起营前去。③

> 笙歌响，笙歌响，瀑泉飞溜。匆匆去，匆匆去，且同折柳。试剑岩边回首，紫气绕林丘，青山邂逅。日映峰峦，彩色相稠。④

> （生）将军留步。（小旦）还要送到江滨。⑤

招步玉帮助柳梦梅夺取战功，却并不自高自大。柳梦梅向招步玉拜别，她还号召士兵们将他送到江滨。这足见招步玉对柳梦梅之敬重。

第三十四折"议剿"：

---

① 王夫之著，船山编辑委员会编校《船山全书》（第十二册），岳麓书社，1996，第503页。
② 顾炎武著，黄汝成集释《日知录集释》（卷七），世界书局，1936，第158页。
③ 陈轼：《续牡丹亭传奇》（第二十七折）。
④ 陈轼：《续牡丹亭传奇》（第二十七折）。
⑤ 陈轼：《续牡丹亭传奇》（第二十七折）。

> 小将招步玉，蒙柳安抚荐举，叨受圣恩，升为西川总管，今日到任，不免前去晋谒安抚则个。……小将柔懦末材，蒙大人不弃，鼎力吹嘘，今受恩宠，殊愧驽骀。①

> 小将重叨褒奖，何以克当。还望大人教诲，俾小将奉为指南。②

招步玉因战事有功，被柳梦梅推荐为西川总管，但她并不因此而骄傲，仍然谦逊有礼，对柳梦梅毕恭毕敬。这样的优秀人才正是陈轼所要肯定和赞扬的。陈轼有意塑造这样一位能征善战又完全接受汉族统治，尊崇汉族主流文化价值的女性形象，委婉表露自己在看待华夷关系的思想意识上，与王夫之、顾炎武等遗民文人的观点是相一致的。即夷族可以辅助汉族巩固边疆，壮大中原的力量，扩大中原统治的范围，但必须尊崇汉族的统治，"华夏至上"的思想是不可动摇的。在明末清初这一特殊的历史背景下，这一思想实际上是遗民文人对清朝统治中原的否定。

除杜丽娘、招步玉之外，石道姑、春香的识见也超越了人物的身份地位。春香在原剧中乖巧温顺、质朴天真而又聪明伶俐的形象特征在续剧中得到进一步发挥。当癞头鼋用泥块打陈最良，陈最良送他到兵马司问罪时，春香出计策以石道姑嫁陈最良平息此事。

《牡丹亭》中的石道姑超凡脱俗。《续牡丹亭》中的石道姑一出场就是个世俗凡人形象。第三折"腐梦"写陈最良梦见石道姑对他说：

> 你看陈先生做了官，丰采就不寻常，老态也都没了，我不免勾搭了他。虽是巫峡内露结为霜，硬做个阳台上云腾致雨。（转身介）陈先生，你今日富贵荣华，若不觅个知趣人儿，可不

---

① 陈轼：《续牡丹亭传奇》（第三十四折）。
② 陈轼：《续牡丹亭传奇》（第三十四折）。

虚度一生？……你真①腐儒，依旧本色来了。我如今做你知趣人儿罢！②

不食人间烟火、超脱世俗的道姑形象已在读者心中荡然无存。石道姑见陈最良做了官，即规劝他找个"知趣人儿"，且以身相许，说明石道姑也难以免俗。

在郭驼前来议亲时，石道姑先是拒绝，后听说有关侄儿癞头鼋官司，又贪官府的官诰，也就同意了。

莫道有了癞头鼋这桩事，就是没这事，也是该允的。③

她虽然俗，但识见比腐儒陈最良要强得多。陈最良因"老耄革职"而愁苦万千，为乌纱大哭，她安慰陈最良：

常言道，比上不足，比下有余。你虽然罢职，毕竟是朝廷的官员，比你那卖药的时节差多呢！④

世上的事，有做的时节，就有歇的时节。⑤

功名富贵，自有天数。⑥

升沉自古皆天数，须稳把心猿住。⑦

依我的意还是归隐的好。⑧

① 民国古吴莲勺庐抄本写作"直"，傅惜华抄本写作"真"，按文意应为"真"。
② 陈轼：《续牡丹亭传奇》（第三折）。
③ 陈轼：《续牡丹亭传奇》（第十折）。
④ 陈轼：《续牡丹亭传奇》（第十八折）。
⑤ 陈轼：《续牡丹亭传奇》（第十八折）。
⑥ 陈轼：《续牡丹亭传奇》（第十八折）。
⑦ 陈轼：《续牡丹亭传奇》（第十八折）。
⑧ 陈轼：《续牡丹亭传奇》（第十八折）。

无官一身轻。①

在石道姑的身上有迷恋俗世与归隐山林的双重特性。陈轼如此刻画石道姑，主要是想通过她在入世与归隐一进一退之间的心理与行为，揭露遗民文人在入世为官与隐逸田园之间难以抉择的矛盾心理与思想状态，体现作者对遗民文人普遍存在的入世与隐逸矛盾心理的深刻思考。

明末清初，当旧的文化体系受到冲击甚至解体，而新的思想秩序尚未建立时，遗民普遍陷入迷惘幻灭的状态，因此"不如归去"就成了他们的普遍心态，归隐之思亦油然而生。②最后，作品中的人物寻仙求道去了，仿佛遗民们逃离了多变的社会现实，"时代心理终于找到了它的最合式的归宿"③。陈轼通过真渔父和石道姑归隐的抉择，寄托自己抛弃世俗功名、归隐江湖的决心和意志，体现了陈轼高尚的遗民品质与鲜明的遗民隐逸情怀。"仕与隐主题的加入使得整出戏在表现忠奸对立与国是关怀的面向上，增加了另一个难得的超越的层面，避免了简单化的缺点。"④

总之，《续牡丹亭》中的女性形象有文武映衬，也有雅俗对照，作者利用她们来表现自己的人格理想。

第三节　寓意深刻的创作主旨及文化史意义

一　寓意深刻的创作主旨

遗民戏曲家以戏演绎人生，通过戏曲创作凸显其鲜明的政治态度与思想意识。有的遗民戏曲家通过改写、续编前代戏曲文学作品，

---

① 陈轼：《续牡丹亭传奇》（第十八折）。
② 张宇：《清初遗民戏曲文学研究》，《文化艺术研究》2010 年第 3 期，第 139 页。
③ 李泽厚：《美的历程》，文物出版社，1981，第 156 页。
④ 华玮：《走近汤显祖》，上海人民出版社，2015，第 133 页。

表达人生的失意与期许，表现对改朝换代深沉的忧虑与反思，展现遗民文人复杂多元的内心世界。这些改写、续编的作品成为明末清初文学创作的特殊组成部分。

《牡丹亭》写杜丽娘不是死于爱情的被破坏，而是死于对爱情的徒然渴望，由生到死，再由死到生，通过对"至情"的高度肯定，体现了汤显祖对男女不平等和封建囚笼的抨击，表达了作者对个性解放、爱情自由的渴望与追求，也隐含汤显祖以《牡丹亭》写其生平的创作意图。陈轼《续牡丹亭》在创作方法上显然继承了汤显祖隐喻寄托的方法，但其中所蕴含之创作主旨与原剧差异很大。

关于陈轼《续牡丹亭》的创作主旨，学术界有两种截然不同的观点。第一种观点认为《续牡丹亭》出于戏笔，是对汤显祖剧中柳梦梅轻佻形象的刻意改变。北婴编著《曲海总目提要补编》首先持此观点：

> 因汤显祖载柳梦梅乃极佻达之人，作者欲反而归之于正，言梦梅自通籍后，即奉濂、洛、关、闽之学为宗，每日读《朱子纲目》，又与韩侂胄相抵牾，而当时许及之、赵师睪等趋承侂胄者，皆柳梦梅所不合。大率皆戏笔也。梦梅官迁学士，且纳春香为妾，盖以团圆结束，补《还魂记》所未及云。①

邓绍基主编《中国古代戏曲文学辞典》、郭英德编著《明清传奇综录》、官桂铨《陈轼撰〈续牡丹亭〉》等著作亦持此观点。

第二种观点认为陈轼作《续牡丹亭》意在抒怀写愤，借古喻今。徐扶明在《牡丹亭研究资料考释》中认为陈轼《续牡丹亭》是受汤显祖《牡丹亭》影响而作的："陈轼让柳梦梅变成理学家，又纳春香为妾，这都与《牡丹亭》原著精神不合。"② 华玮《"情"归何处——陈轼〈续牡丹亭〉述评》一文认为，陈轼的《续牡丹亭》与

---

① 北婴编著《曲海总目提要补编》（上卷），第 37～38 页。
② 徐扶明编著《牡丹亭研究资料考释》，上海古籍出版社，1987，第 227 页。

汤显祖的《牡丹亭》之渲染男女"至情"相迥异，它改弦更张，将剧中人物置身于国家政治冲突的大背景下，使柳、杜成为忧时爱国的理想男女典型，体现了正统文人的理想抱负。① 华玮进一步认为陈轼利用《牡丹亭》剧本对明遗民身份做了别出心裁的诠释，以抒怀写愤。赵天为《〈牡丹亭〉续作探考——〈续牡丹亭〉与〈后牡丹亭〉》一文，通过将《牡丹亭》中的人物形象与《续牡丹亭》中的人物形象进行对比，分析其异同之处，认为陈轼《续牡丹亭》意在借古喻今，寄托怀抱，将一部"生生死死为情多"的《牡丹亭》变成了一曲忠臣义仆、清官贤妇的颂歌和一部理学的教科书。② 庄小珊《明清福建曲家考》第二章第二节"陈轼与他的《续牡丹亭》传奇"认为陈轼的《续牡丹亭》"借古喻今，全剧充满忧时爱国的心绪，传承正统文化的希望，透露出作者强烈的明遗民身份意识。同时也寓含对政治、文化、人生境遇的反思"③。赵天为、庄小珊深化发展了徐扶明、华玮的观点。

陈轼一生跨越明清两朝，有很强的遗民情结。他的《续牡丹亭》作于清初，剧本虽然以《牡丹亭》人物来续写，但其中蕴含着作者的政治理想与道德伦理思想。剧本最后一折"会合"写道："俏还魂笔锋端重，则索把余波翻动，不是那镂影吹尘优孟同。"④ 说明陈轼创作此剧并非用于演出，而是有所寄托。陈轼意在以女性的才能超越男性，说明当时由男性主宰的明王朝衰亡的必然趋势，同时，借剧中人物寄寓自身的身世遭际，也流露了他复杂的思想。

《福建戏史录》记载："静机即陈轼……其所著《续牡丹亭》传奇一种，当为入清后所作，惜未见传本。"⑤ 郭英德编著《明清传奇综录》将陈轼《续牡丹亭》列入明清传奇发展期即清顺治九年至康

---

① 王评章、叶明生主编《福建艺术理论文集》，第 288 ~ 300 页。
② 赵天为：《〈牡丹亭〉续作探考——〈续牡丹亭〉与〈后牡丹亭〉》，《东南大学学报》（哲学社会科学版）2010 年第 3 期，第 91 ~ 94 页。
③ 庄小珊：《明清福建曲家考》，福建师范大学硕士学位论文，2010，第 53 ~ 56 页。
④ 陈轼：《续牡丹亭传奇》（第四十二折）。
⑤ 福建戏曲研究所编，林庆熙等编注《福建戏史录》，第 62 ~ 63 页。

熙十九年（1652～1680）的作品。《中国古代戏曲文学辞典》也将陈轼《续牡丹亭》列为清代戏曲作品。据上述资料分析，《续牡丹亭》应为入清后作品。在改朝换代的特殊时期，文人们的作品必然带有深刻的寓意。

陈轼在《续牡丹亭》中有意续写杜丽娘到浣花溪观赏杜甫草堂"瞻拜遗像"的情节。她深情地唱道：

> 千秋仰典型，文章统领，诗篇上满腔爱国忠诚。想公公当年呵，飘零吏隐名，闲却英雄帐幕厅。①

作者借杜丽娘之口表达了对杜甫的敬仰之情，也流露出他对传统文化的认同与弘扬，别具隐喻意义。

（一）遗民政治理想与自身遭遇的体现

陈轼作为明末进士，对明王朝心存感激和报效之情。他秉持清正廉洁、忠君为民的为官理想，即使是亲近之人也不愿给予恩惠。《续牡丹亭》中杜宝的为官举止就是陈轼为官理想的体现。

第四折"私谒"写陈最良为升官求杜宝，受到杜宝的一顿训斥：

> （外怒介）陈先生，我道你说甚的事，原来钻营勾当！名器者，朝廷之名器，岂是老夫把得与人？况且历任未久，就想躐迁，恐怕朝廷无此则例。②

> 铨法升除，则例森严，岂可诬。这选司衙门，必须清通才品，方可胜任。……老夫自登政府以来，义无私交，就是你黄门官，也是叙功升赏，出自公道，不是老夫私相授受。今日若为你的情面，坏了体统，老夫何以统率百僚？陈最良，你看我杜平章呵，矩步绳趋，休开狂窦，夤缘公府。陈最良，此后非

---

① 陈轼：《续牡丹亭传奇》（第四十折）。
② 陈轼：《续牡丹亭传奇》（第四折）。

是公事，不要过来缠扰。①

杜宝清通才品、义无私交，秉持一心为公的为官之道，反对假公济私、动机不良的为官心理。这样的为官之道与为官心理正是陈轼所推崇和宣扬的。

陈轼的政治主张还通过癞头鼋的形象加以表露。癞头鼋在剧中也阐明了自己的为官之道与为官志向。第三十五折"却金"：

> 下官癞头鼋，近以直言授官，叨监邛州酒税，又喜柳大人节镇西蜀，共事一方。我想这官虽是微末，尽忠报国总是一般。我自到任以来，玉洁冰清，一尘不染，正税之外，并不私取羡余。假使天下的官，都照癞头鼋这样做去，眼见得太平万世了。②

> 左右，你看我监这酒税，榷务均平，百姓大家都有酒吃，也不埋没俺一番清政也。③

> （癞）岂有此理！这常例二字，是那里来的？无过是斜敛民财，借个常例题目。俺癞老爷不是这样的官，你们快拿回去。④

癞头鼋任邛州酒税监后，玉洁冰清、一尘不染，除收取常税之外，不私取钱财。他不取酒户送来的常例，使得家家户户都有酒喝，皆大欢喜。癞头鼋为自己能为民做实事、做好事而感到欣慰和高兴。他深知自己清正廉洁的为官志向与聚敛民财、受贿欺压百姓的无耻之举是水火不容的。癞头鼋的话一方面蕴含着以民为本、不谋私利的为官之道，另一方面也揭露了当时官府黑暗腐败，受恩受贿是常态。陈轼在此寄托了自己的为官理想和主张。

---

① 陈轼：《续牡丹亭传奇》（第四折）。
② 陈轼：《续牡丹亭传奇》（第三十五折）。
③ 陈轼：《续牡丹亭传奇》（第三十五折）。
④ 陈轼：《续牡丹亭传奇》（第三十五折）。

在清初实学思潮的熏陶下，遗民文人们通过戏曲创作表达其经世致用的创作观。他们多在剧本中寄寓自身的政治理想与治国理念，感叹身世，表达明朝灭亡后的忧郁与感伤之情。王夫之《龙舟会》通过叙写谢小娥为父亲和丈夫报仇的故事批判贰臣，表达了坚贞不屈的遗民心态。《续牡丹亭》中柳梦梅考中状元，官授翰林学士。

　　　　却道俺风云月露无交涉，怎知道眼睛儿泾渭别，口头儿辩驳捷，毕竟是安邦定国事业。①

这与陈轼在《龚学博诗序》中所表达的观点是相同的："经国大业资于技能事功者什之一，资于文章笔札者什之九。"②由此可见，陈轼通过这一新形象的塑造，凸显士人及其文章的经世价值，也是一种对实学致用价值理念的追求。

　　同时，陈轼通过柳梦梅形象的重新塑造，弘扬朱熹理学精神，强调理学的权威性与不可动摇性。朱熹理学继承孔孟正宗，宣扬儒家的道德伦理观，重视主观意志的力量，注重气节与品德，强调人的社会责任和历史使命。明末清初，理学正统地位受到冲击，一大批遗民文人开始批判地继承传统儒学，试图建立具有时代特色的新儒学思想体系，思想界出现了对朱熹理学思想进行宣扬与反思的现象。《续牡丹亭》写许及之见柳梦梅批点朱熹《纲目》《集注》等书，即借此污蔑朱熹，柳梦梅随即回应："老先生，朱晦庵是当今第一人品，第一学问，休要讪他！"③后柳梦梅被打入伪学党，蒙冤受屈，备受欺辱，但他仍坚持自己的政治主张，极力宣扬朱熹理学精神，一心想为国效劳。陈轼借柳梦梅之口，寄托自己崇尚理学的思想、不畏强权的精神与鲜明的政治理想。

　　陈轼《后唐庄宗论》开篇点题，指出"国家安危之理，在于官

---

① 陈轼：《续牡丹亭传奇》（第十四折）。
② 陈轼撰，张小琴点校《道山堂集》，第 158 页。
③ 陈轼：《续牡丹亭传奇》（第五折）。

人。古者赋职以任功录能，以诏事务，使官与人相得而天下治"①，
继而对后唐庄宗只知夺取天下却不知治理天下表达了痛惜之情，同
时又举出唐明皇因嗜好音乐而失去天下的惨痛事实，揭示骄奢淫逸、
宠信乐官必然导致身死国灭的历史教训。陈轼在《刘氏理学八贤传
序》中也谈道：

> 道学之名，天下万世之所共仰也。……大抵宋之道学，抑
> 于权相。而诸君子笃信之深，不以富贵利达为念。故于仁义忠
> 孝之实，人欲天理之辨，卓然有以自信，是抑之而愈章者也。②

可见作者有意通过创作宣扬自己的理学思想。陈轼的这些篇章与
《续牡丹亭》所表达的思想有极大的相似之处。《续牡丹亭》正是以
朱熹"伪学案"作为创作背景，寄托作者对国事、政局的深刻反
思的。

吴伟业《〈北词广正谱〉序》云：

> 盖士之不遇者，郁积其无聊不平之慨于胸中，无所发抒，
> 因借古人之歌呼笑骂，以陶写我之抑郁牢骚；而我之性情，爰
> 借古人之性情而盘旋于纸上，宛转于当场。于是乎热腔骂世，
> 冷板敲人，令阅者不自觉其喜怒悲欢之随所触而生，而亦于是
> 乎歌呼笑骂之不自已。③

陈轼生逢明清易代之际，东林党、阉党斗争致使大量的东林党人被
迫害，直接动摇了明王朝的根基。陈轼的人生经历充满不平与坎坷。
他的抑郁牢骚无处诉说，也不便于直接表达，因此他将其发泄于纸
上。陈轼通过历史反观自身，将自身的身世遭际寄托于柳梦梅身上，
以古写心，对现实人生加以思考。

---

① 陈轼撰，张小琴点校《道山堂集》，第 17 页。
② 陈轼撰，张小琴点校《道山堂集》，第 178 页。
③ 吴伟业：《〈北词广正谱〉序》，载李玉撰《北词广正谱》，王秋桂主编《善本戏
曲丛刊》（第六辑），（台北）台湾学生书局，1987。

第十三折"钦提":

> （杂）因为许都宪上本参奏学士，是伪学中朋党，现有批点
> 《纲目》、《集注》为证。道你朋奸误国非良类，扶党真情不用
> 疑。圣旨批下，刑部提问。秋曹里，安总槽栎羁骤骤。这罪名
> 难赏，这罪名难赏。①

第十四折"就讯":

> 柳梦梅招情已定，应拟遣戍柳州，金妻起解。上本取旨
> 便了。②

此二折写翰林承旨许及之因柳梦梅批点朱熹《纲目》《集注》一事，
参奏他为伪学党，刑部严审后判他遣戍柳州，杜丽娘与之同行。作
者借柳梦梅因党祸而被贬柳州，揭露了明末的政治生态。陈轼写朋
党之祸，写柳梦梅被打入伪学党，既是叙写故事，同时又与其在两
广任职的经历有很大的相似性。因此，剧作写柳梦梅的遭遇，与陈
轼在仕途为官过程中因权奸倾轧争权而受凌辱的经历应有很大关系。
又由于当时环境不宜直接抒发积愤，因此陈轼借剧中人物事件以抒
怀写恨。剧中柳梦梅受诬陷而被遣戍柳州就是陈轼身世经历的写照。
第十五折"遣别":

> 征尘起，惜别倍伤神，从今去，万里隔君门，抵多少泪罗
> 积孤愤，愁杀也何日沛新恩。③

由此可见，陈轼在此剧中寄寓自己身世遭遇的意图是很明显的。

陈轼的第七孙陈汉说：

---

① 陈轼：《续牡丹亭传奇》（第十三折）。
② 陈轼：《续牡丹亭传奇》（第十四折）。
③ 陈轼：《续牡丹亭传奇》（第十五折）。

临川复其师云：师言性，弟子言情。旨哉言乎！俞宁世先生尝惜临川之才未竟其用，四梦盖自写其生平。此定论矣。先王父由县令起家，陟谏垣，晋卿贰，方将大有可为，亡何遭时不偶，飘泊归隐五十余年。则兹编之续，毋亦夺酒杯以浇块垒者欤。①

作者以古写今，将自身的遭遇寄托于柳梦梅身上。这在一定程度上反映了文人士大夫在明末政局混乱的状态下所遭遇的不幸，寄慨遥深。

因此，陈轼创作《续牡丹亭》绝非"戏笔"一词能概之，他想借《续牡丹亭》发声，以扩大影响。《续牡丹亭》的主旨与黄周星的剧作极为相似。黄周星的《人天乐》，塑造了一位命途多舛却自守清贫、道德高尚的主人公形象。作者借剧作表现对污浊社会的不满与对未来人生的期望，将自身的遭遇在剧本中展露无遗。黄周星的另一剧作《试官述怀》也通过试官与下属的对答，表达其对社会腐败风气的痛恨，表现自己的心志理想。由此可见，易代之际的遗民文人在创作理念上具有相同的旨趣。

明清易代引起了遗民作家们深刻的反思。他们在剧作中有意塑造文武女英雄的形象，凸显男性的无才无能导致国家的衰亡，表达深沉的感慨与哀思。陈轼所塑造的杜丽娘与招步玉，恰恰是一文一武的巾帼形象，作者由此寄寓对明朝衰亡的深思。正如杜桂萍教授所言："国家缺乏栋梁之才，消亡是无法挽回的，个人的愁肠百结和哀痛自陨都无济于事。寻求解脱和超越既是最佳选择，也是无可奈何的选择。"②

清初实学思想指导下的遗民文人，也注重对社会恶势力的批判与惩治，崇奉惩恶扬善、忠奸有报的道德理想。《续牡丹亭》宣扬正直廉洁、忠心为国的政治观，体现了遗民文人对明末政治的反思。

《续牡丹亭》中的癞头鼋主动为柳梦梅申冤，使柳梦梅洗刷冤

---

① 静庵编，袚翁阅《续牡丹亭传奇》（卷首）。
② 杜桂萍：《清初杂剧研究》，人民文学出版社，2005，第 211 页。

屈。由此可见，陈轼也将为主尽忠、拥护贤良、痛斥奸佞的理想寄托于癞头鼋身上，并揭露明末清初行贿受贿、腐败黑暗的政治常态，体现了遗民文人身上强烈的愤世情怀与救世意识。陈轼希望有铁胆触金阶、敢言直谏的仗义之士献身朝廷，寄托其忠君报国的情怀。

剧本也有意增加许及之、赵师罶这两位反面人物，将他们塑造成典型的抨击对象。许及之打击正义之士，以柳梦梅批点《纲目》《集注》二书为由，参奏他为伪学党。他同时又谄媚权贵，借放龙舟、鼓楫采莲等来讨好太尉田庆。而赵师罶也不择手段地报复正义之士。作者增加这两个反面人物，与剧中杜宝、柳梦梅等正义之士形成对照，揭露遗民文人眼中腐朽不堪的社会现实，表达了作者的愤世情怀。

陈轼与汤显祖都写"梦"，但汤显祖所写之梦，是"因情成梦，因梦成戏"，这是青春少女杜丽娘追求自由爱情之梦，汤显祖借此宣扬"生可以死，死可以生"的至情观；而《续牡丹亭》之梦，则是腐儒陈最良升官发财之梦，他因官而梦，作者因梦扬廉，陈轼所写之梦，已由至情转向至理。

陈最良梦见自己擢升吏部郎中，醒后找杜宝求官，虽被严厉训责，但最后也梦想成真。他笑倒富春江，表现了陈轼对时政的无奈。可见，明清易代的现实，让遗民文人们思想剧烈波动，他们将失望与孤寂之情灌注于戏曲作品中。

《续牡丹亭》表达了作者对明末政局的忧愤哀痛与任用贤良的政治主张。陈轼《道山堂集》中的作品如《鱼朝恩论》《于忠肃论》等，也具有相同的政治理想。

> 唐代宗以鱼朝恩为天下观军容宣慰处置使总禁兵，何欤？朝恩而知兵也，体非全气，军容自此而隳，况乎险佞怙宠，败国蠹政，已非一日。①

作者直斥唐代宗用人不当导致军容毁坏、国力每况愈下。陈轼对中

---

① 陈轼撰，张小琴点校《道山堂集》，第19页。

晚唐历代君主的执政情况了解甚深，其观察之细微、思维之敏锐由此可见一斑。陈轼借唐朝历代君主因袭弊政导致唐朝灭亡，抒发他对明末政治混乱的惋惜与悲伤，寄寓其深刻的反思。这种忧愤哀伤的遗民心志，在明末清初遗民文人的思想意识中无疑具有鲜明的代表性。

由此可见，陈轼创作的《续牡丹亭》，与原剧追求至情理想的主旨相去甚远，作者将创作的主旨转向了至理，以剧本中人物事迹揭露社会政治弊端，宣扬清正廉洁的政治理念及传统伦理道德，力图唤醒更多仁人志士加入遗民群体，一起救亡图存，恢复汉族统治。

（二）崇尚理学的思想

明末清初，崇尚陆王心学、反对程朱理学是士大夫思想的主流，而陈轼却对理学思想大加推崇。陈轼《林亮臣八帙寿序（代）》云：

> 尝读《宋史》孝宗朝，闽中林文节先生，耿介不阿，适曾觌党谢廓然，除殿中侍御史，文节缴还词头，直声振天下，忾然慕之。丁卯秋，余典试闽闱，所举士林子允棉即文节之裔孙。因得悉其家世，知理学名臣流泽未泯焉。[1]

陈轼在此首先介绍林亮臣为理学名臣之后代，且直接表达了其对理学名臣流泽未泯的欣喜之情。

在《续牡丹亭》中，陈轼借柳梦梅之口，大力宣扬朱熹理学，为理学辩护。第五折"奸衅"写许及之见柳梦梅批点朱熹《纲目》《集注》等书，即说"闻他党与甚众，大为国害"[2]。许及之见柳梦梅赞扬朱熹人品、学问，随即罗织罪名，诬陷柳梦梅为伪学党。柳梦梅受审时，毫不示弱，为朱熹理学辩护，正面赞扬和推许朱熹理学。

---

① 陈轼撰，张小琴点校《道山堂集》，第189页。
② 陈轼：《续牡丹亭传奇》（第五折）。

第十四折"就讯":

　　（生）老法台在上，俺柳梦梅只为公忠两字，认得太真。那朱晦庵呵，怎么说是奸人？①

　　我见他端方孤洁，是个中流柱，俭岁稷，人中杰。更兼那开来推圣哲，继往辟淫邪。他只为耀中天提防那烁火遮，续薪传生愁那微言绝。就是他做官呵，立社仓密匝匝颁布了府州牒，免税钱急攘攘救活了贫村舍。有甚么伤名败节影曲与心邪！②

柳梦梅否认朱熹是奸臣，认为他端方孤洁，为官救济贫民，没有什么伤名败节之事。赵师罿见柳梦梅袒护朱熹，便判其为伪学党。柳梦梅却不承认，驳斥道：

　　老法台，自古君子与君子为朋，无非文章声气，互相切磨，怎么说是党？③

同时，他赞扬朱熹理学为安邦定国事业。赵师罿见柳梦梅矢口否认自己为朱熹理学朋党，遂令左右对其进行刑罚。柳梦梅道：

　　我与朱晦庵呵，【幺】果然是思齐蔫（焉），想慕赊。④

柳梦梅与赵师罿经过一番唇枪舌剑，正面赞扬朱熹的理学精神与为官品质。柳梦梅因此被遣戍柳州，但剧情发展到最后，癞头鼋叩阍鸣冤为柳梦梅洗刷冤屈，许及之和赵师罿等被革职拿问。陈轼在剧作中安排这样的结局，应是有所寄托。一方面，这个结局说明善有善报，恶有恶报；另一方面，陈轼借柳梦梅之形象表现了对朱熹理

---

① 陈轼：《续牡丹亭传奇》（第十四折）。
② 陈轼：《续牡丹亭传奇》（第十四折）。
③ 陈轼：《续牡丹亭传奇》（第十四折）。
④ 陈轼：《续牡丹亭传奇》（第十四折）。

学精神的肯定与弘扬，也就是对传统的三纲五常、忠君报国精神的极力支持与宣扬。

（三）遗民文人仕与隐的抉择

易代之际的文人，既对故土故国追思怀想，又对前途感到迷茫，不知何处是归宿，遂不可避免地坠入忐忑的境地。[①] 遗民文人在"仕"与"隐"问题上进退两难，陷入迷惘状态。这种矛盾的心理状态必然导致他们对仕途功名与隐逸山林抉择的艰难。遗民作家们往往通过作品中的人物形象曲折表露这种矛盾的心理状态，但他们经过深刻的理性思考，最终会做出坚定的选择。

剧本第十八折"腐悲"：

> 常言道，无官一身轻，这是你大便宜所在。况且[②]自古贤人君子，难进易退，谁似你这没廉耻的，不顾好歹，只要做官，依我的意还是归[③]隐的好。[④]

> 归去也还故我，羡鸱夷浮沉五湖。鸿冥毛羽惜，洗耳堪娱。你看柳状元谪戍投荒，白白一个书生把他做个荷戈披甲的勾当，也是做官惹出祸来。有甚么正经？怜他宫袍挂绿，如今遇罗苧，受冤诬，低头颇似同涸鲋。何况你那没要紧的前程！老爷呵，你可晓得挂冠自在，法网无拘。[⑤]

石道姑"无官一身轻"[⑥] 的表述，流露出作者鲜明的思想观点。他认为官场黑暗，当官只会惹祸害，受冤屈，百害而无一利。"依我的意还是归隐的好"，此句已十分明显地透露了陈轼归隐的思想。

---

① 张宇：《清初遗民戏曲文学研究》，《文化艺术研究》2010 年第 3 期，第 138 页。
② 原为"在"，据傅惜华抄本改为"且"。
③ 原为"还"，据傅惜华抄本改为"归"。
④ 陈轼：《续牡丹亭传奇》（第十八折）。
⑤ 陈轼：《续牡丹亭传奇》（第十八折）。
⑥ 陈轼：《续牡丹亭传奇》（第十八折）。

第三十七折"假隐",作者添加了渔父形象,通过渔父与陈最良这位假渔父的对话,体现处于复杂矛盾的心理状态下的遗民文人对仕与隐的抉择。

> (渔) 村醪小脸,快乐忘忧。我这渔家呵,身傍芦花后,月明镜浮。不管是非薮,不想那利名头。只见翠蓬轻,锦丝长,远望云归岫也。一线飘然谁是偶,鹭鸟堪为友。持竿溯流,笑傲人间王与侯。……(渔) 啐,你这老头儿,说了半日,都是一团胡话。你好污吾耳也!我这富春江上,飞席乘风,回流荡日,视轩冕如淄尘,薄公侯如草芥,多少清闲①快志。岂许患得患失的鄙夫在此打混!可恨可笑!原是个假渔父!②

渔父过着隐逸的生活,享受村醪小脸,无忧无虑,不求功名利禄,与江边的鹭鸟为友,视王侯如草芥,生活虽清贫,心情却十分舒畅愉快。这体现了陈轼对渔父隐逸生活的向往与追求。当渔父发现陈最良到富春江上来只是假隐时,他对陈最良希望通过假隐方式获得仕途升迁的想法十分反感,因此嘲笑陈最良是"患得患失的鄙夫"③,可恨可笑。作者的用意是十分明显的,他通过渔父之口,表达自己抛弃功名利禄、归隐江湖的决心和意志。其遗民意识与遗民品质在此得到充分的体现。

通过史实可发现,这里的假渔父与真渔父的形象,体现了陈轼本人在明清易代之际徘徊于仕与隐之间两难抉择的矛盾心理。通过《道山堂集》中陈轼为遗民友人所写之文章,如《林平山八十寿序》《黄处安工部七十序》《侍御林心宏传》等,可知陈轼是一位遗民守护者,特别是《贺杨母张孺人八十序》中提到的"重功名者,道绌而势伸;重节义者,时穷而德显"④,高度赞赏张孺人的道德操守,

---

① 原为"门",据傅惜华抄本改为"闲"。
② 陈轼:《续牡丹亭传奇》(第三十七折)。
③ 陈轼:《续牡丹亭传奇》(第三十七折)。
④ 陈轼撰,张小琴点校《道山堂集》,第37页。

实际上也表明了作者的价值取向。陈轼在《黄九烟传》中沉痛地写道："崛疆仗节之士，尚忼慨激烈，死而无悔。"① 黄周星是陈轼的挚友，因拒绝清廷征召而投水身亡，是位典型的遗民文人。陈轼为他作传，颂扬其遗民品质，从中也可见他与黄周星是志同道合之士。陈轼通过《续牡丹亭》中渔父的形象刻画，表明他最终选择抛弃世俗功名，归隐山林的决心，体现其与遗民朋友们有相同的理想追求。陈轼在《续牡丹亭》中所体现的复杂心境，在他的遗民朋友圈中具有典范性意义，反映了易代之际遗民文人普遍的文化心态。

（四）天命思想

明清易代之际，明王朝衰亡，清朝统治者入主中原，使得明代许多士人遭受种种欺凌。他们不满清朝的统治，但又无法挽回明朝昔日的繁荣，在仕途上处处受挫，处境十分艰难。因此他们产生了天命思想，即道家的宿命思想。宿命思想对陈轼的影响很大。他在作品中借用宿命论寻找自己处境和遭遇的合理性根据和精神依托。《续牡丹亭》中人物的不少话语流露了作者浓厚的天命思想。

第八折"腐辱"，陈轼借癞头鼋之语"人有所愿，天必从之"②流露自己的天命观。又如第十一折"腐婚"：

> 着意种花花不活，无心插柳柳成阴。下官为癞头鼋这小厮无礼，正在气忿，谁想杜平章相公，传谕女学生，将石道姑许嫁与我为妻。昨日郭跎来说知，大人严命，怎敢不允。我前番梦见升转铨部，就有石道姑在那里混帐。若是姻缘的梦兆，已有应验，这升转的梦兆，也是作得准了。③

陈轼安排陈最良先是做梦梦见自己仕途升迁，还梦见有石道姑参与其中，结果杜宝应女儿之言，将石道姑许配与陈最良。这一姻缘的

---

① 陈轼撰，张小琴点校《道山堂集》，第222页。
② 陈轼：《续牡丹亭传奇》（第八折）。
③ 陈轼：《续牡丹亭传奇》（第十一折）。

梦兆应验，使他想到梦见升转铨部也应是一种预兆。此后，陈最良果真升为高官。陈最良对梦的寄托，实则是陈轼天命思想的体现。

再如第十三折"钦提"写许及之诬陷柳梦梅为朱熹理学朋党，圣旨批下，刑部提问。杜丽娘道：

> 君子小人，往来不常，事关天运，非人力所能为。①

杜丽娘的话体现了人事无常，人运受天命主宰的观点。柳梦梅道：

> 逞奸回，尧逢桀犬能狂吠，只恐白日青天不可欺。②

> （合）六月霜飞，六月霜飞，尚有天知地知。③

柳梦梅自己虽受冤屈，无力自救，但认为青天不可欺，于是他求助青天，希望青天六月出霜，让这一反常现象惩罚奸佞小人，为他洗刷冤屈，平息胸中之愤慨与不平。柳、杜二人的话语无不体现出陈轼崇信天命、宣扬天命的主张。此外如剧本第十五折"遣别"：

> 贤婿，从来否极则泰，屈极必伸，指日就有赐环之兆也！④

字里行间也流露着陈轼顺应天命的思想。

由此可见，《续牡丹亭》的创作思想与原剧相比发生了较大的变化，它将"以情抗礼"为主旨的《牡丹亭》，续写成一部蕴含深刻政治意味的剧作。剧本以杜丽娘、招步玉才能的突出，反衬明末清初男性执政能力的下降，预示由男性主宰的明王朝衰亡的必然性。同时，剧本寄寓着作者坎坷的身世遭遇与强烈鲜明的理学思想，也流露了陈轼隐逸山林的遗民心志和天命无常的复杂思想。

---

① 陈轼：《续牡丹亭传奇》（第十三折）。
② 陈轼：《续牡丹亭传奇》（第十三折）。
③ 陈轼：《续牡丹亭传奇》（第十三折）。
④ 陈轼：《续牡丹亭传奇》（第十五折）。

二　《续牡丹亭》的文化史意义

《续牡丹亭》在语言运用上也有创新之处。《牡丹亭》中的下场诗多用唐诗。唐诗韵味深厚,富含事理与哲理。但唐诗作为剧本中的下场诗,则需要读者细加咀嚼、揣摩才能理解其中之深意。陈轼《续牡丹亭》中的下场诗则出于自创。这是该剧本对于原剧本的一种创新与改革。其下场诗字字明了,句句清晰,也不乏韵味和文采。这些下场诗所透露的信息更直接、更具体,让读者一目了然。

如第一折"开宗"的下场诗:

> 柳状元清流入党籍,癞头鼋铁胆触金阶。招步玉计平涪州界,陈最良笑倒富春江。[1]

短短四句,将柳梦梅、癞头鼋、招步玉、陈最良等四位人物的所遇、所为、所思、所想囊括其中。又如第七折"玩画"下场诗:

> 昔年遗恨至今存,任是无情亦动人。杳然如在丹青里,曾为无双今转身。[2]

读完此四句,我们自然知晓这是对杜丽娘还魂转世为人的描写。

有些下场诗还有较为明显的韵律。如:

> 漫劳车马驻江干,自识将军礼数宽。无限心中不平事,暮鸦凌乱报秋寒。[3]

> 紫禁朝天拜舞同,未央月殿度疏钟。圣主即今多雨露,促召王褒入九重。[4]

---

[1]　陈轼:《续牡丹亭传奇》(第一折)。
[2]　陈轼:《续牡丹亭传奇》(第七折)。
[3]　陈轼:《续牡丹亭传奇》(第二十七折)。
[4]　陈轼:《续牡丹亭传奇》(第三十折)。

由此可见，陈轼在剧本下场诗的创作上有意翻新，这也是其才华与诗笔的突出表现。

综上而言，《续牡丹亭》的情节结构、人物形象塑造都有很强的文人色彩，也有清初时代的烙印。明末清初，农民起义、清人的征服杀戮，使得旧的价值体系崩溃，文人处在极度痛苦迷惘之中。他们中的有些人信奉"识时务者为俊杰"，应召或参加清廷组织的考试，为清朝政治服务；有些人把明朝的灭亡归于天数，无法挽回，但仍坚持民族气节，隐居山林，不愿意与清人合作；还有些志士四方奔走，坚持抗清斗争几十年。陈轼入清以后，归隐田园，践行遗民气节。他与当时的许多文人一样，"流连诗酒，啸傲园林，陶醉歌舞，萧然物外，以一种世俗化的方式表达了自己的不合时宜，与新朝对立"①。

清初的遗民文人在易代之际，痛定思痛，开始反思明王朝灭亡的原因。他们以诗文、词曲来表现自己的思想，而清代文字狱的迫害，使得他们更多地采用代言体的戏曲形式，通过剧中人物的语言行为来表现自己的情感。与陈轼同时期的王夫之、黄周星等人也有相同的境况。在王夫之的《龙舟会》中，弱女子谢小娥得知父亲与丈夫在经商途中被害身亡后，四处寻访仇人，终于报仇雪恨。王夫之借谢小娥的复仇来讽刺明末士人的软弱无能、见风使舵。在《续牡丹亭》中，杜丽娘文可治国、招步玉武可安邦，她们的形象与王夫之剧中的女性形象有相同的旨趣。这些剧作者借女性说事的心态，反映了当时环境下遗民文人内心的痛苦。杜宝的告老归乡、真渔父的归隐也寄托了作者自己抛弃功名利禄归隐江湖的意志与决心。由此可见，清初遗民文人对传奇、杂剧的再创作，使得戏曲这一"托体稍卑"的文体具有了新的文化史意义与审美价值。因此，陈轼续写此剧并非出于戏笔，其深刻、丰富的思想主旨值得我们思考与体味。

---

① 杜桂萍：《遗民心态与遗民杂剧创作》，《文学遗产》2006 年第 3 期，第 103 页。

明末清初是中国历史上大分化、大变革、大动荡的特殊时代。这个时代对上至清朝统治者下至农民百姓的思想行为、价值观念等都产生了极大的冲击。面对朝代更迭，坚守民族气节的遗民文人们强调"华夏至上"的思想理念。顾炎武、黄宗羲等人在明朝灭亡后，意识到清谈误国和经世致用的重要性，主张以史为鉴，为学应求真务实，关心国计民生，发表自己的社会政治见解，并提出拯救时弊的主张，实学思潮应运而生。面对传统理学受到"心学"的冲击，遗民文人们一方面极力强调儒家社会责任感和历史使命，颂扬理学精神，另一方面也对理学思想进行批判的继承与反思。清初多元性的文化思潮，为遗民文人改写、续编前代戏曲文学作品创造了环境。

同时，改朝换代带来的思想价值体系的更换，使得遗民文人处在迷惘失落中。因其无所寄托，境况又没有改善的可能，他们便易生绝望，绝望促生了孤独，孤独又催化了绝望，于是"不如归去"就成了作家们唯一可以接受的结局。① 遗民文人们不与清朝合作，拒不入仕，退隐乡野，以自身独特的观照视角审视过去与当前的社会生活状况。他们的才华无从施展，思想上充满强烈的忧患意识，内心极度彷徨与苦闷。这是明末清初遗民作家们共同的心理境遇。由于清代文字狱的迫害，他们更多地采用代言体的戏曲，通过剧中人物的语言行为来表现自己的情感。他们以戏演绎人生，将创作的视角转移到历史与现实的巨变，反映遗民文人矛盾复杂的思想感情。因此，他们的创作成为明清文学的特殊组成部分。

由上可知，遗民文人借剧中的人物形象，表露了他们的失落与无奈，反映了当时环境下遗民文人选择的艰难与内心的痛苦。郭英德曾说明末清初遗民文人的创作是"对污浊社会的批判，对国家命运的关注，对个人前途的忧患，和对道德理想的热望，水乳般地交溶在一起"②。从这个意义上看，《续牡丹亭》在清初遗民文人群的

---

① 张宇：《清初遗民戏曲文学研究》，《文化艺术研究》2010 年第 3 期，第 139 页。
② 郭英德：《明清文人传奇研究》，北京师范大学出版社，1992，第 26 页。

创作中，具有一定的代表性与文化史意义。透过《续牡丹亭》，我们可窥见遗民文人们复杂多元的文化心理。剧本寄寓着陈轼自身的遭际，寄托着他作为遗民文人对理学精神的崇敬，表达了忠君守节的情怀和清正廉洁、光明磊落的政治理想。而当这样的理想诉求化为泡影之后，陈轼选择了退隐乡野，读书创作，以此表达其浓厚的忧患意识与救世情怀。这正是陈轼创作此剧的目的及此剧意义之所在。该剧对我们进一步了解明末清初遗民文人的文学活动、思想意识、志士情怀与遗民品质等，具有深刻的意义，它是明末清初遗民文人戏曲创作的重要组成部分。

第八章 道山文化的建构与传衍

侯官之道山，自古风景绝佳，是名流世家登临远眺、雅集酬唱的胜地。历代文人名士登临道山，或留下千古墨迹，或建筑亭台楼榭，为观览道山的后人留下了富有人文韵味的景致。这些亭台楼榭引发了后人对前代先贤的伟大政绩和高尚人格的追思与感怀，尤其是明末清初遗民士人，他们重新修建前人所建的亭台楼榭，也修筑祠庙寺观等，表达对先贤的敬慕之情，同时，又在文学书写中自觉地建立自身的身份意识、行为准则与前代圣贤之间的联系。如此，道山的胜地景观逐渐构成圣地的形象。道山圣地为文人士子宴集酬唱提供了公共的文学审美空间。历经沉淀的文学书写形塑了一条薪火相传的文学记忆链。清代以来，不仅文人士子自觉地延伸道山文化记忆，而且官方统治者也常登览道山景观，瞻仰古圣先贤，对汉民族文化给予积极认同，促进民族文化的融合、交流与传衍。陈轼在第一山房文化记忆链的形成过程中，具有承上启下的作用。以陈轼为代表的明末清初遗民士人对道山文化的融合与传衍做出了极大的贡献，他们的文学书写，使道山文化得以代代传衍，传统民族文化与福建地域文学也借此得以传承和传播。

第一节 从胜地景观到圣地形象的道山文化建构

历史上的"道山"，素有儒林、文苑之意。《后汉书·窦章传》

记载：

> 章字伯向。少好学，有文章，与马融、崔瑗同好，更相推荐。永初中，三辅遭羌寇，章避难东国，家于外黄。居贫，蓬户蔬食，躬勤孝养，然讲读不辍。太仆邓康闻其名，请欲与交，章不肯往，康以此益重焉。是时学者称东观为老氏臧室，道家蓬莱山，康遂推章入东观为校书郎。①

宋代张耒《答林学士启》则说：

> 冠豸弹击，风霜凛然；揽辔按行，疑窦立解。已登进于卿棘，复入直于道山，岂专是正之功，实示超腾之渐。②

同时，"道山"也有传说中的仙山之意。如宋代的苏轼《上虢州太守启》说："至于事简讼稀，潇洒有道山之况。"③ 陈轼回闽后所卜居之道山，也蕴含着上述两种深意。

侯官道山，即今之福州市鼓楼区的乌山，也称乌石山。郭柏苍《乌石山志》卷二载：

> 周秦之时，是山无考。自汉九仙射乌、梁王霸坐石以后，灵境日辟。迨李唐来，贤人、逸士、释子、羽流托迹于此者，代不绝矣。④

郭柏苍指出，目前没有周秦时期关于乌石山的文献记载信息，直到汉代，传言何氏九仙因重阳节登览乌山，张弓射乌，因此名其曰"射乌山"。这大概是关于乌山的最早文献记载。乌山是福州城内著名的三山（乌石、于山和屏山）之一。三山之中，乌山风景最优，

---

① 范晔撰，李善等注《后汉书》（卷二十三），中华书局，1965，第 821~822 页。
② 李逸安等点校《张耒集》（下册），中华书局，1990，第 851 页。
③ 孔凡礼点校《苏轼文集》，中华书局，1986，第 1357 页。
④ 郭柏苍纂，福州市地方志编纂委员会整理《乌石山志》，第 41 页。

历来被列为三山之首。乌山胜地景观从东向西，有乌石塔、古寺群、道山亭、石林园、石壁观音、凌霄台等三十六名胜景致，因此，有"三十六奇观"之称。而乌山三十六处名胜景致的逐渐丰富，与历代名流雅士前去登高远眺，瞻仰观览，并在乌山雅集酬唱，凭吊、追忆古圣先贤，吟咏感怀，具有十分密切的联系。诗家名士盛览乌山，抒发古今之思，也因此修筑亭台楼榭、宗祠碑庙，表达对圣人贤者的敬仰与追怀。历代文人对乌山胜地、圣地的书写，形成不断叠合的文化记忆链，使闽地文学得以传承和传播，也使中华传统文化在闽地传扬和发展。

一　胜地景观的形成

乌山上有参天之古榕、嶙峋之怪石、错落有致之亭榭、清幽静雅之古寺，山上古迹历史悠久，景致十分优美。

程师孟（1015~1092）1068年（熙宁元年）任福州知府，次年疏通水利，修建城墙，建造桥梁，再次年，建厅舍于庙学，为民造福，发展闽地政治经济文化。程师孟以敏锐的洞察力观览闽地地域文化环境，他倍感乌山地理环境之优美堪与道家蓬莱、方丈和瀛洲三座仙山相比，因此改称乌山为道山，并建道山亭以纪。道山亭布局文雅端庄，纹饰精致美观，是"乌山三十六奇观"之一。

道山上的摩崖石刻十分壮观，尽显历代文人名士神妙绝伦、飘逸多姿的笔力。在唐代，就有诗仙李白的族叔李阳冰，在山上留下摩崖石刻。李阳冰是唐代著名的书法家，其篆书堪与秦代的李斯齐名，世称"大小李"。李阳冰在山上的摩崖石刻名曰《般若台铭》，石刻高5米，宽2米，共24字，字径为43厘米，小篆体。

道山上的第一山景区，处于道山东麓，得名于宋四家（苏轼、黄庭坚、米芾和蔡襄）之一的米芾"第一山"。第一山古迹文物比比皆是，有崇妙保圣坚牢塔，因其用花岗石砌筑，风化后岩石呈黑色，故又别称"乌塔"。塔内有全国存世最古老的石碑之一——《敕贞元无垢净光塔铭》碑。乌塔是福州三山两塔（白塔、乌塔）

的重要标志性建筑之一。宋代大理学家朱熹也在第一山题刻"石室清隐",尽显朱熹追求清心寡念、清廉高洁的品德与遁世旷达的隐士之风。"福字坪"之"福"也为朱熹手迹,其原址在道山"双峰梦下,宋朱文公楷书'福'字丈余,镌石见石刻。因名"①。"石室清隐"和"福字坪"因年代久远而风化,石刻模糊不清。后人为纪念朱熹的手迹,修筑"清隐亭",并依朱熹手迹在道山北坡紫清园重刻"福"字。"福"字径为 4. 25 米,成为福州现存最大的单字摩崖石刻,并与鼓山喝水岩之"寿"字齐名曰"福寿齐天"。据传,元代福建行省平章政事燕赤不华也曾于至正二十四年(1364)刻"清泠"二字于道山的岩石上,朝散大夫揭伯防曾在石刻上题注,认为"清泠"具有气节静肃之意,也即具有忠心耿耿地报效朝廷之道德节操。

宋四家之一蔡襄、唐宋八大家之一曾巩、民族英雄李纲、宋代名臣赵汝愚、元代雁门才子萨都剌、明代大臣叶向高等,都曾登临道山,并留下千古墨迹,为道山增添了文化景致。

道山上的道山观,是宋人取南北方向依山建成的三座古建筑物,明末清初得以重修,名为玉皇阁、三清阁和五师殿,占地面积为2378 平方米。1995 年再次重修后,道山观成为福州现存唯一的道教宫观,其建筑精美雅致,现已改为福州市鼓楼区博物馆,陈列历史文物,供爱好者观赏。道山上另有一景观名为石壁观音。据郭柏苍记载:"明嘉靖初,华严岩雷震巨石成观音像,名曰'雷劈观音',万历间建为'大士阁'。"② 石壁观音因闪电雷鸣而成形,后人因此建筑大士阁。清光绪年间,后人又重修大士阁,阁内分正殿、客堂和别殿等。

侯官道山经历代文人雅士的题写刻字及建筑亭台楼观,形成了富有浓厚文化气息的胜地景观。道山的这些胜地景观,为后人奉祀、

---

① 郭柏苍纂,福州市地方志编纂委员会整理《乌石山志》,第 23 页。
② 郭柏苍纂,福州市地方志编纂委员会整理《乌石山志》,第 58 页。

追忆先贤，构建圣地形象创造了审美空间。

二 圣地形象的构建

道山上的这些胜地景观，吸引历代文学名士前来观览。他们瞻仰先人高风亮节的形象，并以先贤圣人作为自身行为准则的典范，吟咏感悟，即景抒怀。在凭吊、追忆古圣遗迹的胜地景观中形塑圣地。

宋元丰二年（1079），曾巩登览道山，有感而发，作《道山亭记》一文，赞颂程师孟所建之道山亭的秀美俊雅之质，更钦慕程公旷古绝伦的豪情壮志。

> 闽，故隶周者也。至秦，开其地，列于中国，始并为闽中郡。自粤之太末，与吴之豫章，为其通路。其路在闽者，陆出则厄于两山之间，山相属无间断，累数驿乃一得平地，小为县，大为州，然其四顾亦山也。其途或逆坂如缘縆，或垂崖如一发，或侧径钩出于不测之溪上，皆石芒峭发，择然后可投步。负戴者虽其土人，犹侧足然后能进。非其土人，罕不踬也。其溪行，则水皆自高泻下，石错出其间，如林立，如士骑满野，千里下上，不见首尾。水行其隙间，或衡缩蟉糅，或逆走旁射，其状若蚓结，若虫镂，其旋若轮，其激若矢。舟溯沿者，投便利，失毫分，辄破溺。虽其土长川居之人，非生而习水事者，不敢以舟楫自任也。其水陆之险如此。汉尝处其众江淮之间而虚其地，盖以其狭多阻，岂虚也哉？
>
> 福州治侯官，于闽为土中，所谓闽中也。其地于闽为最平以广，四出之山皆远，而长江（闽江）在其南，大海在其东，其城之内外皆涂，旁有沟，沟通潮汐，舟载者昼夜属于门庭。麓多柹木，而匠多良能，人以屋室巨丽相矜，虽下贫必丰其居。而佛、老子之徒，其宫又特盛。城之中三山，西曰闽山，东曰九仙山，北曰粤王山，三山者鼎趾立。其附山，盖佛、老子之

宫以数十百，其瑰诡殊绝之状，盖已尽人力。

　　光禄卿、直昭文馆程公为是州，得闽山钦峣之际，为亭于其处，其山川之胜，城邑之大，宫室之荣，不下簟席而尽于四瞩。程公以谓在江海之上，为登览之观，可比于道家所谓蓬莱、方丈、瀛州之山，故名之曰"道山之亭"。闽以险且远，故仕者常惮往，程公能因其地之善，以寓其耳目之乐，非独忘其远且险，又将抗其思于埃壒之外，其志壮哉！

　　程公于是州以治行闻，既新其城，又新其学，而其余功又及于此。盖其岁满就更广州，拜谏议大夫，又拜给事中、集贤殿修撰，今为越州，字公辟，名师孟云。①

曾巩的《道山亭记》被摹刻于道山亭下方，本身就是道山上富有文化韵味的景观之一。曾巩的《道山亭记》将道山亭的胜地景观塑造成世人回忆、追怀程师孟洁己奉公、豪迈脱俗的圣地。文章叙写闽中的历史渊源、山川形势、交通险要、风情民俗，说明闽中的地理文化环境极其优越，接着着重突出道山"不下簟席而尽于四瞩"的迷人的自然名胜与人文景致，叙写程公赞叹道山在江海之上，有似蓬莱仙境，地理位置极佳，点明建筑道山亭之缘由。曾巩赞叹程师孟不仅为政功绩突出，而且身处险峻峭拔的道山却能得乐自如、随遇而安而又超脱尘俗，达到"抗其思于埃壒之外"、追求耳目之乐的高超境界。程师孟豪迈旷达的精神风貌，与"道山"儒雅飘逸的文化意蕴相吻合，因此称程师孟所建之亭为"道山亭"。这也表现了曾巩的态度与精神追求倾向，隐含着曾巩对程师孟旷达豪迈气概的仰慕与追求。

　　曾巩的《道山亭记》进一步引起后代文人名士对道山亭及其亭主程公的追怀与吟咏热情。宋代林希即以《道山亭记》刻碑铭。南宋豪放派诗人刘克庄曾吟诗《福州道山亭》曰：

---

① 曾巩：《道山亭记》，载《唐宋八大家文选》，三秦出版社，2012，第278~280页。

绝顶烟开霁色新，万家台榭密如鳞。城中楚楚银袍子，来读曾碑有几人。①

元代山水田园诗人黄镇成也曾吟咏《道山亭晚憩》诗曰：

平池雨初晴，日暮春水深。残霞堕空阔，规月光已沉。惊波跃潜鱼，过影窥翔禽。芰荷绿参差，嘉木愚清阴。但起垂纶想，远生江海心。小大固有殊，放歌无古今。②

甚为可惜的是，此后因战乱频仍，亭碑受到严重的损毁。直到明万历初，"提学副使胡定字正叔，崇阳人，入府志《名宦传》。复作道山亭，诸士于亭侧竖感知碑，林㷅为记"③。从清代著名的书法家、藏书家林佶《瓣香堂别馆记》中记载可知，道山亭在明清易代之际的战乱烽火中再度受到重创。

乌石三十六奇，道山亭最著。然自南丰作记，至今六七百年，灭没烟蔓间，无有踵其事而增胜者，盖亭之废久矣。……及夏五，有崧上人者从武夷归，予偶询之，上人指桃坞南墙即道山亭址，有磨崖石存焉。……果不下簟席而尽于四瞩矣。予遂缮垣以蟠桃坞，洗剔前人题刻，择其旁地，取陈后山语作瓣香堂以奉南丰，盖道山以此亭而名，而亭以公文而重也。然刘后村去公时未远，其题道山亭时，乃谓"能读曾碑有几人"者，何哉？岂公之文章流行如江河，昭揭如日星，而人犹有所未知也耶。毋亦其湛深经术之气，在寻常行墨之外，其真知而笃好之者，果未易得其人耶。然吾观后山"向来一瓣香，敬为曾南丰"之句，其郑重推挹如此，则当时能读公文者，已不可谓无人。及百年而紫阳文公喜读公文而慕效之，最后而晋江有遵岩

① 刘克庄撰《后村先生大全诗集》（第一册），北京图书馆出版社，2004，第419页。
② 黄镇成：《秋声集》，载永瑢、纪昀主编《钦定四库全书·集部》（6），鹭江出版社，2004，第1539页。
③ 郭柏苍纂，福州市地方志编纂委员会整理《乌石山志》，第22页。

王子者出，为文一禀于公，瓣香之传于是益远，特在今日未见
其人耳。然予以为公之文具在，而公所尝游览之迹常存。今者，
幸属于予以显于世，则乌知其不与予平日私淑于公者，有默相
感应者耶。他日堂成，携公文与遵岩子之作，从容讽诵于泉石
间，自署其名曰"道山亭长"，未敢谓能读公文，庶比于瓣香于
公之人之后，或不为后村之所重慨也，是堂与亭，将争奇于道
山麓矣。①

道山亭后来又一次被重建，具体时间则不得而知，但我们从陈轼的
《咏道山亭》可知，最迟在陈轼流寓江浙回闽后的几十年间道山亭又
重新完成了修建。

> 地镇标南轴，神居接上清。霞峰天半出，篁路涧中迎。叠
> 磴鱼鳞比，穷崖隼翼横。遭回临紫极，绚烂铄丹英。雾扫扶桑
> 现，澜澄碧海平。猿吟惊谷吹，鹤下傍霄行。林荟繁阴密，丘
> 原众色明。阴晴时诡状，浓绿画新成。鼯鼬走苍径，薜萝翳素
> 甍。沟塍纷绮陌，露树缀珠缨。翠岭多芝术，沧江碎水晶。长
> 虹驾鸟迹，空窦起松声。烟穴屯螺髻，瑶梯倚玉衡。曾峦凌日
> 观，绝巘逼蓬瀛。虚宇探金策，青童度紫笙。崆峒堪访道，灵
> 岳欲趋程。恰与九仙对，独尊别坞名。三山推巨擘，百雉跨危
> 城。丰乐琅琊美，洼樽岘石荣。登高思作赋，望古有余情。②

诗作对道山亭的地理位置及绿树环荫、嶙峋怪石的空间景观进行精
细的描绘，凸显道山亭及其周围仙境般的地理文化环境，最后抒发
登高怀远的所见、所思、所感。虽在字面上未曾露出程公的事迹，
但作者对程公的千古芳名及曾巩高妙绝伦的文辞抒写的追慕已然蕴
含在"望古有余情"中。

---

① 转引自郭柏苍纂，福州市地方志编纂委员会整理《乌石山志》，第35页。
② 陈轼撰，张小琴点校《道山堂集》，第368页。

道山亭在几经破坏后又得以重建，其建而又毁，毁而又修的历史存留过程，见证了历代学人对道山亭主的追思与感怀。

与程公有关的圣地形象还有长乐台，这也是"道山三十六奇观"之一。郭柏苍《乌石山志》记载：

> 后梁乾化三年建，在山西南千福院。程师孟楷书"长乐台"见石刻。三字。①

宋代的诗家即对程公所题之"长乐台"赋诗以纪。宋湛俞《长乐台》诗云：

> 茉莉晓迷琼径白，荔枝秋映绮筵红。②

陈襄《同曹颖叔游长乐台》诗云：

> 云暗鸣驺出谷时，一方生齿庇余辉。知君才业非张翰，莫为鲈鱼有意归。③

曹颖叔《同述古游长乐台》诗云：

> 兰姿冰骨与秋辉，疑作危岑磴翠微。向晚山僧苦留我，层层寒看乱云归。④

陈轼回闽后移居第一山房，曾作诗句曰：

> 一山气接乌峰石，二塔光生长乐台。⑤

陈轼另有一首《上元日长乐台观灯》诗曰：

---

① 郭柏苍纂，福州市地方志编纂委员会整理《乌石山志》，第21页。
② 转引自郭柏苍纂，福州市地方志编纂委员会整理《乌石山志》，第21页。
③ 转引自郭柏苍纂，福州市地方志编纂委员会整理《乌石山志》，第21页。
④ 转引自郭柏苍纂，福州市地方志编纂委员会整理《乌石山志》，第21页。
⑤ 陈轼撰，张小琴点校《道山堂集》，第343页。

只听四隅鸣社鼓，不知百里动霜鏊。漫夸殿上长春曲，欲
取怀中明月梯。远烧疑从天外落，危峰似向塔前低。冯高极目
浮云净，千炬光芒照杖藜。①

诗人们或对长乐台的风光景致进行文学书写；或借物抒怀，通过吟
咏长乐台古迹来纪念程师孟；或跨越时空，将程师孟与自己所处的
当下境遇相对照，抒发深沉的古今之思。

以上与程师孟、曾巩相关的道山亭和与程师孟相关的长乐台，
被后代诗家文人当作精神寄托的空间，他们吟诗咏怀，将程师孟和
曾巩视为圣人并加以吟咏膜拜。在历代名家接二连三的吟咏歌颂中，
程师孟与曾巩不朽的人格形象深深地印入世人的脑海中，与他们息
息相关的道山亭、长乐台，也因此构建了圣地的形象。这些圣地形
象，又为后人文学书写创造了审美空间，承载着人们对先贤圣者伟
大功绩的钦慕和感念。道山文化也在后人对圣地形象的共同书写中
形成环环相扣的记忆链。

道山上的祠庙道观建筑，古朴素雅，坐落有致，周围林木环绕，
富有禅林禅境的意趣，又具肃穆庄严的精神风貌，令无数信众前去
瞻仰观览。历经时间的沉淀，这些祠庙道观成为后世文人们书写的
对象，也因名流雅士的书写而从物质空间转化为精神寄托的空间，
从胜地的景观转化为圣地的形象。

郭柏苍《乌石山志》记载：

（道山祠）祀宋朱文公，配以门人黄榦……陈孔硕字肤仲，
侯官人。……国朝康熙四年（1665），提学道陆求可字密庵，山
阳人。建。②

陆氏建道山祠奉祀大理学家朱熹，随后也引起诸多文人士子争相和

---

① 陈轼撰，张小琴点校《道山堂集》，第344页。
② 郭柏苍纂，福州市地方志编纂委员会整理《乌石山志》，第110页。

诗吟咏。陈轼曾作《林靖庵招同叶慕庐黄处安谢青门王尔玉庄耻五张屺园杨浴庵道山祠雅集》（二首）：

> 徽国祠堂迥沈寥，岭云如黛起山腰。远岑萦抱烟岚合，晴日登临物色饶。石塔锋棱超紫极，榴花闪旎醉红潮。紫车肯许携佳酝，毛玠清风磊块浇。

> 闽天楚水赋苍葭，邺下论诗属大家。老倚杖藜吟勿倦，笑迎骊唱兴交加。参差榕影人烟旧，潦倒尊前燕语哗。上客风流依海畔，一林花鸟揽余华。①

陈轼的好友黄处安也作《道山祠雅集》诗曰：

> 山半宏开景行堂，乐游还喜近羹墙。巾车暇日欣倾盖，扶老连朝愧杖乡。四面云峦围白日，万家烟火压骄阳。此时嘉礼犹真率，会见骚坛意味长。②

陈轼与其好友们在道山祠中开展雅集酬唱活动，将原本只是物质空间的文化景观构建为文学生产的精神空间，并被在场的文士们所共同认可。他们选择道山祠这一场所开展雅集活动，互相唱和，就相当容易引发文士们对朱熹事迹的回忆与联想。道山祠实际上承载着朱熹文化的记忆符号，并成为陈轼等传承和发扬儒家传统文化、坚定汉民族文化立场与坚持遗民人格操守的精神动力。

参与雅集的名士们就这样在瞻仰胜地景观的体验中，自觉地建立自身与前代先贤之间的文化认同关系，进行文学书写。明清鼎革之际，遗民士人以道山亭、道山祠、道山书院等蕴含传统文化记忆的名胜古迹为书写载体，追思吟咏先贤圣哲的事迹。他们试图通过诗文书写，寻找自己的内心情境与先贤的思想共鸣，从而获得身份

---

① 陈轼撰，张小琴点校《道山堂集》，第361页。
② 转引自郭柏苍纂，福州市地方志编纂委员会整理《乌石山志》，第111页。

的代际相传。道山祠景观也因后人对先贤的敬仰膜拜而构建成圣地的形象。由此，道山上的祠庙道观浸染着浓厚的文化氛围，胜地与圣地之间，形成紧密相连、互动共鸣的关系。

历代闽地才名出众者也往往修建书院，召集志气相投的名流文士雅集宴饮，诗文唱和，切磋文艺，致力于教导后学。他们在对圣地文化的记忆中，传播了中华民族传统文化，促进了闽地文学的繁荣发展。

道山上的黄勉斋书院为朱熹的四大弟子之一、朱熹的女婿黄干所建之书院。黄干，号勉斋，一生倾心于朱子学说，对朱子理学的传承和传播做出了卓越的贡献。但黄勉斋书院几经战火硝烟，严重损毁。明按察使邹善、提学副使宋仪望等人重建道山精舍，即道山书院。郭柏苍《乌石山志》记载：

> 道山精舍：在山南麓。明王参政应钟详《人物》。罢官讲学于此。隆庆五年（1571），按察使邹善、安福人。提学副使宋仪望字望之，永丰人。即其地为建道山书院，使学者师事焉。后应钟卒，门人祀之，置祀田。万历三十八年（1610），提学佥事熊尚文重修，后废。①

道山书院从宋代到明代，建而受损，损而又修，虽然重修后已经很难寻找到其原始的实体风貌，但道山书院所传承的精神仍深远地感染着后代文人士子。道山书院凝聚着历代文人的历史文化记忆，登山远眺者无不极力瞻仰这一胜地景观，并赋诗以纪。

明代林蕙燕曾作《集道山书院》诗云：

> 登临极目好消闲，醉佩荬囊选石攀。半岭烟霞沾翰墨，四边风雨冷秋山。香来隔院黄花圃，道隐疏林白雪关。自笑迂疏

---

① 郭柏苍纂，福州市地方志编纂委员会整理《乌石山志》，第 145～146 页。

空企瞩，且听落叶雁声还。①

　　陈轼与其朋友们，也经常聚集于道山书院，并诗书赠和。陈轼曾作《社日林天友招集道山书院》《仲春三日顾梁汾招集道山书院因见谢斗生为梁汾拟古写照及读二少年壁上新诗和黄处安》等诗作。

　　　　屹峛考亭庙，名园半岭存旧系半岭园。彦先疑赴雒，文举正开尊。宾主东南美，春山草木芭。清谈丛桂下，生意到篱根。

　　　　僧繇称妙手，原有点睛长。今古皆堪匹，风花自作香。青山来坐榻，新调协幽簧。何意红颜者？论交属老苍。②

诗作以道山书院景观为空间载体，叙写诸友聚集道山书院开展文学交流活动的场景。名流文士们聚集一堂，泼墨挥毫，互相赠和，使道山书院不再只是祭祀朱子一脉的儒学倡导者的客体空间景致，而是更彰显了朱子理学思想的感染力。他们将朱子视为共同效仿、敬奉的圣人典范，使当下的文会交流与历史记忆遥相呼应，共同促进传统文化的传承与传播。

　　书院的建构过程及书院作为文士交流共享文学盛宴的公共空间的历史发展过程，是书院从胜地景观到圣地形象的转化过程。这些过程，形塑了记忆的文化符号，承载着后人对先贤圣者的追忆与怀念，反映了后代学人对先贤文化精神的积极认同。

　　历代文人墨客挥洒自如地着墨吟咏，让道山无形地浸染了浓厚的文化气息，彰显着文学名家们的人生态度与传承和发扬传统优秀文化的精神风尚。道山上的诸多"圣地形象"，与后代学人借助"胜地景观"来不断延续传统文化的记忆模式紧密相连，从而形成了代代相传、生生不息的文学记忆链。从这一意义上来看，陈轼等闽

---

① 转引自郭柏苍纂，福州市地方志编纂委员会整理《乌石山志》，第146页。
② 陈轼撰，张小琴点校《道山堂集》，第336页。

地一脉的遗民文人在传承和传播传统文化方面确实有承上启下之功。

第二节　道山文化的融合与传衍

瞻仰者、凭吊者在圣地形象的构建过程中逐渐形成共同的经验期待和吟咏习惯。他们将道山文化记忆以诗文书写的形式来进行保护和延伸，并使其不断在民族文化发展过程中得以交流、融合，获得社会现实意义。从陈轼归闽后卜居道山第一山房的经历、体验及其诗文书写来看，以陈轼为代表的明末清初遗民士人在道山文化的融合与传衍中发挥着承上启下的桥梁作用。

一　道山文化记忆的融合与传衍

清初以来，有更多的文人雅士瞻仰道山胜地，并吟咏诗词以纪。道山亭、道山祠、道山书院等胜地景观成为名流雅士文学书写的记忆场域，并促进了文学创作的不断繁荣发展。

继陈轼之后，对道山亭古迹凭吊、抒怀的作家还有侯官人许鼎、郭柏芗等清代文士。

许鼎《道山亭怀古》诗曰：

> 山亭无复傍层岑，太守遗踪不可寻。断碣岁深苔自长，荒台日落鸟孤吟。江光回抱千峦迥，树色遥连万井阴。我喜片橡山下结，闲携琴卷独登临。①

虽然程公的遗踪已无可寻觅，但诗人触景生情，将道山亭作为追怀程公的记忆场域，表达对程公道德风范的追忆，并以此体现自己孤寂无依的身世际遇。

---

① 转引自郭柏苍纂，福州市地方志编纂委员会整理《乌石山志》，第 23 页。

此后，又有郭阶之第五子、郭柏苍的弟弟郭柏芗赋诗吟咏道山亭。其《道山亭晚憩》诗曰：

> 斜照明山径，纡回喜见林。挦衣随蝶舞，移步听蝉吟。景物闲中静，楼台到处深。晚来云雾起，消息更沉沉。[1]

此诗看似在对道山亭幽深静谧的自然景观进行书写，但其中无不与作者自己的追忆、感伤之情相联系。郭柏芗意在通过道山亭意境的营造，将自己观览景致的感受与程公对道山景致的赞扬相比照，从而建立穿越时空的思想共鸣。从中我们也可发现，道山亭作为文学书写的空间，从宋代到明清时期，已形成一种记忆的场域，历代士人对道山亭的吟咏构成了道山文化记忆链的一部分，促进了传统文化的传承与传播。

随着道山亭古迹记忆之场域的形成，清代后学顺应社会局势的变化，修祠供祀颂扬道山亭主的曾巩，同时，也将共同认可的神圣高洁人物请进祠庙，对其虔诚地进行奉祀，这也形成了无限延伸的文化记忆链，深远地影响着当今社会的审美理念。

郭柏苍《乌石山志》记载：

> 国朝康熙间邑人林佶详《人物》。建，祀宋曾巩，今兼祀郡人曹学佺字能始，侯官人，万历乙未进士，官南京礼部尚书。丙戌秋殉节于西峰里第。著有《十二代诗选》、《名胜志》、《石仓集》诸书。……道光二十年修。[2]

据此可知，林佶修祠的时间为 1840 年，正值外国列强侵略中国之时。在家国受到极度耻辱之际，林佶有意奉祀殉节的遗民曹学佺，其中之深意并不难理解。林佶意在通过对曹学佺忠烈精神的弘扬和传承，形成记忆的场域，进一步丰富和发展道山文化精神，表达自

---

① 转引自郭柏苍纂，福州市地方志编纂委员会整理《乌石山志》，第 23 页。
② 郭柏苍纂，福州市地方志编纂委员会整理《乌石山志》，第 35 页。

己心系家国之情，并激励自己，也提醒更多的爱国士人应有坚强的抗击外国列强的反抗精神与竭尽全力维护中华民族的自尊心的坚强意志。

郭柏苍也曾于 1882 年（光绪八年）建筑追昔亭，奉祀程师孟，并作《追昔亭》诗曰：

> 读遍名山石上文，吟台清兴更凌云。万株手植无人忆，我独瓣香忆使君。①

程公生前曾在福州各知名的山上题字刻画，也召集百姓在福州遍植榕树，福州也由此雅称榕城。郭柏苍为纪念程公对福州的贡献，建祠祭祀，并以诗抒怀，表达对程公的追思与怀念。祠庙遗迹久而久之也衍化为传承传统文化的圣地场域。

清人延续前人的传统，修筑祠堂供祀前代先贤，以实际行动表达对古圣先哲的追怀与感念，使道山文化记忆之场域得以不断延伸，在精神风貌的熏陶与感染上给今人以极大的启发。

更值得一提的是，清朝官方也对道山文化予以认同。

> （国朝康熙）二十四年，提学道丁蕙字次兰，丰城人，入府志《名宦传》。捐俸增置祀典，后秩满，郡人立去思碑于祠前，以颂其德。四十四年，巡抚李斯义字质君，长山人，入府志《名宦传》。重修，祠后有堂，郡人黄晋良字郎伯，闽县人。题曰"景堂"。旧列祀宋儒，近以陆、丁、李三主祔焉。国朝提学丁蕙《增置道山文公祠祀典记》："皇帝御极二十有三年，海宇宁一，百度维新，遣使祭告名山大川。诏天下有司葺治学宫，隆举祀典，文教蒸蒸焉，盛哉。八闽郡县建学外，率多考亭朱文公夫子祠，盖从祀之外特行专祭，实夫子过化存也，缅惟夫子，讲学闽中，往来三山日多。……文教其益章也，人才其日盛也。"②

---

① 转引自郭柏苍纂，福州市地方志编纂委员会整理《乌石山志》，第 40 页。
② 郭柏苍纂，福州市地方志编纂委员会整理《乌石山志》，第 110~111 页。

历代文士所崇奉的朱子祠得到清朝官方的认可与重视，朱子祠在清朝彰显了传统文化兼名教精神的积极意义。

1752 年（乾隆十七年），总督喀尔吉善召集闽人修建道山书院，书院前方设置讲堂，中间置六子祠，祀奉宋代儒士紫阳朱子、濂溪周子、伊川程子、康节邵子、明道程子、横渠张子，后方为王公祠，奉祀巡抚王恕。道山书院右方池亭名"瀛洲亭"，其附近设有文昌阁，共置五十楹书舍，供盐商子弟修习课业。

官方对道山书院的重修，体现了清朝统治者对道山文化的认可与对文化记忆的传承。他们意在通过对道山书院精神风貌的追忆，力求传承和发展华夏民族文化。

清朝官方也将道山视为自己瞻仰和学习的圣地，并以祭祀活动、书法摹刻等方式促进民族文化的融合、交流与传衍，形成道山文化的神圣发展轨迹，推动闽地地方文学的繁荣和发展。时至今日，道山文化景观仍彰显着道山文化精神千秋不朽的品质和持久的生命力。

二　陈轼对道山文化精神的传承与传播

我们不难理解，在道山胜地景观到圣地形象的构建过程中，道山文化精神本质上承载着人们对历代先贤高尚道德人格的历史记忆。陈轼选择在道山修筑草堂隐居，意在以道道山文化精神为导向，将自己沉浸于有如蓬莱仙境的道山文化氛围中，不受尘俗的干扰，深切地体验闲适恬静的空灵意境，瞻仰先哲遗韵，追忆并仿效先贤们的人格典范，开发文学创作的精神空间。陈轼卜居道山第一山房，有更多的机会与道山儒林文士们宴集酬唱，交流互动，并自觉传承传统文学书写，彰显自身的文学书写取向与先贤们的思想文化意识的一脉相承性，从而达到确认和强化自身的身份意识，表达遗民文化立场的目的。从陈轼作品的思想意蕴及风格基调来看，他称自己的作品集为《道山堂集》，极有可能是用以寄托其以道山儒林文苑风范为导向的创作宗旨，同时也以此铭记其创作的空间轨迹与遗民心灵境界。

陈轼《道山堂集》中有关道山的作品不在少数，如《大生侄自山中迁还玉尺楼居和黄处安》《蒹葭堂赏莲花》《和唐良士悼歌姬红于八首有引》《西园九日红梅碧桃盛开和侄昌义二首有序》《过艺圃访姜勉中学在兄弟》《方声木西园双鹤》《箕山亭记》等，或关注道山的人文景致，或以道山景观为依托书写心志。明清易代之际，像陈轼这样隐居于道山的遗民士人不在少数。他们在诗文酬唱中凭吊、追忆古圣先贤的过程，实际上也是道山的圣地文化记忆不断得以延伸的过程。久而久之，圣地文化形成了一条生生不息的文化记忆链，对后世影响至深。

陈轼回闽后所建之道山草堂，就是历史上所称之"鳞次台""鳞次山房""第一山房"，也是朱子手书"石室清隐"的具体位置。而今，第一山房已是四方游客到福州所必须造访瞻仰的圣地——邓拓故居。从这一意义上看，陈轼等遗民士人在传承和传播道山圣地文化过程中具有不可忽略的承上启下作用。

郭柏苍《乌石山志》记载：

> 其地（鳞次台）唐时三山黄氏居之，后人刻《祖居山下自唐迁》诗二十八字见《石刻》。于石。宋时为黄状元朴字诚父，侯官人，绍定己丑状元宅。明万历间魏观察文焕、详《人物》。国朝康熙间陈观察轼字静机，侯官人……俱为别墅。[1]

> 元吴处士海详《人物》。尝居于此（鳞次山房），后以地名"鳞次台"，因称为"鳞次山房"，俗又呼"第一山房"。[2]

> 石室清隐：在山之东来魁里，宋朱文公详《人物》。避伪学禁讲学于此，手书"石室清隐"见《石刻》。四字镌池畔石岩。明福清魏文焕、卢一诚俱详《人物》。著书其中，后即其地祀文

---

① 郭柏苍纂，福州市地方志编纂委员会整理《乌石山志》，第 30 页。
② 郭柏苍纂，福州市地方志编纂委员会整理《乌石山志》，第 141 页。

公，题曰"先贤石室"见《祠庙》。[1]

陈轼所居之第一山房，从唐代开始到宋代到元代再到明清时期，都留下了历史文化记忆。朱子在第一山房刻"石室清隐"，并教授讲学于此，这是第一山房圣地形象形成的关键因素。而对第一山房的历史遗迹的保护并不是一帆风顺的。

> 先贤石室宋时地通官贤坊，后为民居侵蚀，其通官贤坊者仅余小径，不可舆马，明魏文焌、卢一诚先后著书其中。当时尚宽广幽逸，数十年来沦为客寓讼馆，湫隘杂沓，厨者斧薪于石室清隐。碑上元明所立太湖石各碑皆破碎，不能成诵。苍从土中检归，其行楷皆精致，中有康熙间学政某嵌壁一石，不二百年亦被击坏。[2]

第一山房因世变而损毁，但后人仍不遗余力地重修这一历史圣地，诗家文士们也竭尽全力地通过诗文书写、雅集酬唱等方式重构第一山房的文化记忆，使第一山房的圣地形象得以代代相传。

后人为追怀历代先贤，或修建祠庙加以奉祀，或吟咏抒怀，或迁居于圣地得以更为直接地浸染先贤文泽与不朽的人格精神，这在无形中延伸和深化了道山文化记忆链。陈轼的好友黄处安曾作《过石室清隐》诗：

> 石室遗文在，枝栖病亦佳。石泉犹半注，塔影上三阶。荆棘留毡席，蒙茸识宋碑。当年清隐日，朝论正挤排。[3]

此诗追忆了朱子因受排挤而归隐道山教授讲学，倡导隐逸旷达的人格精神。而黄处安、陈轼等遗民士人所处的境遇与朱子当年的身世遭遇相当接近，似有历史性的不谋而合，他们由此生发思想上的共

---

①　郭柏苍纂，福州市地方志编纂委员会整理《乌石山志》，第 140 页。
②　郭柏苍纂，福州市地方志编纂委员会整理《乌石山志》，第 140 页。
③　转引自郭柏苍纂，福州市地方志编纂委员会整理《乌石山志》，第 140 页。

鸣。因此，黄处安对朱子的回忆，显然是借先贤圣哲吟咏自身的际遇，将自身的身份意识与先贤相衔接，彰显自己的遗民文化立场，同时，其吟咏抒怀也起了连接历史记忆、传承和传播道山文化的承上启下的作用。

陈轼隐居于第一山房，作《移居第一山房》诗曰：

> 茅栋松轩翳碧苔，古今几度白驹催。一山气接乌峰石，二塔光生长乐台。宿鸟方欣晴日动，青峦还喜主人来。更夸何逊扬州兴，香喷枝头见早梅。

> 岭径嶙峋最上层，云端木杪见崚嶒。投林喜似凌霄鹘，拥褐闲如退院僧。掉尾当看新濮水，种瓜何意旧东陵。一瓢树上粗安稳，白雪青岩兴更增。

> 栩栩无心梦蝶胥，薛帏常对一床书。重林晓露侵衣桁，叠巘青萝拂草庐。篱竹萧疏随意绿，邻钟鞳鞳入窗虚。华门昼掩来宾少，却似鸿蒙麋鹿居。

> 虚空帘牖近苍垠，雨后晴山鹊影翻。时值干戈偏养拙，性耽丘壑厌闻喧。花间晒药香生砌，石上弹琴云出门。读史有时功课罢，右军一味更娱孙。①

陈轼叙写了第一山房优美的景致与意境，同时还叙写了自己对喧嚣官场的厌倦，对宁静优雅的文化氛围的喜爱，与身在第一山房写诗著书、教授子孙、自娱自乐的安逸自适情怀，从而将自己的思想追求与朱子隐逸山林授业后学的思想境界相比拟，以此将自身的遗民身份合法化，从而激励自己传承道山文化精神、发展传统文学。

道山第一山房自古具有浓厚的书香意蕴，并一直受到保护和传

---

① 陈轼撰，张小琴点校《道山堂集》，第343～344页。

承。继陈轼居于道山第一山房之后，闽县叶观国也以第一山房为别墅居之，后第一山房由邑人林材居住。如今，在第一山房仍能见到古人题咏的诗句："花鸟结成风月友，诗书留作子孙田。"[①] 第一山房所承载的道山文化精神，昭示着陈轼等遗民士人的道德精神是后人学习的典范。

第一山房从唐代的胜地景观发展为圣地的形象，是一个渐进渐变的过程。陈轼隐居于此，并开展文学创作活动，不断发展道山文化，使第一山房的圣地形象得以进一步确立。陈轼及其遗民友人成为道山文化精神的桥梁人物，起到承上启下的作用。第一山房的文化记忆，记录了历代士人坚贞不屈的行为轨迹，并作为一种精神符号，鼓舞着中华民族子孙后代，使中华传统文化得以代际相传，使遗民的忠义气节与抗击外族入侵之民族意识形成不断延伸的文化记忆符号。也因此，四方游客到福州无不观赏、瞻仰道山第一山房。道山文化精神在胜地景观与圣地形象的构建中，得以不断融合、传承和发展。

由此，我们深受启发：我们创建和发展名胜景观，传承和传播传统文化，不仅需要技艺精湛的现代审美建筑，也应将现实空间场域与历史文化记忆紧密结合，深入挖掘景观胜地与圣地形象之间的渊源关系，这样才能真正地吸收传统优秀文化与文学的精髓，古为今用，并生生不息地传承和发扬优秀传统文化。

---

① 章武：《当年风雨读书声——记邓拓故居"第一山房"》，《福建乡土》2007年第4期，第7页。

结　论

　　甲申国变成为明末遗民士子仕途生涯与人生轨迹的分水岭。此后，遗民士人流离漂泊，无所归依，家国悲情一直是遗民士人创作的主要基调。遗民创作中的悲情包含着因漂泊离散而产生的对家乡的思念，更凝聚着对故明疆土的怀念与对明朝灭亡的哀恸。遗民士人从此背上了沉重的身心枷锁。流离漂泊只是他们弃绝原来身心所依附的故土的不得已的选择，而曾经的故土已成为清王朝统治的政治场域。他们拟将无处安放的心灵寄托于南明政权，但最后发现复国只是一种妄想。这也就注定了他们奔走四方、离散流寓的一切努力，只能让他们暂时远离异族统治，而无法获得真正的心灵栖息之地。因此，他们只能将离散漂泊的失落体验与惆怅悲情寄托于离散、交游的书写中，以此获得流徙的遗民群体的互相体认，抚慰彼此孤寂创伤的心灵。

　　陈轼的著作内容丰富、思想深刻，在一定程度上反映了明末清初时期错综复杂的社会政治概况，展现了新旧混杂时期遗民文人抱节守志、不仕新朝、隐逸入世的思想心态。其诗、文、词、剧各具特色，成就显著。陈轼的著作为我们研究明末清初遗民文化留下了宝贵的文献资料。这些著作也应是中华传统文化瑰宝的重要组成部分。陈轼为明末清初遗民文学发展乃至整个中国古代文学发展做出了应有的贡献。因此，陈轼及其著述成就具有深远的意义。

　　首先，陈轼及其著述对其家族文化起到传承和促进的作用。据前文分析可知，陈轼的家族人才辈出，不乏科第出身者，其外祖父、父亲、叔父及兄弟，均是知识广博、文采出众、阅历丰富之辈。陈轼受家族文化熏陶，并继承家族文化传统，读书著述，追求仕进。这对陈轼家族在当时社会中的声誉和地位无疑具有积极的影响。他的品德修养及创作能力，也为其子孙后代所推崇。其子孙、亲友为其辑校《道山堂集》的行为，正说明了这一点。陈轼的第十二曾孙陈世贤为《续牡丹亭》题词：

> 先大王父历官中外及林下五十余年，手不释卷，非深有得于仕学兼资理者，不能也。至今著作如林，堪垂不朽。兹游戏剩技，见推风雅若此。……第十二曾孙世贤谨识。①

由此可见，陈轼的后代十分钦佩他的问学精神，特别对其创作的《续牡丹亭》给予高度的赞扬。陈轼对其子孙后代的影响是很深刻的。

其次，陈轼及其著作的时代色彩十分浓厚。从陈轼的交游对象及著作成就上看，他无疑是明末清初遗民文人群的成员，其遗民意识与遗民品质具有鲜明的时代意义。陈轼交游的对象大部分是明末遗民，如林平山、张子瞻、邓绪卿、黄处安、黄周星等，都是具有强烈的正统意识、民族气节和独立人格的明末遗民文人。这些遗民文人乐于与陈轼交流往来，唱和诗文，说明陈轼与他们在思想观念、处世心态、文学创作上具有共鸣之处，是志同道合之士。陈轼去世后不久，黎士弘为其《道山堂集》作序曰：

> 淳心道味，抱朴含贞，故其发为文章，大雅春容，言也可思，歌也可咏，有合于古人不怨不伤之旨。②

抱朴含贞、言可思、歌可咏，正是遗民文学的特质。由此可见，陈

---

① 静庵编，裰翁阁《续牡丹亭传奇》（卷首）。
② 黎士弘：《道山堂集序》，载陈轼撰，张小琴点校《道山堂集》，第148页。

轼在著作成就上赢得了时人的赞誉。袁行霈主编的《中国文学史》指出：

> 明清鼎革，激化了民族矛盾与斗争，中原板荡，沧桑巨变，唤起汉族的民族意识与文人的创作才情，给文学注入了新的生命。富有民族精神和忠君思想的遗民诗人的沉痛作品，体现了那时代的主旋律……清初最富有时代精神的诗歌是遗民的作品。……遗民诗人用血泪写成的诗篇，或悲思故国，或讴歌贞烈，或谴责清兵，或表白气节，具有抒发家国之悲和同情民生疾苦的共同主题，体验深切，感情真挚，反映易代之际惨痛的史实与民族共具的感情，笔力遒劲，沉痛悲壮，肇开清诗发展的新天地。①

陈轼的诗歌中不乏"悲思故国""讴歌贞烈""表白气节"之作，其剧作《续牡丹亭》更是运用隐喻寄托的手法，体现了对明朝灭亡的反思，寄寓着自身的遭际，流露出复杂的思想心态。陈轼的著作成就，是明末清初遗民文学的重要组成部分，其时代意义也因此而得以彰显。

再次，陈轼及其著作中所提及的交游对象，主要是明末清初的遗民文人。通过解读陈轼的著作，我们可以了解遗民文人们的个体价值、人格风范、民族气节及思想心态。他们的遗民意识、遗民品质及问学精神，对今人塑造理想人格、培养治学态度具有积极的启迪作用。

最后，陈轼作为道山文化精神的继承者和传承者，其承上启下的作用尤为明显。陈轼为道山圣地形象的构建、道山文化记忆链的形成做出了极大的贡献。陈轼对道山文化精神的融合与传衍和闽地地域文学的传播和发展的促进作用，具有进一步加以研究和探讨的学术价值与现实意义。

---

① 袁行霈主编《中国文学史》（第四卷），高等教育出版社，1999，第248～249页。

附　录　陈轼行实系年

万历四十五年丁巳（1617）　1岁

出生于福建省侯官县。

万历四十六年戊午（1618）至崇祯十一年戊寅（1638）　2~22岁

幼年时期受家族文化熏陶，培养问学精神。父亲早逝，由其母亲养育。青少年时期，受教于郑埜阳与方汝典。

崇祯十二年己卯（1639）　23岁

与邓绪卿一同进京赶考，两人结为师友。

崇祯十三年庚辰（1640）　24岁

赴试京城，中进士，并结识同试举人黄周星、林平山、周梓庵、林殿飏、董汉桥、毛亶鞠、吴蓼堪、杨鸣玉、赵止安等。

崇祯十五年壬午（1642）至崇祯十七年（顺治元年）甲申（1644）　26~28岁

任番禺知县，常游览名园东皋，结识黄协先等友人。

其间，林缮之赠书给陈轼。《林似之文集序》载："余忆为令时，缮之贻余书曰：'祖士雅、虞忠肃，本书生也，尔其勉之。'"[①]

隆武元年（顺治二年）乙酉（1645）　29岁

是年闰六月，朱聿键于福州称帝，改元隆武，建立南明政权。

---

① 陈轼撰，张小琴点校《道山堂集》，第156页。

陈轼在奔波流离中，与挚友黄周星再次相见。二人同效力于朱聿键，陈轼任御史。

是年，邓绪卿擢刑部河南司主事。后佐郡琼海，兼署儋、万诸州，复试新兴令。陈轼自番禺知县任上解组后，与邓绪卿一道还闽，比邻而居，和谐相处，关系特别融洽。

隆武二年（顺治三年）丙戌（1646）至永历四年（顺治七年）庚寅（1650）　30～34 岁

1646 年，隆武政权覆灭后，陈轼再度入粤，投靠永历帝。在永历政权期间，陈轼官苍梧道参议，并与邓绪卿友好共事五载。

是年，重游南海东皋，作《过东皋》一诗。

在粤期间，陈轼结识了不少朋友，与同僚们建立了深厚的友谊。他与袁彭年的关系较为密切。

1650 年作《哀猿赋》：顺治庚寅春三月，沅洲贡一猿，黑面通臂。贡使归，猿忽泪下，哀鸣数声而绝。①

永历五年（顺治八年）辛卯（1651）至永历十年（顺治十三年）丙申（1656）　35～40 岁

1651 年，自粤回闽，与邓绪卿比邻而居。回闽前作诗《粤归别袁特丘时特丘将归公安》，寄赠袁彭年。

回闽后，与友人唱和往来，观赏名胜，生活较为惬意。与孙受庵、郑如水、叶霞浦、邓绪卿等友人互相往来，饮酒酬唱，游览山水。

1656 年元宵节，与友人们共饮于曾远公池亭，遇闽地自古未有之三尺厚雪，作《闽雪》一诗。

永历十三年（顺治十六年）己亥（1659）　43 岁
陈轼被判通贼罪，受监禁。

永历十四年（顺治十七年）庚子（1660）　44 岁
是年六月，因干旱田荒，陈轼得幸被放出。

---

① 陈轼撰，张小琴点校《道山堂集》，第 213 页。

永历十五年（顺治十八年）辛丑（1661）　　45 岁

"自六月部院搬住，按司署李率泰怪其聒耳，令勿打。数日后，鼓楼即被火。前数日有僧沿街敲梆，云：'七月初一日诸佛下降，城中有灾，各人修省。'至初一后不见。"①

是年七月十三日，陈轼复被监禁。

康熙三年甲辰（1664）至康熙十六年丁巳（1677）　　48～61 岁

1664 年一月底之前被释放。

1664 年二月二日，为霖和尚五十大寿，作《鼓山为霖和尚五十寿序》一文。

此后，流寓江浙一带达十四年之久。

1674 年，从恒阳往毗陵，途中经过其同籍进士赵止安之墓，作《兵部职方司主事赵公止安墓表》。

客居毗陵期间，与郑垒阳、杨组玉、陆孝标、唐闻川、蔡元宸等人交流往来。

1675 年，寓居吴地，曾与郑桐庵唱和往来，作《和郑桐庵乙卯元旦》。同年秋天，与谢稺升相逢于虎丘。次年三月，再次寻访毗陵时，又与即将北往真定的谢稺升相见，作《送谢稺升之真定》。

1677 年春天，与寿安逊庵相会于吴门涌莲净室，并作《寿安逊庵语录序》。

1677 年冬天，与其相识多年的挚友黄周星、黄处安及其叔父陈伯驹等相逢于吴门。作《怀黄处安》《吴门遇伯驹叔》等。《道山堂集》前集完稿，黄周星为其作《道山堂集序》。

1677 年冬天启程回福州，自姑苏一路往南巡游。

康熙十七年戊午（1678）　　62 岁

1678 年初，在回闽途中遇见即将回乡的南海故友黄协先，为其作《黄协先诗序》。"余前后宦粤十年，而南海黄子协先，余壬午分

---

① 海外散人撰《榕城纪闻》，陈支平主编《台湾文献汇刊》（第二辑第十四册），第168 页。

较所取士也。余自辛卯归闽，已二十七年。岭海知交，零落贻尽。独协先尚绲墨绶，种花甘陵。"①

1678 年春天抵达故乡，回乡后仍与邓绪卿比邻而居，作《比部邓绪卿传》。

康熙十九年庚申（1680）　　64 岁

于道山故居作七言律诗《庚申除夕》和词《柳初新·庚申元旦》等作品。

康熙二十年辛酉（1681）　　65 岁

连续创作《辛酉除夕》《辛酉元旦》《元旦次日久雨初晴》《辛酉长至》《辛酉至后久旱不雨》等多首关于除夕、元旦的诗作。

是年，还创作《送庄耻五赴选》《重九日》《读王友人豫章新诗赋赠二首》《重九日道山南阳祠雅集和黄处安张屺园陈紫岩诸子》等作品。

是年，与郑开极共同参与修纂《福建通志》。

康熙二十一年壬戌（1682）　　66 岁

是年，作《壬戌元旦》《仲春三日顾梁汾招集道山书院因见谢斗生为梁汾拟古写照及读二少年壁上新诗和黄处安》《社日林天友招集道山书院》《冬日同黄处安谢青门蔡中旦湛苑叔访林克溥克千兄弟赏梅花》等。

康熙二十三年甲子（1684）　　68 岁

与好友互相往来，作酬唱宴饮之作。是年，适逢林平山八十大寿，陈轼作《林平山八十寿序》《寿林平山》《双头莲·寿林平山》，并为其夫人作《翁恭人传》。

是年，为霖和尚正值七十大寿，重返鼓山。陈轼为其作五言古诗《寿为霖和尚》，表达对为霖和尚七十大寿的祝贺，更对其重返鼓山表示欢迎，其中蕴含着自己对参禅学佛的向往与追求。

---

① 陈轼撰，张小琴点校《道山堂集》，第 156 页。

康熙二十八年己巳（1689）　　73 岁

是年，黄处安去世，作《井上述古序》表达沉痛的哀思之情。

康熙二十九年庚午（1690）　　74 岁

亲到黄处安坟墓悼念亡友，作《黄处安传》。

康熙三十年辛未（1691）　　75 岁

作《承德郎工部营缮司主事处安黄公偕配林恭人墓志铭》。

康熙三十三年甲戌（1694）　　78 岁

去世。

参考文献

1. 阿·尼柯尔：《西欧戏剧理论》，徐士瑚译，中国戏剧出版社，1985。

2. 北京图书馆古籍出版编辑组编《北京图书馆古籍珍本丛刊·福建通志》，书目文献出版社，1988。

3. 北婴编著《曲海总目提要补编》，人民文学出版社，1959。

4. 步近智、张安奇：《中国学术思想史稿》，中国社会科学出版社，2007。

5. 蔡毅编著《中国古典戏曲序跋汇编》，齐鲁书社，1989。

6. 长乐海内外陈氏文化联谊会编《长乐陈氏乡情》，长乐市郑和文印社，2004。

7. 陈恩维：《空间、记忆与地域诗学传承——以广州南园和岭南诗歌的互动为例》，《文学遗产》2019年第3期。

8. 陈翰珍纂修《世界陈氏宗亲大族谱》，漳州图书馆（复印本），1983。

9. 陈庆元：《福建文学发展史》，福建教育出版社，1996。

10. 陈庆元：《文学：地域的观照》，上海远东出版社、上海三联书店，2003。

11. 陈庆元：《晚明闽海文献梳理》，人民出版社，2017。

12. 陈轼：《道山堂集》（不分卷），上海图书馆藏，清康熙刻本。

13. 陈轼：《道山堂集》，福建师范大学图书馆藏，清康熙甲戌（1694）

闽中陈氏刊本。

14. 陈轼：《道山堂集》（普通古籍一卷，后集二卷），国家图书馆藏，清康熙刻本。

15. 陈轼：《道山堂集》（前集不分卷，后集七卷），复旦大学图书馆藏，清康熙间刻本。

16. 陈轼撰，傅惜华藏《续牡丹亭》抄本，中国艺术研究院戏曲研究所藏。

17. 陈轼撰，张小琴点校《道山堂集》，广陵书社，2016。

18. 陈寿祺等纂《福建通志》（卷213），道光十四年（1834）刻本。

19. 陈田辑撰《明诗纪事》（全六册），上海古籍出版社，1993。

20. 陈旭东编纂《闽台明遗民传录》，福建人民出版社，2018。

21. 陈植锷：《诗歌意象论》，中国社会科学出版社，1990。

22. 陈祖武：《清初学术思辨录》，中国社会科学出版社，1992。

23. 邓长风：《明清戏曲家考略三编》，上海古籍出版社，1999。

24. 邓绍基主编《中国古代戏曲文学辞典》，人民文学出版社，2004。

25. 邓之诚：《清诗纪事初编》，中华书局，1965。

26. 丁绍仪辑《清词综补》，中华书局，1986。

27. 杜登春：《社事始末》，中华书局，1991。

28. 杜桂萍：《清初杂剧研究》，人民文学出版社，2005。

29. 杜桂萍主编《明清文学与文献》（第三辑），社会科学文献出版社，2014。

30. 范晔撰，李善等注《后汉书》，中华书局，1965。

31. 方勇：《南宋遗民诗人群体研究》，人民出版社，2000。

32. 冯其庸、叶君远：《吴梅村年谱》，文化艺术出版社，2007。

33. 《福建省闽侯县志》，《中国方志丛书》（第13号），（台北）成文出版社，1966。

34. 福建师范大学图书馆古籍组编《福建地方文献及闽人著述综录》，福建师范大学图书馆古籍组，1986。

35. 福建戏曲研究所编，林庆熙等编注《福建戏史录》，福建人民出版社，1983。

36. 傅惜华：《明代杂剧全目》，作家出版社，1958。

37. 傅惜华：《明代传奇全目》，人民文学出版社，1959。

38. 傅惜华：《清代杂剧全目》，人民文学出版社，1981。

39. 高嘉谦：《遗民、疆界与现代性：汉诗的南方离散与抒情（1895－1945）》，（台北）联经出版事业股份有限公司，2016。

40. 龚延明主编，毛晓阳点校《天一阁藏明代科举录选刊·登科录》（下册），宁波出版社，2016。

41. 《古本戏曲丛刊》编委会编《古本戏曲丛刊初集》，商务印书馆，1954。

42. 《古本戏曲丛刊》编委会编《古本戏曲丛刊二集》，商务印书馆，1955。

43. 《古本戏曲丛刊》编委会编《古本戏曲丛刊三集》，文学古籍刊行社，1957。

44. 古灵陈氏族谱编纂理事会编《古灵陈氏族谱》（一卷四册：闽侯）（第一册），福建省图书馆据古灵陈氏铅印本复印。

45. 谷应泰编《明史纪事本末》（一至四），中华书局，1985。

46. 谷中兰：《园林情结的自足与自解——范成大园林书写与精神超越》，《文学遗产》2019 年第 3 期。

47. 顾学颉：《元明杂剧》，上海古籍出版社，1979。

48. 顾祖禹撰，贺次君、施和金点校《读史方舆纪要》，中华书局，2005。

49. 广东、广西、湖南、河南辞源修订组，商务印书馆编辑部编《辞源》（修订本），商务印书馆，1988。

50. 郭柏苍辑《全闽明诗传》（五十五卷），光绪己丑（1889）侯官郭氏闽山沁泉山馆刊本。

51. 郭柏苍纂，福州市地方志编纂委员会整理《乌石山志》，海风出版社，2001。

52. 郭英德：《明清文人传奇研究》，北京师范大学出版社，1992。

53. 郭英德：《明清传奇史》，江苏古籍出版社，1999。

54. 郭英德：《明清传奇戏曲文体研究》，商务印书馆，2004。

55. 郭英德编著《明清传奇综录》，河北教育出版社，1997。

56. 哈拉尔德·韦尔策编《社会记忆：历史、回忆、传承》，季斌等译，北京大学出版社，2007。

57. 韩成武、张志民：《杜诗全译精注》，天津教育出版社，2017。

58. 何冠彪：《明末清初学术思想研究》，（台北）台湾学生书局，1991。

59. 何冠彪：《生与死：明季士大夫的抉择》，（台北）联经出版事业股份有限公司，1997。

60. 何宗美：《明末清初文人结社研究》，南开大学出版社，2003。

61. 贺长龄、魏源等编《清经世文编》（全三册），中华书局，1992。

62. 侯外庐主编《中国思想通史》，人民出版社，1960。

63. 侯晰辑《梁溪词选》，浙江图书馆藏清刻本。

64. 胡金望：《人生喜剧与喜剧人生：阮大铖研究》，中国社会科学出版社，2004。

65. 胡正伟：《黄周星研究》，南京师范大学硕士学位论文，2003。

66. 黄宝华选注《黄庭坚选集》，上海古籍出版社，1991。

67. 黄怀信、张懋镕、田旭东撰《逸周书汇校集注》（修订本），上海古籍出版社，2007。

68. 黄金明：《汉魏晋南北朝诔碑文研究》，人民文学出版社，2005。

69. 黄仕忠：《〈琵琶记〉研究》，广东高等教育出版社，1996。

70. 计六奇撰，任道斌、魏得良点校《明季南略》，中华书局，1984。

71. 翦伯赞主编《中国史纲要》（增补本，上、下），北京大学出版社，2006。

72. 蒋星煜、齐森华、赵山林主编《明清传奇鉴赏辞典》，上海辞书出版社，2004。

73. 金铉修，郑开极、陈轼纂《福建通志》（六十四卷），清康熙二十三年刻本。

74. 金景芳、吕绍纲：《周易全解》，上海古籍出版社，2005。

75. 静庵编，祓翁阅《续牡丹亭传奇》，南京图书馆藏，清三槐堂刻本。

76. 柯愈春：《清人诗文集总目提要》（上、中、下），北京古籍出版社，2002。

77. 克瑞斯威尔：《地方：记忆、想象与认同》，徐苔玲、王志弘译，（台北）群学出版有限公司，2006。

78. 孔定芳：《明清易代与明遗民的心理氛围》，《历史档案》2004年第4期。

79. 孔定芳：《清初明遗民的"云游"行为及其意蕴》，《人文杂志》2005年第3期。

80. 孔定芳：《清初明遗民的身份认同与意义寻求》，《历史档案》2006年第2期。

81. 孔定芳：《清初遗民社会：满汉异质文化整合视野下的历史考察》，湖北人民出版社，2009。

82. 孔凡礼点校《苏轼文集》，中华书局，1986。

83. 李康化：《明清之际江南词学思想研究》，巴蜀书社，2001。

84. 李灵年、杨忠主编《清人别集总目》，安徽教育出版社，2000。

85. 李瑄：《明遗民群体心态与文学思想研究》，巴蜀书社，2009。

86. 历代学人撰《笔记小说大观》，（台北）新兴书局有限公司，1986。

87. 梁启超：《中国近三百年学术史》，山西古籍出版社，2001。

88. 梁启超原著，朱维铮校注《清代学术概论》，中华书局，2010。

89. 林藩等撰，林孝曾编《闽百三十人诗存》（八卷），石井逸社出版，1929。

90. 林立：《沧海遗音：民国时期清遗民词研究》，（香港）香港中文大学出版社，2012。

91. 林顺夫：《中国抒情传统的转变——姜夔与南宋词》，张宏生译，上海古籍出版社，2005。

92. 林之蕃撰，郭柏苍编《藏山堂遗篇》，道光十九年刊本。

93. 刘奇玉：《古代戏曲创作理论与批评》，中国社会科学出版社，2010。

94. 刘荣平：《全闽词》，广陵书社，2016。

95. 刘孝严：《貌似而神离 形近而实远——〈牡丹亭〉与〈长生殿〉爱情描写的比较》，《东北师大学报》（哲学社会科学版）1991年第5期。

96. 陆萼庭：《清代戏曲家丛考》，学林出版社，1995。

97. 陆萼庭：《清代戏曲作家作品的著录问题》，《戏剧文学》1992年第3期。

98. 陆勇强：《清代曲家疑年考辨》，《戏曲艺术》2004年第1期。

99. 陆勇强：《〈四库全书总目提要〉订补》，《暨南学报》（哲学社会科学版）2003年第6期。

100. 罗炳良、赵海旺编著《孟子解说》，华夏出版社，2007。

101. 罗惠缙：《民初"文化遗民"研究》，武汉大学出版社，2011。

102. 罗宗强：《明代后期士人心态研究》，南开大学出版社，2006。

103. 马积高：《清代学术思想的变迁与文学》，湖南人民出版社，2002。

104. 毛晋编《六十种曲》，中华书局，1958。

105. 毛效同编《汤显祖研究资料汇编》，上海古籍出版社，1986。

106. 孟森：《明清史论著集刊》，中华书局，2006。

107. 孟森：《明史讲义》，中华书局，2009。

108. 孟森：《清史讲义》，中华书局，2010。

109. 南京大学中国语言文学系全清词编纂研究室编《全清词·顺康卷》（第三册），中华书局，2002。

110. 欧阳修、宋祁撰《新唐书》，中华书局，2013。

111. 潘承玉：《清初诗坛：卓尔堪与〈遗民诗〉研究》，中华书局，2004。

112. 潘耒：《遂初堂集》，清康熙刻本。

113. 齐森华、陈多、叶长海主编《中国曲学大辞典》，浙江教育出版社，1997。

114. 钱仲联等撰写《元明清诗鉴赏辞典：辽·金·元·明》，上海辞书出版社，1994。

115. 钱仲联主编《清诗纪事·明遗民卷》，江苏古籍出版社，1987。

116. 钱仲联、马亚中主编《陆游全集校注》，浙江古籍出版社，2016。

117. 沈德潜编《清诗别裁集》（全二册），中华书局，1975。

118. 沈约：《宋书》，中华书局，1974。

119. 司马迁撰《史记》，中华书局，1959。

120. 司徒琳：《南明史：1644—1662》，李荣庆等译，严寿澂校，上海古籍出版社，1992。

121. 《四库全书存目丛书》编纂委员会编《四库全书存目丛书·集部》（第二〇一册），齐鲁书社，1997。

122. 孙静庵编著，赵一生标点《明遗民录》，浙江古籍出版社，1985。

123. 孙立：《明末清初诗论研究》，广东高等教育出版社，1999。

124. 孙书磊：《王夫之〈龙舟会〉杂剧考述》，《中国典籍与文化》2005 年第 4 期。

125. 孙书磊：《明末清初戏剧研究》，社会科学文献出版社，2007。

126. 孙枝蔚：《溉堂诗集》，康熙十六年（1677）刻本。

127. 谭嘉定编《中国文学家大辞典》（下），（台北）世界书局，1974。

128. 谭正璧编《中国文学家大辞典》，上海书店，1981。

129. 汤显祖著，徐朔方、杨笑梅校注《牡丹亭》，人民文学出版社，1963。

130. 汤显祖著，徐朔方笺校《汤显祖全集》，北京古籍出版社，1999。

131. 汤显祖著，陈同、谈则、钱宜合评《吴吴山三妇合评牡丹亭》，上海古籍出版社，2008。

132. 陶清：《明遗民九大家哲学思想研究》，（台北）洪叶文化事业有限公司，1997。

133. 王德威：《后遗民写作》，麦田出版、城邦文化事业股份有限公司，2007。

134. 王夫之：《永历实录》，上海古籍出版社，1987。

135. 王国维著，夏华等编译《人间词话》，万卷出版公司，2016。

136. 王汉民：《黄周星行实系年》，《浙江艺术职业学院学报》2009年第1期。

137. 王汉民：《福建戏曲海外传播研究》，中国社会科学出版社，2011。

138. 王汉民辑校《福建文人戏曲集·元明清卷》，海峡文艺出版社，2012。

139. 王鹤鸣主编《中国家谱总目》，上海古籍出版社，2009。

140. 王季烈、叶德均：《孤本元明杂剧提要·宋元明讲唱文学》，中国戏剧出版社，2015。

141. 王明珂：《历史事实、历史记忆与历史心性》，《历史研究》2001年第5期。

142. 王评章、叶明生主编《福建艺术理论文集》，中国戏剧出版社，2005。

143. 王启兴主编《校编全唐诗》（下），湖北人民出版社，2001。

144. 王秋桂主编《善本戏曲丛刊》，（台北）台湾学生书局，1987。

145. 王森然遗稿，《中国剧目辞典》扩编委员会扩编《中国剧目辞典》，河北教育出版社，1997。

146. 王天海校释《荀子校释》，上海古籍出版社，2005。

147. 王永恩：《明末清初戏曲作品中的女性形象研究》，文化艺术出版社，2007。

148. 王重民撰《中国善本书提要补编》，北京图书馆出版社，1997。

149. 韦祖辉：《海外遗民竟不归：明遗民东渡研究》，商务印书馆，2017。

150. 吴梅著，冯统一点校《中国戏曲概论》，中国人民大学出版社，2004。

151. 吴新雷：《中国戏曲史论》，江苏教育出版社，1996。

152. 吴新雷、丁波：《戏曲与道德传扬》，江苏古籍出版社，2002。

153. 吴秀华：《明末清初小说戏曲中的女性形象研究》，江苏古籍出版社，2002。

154. 吴毓华：《中国古代戏曲序跋集》，中国戏剧出版社，1990。

155. 伍蠡甫等编《西方文论选》（下卷），上海译文出版社，1979。

156. 伍琳：《清代福建名医陈修园医籍考论》，福建师范大学硕士学位论文，2012。

157. 谢国桢：《明清之际党社运动考》，中华书局，1982。

158. 谢国桢：《明末清初的学风》，上海书店出版社，2004。

159. 谢雍君：《〈牡丹亭〉与明清女性情感教育》，中华书局，2008。

160. 谢正光编著，王德毅校订《明遗民传记资料索引》，（台北）新文丰出版公司，1991。

161. 谢正光、范金民编《明遗民录汇辑》，南京大学出版社，1995。

162. 谢正光：《清初诗文与士人交游考》，南京大学出版社，2001。

163. 辛更儒笺校《杨万里集笺校》，中华书局，2007。

164. 徐扶明：《元明清戏曲探索》，浙江古籍出版社，1986。

165. 徐扶明编著《牡丹亭研究资料考释》，上海古籍出版社，1987。

166. 徐江：《吴梅村研究》，首都师范大学出版社，2001。

167. 徐朔方：《汤显祖评传》，南京大学出版社，1993。

168. 徐朔方：《晚明曲家年谱》，浙江古籍出版社，1993。

169. 许慎撰，徐炫校定《说文解字》，中华书局，2013。

170. 严迪昌：《清诗史》，浙江古籍出版社，2002。

171. 杨家骆编著《史记今释》，北京联合出版公司，2019。

172. 杨榕：《福建戏曲文献研究》，中国戏剧出版社，2007。

173. 杨亦军：《〈牡丹亭〉和〈罗密欧与朱丽叶〉人物之比较》，《四川师范大学学报》（社会科学版）1994 年第 1 期。

174. 杨振良：《牡丹亭研究》，（台北）台湾学生书局，1992。

175. 姚蓉：《明清词派史论》，广西师范大学出版社，2007。

176. 叶德均：《戏曲小说丛考》，中华书局，2004。

177. 叶恭绰编《全清词钞》（上、下），中华书局，1982。

178. 叶嘉莹：《汉魏六朝诗讲录》，河北教育出版社，1997。

179. 叶君远：《清代诗坛第一家：吴梅村研究》，中华书局，2002。

180. 佚名：《传奇汇考》（八卷），书目文献出版社，1994。

181. 殷梦霞选编《郑振铎藏古吴莲勺庐抄本戏曲百种》（影印本），
    国家图书馆出版社，2009。

182. 永瑢等纂修《景印文渊阁四库全书》（第一四五九册），（台
    北）台湾商务印书馆，1986。

183. 永瑢、纪昀等编纂《四库全书总目提要》，福建巡抚采进本。

184. 余秋雨：《戏剧理论史稿》，上海文艺出版社，1983。

185. 俞为民、孙蓉蓉编《历代曲话汇编——新编中国古典戏曲论著
    集成·清代编》（第四集），黄山书社，2009。

186. 宇文所安：《追忆：中国古典文学中的往事再现》，郑学勤译，
    三联书店，2004。

187. 袁行霈主编《中国文学史》，高等教育出版社，1999。

188. 袁行云：《清人诗集叙录》，文化艺术出版社，1994。

189. 曾祥波：《杜诗考释》，上海古籍出版社，2016。

190. 张秉戌、萧哲庵主编《清诗鉴赏辞典》，重庆出版社，1992。

191. 张勃：《精神返乡与历史记忆：易代之际的民俗书写》，《民族
    艺术》2016年第4期。

192. 张庚、郭汉城主编《中国戏曲通史》，中国戏剧出版社，1981。

193. 张宏生：《战争书写与记忆叠加——清代的〈扬州慢〉创作》，
    《复旦学报》（社会科学版）2019年第1期。

194. 张宏生：《离散、记忆与家国——论民国初年的香港词坛》，
    《文学评论》2019年第6期。

195. 张少康：《中国文学理论批评史教程》，北京大学出版社，

1999。

196. 张世斌：《明末清初词风研究》，天津古籍出版社，2008。

197. 张天禄主编《福州姓氏志》，海潮摄影艺术出版社，2005。

198. 张廷玉等撰《明史》，中华书局，1974。

199. 张宇：《清初遗民戏曲文学研究》，《文化艺术研究》2010 年第
     3 期。

200. 张之望、张嵋珥：《过云楼秘藏王翚〈晴峦晓别图〉考》
     （上），《文物鉴定与鉴赏》2015 年第 3 期。

201. 张之望、张嵋珥：《过云楼秘藏王翚〈晴峦晓别图〉考》
     （下），《文物鉴定与鉴赏》2015 年第 4 期。

202. 张仲谋：《明词史》，人民文学出版社，2002。

203. 赵春宁：《〈西厢记〉传播研究》，华东师范大学博士学位论文，
     2001。

204. 赵红娟：《明遗民董说研究》，上海古籍出版社，2006。

205. 赵景深、张增元编《方志著录元明清曲家传略》，中华书局，
     1987。

206. 赵山林：《〈牡丹亭〉选评》，上海古籍出版社，2002。

207. 赵天为：《〈牡丹亭〉续作探考——〈续牡丹亭〉与〈后牡丹
     亭〉》，《东南大学学报》（哲学社会科学版）2010 年第 3 期。

208. 赵永源：《遗山词研究》，上海古籍出版社，2007。

209. 赵园：《明清之际士大夫研究》，北京大学出版社，1999。

210. 赵园：《经世与救世——关于明清之际士大夫的一种姿态的考
     察》，《社会科学论坛》2005 年第 6 期。

211. 赵园：《制度·言论·心态：〈明清之际士大夫研究〉续编》，
     北京大学出版社，2006。

212. 郑传寅：《中国戏曲文化概论》，武汉大学出版社，1998。

213. 郑传寅：《传统文化与古典戏曲》，湖南人民出版社，2004。

214. 郑方坤编辑，陈节、刘大治点校《全闽诗话》，福建人民出版
     社，2006。

215. 郑杰原辑，陈衍补订《闽诗录》（四十一卷），清宣统三年刊本。

216. 郑杰撰《闽中录》（八卷），福建师范大学图书馆藏本。

217. 郑振铎辑《清人杂剧初集》，长乐郑氏影印本，1931。

218. 郑振铎辑《清人杂剧二集》，长乐郑氏影印本，1931。

219. 《中国方志大辞典》编辑委员会编《中国方志大辞典》，浙江人民出版社，1988。

220. 中国历史大辞典·清史卷编纂委员会主编《中国历史大辞典·清史卷》（上、下），上海辞书出版社，1992。

221. 中国戏曲研究院编《中国古典戏曲论著集成》（第七集），中国戏剧出版社，1959。

222. 中国艺术研究院戏曲研究所资料室编著《中国戏曲研究书目提要》，中国戏剧出版社，1992。

223. 周焕卿：《清初遗民词人群体研究》，上海古籍出版社，2008。

224. 周妙中：《清代戏曲史》，中州古籍出版社，1987。

225. 周明初、叶晔补编《全明词补编》，浙江大学出版社，2007。

226. 周伟民：《明清诗歌史论》，吉林教育出版社，1995。

227. 周啸天主编《元明清名诗鉴赏》，四川人民出版社，2001。

228. 周银华：《闽籍寓闽明遗民及其著述研究》，福建师范大学硕士学位论文，2015。

229. 周月亮、李新梅：《略论明清之际文人悼亡情绪的文化史内涵》，《学术界》2002 年第 4 期。

230. 朱大银：《唐代论诗诗研究》，黄山书社，2015。

231. 朱丽霞：《园林宴游与文学的生态变迁——以明清之际云间几社的文学活动为例》，《文艺理论研究》2007 年第 4 期。

232. 朱万曙：《明清戏曲论稿》，安徽大学出版社，2008。

233. 朱彝尊辑录《明诗综》，中华书局，2007。

234. 朱则杰：《清诗史》，江苏古籍出版社，1992。

235. 朱则杰注评《清诗选评》，三秦出版社，2004。

236. 祝秀权:《诗经正义》, 上海三联书店, 2020。

237. 庄小珊:《明清福建曲家考》, 福建师范大学硕士学位论文, 2010。

238. 庄一拂编著《古典戏曲存目汇考》, 上海古籍出版社, 1982。

239. 卓尔堪选辑, 中华书局上海编辑所编辑《明遗民诗》, 中华书局, 1961。

240. 邹自振主编《闽剧史话》, 海峡文艺出版社, 2008。

241. Barbara A. Misztal, *Theories of Social Remembering*, Open University Press, 2003.

242. Edward S. Casey, *Remembering*: *A Phenomenological Study*, Indiana University Press, 2000.

243. Pauline Yu, *The Reading of Imagery in the Chinese Poetic Tradition*, Princeton University Press, 1987.

244. Paul Gilroy, "Diaspora and the Detours of Identity," in Kathryn Woodward ed. , *Identity and Difference*, Sage Publications, 1997.

245. Rogers Brubaker, "The 'Diaspora' Diaspora," *Ethnic and Racial Studies*, 2005, 28 (1).

246. Tim Cresswell, *Place*: *A Short Introduction*, Blackwell, 2004.

后　记

多年前，我曾看过这样一句比喻：做科研犹如烹调。如今，自己的书稿即将付梓，这句话在我的脑海重现了。确实如此，厨师烹调技术的高低，在很大程度上影响了菜肴的色、香、味以及营养价值的高低。一道能让品尝者赞不绝口、念念不忘的美味佳肴，必定是厨师历经多方尝试精心调制烹饪而成的。而科研工作者也需要有厨师般的敬业精神和精湛技艺才能酝酿出优质的科研成果。科研成果的质量，也往往是作者科研态度、科研能力的体现。这令我感到十分惭愧和难堪。因为常听说"十年磨一剑"，似乎自己早已默认用十年的时间就能寻到"磨剑"的秘籍，研制出一道美味的"佳肴"。这部书稿是在十年前我的博士学位论文基础上的进一步拓展，可我才疏学浅，未能做出令人称心的"佳肴"。即将呈现在诸位读者眼前的这部书稿，端量再三，顶多也只能称得上"快餐"。我对自己创作的这份"快餐"深感"食之乏味"，却也要牵强地捧上"餐桌"让恩师及亲友们"品尝"。因此，我必须先自我检讨以尽可能地减轻内心的惶恐与不安。书中的错误和不足必定不少，也祈盼恩师及亲友们能不吝赐教，给予我改正和进步的机会。

"时间太瘦，指缝太宽"，琐碎的生活让我总是落下对恩师及亲友们的问候和感谢。这部书稿得以出版，必须感谢在我求学和科研路上给予我极大帮助和支持的恩师及亲友们。感谢恩师陈育伦先生时常惦记、关心我最近科研进展如何，是否有新的进步。感谢恩师陈庆元先生总是在关键时刻慷慨地伸出援助之手。感谢恩师吴在庆先生见面时就提醒我还要继续努力。感谢恩师张宏生先生在我访学期间引导我拓展科研思维方式、研究视角，提醒我做科研时必须持有"问题意识"。感谢恩师王长华先生和师母谢志梅先生待我亲如自家子女。感谢恩师王汉民先生在我攻读博士学位期间的传道、授业、解惑和对书稿出版的支持。感谢恩师黄金明先生在校园里遇见时就关心我博士学位论文是否出版。感谢恩师胡旭先生在我求学路上遇到困难时的慷慨厚助和对出版书稿的勉励与支持。感谢恩师孙少华先生慷慨传授自己的治学经验与写作思路，让我获益匪浅。感谢恩师李菁先生、肖庆伟先生、刘荣平先生和钱建壮先生对我学业的鼓励和帮助。

感谢同门、挚友清华姐、艳华姐、巧霞姐、娟娟姐、万川兄、家军兄、礼炬兄、可文兄、义枢兄、彦明兄，或慷慨分享科研成果和感想，或在我山重水复疑无路时为我指明方向，或给予我极大的精神鼓励和支持。

感谢闽南师范大学对本书稿出版的资助，衷心感谢张龙海副校长、应用技术研究院陈国良院长、新闻传播学院林大志院长、方琼书记、科研处林福财处长及相关部门同事对本书稿出版的支持和帮助。

本书稿同时也是2017年国家社会科学基金西部项目"清初福建遗民文人心态及其创作研究"（立项编号：17XZW013）的阶段性成果，感谢全国哲学社会科学工作办公室的支持和帮助。

特别感谢社会科学文献出版社刘荣副编审、程丽霞编辑和相关审校人员付出宝贵的时间和精力为书稿的每个细节——指谬纠错。

感谢父母的养育之恩。父母的期盼与祈祷，是我求知和进步的精神力量。感谢兄弟姐妹们对我无私的奉献和关爱。感谢儿子对我忙碌的日常的理解和友好的解嘲。

雪中送炭远比锦上添花更令人感动，更值得珍惜，感恩不吝给予我厚助和厚爱的恩师、亲人和朋友们，因为有你们的鞭策、勉励和帮助，本书才得以顺利出版。谨此沐手衷心感谢。

张小琴

2021 年 7 月 1 日于闽南师范大学